BAJO LA LUZ DEL ECLIPSE

Mercedes de Vega

Bajo la luz del eclipse

ESPASA

© Mercedes de Vega, 2024, en colaboración con Agencia Literaria Antonia Kerrigan
© Editorial Planeta, S.A., 2024
Espasa, sello editorial de Editorial Planeta, S.A.
Avda. Diagonal, 662-664
08034 Barcelona

Primera edición: marzo de 2024

Preimpresión: MT Color & Diseño, S. L.

Depósito legal: B. 3.081-2024
ISBN: 978-84-670-7207-5

Espasa, en su deseo de mejorar sus publicaciones, agradecerá cualquier sugerencia que los
lectores hagan al departamento editorial por correo electrónico: sugerencias@espasa.es

www.espasa.com
www.planetadelibros.com

Impresión: Huertas, S. A.
Impreso en España-*Printed in Spain*

A mi madre,
que no pudo leer este libro

Pensé en un laberinto de laberintos, en un sinuoso laberinto creciente que abarcara el pasado y el porvenir y que implicara de algún modo los astros. Absorto en estas ilusorias imágenes, olvidé mi destino de perseguido. Me sentí por un tiempo indeterminado, percibidor absoluto del mundo.

JORGE LUIS BORGES, *El jardín de los senderos que se bifurcan*

Aunque mi alma permanezca en la oscuridad, se elevará en la luz perfecta; he amado demasiado a las estrellas para temer a la noche.

SARAH WILLIAMS, *El viejo astrónomo*

I

1937

En el cinturón de hierro

Mitxel Aguirre deja prendida en el pasado a su amada Guernica. La carretera se estrecha hacia un futuro incierto y desaparece por el retrovisor del camión militar que lo lleva al frente de Bilbao, entre la vegetación de una fría primavera que irrumpe salvaje sobre la comarca de Busturialdea, ajena a la guerra que se extiende por todo el país.

Después, dentro de la montaña, en el nido de ametralladoras, se siente helado dentro de un áspero uniforme que le está grande. El monte supura ríos de agua que penetra en los poros del hormigón, se escurre por la tierra y alimenta el musgo de las piedras. No siente los pies en el búnker oscuro y húmedo, sobre fango repleto de lombrices en la línea de defensa del 5.º Sector del Cinturón de Hierro que rodea Bilbao.

Está nervioso, anhelante también por una batalla que no aparece en el horizonte tormentoso del bosque. Se ha alistado en el I Cuerpo del Ejército de Euskadi y desespera por su primer combate contra el enemigo. A su espalda, el camarada Vilaño está abriendo cajas de munición, oculto por la oscuridad.

Vilaño se alumbra con la linterna que lleva en el casco y presume de haber participado en la construcción del búnker; es albañil y sabe fabricar hormigón armado, ha levantado kilómetros de trincheras y cinco puestos para ametralladoras y artillería, a semejanza de la Línea Maginot.

Mitxel no tiene ni idea de lo que es la Línea Maginot, y piensa que Vilaño es un presuntuoso, apenas tiene veinte años y se cree experto en todo.

A Arizmendi se le ha metido el pecho para dentro y se le ven las piernas hinchadas bajo el abrigo militar. Es un *gudari* obeso, con el pelo como embadurnado de aceite bajo la *txapela*. Está a la izquierda de Mitxel, restregando su ametralladora con grasa de cerdo y un paño de lino. Siempre lleva un palillo en la boca y es el mayor de los tres.

—Todo es odioso y húmedo —dice Arizmendi levantando los brazos. Se le cae el tarro de grasa y le golpea una pierna—. Joder, lo que faltaba, que me temblara la mano y me hiriera yo mismo.

—¿No será el miedo que tienes? —se mofa Vilaño.

—Yo no sé lo que es eso, *tontolapiko*, he nacido sin miedo y te puedo romper el cuello con solo dos dedos.

Vilaño contesta que solo está dispuesto a morir por su Euskadi. Pero Mitxel no piensa morir todavía. Por lo menos hasta que ganen la guerra y regrese a Guernica con honores y una graduación militar. Solo tiene diecisiete años, dos vacas en el establo de la casa, la *txapela* de su *aita*, que ha heredado como cabeza de familia, y un iris de cada color. Vilaño se las arregla para no mirarle directamente a los ojos porque le da escalofríos. En la oscuridad del búnker Mitxel parece un gato tuerto.

A Mitxel el corazón le arde cuando piensa en su *ama* y se convence de que ella estará bien. Es una mujer fuerte, alta, bonita, con un ojo azul y otro marrón, y es la vendedora más amable del mercado. Se llama Begoña y ordeña la leche con la mejor nata de todo el valle del río Oca. Cuánto quiere a su *ama*, ya viuda tan joven.

Nunca pensó que se pudiese querer tanto a una madre, con esa fuerza poderosa. Quizá porque está solita. Quizá porque él no tiene novia en quien pensar y concentra en su *ama* sus mejores pensamientos; los dichosos y los tristes, los amargos y los dulces.

Todos sus camaradas llevan en la cartera fotografías de muchachas, o recortes de revistas con actrices de cine. Pero él solo quiere mirar dentro de sí mismo, buscar en la memoria y escribir en su libreta rayada palabras y poemas que describan la belleza y la bondad de su *ama*. Él se parece tanto a ella. Mientras espera órdenes, vuelve a abrir la cartera y mira y remira la brillante imagen de su madre y del pequeño Jon, tan torpe, anudándose las albarcas con sus deditos infantiles.

Su hermano aprende rápido; solo desea ayudar a la *ama*. Ya sabe ordeñar como un adulto y lleva al asno del ronzal con habilidad y cuidado. Es un niño sensible. Y decidido y valiente. Se parece mucho a la *ama*, pero tiene los ojos del mismo color, como el *aita*. Mitxel le ha enseñado a leer, a hacer cuentas y a escribir poemas. Para tener ocho años, Jon es todo un hombrecito. Y le ha jurado a Mitxel, con su vocecilla de crío, que cuidará de la *ama* y de las vacas, porque del *aita* no se acuerda, pero sabe que desde arriba está guardando a la familia y al ganado, que es el sustento de los tres, y eso le templa el ánimo a Mitxel para no sentirse culpable por haberlos dejado solos en Guernica.

«Tú ve a la guerra y sé un buen *gudari*, que yo cuido de *ama*», son las últimas palabras de Jon que se repite Mitxel, una y otra vez, como si el *aita* estuviese dentro de su pequeño hermano. Abandona estos pensamientos porque ha de concentrarse en conservar la vida que le ha dado su *ama*; ella se lo hizo jurar con lágrimas en los ojos. Y el juramento de un Aguirre es sagrado.

¿Y si sucede en Guernica lo que ocurrió en Durango hace un par de semanas?

Murieron tantas mujeres y niños descuartizados por las bombas de la aviación italiana que no quiere recordarlo. Ni pensar en ello. Tiene la sensación de llevar al cuello una horca que lo ahoga lentamente.

Un enjambre de voces atraviesa la colina. La ladera retumba hasta lo más profundo. Mitxel aguza la mirada por un rectángulo oxidado. Los cañones antiaéreos se desplazan y descargan proyectiles. Nubes de tierra y polvo se elevan. Él dispara por primera vez la ametralladora de su puesto, junto al camarada Arizmendi.

Ahora a Mitxel le duelen las manos. Le tiembla el pulso. No ve nada.

—¿Son bombarderos italianos? —le pregunta a Arizmendi.

—No lo sé. ¡Pero ya ha comenzado el baile, muchacho! Esto es la guerra.

—¡A morir por Euskadi! —grita Vilaño, colocándose en su puesto.

Mitxel los escucha en silencio, atemorizado de pronunciar una palabra: «Somos leales, luchamos con valentía y moriremos a carcajadas».

El búnker aguanta los impactos a su alrededor. Los tres ametrallan todo lo que pasa por delante del nido. Los labios de Mitxel están contraídos y su rostro se deforma con las vibraciones de los disparos. La colina tiembla. Los árboles se vencen y el bosque se retuerce. Las trincheras cercanas saltan reventadas. Voces y lamentos se elevan entre la espesura del monte y una explosión sucede a otra en el Cinturón de Hierro, la línea de defensa de Bilbao que pronto será sometida por las tropas rebeldes. Los tres deberán escapar monte a través, si pueden conseguirlo, para no morir bajo las bombas enemigas, la artillería y miles de soldados que avanzan destruyendo a su paso los ochenta kilómetros de fortificaciones construidas con hormigón, madera y sacos terreros que atraviesan treinta y tres municipios de Vizcaya para proteger a una ciudad que no resistirá la embestida.

EL BOMBARDEO DE GUERNICA

Hoy no hay mercado. El delegado del Gobierno Vasco lo ha suspendido y también se ha suspendido el partido de pelota de la tarde. El miedo se extiende en la comarca. El silencio de Guernica es la peor alarma. Los bombardeos de Éibar y Durango presagian lo que va a ocurrir. El Ayuntamiento ha construido cinco refugios antiaéreos. En edificios y caseríos se han excavado defensas. El refugio de la calle Santa María no está terminado y vería un peligro si se utilizara; no se han instalado todavía las láminas de acero para reforzar la techumbre.

El día es ventoso. A las cuatro y media de la tarde suenan las campanas, alarmantes y metálicas, sobre la plaza del pueblo. El vigía de la cumbre del monte Cosnoaga ha dado la voz de alarma y bandadas de golondrinas se alzan de los árboles en estampida. La gente abandona precipitadamente las calles, los campos y los sembrados. Todo el mundo corre hacia los refugios.

La primera alarma. Un bombardero alemán de doble cola viene del sur en vuelo bajo, gira noventa

grados a la izquierda, en dirección este-oeste, sobrevuela el puente de Rentería y arroja la primera carga
explosiva en un ataque en solitario. Vira y repite la
trayectoria, lanzando más bombas. El sonido de las
explosiones invade el pueblo y rompe los vitrales de
las iglesias como ráfaga de huracán. El cielo se oscurece y surgen entre las nubes tres bombarderos italianos Savoia-79 cargados con las treinta y seis bombas de cincuenta kilos que explotarán una vez
toquen tierra. Proceden del aeródromo de Soria.

Altura del ataque: 3800 metros, de norte a sur. Objetivo: las carreteras que llevan al puente de Rentería, al este de Guernica, y obstaculizar la retirada del
enemigo con un ataque sorpresa que viene del mar.
Y como en el mar, una oleada de destrucción arrasa
la tierra y los campos en minutos. La formación vira,
repite la operación y da la vuelta hacia Soria. El estruendo del aire se mitiga en la distancia y desaparece. El silencio gobierna como en un reino de papel.

Algunos edificios junto al puente, que ha quedado en pie, han sido destruidos. La casa que alberga
el centro de Izquierda Republicana ha desaparecido
bajo sus escombros. A doscientos metros del puente,
la iglesia de San Juan tiene grandes boquetes y los
muros se han vencido por impacto de las bombas
italianas. Muchas de ellas han caído entre el puente
y la estación ferroviaria.

Begoña y Jon salen por la trampilla del sótano de
la cocina entre tinieblas; ella lleva a su hijo de la mano.

Ambos gatean hasta la ventana. La tarde se ha tornado oscura. Viven en un viejo caserón. En la planta baja están el establo y la lechería, y al fondo la cocina que sirve de comedor, cuyo aparador tiene una radio de cuatro válvulas que no funciona. Ella le habla a Jon en voz baja. La tez de Begoña está blanca como la de una muerta. Sus ojos de dos colores brillan como luceros en un cielo negro. El niño ha dejado de temblar y corre los visillos de la cocina para mirar afuera. La calle está vacía y todas las ventanas de las viviendas, cerradas. La quietud regresa al campo y a las calles. Las campanas ya no suenan. Parece que se han ido. El peligro ha pasado. Los vecinos corren y regresan a sus casas, abandonando bodegas y sótanos y los refugios antiaéreos del Ayuntamiento. El pueblo entero ha retumbado como en un terremoto, pero la calma se establece de nuevo en Guernica. Ninguna bomba ha caído cerca.

En Burgos, a las cinco de la tarde, las tripulaciones de tres escuadrillas de Junker 52 de la Luftwaffe se preparan para la segunda misión, diseñada por el jefe del Estado Mayor de la Legión Cóndor, Wolfram von Richthofen. El objetivo: el puente de Guernica y destruir las comunicaciones. Los armeros de la tercera escuadrilla sustituyen las bombas de diez kilos por otras de cincuenta y doscientos cincuenta. Completan la carga plateadas bombas incendiarias que llevan el águila imperial grabada, junto a la marca del fabricante alemán.

Sobre las seis y media de la tarde las campanas de Guernica rompen de nuevo, ensordecedoras. Begoña está en el establo. Ha conseguido sosegar a Rosamay y a Carmenchu, muy nerviosas por el bombardeo italiano. Las ha acariciado tiernamente en el vientre y ahora están relajadas. Las dos vacas son toda su fortuna, y reza el rosario que ha sacado del bolsillo del delantal mientras les habla. También rezan todos los habitantes de Guernica, mientras corren de nuevo hacia los refugios bajo el sonido de sirenas y redoble de campanas.

Jon se ha puesto la *txapela* de su *aita* que le entregó su hermano antes de partir hacia la guerra porque él ya es un hombre, y es el jefe en ausencia de Mitxel. El niño no oye los avisos ni escucha a su madre gritar en el establo por el nuevo bombardeo. Está muy concentrado escribiendo sobre papel de estraza, en el suelo, escondido bajo la mesa de la cocina, una carta a su hermano mayor, que combate en el Cinturón de Hierro. Le cuenta que no sabe bien lo que ha ocurrido, las bombas han caído muy cerca y la *ama* no ha querido acudir a los refugios porque dice que no son seguros, y ya han pasado los aviones, menos mal; porque no ha querido abandonar a sus vacas bonitas, no podrían sobrevivir sin ellas. Jon desconoce lo que está sucediendo otra vez, cuando las puertas de la casa se desprenden de sus marcos y los ladrillos se derrumban ante él.

Una lluvia de bombarderos ha aparecido por el norte en un segundo ataque. Los Junker alemanes sobrevuelan las llanuras alavesas, escoltados por cazas. Tres formaciones de seis aviones atacan en cuña y dejan caer sus bombas sobre la carretera de Lequeitio. Siembran la destrucción alrededor del puente y entran en Guernica.

Una bomba de cincuenta kilos cae cerca de la casa y revienta el establo, sepulta a Begoña, a Rosamay y a Carmenchu. Un proyectil incendiario de aluminio cae del cielo y el fuego se extiende rápidamente hasta abrasar a las vacas despedazadas, enterradas entre la techumbre y las paredes derrumbadas que han matado a Begoña.

El humo y el fuego se extienden por la casa. Jon corre entre la polvareda y los cascotes de la cocina y se arroja por la ventana desmembrada, que ya no existe; en su lugar, un hueco le abre paso al exterior y el niño sale tosiendo y tropezando con los escombros. No quiere perder la *txapela* ni dejar de ser el jefe de una casa reventada.

«¡Ama, ama!», grita a su alrededor, sin mirar atrás. Es solo un niño asustado de ocho años que corre por las calles hacia cualquier refugio para salvar la vida, bajo un enjambre de aviones que lanzan toneladas de bombas que explotan e incendian Guernica.

El humo oculta las llamas que se forman sobre los edificios bombardeados. El fuego se extiende por el pueblo y trepa por las paredes de las casas como una serpiente. Jon corre sujetándose la *txapela* con una mano. No se le puede caer. Le prometió a Mitxel que la llevaría con orgullo. No quiere mirar la devastación que lo rodea. El humo lo persigue. Los tejados se abren. A la vuelta de una calle consigue alcanzar el refugio antiaéreo de Santa María entre la lluvia de metralla que cae del cielo. Escucha el silbido de un proyectil abriéndose camino como una corriente. A su alrededor revientan muros y vuelan por los aires miles de fragmentos de mampostería.

El refugio lo acoge. Consigue entrar a gatas al interior de un largo túnel, excavado bajo la calle, construido con vigas de madera y sacos de tierra. El ruido de las campanas desaparece. Del techo se desprende una cascada de polvo y no puede ver a los cientos de personas que allí se refugian, pero oye los lamentos, los llantos y los rezos.

Las manos le sangran. No se las puede ver cuando las alza porque es sepultado por el hundimiento del refugio, que se vence bajo bombas de doscientos cincuenta kilos. Jon ya no escucha la destrucción ni la muerte de las personas que están a su lado, porque una viga de madera le hunde el cráneo bajo la *txapela* de su *aita*.

La Minilla

La vida se detiene en un instante en la noche más corta del año. Ruidos alarmantes la despiertan. Voces, gritos y golpes trepan por el hueco de la escalera hasta su dormitorio. Alguien le ha cerrado la puerta con llave y no ha sido Ricarda.

Puede que lo que está sucediendo se encuentre en su imaginación de niña o sea un sueño, una pesadilla; pero no está dormida. Los malos sueños los alienta el demonio, dice Ricarda, su monjita de compañía.

Es muy tarde. Quizá medianoche. María no se atreve a salir de la cama. Se ha tapado la cabeza con las sábanas para no oír los llantos y los gritos de las criadas, cuyo escándalo sube y baja haciendo un ruido espantoso por los escalones de madera, que crujen violentos bajo las botas pesadas de hombres que corren como si fueran caballos, tras ellas.

No escucha la voz de su madre. Tampoco la de su padre. Pero oye el piano estrellarse por el hueco de la escalera. Alguien lo ha tirado desde la salita de música del primer piso. Las teclas resuenan metálicas, danzando por las baldosas.

La puerta de su dormitorio se abre. Alguien entra haciendo un ruido feroz con unas botas que brillan en la penumbra del dormitorio. Están viejas, muy viejas, con la piel agrietada, pero bien lustradas. Las botas se detienen ante su lecho. Llevan cordones por toda la caña. Unas manos depositan un bulto a los pies de su cama. Ella ve el rostro del hombre, iluminado por la luna llena que está en lo más alto, tras la ventana.

María observa una cara alargada y jovencita por la rendija de las sábanas que le cubren la cabeza. Agarra bien el embozo para ocultar su miedo y hunde las uñas en las palmas de sus manos. Tiembla toda ella como si estuviera enferma y el sudor le empapa las mejillas. Es un muchacho. No quiere que la oiga respirar tan deprisa. Él tiene un rostro de ópalo, blanquecino por la luna llena. Un ojo le brilla, como el de una lechuza, pero el otro es oscuro y tenebroso y se mantiene vibrante entre las sombras del dormitorio, porque él la mira intensamente. ¿Y si le clava un puñal en la barriga?

María contiene la respiración. No quiere llorar ni orinarse en la cama, luego la regañará Ricarda. «Mamá, ven a por mí. No me dejes sola con este muchacho», se repite varias veces mientras intenta rezar un padrenuestro y un avemaría. El muchacho tendrá la edad de su primo Alonso, intenta tranquilizarse. Los chicos con la edad de Alonso han de ser tan buenos como él, quiere creer. Pero la cara de este joven es como la de un diablo, no se parece en nada a la de su primo, al que invoca para que regrese donde quiera que se encuentre y la salve de esa noche, cuyas estrellas cuelgan sobre su cabeza.

El joven da un paso al frente y arranca de un manotazo el crucifijo que está sobre la cama de María. Esquirlas de yeso caen sobre ella y él se da la vuelta y sale de allí golpeando la puerta sobre su marco. La cierra de nuevo con llave.

El bulto que el joven ha dejado a los pies de la cama es su hermanito Lorenzo. El bebé gime débilmente. Se mueve como una larva, envuelto en la mantilla de encaje de bolillos que le tejió la monja Ricarda cuando nació.

Lorencito lleva con fiebres muy altas demasiado tiempo. La monja Ricarda y Ana, la madre de María, rezan el rosario tres veces al día para que santa Ana le cure la enfermedad que se está llevando su vida.

Dice Ricarda que el chiquitín va a morirse en cualquier momento si no lo llevan al hospital de Toledo. Pero en Toledo no pueden entrar. Lo han tomado los nacionales y hay barricadas, trincheras y cruentos combates alrededor del Tajo. Su tío Manuel es uno de ellos, un alto mando de los militares que han ganado la ciudad para la causa rebelde, y nadie quiere ayudar en Mora a los Fernández de Amuradiel. El médico ni pisa la finca para tratar a Lorencito desde la sublevación, está amenazado de muerte:

es muy peligroso mantener relaciones con la familia de un golpista.

—Solo es cuestión de tiempo que vengan a por mí. ¡Me sacarán a *pasear!* —se lamenta el padre de María desde el 17 de julio. Ha adelgazado veinte kilos en los últimos meses y reza dos veces al día a los apóstoles para que hagan el milagro de salvarlos.

Y María se ha acostumbrado a esa frase que dice que «solo es cuestión de tiempo» y ya no le da importancia. A lo que no se ha acostumbrado es a la angustia constante y afligida de su madre y de Ricarda, que se pasan los días, las semanas y los meses arrodilladas en la capilla de la finca, cuando no están rezando a los pies de la cuna de Lorencito.

Hasta esta noche.

Ya están aquí.

Se han hecho realidad los temores de sus padres y parece que ni los apóstoles ni santa Ana los van a socorrer.

María se tira de la cama, coge en brazos a su hermano, envuelto en la mantilla, y lo acuesta a su lado. Lo tapa completamente con las sábanas. «¿Dónde está la monja Ricarda, que no cuida de Lorencito?», se pregunta. El niño está tan caliente que podría explotar de un momento a otro.

Hay demasiado alboroto en el jardín, en los patios, en las cuadras y las bodegas. Hay tal confusión por lo que está sucediendo fuera que no puede entenderlo. María gatea por las baldosas del dormitorio, se sube al reclinatorio en el que reza por las noches y se pone de puntillas. Pega la nariz contra el cristal de la ventana. La abre y asoma la cabeza intentando comprender.

La noche avanza iluminada por la luna llena. María ve un camión militar cargado de brigadistas, escoltado por motocicletas y hombres con fusiles que están por todas partes en su finca. Inundan el aire con voces graves y amenazantes. Dentro del camión van sentados sus padres. María no los pude ver bajo el toldo pardo del vehículo, pero sí oír los llantos de su madre y los gritos y los rezos desesperados de la monja Ricarda. Escucha la voz de su madre desde el interior del camión gritar: «¡Volveremos enseguida, María! ¡Todo esto es un disparate!». Su padre va muy erguido, con la cabeza bien alta de los Fernández de Amuradiel y las manos atadas sobre el regazo. La monja Ricarda reza al Señor con humildad y contrición para que los acoja en su seno y no los deje sufrir demasiado.

Por detrás de los tilos y la fuente, la capilla de la finca está ardiendo. El fuego lo controlan los brigadistas con cubos de agua que sacan de la alberca, para que no se extienda al resto de edificaciones, a los olivos y encinas que rodean la casa principal.

El camión militar arranca. María lo ve perderse por el camino empedrado para salir de Las Canónigas. Las lágrimas cubren su pequeño rostro, redondito y frágil. A su hermano apenas le asisten las fuerzas para respirar dentro de la cama de María, tapado hasta la cabeza. Ella se ha quedado rígida como una roca ante la ventana. Quizá sean fantasías de su mente delirante.

A cuarenta y cinco kilómetros al sur de Mora, en el municipio de Camuñas y en medio del campo, bajan del camión a golpes de fusil a los Fernández de Amuradiel, acompañados por la monja Ricarda, hecha un mar de lágrimas. Tienen los tres los ojos vendados y atadas las manos. La luna alumbra los cultivos, el pedregal y las lomas. La boca del pozo está descubierta.

De pronto la luna se oscurece. El tamaño de su sombra deja sin aliento a María. Ya no la encuentra y la busca asustada por un cielo plagado de estrellas. La muerte está detrás de su ventana, a pocos pueblos de allí. Un círculo de sombra se lleva la luz de la noche y, con ella, la luz de su vida desaparece. Tiene miedo, demasiado miedo, y abandona la ventana, se acuesta rápido y abraza a su hermano lo más fuerte que puede.

En la oscuridad del eclipse a los padres de María les disparan en la nuca en una antigua mina de plata. Tan de plata como la luz de la luna oculta por la Tierra. Un par de granadas explotan sobre los cuerpos del matrimonio y la monja de compañía, a más de veinte metros de profundidad. Después la luna huye de las sombras, el cielo anaranjado la pinta de cobre y vuelve a brillar blanca y redonda sobre la boca de la mina de Las Cabezuelas, que los pastores llaman «la Minilla».

Un mochuelo emprende el vuelo. Su silueta se recorta entre la luz y desaparece en la noche. Su ulular lo acompaña por las tierras de La Mancha. El camión militar arranca a los quince minutos y regresa a Las Canónigas sin los Fernández de Amuradiel ni la monja Ricarda.

Amanecer en Las Canónigas

Pobre niña, su familia ha caído en desgracia. Al padre lo han matado, era hermano de un general golpista que se atrincheró en el Alcázar de Toledo con toda su familia, y ahora la ciudad está bajo el control de los sublevados. Y la madre ha acompañado a su marido por protestar, y también la monja, otra protestona, hermana del arzobispo insurrecto de Toledo.

—Eso les pasa por discutir, cuando tenían que estar calladitas.

Tres brigadistas hablan y discuten en la cocina del edificio principal de la finca de María, que ya no es la finca de los Fernández de Amuradiel porque ha sido incautada anoche, han echado a las criadas, a los mozos y capataces. Algunos han escapado hacia los montes de Toledo, por si alguien los denuncia por lo que sea. Y otros se han unido a las milicias para resarcirse en la finca de los agravios de sus patrones ya muertos y sepultados, y bien sepultados bajo metros y metros de tierra y de rocas.

María está en un rincón de la cocina, sentada en un taburete con su hermanito en brazos. Ha presenciado cómo se comían sus nueces y las perdices escabechadas de su madre. Las orzas de barro están reventadas contra las baldosas del suelo y han desparecido los lomos de venado en aceite que había en ellos, escondidos por la cocinera en el sótano de la cocina. Los oficiales y el comisario han terminado de comer, sentados a la mesa, y tres brigadistas, que no paran de hablar, esperan arrellanados en unas banquetas, junto a la puerta que da al patio. La luz entra sofocante y las baldosas amarillas de la enorme cocina brillan como espejos.

—Joder, ¡cómo comen los ricos!; mientras, el pueblo se muere de hambre. ¡Cabrones! —dice uno de ellos, con el pelo tan blanco como un albino.

—Qué putada, esta niña y el bebé —protesta otro, con una gorra puesta al revés.

El bebé es el único hermanito de María. Ella lo siente muy frío entre sus brazos, será porque lo lleva muy prieto contra el pecho. Está tan delgado que la mantilla que lo arropa parece vacía. Lorencito se mueve muy poco desde la madrugada.

—¿Cuántos años tienes, niña? —le pregunta el comisario, dirigiéndose a ella por primera vez, desde la cabecera de la mesa, ocupando el lugar en el que se sentaba su padre.

—Se llama María, señor —contesta Aguirre—, y tiene seis años. Su madre no hacía otra cosa que rezar por ella.

—Estas criaturas son víctimas de la maldición de los ricos y sediciosos por ser ricos y sediciosos y, además, beatos, cuando no hay que serlo.

María se tapa los oídos para no escuchar al de la gorra al revés; apenas tiene pelo, parece que se le ha quemado.

—¡Viva Lenin!

—¡Ganaremos la guerra!

—Joder, ¡cómo viven los ricos! —vuelve a decir el albino.

—¿Qué vamos a hacer con los críos?

A María le horripila la extraña mirada del joven brigadista de las botas brillantes. Su acento es diferente al de los demás. Tiene un ojo distinto al otro, ahora lo ve bien, a la luz del día. Parece de otro mundo. Él no deja de mirarla, María no entiende por qué. Es el ladrón que entró en su dormitorio la noche pasada a dejarle a su hermano y le robó el crucifijo de la pared. Maldito.

—Habrá que llevarlos a una familia de Mora. La niña podrá ayudar. Está bien hermosa.

—Sí, al viudo Perico, el de la tahona, tiene dos hijos en el frente, es de la CNT y les echará buen ojo. Pan no les va a faltar.

—Esta niña tiene mala cara. Dadle unas nueces y un poco de carne, a ver si le salen colores, que no la vean maltratada en el pueblo. Y luego la sacáis de aquí —ordena el comisario.

—A ver, pequeña, suelta a tu hermano, ¡qué lo vas a ahogar!

—¡Joder, este niño!

—Nosotros no le hemos hecho nada, mi comisario. Se lo juro. ¿Lo habéis visto?

—No seas cabrón, pobrecilla. No la veis, tiene tanto miedo que no puede ni hablar.

—¿Qué delito han cometido estos críos?

—Ser hijos de oligarcas y facciosos. Y serán oligarcas y facciosos cuando crezcan, ¿te parece poco?

—¡Silencio, cojones! Qué jaleo hay aquí —grita el comisario.

Se levanta de la mesa y se aproxima a María. Lleva una gorra con una insignia roja que ella no ha visto nunca, y su pequeño corazón palpita sobrecogido bajo la mirada de ese hombre. Ella se aferra aún más al cuerpo de Lorencito.

—¡Suelta a tu hermano, muchacha! No nos comemos a los niños. Y recuerda estas palabras: la culpa de todo lo que os pasa la tienen el cabrón de tu padre, que era un terrateniente explotador, y el asesino de tu tío, que es un militar sedicioso, ha entregado Toledo a los rebeldes y por su culpa está muriendo mucha gente. Qué nunca se te olvide lo que te dice este comisario, María. Venga, sacad de aquí a la cría, y encargaros del niño.

El brigadista de las botas brillantes se acerca cruzando la cocina. Ella escucha sus pasos, un, dos, un, dos... Se tapa la cara con un extremo de la mantilla de Lorencito.

—Me encargo yo, mi comisario. ¿Lo ha visto? ¿Qué hago con él?

—Lo que quieras, Aguirre, lo que quieras, estamos en guerra.

El niño

Desde que el joven Mitxel Aguirre abandonó Guernica y se alistó en el Ejército de Euskadi, su vida es una continua retirada. Escaramuzas ganadas, pequeños avances y retrocesos continuos.

Lo ha perdido todo, pero, al menos, espera conservar la vida y no perder la guerra. Las fuerzas del Eje han conseguido Bilbao, conquistado Euskadi y han aplastado a los combatientes vascos, como quedaron aplastados Begoña y Jon bajos sus bombas.

Las súplicas y el llanto de María le encogen el corazón. Por primera vez, desde que su vida se ha convertido en nada, en un absurdo vacío sin emociones, siente lástima por una cría. Más cría que Jon. Tiene que zarandearla con el ímpetu de un hombre para abrirle los brazos, tan frágiles y fuertes, y arrebatarle a su hermano. Ha de interpretar lo que desearía el comisario y obrar según sus órdenes. Mitxel nunca ha visto un niño tan pequeño; se estremece cuando se da la vuelta con el bebé para deshacerse de él. La niña es un mar de lágrimas, gira la cabeza mientras Mitxel se aleja y le grita con toda su rabia: «¡Devuélveme a mi hermano y devuélveme mi crucifijo, ladrón!».

Es tan trágica la situación que se le saltan las lágrimas con el bebé en los brazos, pequeño como una liebre, cuando lo mete en un saco de estopa; él, que ha matado en el frente a muchos hombres, sin misericordia, con el agrio sentimiento de venganza que lleva toda derrota. En Guernica le llamaban «el Duro», por lo duro que era ganarle un partido de pelota, y está acostumbrado al sufrimiento humano. Una vez tuvo que sacarle el ternero muerto a Carmenchu, siguiendo las indicaciones de la *ama*, que dirigía el parto, y desde entonces sabe lo difícil que es nacer.

La niña está tan rígida como si la hubiera estrangulado con sus propias manos, con un vestidito de encaje blanco arrugado, de pie, junto a la barandilla de la escalera del gran zaguán de la casa, sola y rodeada por los camaradas de Mitxel. No responde a ninguna pregunta que se le hace y le cuesta respirar.

Ningún brigadista quiere participar de semejante tristeza y todos se van dando la vuelta para dejarla sola. El comisario designa a dos combatientes toledanos y se la llevan del brazo a la tahona del pueblo como se lleva un cordero al matadero, sin ninguna resistencia, abandonada a morir como muerta está su familia. Como muerta está la familia de Mitxel.

Ojo por ojo, diente por diente.

Mitxel sale de Las Canónigas en la motocicleta que conduce desde que entró en la 46.ª Brigada Mixta del

Ejército Popular de la República. Transita por los rodales entre las viñas, derrapando por la tierra manchega, reseca y agrietada. El saco de estopa va dando bandazos sobre la rueda delantera. El tiempo transcurre y la luz se vuelve escarlata y tiñe el paisaje de ocres y naranjas, como una imagen bíblica que nunca ha visto hasta entonces. Al caer la tarde entra en el pueblo y conduce sin rumbo por las callejuelas de una población plana y sin color. Da vueltas alrededor de la plaza y vuelve a entrar en las viñas y los sembrados, hasta que se queda sin gasolina y tiene que arrastrar la motocicleta para llegar a los depósitos de combustible de la Brigada, instalados bajo los altos techos de una bodega incautada a otro terrateniente de Mora.

Es noche cerrada cuando regresa a Las Canónigas y le da parte a su comisario político de la misión cumplida, que él mismo, sin saber por qué, se impuso, cuando otro podría haberse encargado del niño. Se habría ahorrado un cargo en la conciencia que creía haber perdido. Será el hastío del frente y de las batallas.

El comisario no le pide explicaciones de lo que ha hecho con el hijo pequeño de Lorenzo Fernández de Amuradiel. Ni él intenta contarle lo que ha estado haciendo durante las horas que lleva ausente, ni le habla del año de guerra que ha forjado en él una visión de la vida que nunca pensó que existiera desde que regresó a Guernica, tras el bombardeo, para ver su tierra desmembrada.

El comisario observa intrigado el aspecto extraño que tiene el joven brigadista, sentado tras la mesa del despacho de Lorenzo Fernández de Amuradiel, que es ahora su mesa de trabajo, donde despliega mapas, partes de guerra, correos que envía y recibe de Madrid y del Partido, boletines, libros manoseados con las pastas retorcidas y sucias, manuales y propaganda que usa en el frente. Hay una lista de depuración dada la vuelta.

—Ve a descansar, Aguirre. Mañana será un día duro. Entraremos en combate contra los Tiradores de Ifni, están atrincherados a cuarenta kilómetros al norte.

El comisario coge uno de los libros desparramados sobre la mesa y se lo entrega. Es un poemario de Rafael Alberti. Mitxel no sabe quién es Rafael Alberti.

—Léelo, Aguirre, te quitará pesares, y ayuda a conciliar el sueño.

La voz del comisario suena como un mandato divino que dicta una sentencia de muerte, la del niño, la de la familia Amuradiel, la suya y la de todos los brigadistas que han ocupado Las Canónigas.

—Como ordene, mi comisario. —Aun así, piensa que no podrá dormir esa noche.

Y Mitxel, tumbado en el catre de una tienda de campaña con el uniforme puesto, intenta leer el libro. No puede concentrase en la lectura y le cuesta entender lo que sugieren los poemas. Se siente acompañado por el canto de los grillos y las conversaciones de sus camaradas en las tiendas cercanas, y se abandona al pasado intentando olvidar el día de hoy y el de mañana, que todavía no ha llegado, pero llegará sangriento.

Ya ha cumplido dieciocho años. Toda la edad de su amada tierra vasca se le metió en los oídos, en la garganta y en los ojos cuando regresó a su pueblo el mismo día en que le dieron la noticia del bombardeo para buscar a la *ama* y a su hermano, abandonando el frente de Vizcaya y el Cinturón de Hierro, que fue tomado por las tropas nacionales semanas después del bombardeo de Guernica. Desconoce la suerte que han corrido sus camaradas de búnker, Vilaño y Arizmendi. Si habrán escapado o estarán sepultados en la montaña. Él ha salvado la vida dos veces.

En cuanto oyó la noticia, salió de inmediato, abandonando su puesto y a sus camaradas. Mitxel halló su pueblo como salido de una incineradora. Se cruzó con procesiones de vecinos que bien conocía; huían precipitadamente cruzando el río. Se arrodilló a los pies de los escombros de su casa, entre cientos de personas cuyos llantos y gritos enmudecían su alma, buscando, desenterrando, levantando piedras y muros derrumbados, durante la noche y el día, bajo la luna y el sol, enmudecidos por las nubes del mes de abril.

El aire olía a humo, a cenizas y a benceno.

Solo encontró en pie dos paredes de la casa, cuyas vigas de madera calcinada quedaron al aire. El fuego había arrasado el establo y abrasado a sus vacas y a su *ama*, retorcidas y negras las tres. Nadie había rescatado a su familia todavía. Y de rodillas derramó las lágrimas que creyó poseer. Sacó su manta del petate y acomodó en ella los restos carbonizados de Begoña. Su falda negra era polvo y le faltaban las manos. A Mitxel el hollín le tiznaba los brazos y la cara, y el sudor y las lágrimas le nublaban la vista. Caminó con su *ama* en brazos dando tumbos por un pueblo fantasma hasta alcanzar el cementerio. La enterró envuelta en la manta, en la misma sepultura en la que estaba su *aita*, bajo una cruz de madera y unas piedras amontonadas con la forma de un cuerpo.

Un vecino le dijo en el camposanto que al pequeño Jon lo habían visto entrar en el refugio de la calle Santa María durante el segundo bombardeo, sobre las seis y media de la tarde. Nadie había sobrevivido tras derrumbarse y aplastar a las cuatrocientas personas que entraron para protegerse de las bombas de la Legión Cóndor. Una tremenda desgracia. El refugio no había sido terminado a tiempo y no soportó la embestida aérea. Se venció como un castillo de naipes, sepultando a medio pueblo.

La calle Santa María estaba reventada, abierta en canal. Algunas fachadas abrasadas se mantenían en pie. Los habitantes intentaban como podían recuperar sus pertenencias entre la devastación. Con bueyes y carros se desescombraba el derrumbe. Se rescataba a la gente sepultada. Los caballos tiraban de los muros caídos. Los cadáveres carbonizados de una familia entera salían a la luz. El cura rezaba y las monjas se encerraban en los claustros de las iglesias que quedaban en pie. Las mujeres ayudaban a los hombres, que hacían cuanto podían en el rescate hasta que llegaron los bomberos.

Mitxel estuvo buscando desesperadamente por los ciento cuarenta metros del refugio hundido de la calle Santa María. Era posible que Jon hubiera escapado, que quien dice que lo vio entrar no lo viera de verdad, o no fuera él y no entrara en el refugio, y estuviera escondido y aterrado en el monte, en la guarida de un lobo. A Jon le encantaban los lobos. Decía que eran sus amigos y le tejió a la *ama* un cordón de cuero con un colmillo de loba.

Abatido y desmoralizado, Mitxel huyó precipitadamente de Guernica, sin poder recuperar el cuerpo de Jon, al entrar la infantería y los soldados marroquíes a caballo. La guerra se instalaba en el aire y en los olores, visibles los boquetes de las explosiones en las carreteras y los caminos. Se sentía desorientado. Sin familia. Su vida había desaparecido bajo el estruendo de la aviación enemiga y solo veía cadáveres en las sombras, dando traspiés, blancos como el papel por caminos intransitados, para no toparse con los soldados alemanes, italianos, moros o requetés.

Durante toda la primavera las tropas rebeldes condujeron su artillería y caballería por los montes del País Vasco. Sus ataques eran impredecibles. Él corría como pastor sin ovejas, con un fusil, un petate y un cinturón de balas. Se refugiaba en los caseríos que le daban pan y cobijo, en la espesura de los bosques y en los límites de los desfiladeros, bajo el control de los aviones legionarios que, a vuelo rasante, supervisaban el territorio conquistado en busca de enemigos, desertores y huidos como él.

Cruzó los dominios rebeldes. Se le rompieron las botas, se las ató con juncos y le sangraban las piernas. Consiguió alcanzar Cataluña. Llegó como un náufrago a la deriva y se alistó en la ciudad de Lérida. Dejó de ser un *gudari* para combatir en las milicias antifascistas, dispuesto a acudir al lugar en que fuese más útil. Había perdido la orientación y su lugar en el mundo. Y, trinchera tras trinchera, un día pasó de ser miliciano a formar parte del Ejército Popular de la República, con el grado de cabo y un uniforme militar que le hizo sentirse un hombre por primera vez.

Viajó de sector en sector y de una división a otra, en un cambiante teatro de operaciones, cruzando la península hasta llegar a la batalla del Tajo y formar parte de la Brigada del comisario Carlos Estaún, que combate al sur de Toledo. Y en La Mancha toledana ha dejado de rodar como una peonza y su luz brillante le ciega la vista. Todo se vuelve blanco. Solo ve rostros blancos, silencio blanco, guerra blanca; el mundo centellea bajo el terror del color blanco que sus ojos ven por donde miran.

II

1939

LA TAHONA

Perico vive en el piso de arriba de la tahona, más solo que la una, y jamás le ha dejado a María subir a la vivienda. En la pared de la blanca escalera hay un letrero de cartón escrito en cal viva que pone con mala letra: «Mientras exista una clase inferior, perteneceré a ella. Mientras haya un elemento criminal, estaré hecho de él. Mientras permanezca un alma en prisión, no seré libre».

Perico es un viejo cheposo con mal humor. Odia al gobierno republicano, a los comunistas, a los fascistas y a todo bicho viviente que no sea discípulo de Mijaíl Bakunin. Nunca le habla con afecto a María, la trata con indiferencia y la machaca a trabajar, pero jamás le pone la mano encima. A veces saca del morral y pone sobre la mesa de la tahona tabletas de chocolate, mantequilla, queso de oveja o carne de vaca en lata que se procura en el estraperlo, y no la deja ni tocarlos.

—Mira lo que traigo, pero no es para ti, a menos que digas una sola palabra —le dice, vestido con un mono azul hecho girones que cuida como si fuera el frac de su boda, con lo gordo que está, y no es de comer, sino de enfermedad, cree María—. Métalo en la fresquera, y como falte algo, te muelo a palos.

Ella jamás le pide nada porque no habla desde el día en que entró por la puerta de la tahona. Y eso le molesta al tahonero, y mucho. Ella come lo mínimo. Piensa que un día la puede pegar de lo lindo si mete la mano en la fresquera, que es donde él guarda los alimentos prohibidos, como él llama a todo lo que no sean lentejas con bichos y patatas podridas.

—¡Habla, mocosa, habla, que es de mala educación! —la suele reprender cuando María se pone el mandil limpio, al sonido de la campanita de la puerta, y sale a despachar a las parroquianas del pueblo, sin vergüenza alguna por ser del bando nacional, aunque el viejo le repite a menudo: «Avergonzada tienes que estar, avergonzada, de llevar la sangre que llevas».

Y ella solo murmura bajito, a escondidas, rezos interminables para que acabe la guerra, regrese su tío y la saque de allí.

María cree vivir en el interior de un cuento de desgracias, de los que le leía la monjita Ricarda, cuando tenía a Ricarda y su vida era la vida de una princesa y no la de una huérfana raptada por el enemigo. Ella odia al tahonero a más no poder, y observa que a veces él la mira con rencor y un extraño mohín sin compasión aflora en sus labios.

María, por las noches, descuenta en su calendario imaginado los días que lleva en la cárcel del tahonero y se tortura con la fantasía de una comilona de migas con uvas, gachas, perdices en escabeche, pisto con huevos fritos, flores con azúcar y pestiños de miel. No ha regresado a Las Canónigas desde que asesinaron a sus padres y se llevaron a su hermano. Malditos. Ojalá el viejo la hubiera rechazado cuando la dejaron allí, en la calle de los Alguaciles de Mora de Toledo. El tahonero se resistió en un principio, no deseaba mantener a una cría cuyos padres habían sido ejecutados en un juicio sumarísimo y el único pariente que le quedaba era un general sublevado del Ejército Nacional. Era una boca incómoda y peligrosa que alimentar. Pero se vio obligado por la autoridad militar, y la vio desvalida, callada y obediente. Pensó que la cría no le daría problemas y ayudaría en el despacho a vender las hornadas. Los dos hijos de Perico se alistaron a principios de la guerra en la Columna Durruti y estaban en el frente catalán. La soledad no es buena para un viejo panadero que tiene deformada la espalda y le duele horrores de cargar sacos de cereales y de trillar en las eras como un burro desde que nació.

Y ella, con los ojos rebosantes de lágrimas, se tapa los oídos para no escucharle al viejo lo que sufrió de pequeño por ser pobre, y sobre todo le horroriza cuando le oye decir, pegado a la radio de la que no se separa:

—¡A tu tío lo van a matar!, y te quedarás siempre conmigo. Me cuidarás hasta que muera, porque mis hijos no van a regresar vivos de la guerra, ya lo verás. Los cabrones como tu tío se encargarán de matármelos, ya lo verás.

Esta sentencia se la ha repetido las últimas semanas, poniéndola a prueba, con una voz que ha perdido toda esperanza, sobre todo cuando escucha en la radio que los nacionales avanzan posiciones cada día.

Cataluña ha caído en febrero. Los dos hijos de Perico que combatían en Gerona con el Ejército Popular Republicano han huido hacia Francia por el paso Le Perthus, en los Pirineos. Perico no tiene noticias de ellos desde entonces. El 5 de febrero cruzaron la frontera española el presidente de la República, Manuel Azaña, con el presidente de la Generalidad, Lluís Companys, y el primer lendakari del Gobierno Provisional del País Vasco. El 5 de marzo se produjo un golpe de Estado y al día siguiente huyó de España el presidente del Gobierno desde el aeródromo de Monóvar, provincia de Alicante, con parte de su gabinete.

Desde hace unos meses, a Perico se le ponen los pelos de punta escuchando todo esto en su viejo receptor, sentado en una silla de enea bajo la cal resquebrajada del techo. Se mece hacia atrás y a ella le gustaría empujarlo para que se rompiera la crisma. Y María, subida en un cajón de madera, para llegar bien a la pila, le lava los calzoncillos en un barreño de cinc. Restriega con jabón la mierda que suelta el viejo. Si pudiera, lo envenenaría. Le sacaría las tripas y las echaría al fuego del horno para dárselas de comer a los gatos famélicos que corren por la calle, perseguidos por niños hambrientos. Se mira las manitas y se las ve enrojecidas de frotar con un jabón con demasiada sosa. Los deditos le duelen. Una niña no debería vivir como vive ella ni trabajar como trabaja, tan pequeña. Ni siquiera las más pobres del pueblo sufren sus padecimientos.

Perico maldice a la Virgen María cuando se oye por la radio: «Desde el mismo aeródromo de Alicante se apresuran a salir Dolores Ibárruri, Rafael Alberti, Mª Teresa León, Enrique Líster y Juan Modesto, entre la cúpula política, rumbo a Orán, con destino final Toulouse, a bordo de aviones Douglas DC-2. El Gobierno de la República ya está en el exilio. Empujados por el avance enemigo, miles de combatientes y convoyes cargados con soldados huyen de Cataluña. Columnas de refugiados, niños y mujeres; familias completas caminan hacia Francia con lo que han podido sacar de sus casas, amenazados por los bombardeos franquistas».

Y ella imagina entre la multitud abatida a Pablo y a Eusebio, los hijos de Perico que no conoce, salvo por una fotografía que lleva el viejo en su desgastada cartera, atada con una cuerda. Son dos pelirrojos bajitos y delgados. Llevan un mono desteñido y un fusil al hombro que les habrán quitado los franceses si cruzaron la frontera. Las mujeres del pueblo dicen que Pablo y Eusebio, llamados los «Periquitos», mataron al párroco a tiros en plena calle antes de marcharse al frente. Ahora estarán en un campo francés, tras alambradas, en espera de que el Gobierno de Francia sepa qué hacer con los cientos de miles de refugiados españoles, entre ellos los dos pelirrojos con cara de pillos de la fotografía que ella le ha visto mirar al tahonero miles de veces. Daría su mejor vestido por quemarle esa fotografía que es la única que tiene de sus hijos.

—Franco —murmuran las mujeres en el despacho de pan— está ganando la guerra. No tardarán en entrar en Mora.

Y María cuenta los días, las horas y los minutos para que llegue ese momento.

Ya no le sirve la ropa que sacaron los brigadistas de sus armarios para llevársela al viejo, que se negó a comprarle una sola prenda cuando llegó a la tahona, y ha crecido bastante; ya es más alta que el jorobado Perico. Sus bonitos y delicados vestidos están viejos y raídos de tanto lavarlos y llenos de remiendos para alargarles el bajo. El frío que pasa en el invierno, cuando el horno se apaga, le ha congelado la sangre y le han salido sabañones que le duelen hasta cuando hace calor.

Ahora Perico no quiere leer la prensa ni escuchar la radio, ni deja que María la sintonice para oír pasodobles. Y ella cada día está más contenta, se peina con esmero y come algo más para estar presentable cuando su tío la rescate de ese lugar oscuro y nauseabundo, y maten a Perico.

Porque lo van a matar, está segura, en cuanto entren en el pueblo, y le gustaría presenciar ese momento. Aparecerá su tío victorioso montando a caballo y sus tanques derribarán la tahona hasta convertirla en escombros, y luego los quemarán y arderá toda la miseria en la que la han obligado a vivir esos cochinos.

Muchos hombres están huyendo, y brigadistas y soldados desertan de las trincheras de un combate encarnizado a pocos kilómetros de Mora.

Ya se oye la artillería. La Legión Cóndor bombardea posiciones republicanas sin descanso en la ofensiva final. Es cuestión de días o de horas. Han visto al general Von Richthofen en la cima de un cerro, supervisando los bombardeos con sus prismáticos, a pocos kilómetros del pueblo.

Parece que Mora pasa por un duelo. Nadie se sienta a la puerta de su casa para ver desfilar a los brigadistas en retirada, que vacían el pueblo a toda velocidad. Los postigos de las casas están cerrados y las cortinas echadas. Las calles se ven desiertas tras la salida del último camión del Ejército Popular abandonando posiciones hacia Levante.

Un silencio de cementerio danza por el pueblo.

Retirada

El comisario político va delante, a paso ligero, por un campo en barbecho con grandes piedras y pequeños cráteres. Lleva el fusil al hombro y dos pistolas en el correaje.

—No hay que perder la moral, Aguirre. No hay que perder la moral —dice todo el tiempo, dando traspiés entre grandes terrones de tierra arcillosa.

Han perdido la sección entera de morteros. Los tiradores han sido descuartizados por el mortero enemigo, al lado de la carretera. Morteros contra morteros.

Mitxel lleva a la espalda el único que les queda. Los proyectiles los ha tenido que abandonar en el campo de batalla. Su unidad ha quedado descolgada y se disuelve rápidamente. Mitxel y el comisario se refugian enseguida tras un altozano. Los brigadistas y los oficiales corren campo a través hasta esconderse lo más lejos que pueden para ponerse a salvo. Tres batallones nacionales van tras ellos y disparan granadas y proyectiles por encima de sus cabezas.

—Los que queden vivos serán asesinados, no tardarán en capturarlos. ¡Corre, Aguirre, corre!

Los dos se precipitan hasta un campo de olivos. Lo atraviesan. Llegan al camión, tras un parapeto. La aviación enemiga les da una tregua y Mitxel arranca el vehículo cuando el comisario da la orden. Se han quedado aislados de los ciento treinta y cuatro combatientes de su línea de ataque, ya en retirada.

—Es hora de poner pies en polvorosa —dice el comisario—. Hay que salvar el pellejo para ganar esta guerra.

—¿Hacia dónde me dirijo, comisario?

—Tenemos que llegar a Alicante esta noche, Aguirre. Mejor vivos que muertos. Y llámame Carlos, nada de comisario. Por precaución. No sabemos lo que vamos a encontrar.

En el camión llevan combustible, munición, granadas de mano, tres fusiles ametralladores, un trasmisor y víveres suficientes para un largo viaje.

El comisario tiene una nariz tan grande que a Mitxel le recuerda la de su *aita*, que, si viviera, tendría la edad del comisario. El joven conduce con destreza por un camino de tierra baldía que se adentra en un pinar. Cruzan un riachuelo en dirección a Albacete. Sigue las torpes indicaciones de su comisario, parece no conocer bien la zona. Pero él es capaz de orientarse como una abeja, cree sentir el campo magnético de la tierra, posee una gran intuición y sabe de mecánica. Es muy mañoso, hábil y rápido como una liebre. Respetuoso. Da confianza a la gente que está a su lado. Su *ama* se lo decía a menudo y le quería tanto. «Mi Mitxel vale para todo, como su *aita*», decía orgullosa a sus clientas.

—¿Tienes padres, Aguirre? Eres muy joven.

Parece que el comisario le lee el pensamiento.

—Tenía.

—Yo solo tengo un hijo, y de tu edad, enterrado en el cementerio de la Almudena.

Mitxel siente un fuerte dolor en el paladar. Tiene la boca seca y no quiere hablar de su familia ni de la familia del comisario. Solo necesita estar concentrado en el camino amarillento que se eleva en la lejanía y parece agrandarse, con el enemigo acechando en los cielos.

—Tranquilo, Aguirre, no soy un capellán requeté. No te voy a confesar.

El comisario es demasiado listo y demasiado astuto. Es un cuadro del Partido Comunista y dice de sí mismo que es «el guardián de las ideas». Vivía en Madrid, en Puente de Vallecas, y era propietario de un taller mecánico. Estuvo en el frente de la capital al comienzo de la guerra. Bien relacionado en el Partido y en el Gobierno, supone Mitxel. Tiene varios uniformes nuevos, habla por radio varias veces al día, de forma confidencial; tiene una gran seguridad en sí mismo y una exagerada convicción en la victoria. Puede matar a cualquiera sin perder la sonrisa. Nunca se le ve disgustado, aunque las contrariedades militares hayan acabado con toda su Brigada, a la que le sobraban hombres y le faltaban armas. Manda más que el mayor de milicias, el jefe de la Brigada, un capitán de infantería enterrado en el día de ayer, fallecido por heridas de guerra.

Mitxel evita las carreteras principales y circula por caminos, entre fincas de labranza y linderos de cotos de caza. Extensiones de tierra pajiza que reverdece y campos de cereales. Avanzan dando tumbos por una sucesión de pueblos que parecen vacíos. No quieren cruzarse con los cientos de milicianos que abandonan sus puestos, desertores de una retaguardia que se desmoviliza por horas. Se ven en las carreteras grandes grupos de hombres desalentados. Buscan una escapatoria hacia el mar Mediterráneo para salvar la vida.

La inteligencia alemana viaja en lujosos vagones de tren y diseña la última etapa de la victoria. La guerra ya la tienen ganada. Y Mitxel viaja por el último reducto republicano para llegar al mar.

Hace horas dejaron atrás Albacete. A la altura de Elche se desvían para dar un rodeo y evitar las caravanas que se van formando huyendo del avance nacional. El aire ya huele a salitre. La noche avanza y las luces de la última esperanza aparecen en el horizonte del camino, iluminando el cielo.

Según se aproximan a Alicante, Mitxel contempla en la oscuridad de la carretera columnas de hombres que marchan como zombis, combatientes y civiles dirigiéndose al puerto en medio de la oscuridad, cargados con mochilas y maletas, algunos llevan linternas para alumbrar el camino en busca de un barco que los saque de España. En silencio. Sin lamentos. El miedo a un bombardeo está prendido en el aire.

—No vamos a morir bajo el fuego enemigo, ni nos van a apresar como a estos infelices para darles matarile. Así que alegra esa cara, Aguirre, y no me mires con el ojo azul; el marrón me gusta más. Confía en tu comisario y acelera este trasto, que nos largamos de esta puta ratonera. Y mientras cruzamos Alicante, te recito lo que recito siempre a nuestros camaradas para recordar quienes somos:

Mañana dejo mi casa,
dejo los bueyes y el pueblo.
—¡Salud! ¿Adónde vas, dime?
—Voy al Quinto Regimiento.
Caminar sin agua, a pie,
monte arriba, campo abierto.
Voces de gloria y triunfo,
—¡Soy del Quinto Regimiento!

Mitxel no entiende la alegría del comisario, cada vez lo ve más lejos de la pavorosa realidad que niega a toda costa, aunque la tenga delante. Es muy cruel el dolor de la derrota y el comisario parece no sentirlo, mientras el camión se tambalea en la oscuridad.

El desorden y el desconcierto reinan en las calles de la ciudad que aparece tras los sucios cristales del vehículo militar con los cercos cargados de tierra. El traqueteo del camión suena ligero al entrar en el recinto portuario, en dirección al edificio de la Comandancia de Carabineros. Todas las luces del puerto están encendidas. Mitxel detiene el camión frente a una puerta de madera tallada. El comisario le pide su carnet del ejército. Él se lo entrega algo desconcertado y el comisario, sin darle ninguna explicación, baja enseguida del vehículo. Ha dejado el fusil en el camión. Mitxel apoya la frente en el sucio cristal. Los muelles están vacíos. Solo está atracado un buque mercante, el único navío que se ve sobre el agua.

El mundo entero parece hundirse esa noche. Alicante va a la deriva y se ahoga en la desesperación. Cientos de hombres y mujeres con niños, brigadistas y militares llegan de todos los lugares en la fría y húmeda madrugada. En masa se mueven hacia el puerto, se empujan unos a otros e intentan llegar al muelle donde está atracado el navío extranjero. La multitud intenta derribar las vallas que acordonan el acceso al buque, bajo vigilancia de carabineros armados en una atmósfera saturada de desesperación. La división italiana Littoro está entrando en la ciudad por la carretera de Madrid. Mitxel observa aterrado el desconsuelo en las caras de la gente. Algunos se quitarán la vida allí mismo, esa noche, en el último terruño que conserva la República que pronto dejará de existir.

«Todo va a salir bien. Nadie morirá», se murmura a sí mismo para darse ánimo, contradiciendo a la poderosa maquinaria de su mente, deseando que aparezca pronto el comisario y no lo abandone en el puerto, en el que va a ocurrir una tragedia.

Se lo dice su instinto.

Liberación

La tahona no tiene harina ni leña y el horno está frío desde hace días. Por la calle unos niños arrastran la figura de un santo policromado hasta la iglesia, lo colocan sobre el altar y salen corriendo. Una mujer intenta detenerlos en la calle.

—¡Canallas, ladrones, ya era ahora de devolverlo!

Sobre un tanque soviético abandonado a la entrada del pueblo han colocado la bandera de España con el águila de San Juan y ondea suavemente sobre un desfile de soldados nacionales que entran por la carretera. Irrumpen en Mora en marcha militar, acompañados por la multitud. Todos con los brazos en alto. Los vítores y los saludos son para los vencedores. Los hombres del pueblo los reciben como héroes y hacen volar las gorras por el aire. El brillante sol de la mañana enluce las camisas y los rostros.

Muchos vecinos se esconden o huyen monte a través, y sus mujeres rezan para que no los maten.

Sin embargo, el viejo tahonero no reza ni rezará nunca porque no cree en Dios, ni se arrodillará jamás ante las tropas enemigas que entran en el ayuntamiento, en los edificios oficiales, y llenan las calles y los caminos con un nuevo orden. Las campanas de las iglesias repican y las monjas salen de los conventos para aplaudir con lágrimas en los ojos al movimiento salvador.

María siente la liberación y llora. Llora como no lo ha hecho desde la noche en que se llevaron a sus padres y secuestraron a Lorencito de Las Canónigas. Su vida se paró entonces como se para un corazón. Un corazón que no ha latido desde el 21 de junio de 1937. La sangre se le quedó varada en las venas y la siente de nuevo circular con el calor maravilloso de la vida que la inunda, y sigue llorando y no puede parar, arrodillada bajo la higuera del patio. Levanta el rostro hacia el sol. Sus mejillas se iluminan en la espesa noche de su corta vida.

Unos golpes enormes derriban la puerta de la tahona. Clamores enloquecidos de militares vuelan a sus espaldas, trepan por las escaleras hacia la casa del tahonero y entran en tromba en el patio hasta rodear a María.

Ella sigue de rodillas, bajo la higuera. No se puede mover, está paralizada de alegría. Nunca creyó que la felicidad pudiera paralizar el cuerpo de una niña. Ahora se acuerda de todo. Y no quiere recordar, pero recuerda en cuanto ve la cara de su tío, porque es su tío, aunque casi no lo reconozca. Se lo dice el instinto y la forma en que la mira un general de división que se agacha a su lado para observarle la cara y rodearla con sus brazos de hombre, bajo un uniforme militar con brillantes distinciones.

Escucha muy lejano lo que le dice su tío, envuelto en una nube de ensoñación:

—Ya he llegado, María. No te asustes ni tengas miedo. Tu pesadilla ha terminado. No dejaré que te vuelva a pasar nada malo.

El general de división ordena llamar al capitán médico y levanta del suelo a su sobrina.

—Ya estás aquí —dice ella, sus primeras palabras en dos años.

Y le han resultado fáciles de pronunciar, han salido solas, después de tanto tiempo enmudecida. Una enorme congoja le aplasta el pecho. Abraza por la cintura a su tío. Quisiera no despegarse jamás de ese rígido uniforme que huele tan bien.

Se oye una escaramuza en el interior de la tahona. María suelta a su tío. Han encontrado a Perico en el desván de la vivienda de arriba. Dos soldados han capturado el cuerpo encogido y mermado del viejo Perico y lo arrastran escaleras abajo. Su chepa golpea en los escalones y él gruñe de dolor.

Entra el capitán médico por el portón del patio, acompañado de dos enfermeros militares llevando una camilla. Se quedan los dos muy rígidos esperando órdenes con sus empolvadas botas. El capitán médico envuelve a María en una manta y la sube a la camilla. Ella no quiere tumbarse y se queda sentada, con las piernas colgando. Intenta esconder los pies, que nadie vea el cáñamo deshecho de la suela de sus alpargatas. Se lleva las manos a las mejillas y abre los ojos como un búho en cuanto ve a Perico por los suelos. Tres militares lo arrastran como un fardo hasta la tierra del patio y enseguida lo rodean uniformes que relucen bajo el sol.

Perico, de rodillas, porque no le dejan levantarse a golpe de culata de fusil, mira de frente al general de división que se acerca a él lentamente. Sus botas rechinan al pisar los cantos rodados.

—¿Dónde están tus Periquitos? —le pregunta el general.

A María casi se le para el corazón al oír el implacable tono de voz de su tío, colmado de arrogancia. Necesita ver lo que va a suceder ahora.

—No te lo voy a decir, ¡fascista!

—¡Están en Francia, tío! —grita ella antes de que le den un golpe a Perico o le peguen un tiro en la frente, allí mismo.

María se ha imaginado la muerte del tahonero de otra manera y se revuelve sobre la camilla que le hace parecer enferma y no está enferma, solo delgada y débil.

—Tendremos que ir a por ellos, Perico —dice el general bajando la cabeza sobre el viejo—. Tus Periquitos van a pagar por lo que han hecho. No sé si habrás sido bueno con mi sobrina; ella me lo dirá, pero tendrás que responder por los crímenes de tus hijos. Está muy mal asesinar al párroco del pueblo. Era un representante del Señor que ejercía un ministerio sagrado. Y desconozco la responsabilidad que tienes en lo que habéis hecho a mi familia. Pero también vas a pagar por ello. Y, ¿sabes una cosa, tahonero?: no ha llegado la paz para vosotros, ha llegado nuestra victoria. ¡Sacad de aquí a mi sobrina, venga, rápido!

Los dos enfermeros levantan enseguida la camilla, con María sentada en ella, arropada con una manta militar. No quiere marcharse, desea presenciar la muerte del tahonero, quiere verlo sufrir como ha sufrido ella. Está contenta y pesarosa a la vez. No se atreve a levantar la voz. Ni a decir que quiere ver cómo lo matan. Lleva sin hablar a un ser humano desde el mes de junio de 1937, escuchar su propia voz le da miedo y le infunde un gran respeto la presencia de un general, aunque sea su tío. Salen por el portón del patio seguidos por el capitán médico.

Ella imagina lo que le van a hacer al viejo Perico, bajo la higuera que da unos higos muy dulces, verdes y morados, que le encantan y eran su alimento en el verano. A veces se los comía con ansia, de tres en tres, y vomitaba del dolor de tripa, y ahora la tripa se le retuerce como si se hubiera atracado con los higos de Perico.

—¡Mi María!

Oye ese grito y gira la cabeza. Ve a su primo aparecer por la calle corriendo hacia ella. ¡Es él! Tiene la misma cara que recuerda, las mismas pecas que recuerda, saltando como mosquitos por las mejillas de Alonso.

—¡Hemos ganado la guerra, María! ¡Hemos ganado la guerra! Mi mamá murió en el Alcázar, pero tú estás viva, María. ¡Cuánto te quiero, María! ¡Mi María! Eres tú, mi María, no me lo puedo creer; ¡lo que has crecido!

Ella se tira de la camilla y lo abraza con toda su alma. Las lágrimas de María son claras y brillantes y sus ojos se agrandan como faros al darse cuenta de lo cambiado que está su primo. Lleva un uniforme precioso, con pantalones bombachos. La borla roja de la gorra le cae por la frente y se balancea como una arañita traviesa. No parece el primo con el que jugaba. Él corría tras ella para tirarla a la alberca, María con el flotador en la cintura y loca de alegría. Él la quiere tanto.

—Te vendrás con nosotros y volveremos a ser una familia; nadie nos separará, te lo juro. No pienses en el pasado, María. Un gran futuro nos espera con Franco y con papá, que es ahora tu papá. Nunca te va a pasar nada malo, María, ya lo verás; la guerra ha terminado y la hemos ganado nosotros. ¡Cuánto te quiero, María!, no me canso de decirlo. Se me había olvidado lo guapa que eres. Y no lo quiero olvidar nunca.

La luz del día brilla como el oro. En la calle suena una marcha patriótica por un altavoz. Alonso se pone firme y María se agarra a la cintura de su primo y grita. Y grita en el hospital de Mora, grita cuando la visten de niña, grita porque no quiere volver a Las Canónigas por nada del mundo y sigue gritando durante el camino en el coche oficial de su tío hasta llegar a Madrid, una ciudad ruidosa y alegre, y el mundo sigue girando alrededor del sol sin detenerse un instante.

En Madrid, dos meses y medio después, ha descubierto que tiene el corazón envuelto en una telaraña y sabe que solo lo podrá liberar cuando encuentre a su hermano Lorenzo y mate con sus manos a quienes se lo llevaron. Ahora es ella la que escucha la radio, las emisoras que le da la gana, las nacionales, porque han cerrado las que escuchaba el viejo Perico y no quiere tener un solo recuerdo de él, necesita cubrirlo de cenizas y borrarlo de su memoria, enterrarlo para siempre bajo su higuera.

Sentada en una elegante butaca de terciopelo azul cobalto, con las piernas apoyadas sobre el reposapiés, sorbe por una pajita la rica horchata que le ha preparado Mariana, la cocinera de su tío, y sintoniza Radio Nacional de España para escuchar el desfile de la Legión Cóndor tras su regreso a Alemania, ante Hitler y el comandante de la Legión, el general Wolfram Freiherr von Richthofen, el 6 de junio de 1939, en la Charlottenburger Chaussee de Berlín. Son los héroes alemanes de la guerra española que han salvado lo que quedaba de su familia.

El buque Stanbrook

¿Qué guarda en la memoria Mitxel de lo que ha dejado atrás?

Quizá la tranquila voz de su *ama* y sus tiernas manos acariciando las ubres de las vacas que tanto amaba. La risa sincera de Jon, aplastada contra la tierra del refugio que lo sepultó, testigo involuntario que nunca quiso ser testigo de nada más que de la vida que ya no tiene. Y lo último que ha acontecido antes de abandonar el frente: el cuerpo de liebre del bebé que golpeaba contra la rueda delantera de la moto. La mirada de la hermana que le heló el corazón y las palabras que le gritó en el zaguán de su casa.

No sabe las horas que lleva esperando al comisario dentro del camión de la Brigada, vigilando que nadie se aproxime a él, bajo el porche del edificio de Aduanas, en la explanada del puerto de Alicante.

Todo a su alrededor le parece falso, como de cartón piedra, en un escenario, excepto la memoria que recobra desde el rincón más oscuro de su mente, que aflora tras la turbulencia de la guerra. Entrar en el frente fue muy sencillo, salir de él será complicado. El pasado desaparece de la memoria de Mitxel en el momento en que el comisario sube al vehículo con dos pasaportes en la mano. Cierra la puerta de un golpe y se deja caer en el asiento.

—El gobierno está negociando la rendición, Aguirre. La guerra ha terminado.

No así la muerte, afincada en las caras de miles de personas que buscan el exilio. El comisario le entrega a Mitxel su carnet militar y un pasaporte a su nombre. Cómo lo ha conseguido el comisario, no se lo va a decir, solo sabe que a Carlos Estaún le debe favores delicados un comandante del Cuerpo de Carabineros. Y ha logrado también el camarote de un oficial inglés.

—Todo se arregla con dinero, Aguirre. Los piratas no ven otra cosa.

Los piratas para el comisario son los oficiales ingleses del buque mercante Stanbrook, amarrado en el puerto. Va a zarpar esa noche, rumbo a Orán. Esperaba un cargamento de naranjas, tabaco y azafrán que no van a subir a bordo. Es un buque que abastece a la República y sabe burlar la escuadra de bloqueo franquista que vigila las aguas. El Stanbrook entró en el puerto hace nueve días y va a salir del puerto cargado con miles de refugiados.

Los dos abandonan el camión con el que han cruzado media España, dejan en él los fusiles y la munición y el comisario le entrega a Mitxel una pistola, por si algo sale mal. Se dirigen rápido hacia la dársena del buque. Van deprisa, delante el comisario, como siempre, con el cuello de la guerrera levantado, y él con un petate a la espalda del que sobresale un pañuelo rojo.

El buque está amarrado en el muelle y colocada la pasarela, vigilada por guardias armados. Se acercan rápido a las vallas que bloquean la dársena. Mitxel se cruza el petate en el pecho y se aferra a él como si fuera su hermano. A menos de diez metros está el agente de Aduanas escoltado por carabineros con fusiles, cortan el paso hacia el buque. Mitxel intenta escuchar un sonido distinto al bombeo de su sangre en las sienes, según se acercan al control. El comisario entrega al agente de Aduanas los dos pasaportes y una carta con sellos oficiales que saca de un bolsillo de la guerrera. El agente les abre el paso a la dársena entre una multitud nerviosa, contenida por un muro de policías.

Una mujer corre hacia ellos. Le agarra con fuerza el petate a Mitxel, le grita; está pálida y delgada como una muerta. Viste toda de negro y no tiene dentadura. Uno de los carabineros empuja a la mujer con fuerza y la tira al suelo. Mitxel aprieta el paso, instigado por el comisario que ahora va detrás, hasta alcanzar la pasarela y perderse los dos por ella. Suben a bordo del buque bajo un murmullo espectral de gente espectral que aguarda una oportunidad para subirse a él.

El barco se balancea suavemente sobre la superficie oscura del agua que refleja los acontecimientos que van a suceder en el puerto en una noche fría y húmeda de finales de marzo.

En el castillo de proa el comisario chapurrea en inglés con el capitán. Es un hombre pelirrojo que enseguida los conduce a su camarote, a paso ligero. Mitxel no entiende más idiomas que el euskera y el castellano. Las dos lenguas que ha aprendido desde que nació.

Llegan al camarote y Mitxel se queda de pie, a la entrada. Observa la cara de atención del capitán al leer la carta que le entrega el comisario Estaún.

¿Quién es el comisario, se pregunta Mitxel?

Pensó que el comisario sobornaría al capitán. Pero este no tiene aspecto de pirata, sino de hombre razonable, tranquilo y bien uniformado. No ve que el comisario saque ningún dinero para sobornar a nadie.

—Venga, Aguirre, a nuestro camarote y a esperar que este trasto zarpe enseguida, no se hunda ni lo torpedeen. ¿No serás de los que se marean?

Mitxel piensa a veces que el comisario le habla como si fuera el hijo que tiene enterrado en la Almudena.

El camarote es muy estrecho, con un único catre pegado a la pared, una mesita plegable y una silla enana. Mitxel no sabe qué hacer en un espacio tan pequeño y hermético, agobiante. Se sienta en el suelo y se asoma al cristal empañado de la escotilla.

—Cuando lleguemos a Moscú, entrarás en el Komsomol, Aguirre, que tiene la Orden de Lenin, y ya verás cómo prosperas. Tener el carnet del Komsomol vale mucho para un joven, te abrirá todas las puertas. El Partido nos está esperando, muchacho. Acabaremos con estos cabrones desde Rusia.

Mitxel se encoge de hombros, no sabe lo que es el Komsomol ni le importa demasiado. Está atento a lo que observa tras la escotilla del camarote: gentío errante y desesperado, deformado por el vidrio y el vapor. Parecen almas en pena vagando hacia la muerte. El comisario ha cerrado la puerta del camarote por dentro y están a salvo de lo que pueda ocurrir a bordo.

El miedo a un bombardeo agita a la multitud en el puerto. En el muelle la gente discute, hay reyertas para subir al Stanbrook. Cientos de refugiados con maletas y petates corren por la pasarela, abarrotan la cubierta y todos los rincones de un buque que se tambalea. Apenas pueden controlar los funcionarios de Aduanas y los carabineros a las mujeres en estampida, que corren hacia el interior del barco a base de empujones y gritos.

Mitxel tiene el mismo miedo que lo sacó de Guernica para marcharse a combatir al Cinturón de Hierro. Un miedo atroz. Pero el espanto en el frente es otra cosa, lo puedes ver y reconocer; darle un nombre y una identidad. Este miedo lleva un antifaz y se mete en el alma y la destroza, es una mezcla de lástima y compasión por su España y por su Euskadi, es un miedo que observa también en las polillas, que aletean contra la luz de las farolas del muelle.

Es un viaje de veinte horas hasta Orán. Luego volarán a Rusia, dice el comisario; está convencido de que llegarán a Moscú para seguir combatiendo al enemigo. Mitxel sabe ahora que puede confiar en los planes del comisario Estaún.

Y también, por primera vez desde que empezó la guerra, se siente acompañado. Y siente dos personas dentro de él, el que era antes y el que es ahora. Hay dos voces que le hablan del pasado y el futuro, mientras el buque suelta amarras y zarpa con los últimos exiliados que salen de España.

El buque navega en la total oscuridad del Mediterráneo. Un mar en calma que Mitxel no había visto nunca. Miles de personas en cubierta se agitan nerviosas, tan juntas que apenas pueden moverse. Por la línea de costa se oyen explosiones y se ven relámpagos de colores. El puerto es tomado por los legionarios italianos. Se ven desde el mar las luces de la División Littoro extendiéndose por los muelles como hormigas luminosas. La noche huele a derrota y a sangre, y los hombres en cubierta llevan lágrimas en los ojos y entonan una triste canción de despedida en medio del mar.

III

1955

Residencia Universitaria Teresa de Jesús

Madrid, 2 de enero

En primavera se abrirán en flores sonrosadas las yemas del cerezo japonés, cuyas ramas golpean la ventana del estudio de María con el furor del invierno. Vive en la Residencia Universitaria Santa Teresa de Jesús desde hace seis años, en el único apartamento del ático de un antiguo palacete en la calle de Fortuny, junto a varios hotelitos que se añadieron en el pasado a un recinto dedicado a la educación superior femenina. Según su antigua secretaria, tiene un ambiente de silencio conventual para jóvenes decentes, cultas y estudiosas.

Ha rellenado unos formularios para solicitar al Ministerio unos libros censurados sobre las milicias republicanas, editados clandestinamente en Madrid a principios de los años cuarenta. El tintero sobre el cartapacio de su escritorio tiene la tinta reseca y ha estampado su firma en las solicitudes con un bolígrafo, sentada a la mesa, con las piernas cruzadas por debajo, delicadamente. Guarda los documentos en la carpeta marrón. Antes de levantarse, se toma un tiempo de reflexión y observa las ramas del cerezo, zarandeadas por el viento en giros impredecibles. Es un árbol larguirucho y mal podado, que se ha encaramado junto a la fachada. Le gusta su compañía y a veces le hace soñar. Coge la taza de té para apurarla, se ha enfriado. La deja suavemente sobre el platillo con dibujos orientales y deposita la carpeta en un cajón. Saca de él dos libros confiscados para dirigirse con ellos al lugar donde deben estar: escondidos de las miradas inocentes de las jóvenes que viven en la residencia.

En el descansillo de la planta baja se encuentra con la sombra de la directora, materializándose frente a ella, sin que la mujer haya visto a María. Pilar está distraída y ocupados sus pensamientos. Lleva una blusa de raso blanca anudada al cuello y levanta el rostro tomando conciencia del momento presente.

—Pilar, ¿tienes un minuto?

La directora se acerca y asiente. María le enseña los dos libros que lleva en la mano. Pilar se queda mirándolos. Lee los títulos, dubitativa.

—Los he encontrado bajo el colchón de nuestra residente Rosa Alejandra Cuesta. La he notado algo extraña desde hace unas semanas y he decidido investigar por qué en su dormitorio.

—Santo cielo. ¿Puedes encargarte de hablar con ella? No quiero disgustos. ¿Nos debemos preocupar por Rosa?

Rosa ha entrado nueva este curso. Tiene una pierna más delgadita que otra y cojea ligeramente a causa de una poliomielitis infantil, según ha leído María en su expediente de admisión. De las residentes del Santa Teresa, es de las pocas jóvenes a quien se oye llegar porque entra silbando y sale silbando, y eso no es del agrado de la directora, que lo considera un comportamiento inadecuado: no son modales para una señorita universitaria y de buena familia. En fin.

—Yo me encargo, no te preocupes —dice María, sabe que Pilar prefiere no intervenir en cuestiones desagradables—. Estaré atenta. *Fahrenheit 451* no está traducido oficialmente en España, ha tenido que comprarlo en el mercado negro, y los poemas de Antonio Machado están prohibidos; eso nos lleva a las compañías que le aconsejan estas lecturas y dónde las consigue.

—Deberíamos hacer algo, María. Quemar los libros de *esa* biblioteca maldita o mandar que los retire un basurero y los incinere. Sería peligroso que cayeran en manos de nuestras jóvenes, están en periodo de formación. No quiero problemas.

—No habrá problemas, descuida. Pero creo que es mejor tener encerradas y cautivas de todo lector las novelas de George Orwell, que vino a España durante la guerra para matarnos a todos. No querrás mitificar lo que nunca se debió escribir. Es mejor dejarlo como estandarte de nuestra capacidad de orientación. En algún caso puede servir, bajo mi supervisión, para consulta de trabajos universitarios y tesis doctorales. Creo que deberías abandonar la idea de la cremación, Pilar. No pretenderás que nos convirtamos en un *Fahrenheit 451*.

La firmeza de María deja más tranquila a la directora. Pilar prefiere no discutir las sabias opiniones de la sobrina del ministro de Gobernación, que con buen discernimiento guía la orientación lectora de la residencia y es la más firme valedora del Santa Teresa en su deber con la educación y los valores.

La directora continúa su camino cruzando una puerta, con cara de haberse quitado un peso de encima, para volver a sus preocupaciones y María se abrocha la chaqueta amarilla de lana gruesa, abandona el edificio y se dirige hacia el pabellón de estudios. La radiante luz del día ilumina su figura mientras cruza el jardín y crujen bajo sus pasos diminutos cantos rodados, hasta entrar en el pabellón, cuya fachada trasera está orientada a la calle Miguel Ángel.

Meses antes de terminar su formación académica, María Fernández de Amuradiel se hizo cargo de la supervisión de los libros que llegaban o adquiría la residencia para el fondo bibliotecario. Desde entonces, a última hora de la tarde, se pone una bata azulona y realiza con diligencia la ficha de los libros a valorar y determina los criterios que debe atender la publicación para formar parte de la biblioteca del centro y ser leída por las jóvenes residentes, aunque el libro, anteriormente, haya pasado los filtros del censor para ser publicado. Pero una segunda lectura y un criterio añadido es una obligación impuesta por la directora. Y María es la más indicada para una labor necesitada de una adecuada cualificación moral y de unos ojos atentos en busca de ideas prohibidas o de inconvenientes significados ocultos o cifrados por los autores, de los que nadie se puede fiar. Hay que vigilar y no bajar la guardia en ningún momento. Los escritores siempre son trasgresores, por mucho que intenten ocultarlo; en ello está la esencia de su profesión. Y María busca elementos peligrosos y mundos paralelos que eleven al lector a una dimensión superior e irreal y creen malestar, confusión e insatisfacción para una vida en armonía.

Cuando comenzó esta labor, preparaba el cuarto curso de Filosofía y Letras en la Universidad Complutense, y el tercero en la Escuela Central de Idiomas; sabía leer y escribir en alemán, francés, inglés y rumano, y su expediente académico era el orgullo de su tío y de su primo Alonso. Desde que María se ha hecho cargo de la asesoraría de lectura del Santa Teresa, disfruta de un acceso sin restricciones a cualquier lugar donde hay libros, a las bibliotecas y *todos* sus contenidos. Le gusta rozar con las yemas de los dedos el cuero de los lomos, aspirar el penetrante olor de la tinta y el papel y ser la guía intelectual de los destinos lectores de las jóvenes residentes, inconscientes todavía de que una mala lectura puede echar a perder los sanos ideales inspirados por el noble ideario del Movimiento Nacional.

Desde hace dieciocho meses trabaja oficialmente en la Secretaría General del Movimiento. Comenzó en prácticas dos años atrás, gracias a su tío. A ella le gusta su pequeña y luminosa oficina, contigua a la de su jefe, en el tercer piso del número 44 de la calle de Alcalá. Lo más agradable es el sonido de las campanas de la iglesia de San José, que la orienta en el paso de las horas y dota al día de un murmullo redentor. Desde la ventana de su oficina, y sentada en su puesto de trabajo, si alarga la mano puede acariciar el tacto frío y contundente de las flechas del inmenso emblema de la Falange, atornillado en la fachada del edificio. Y le gusta hacerlo, y le gusta escribir a máquina mientras escucha el sonido del tráfico. Los vehículos oficiales, los tranvías y las motocicletas se agitan en el Madrid bullicioso y palpitante que sube por la Gran Vía. Y disfruta escribiendo a máquina complicados informes, secretos y confidenciales. Sube y baja escaleras y atiende la vorágine de trabajo de la Delegación Provincial del Movimiento hasta las tres de la tarde, su hora de salida, en que toma de regreso el tranvía en la plaza de la Independencia, y el ruido se convierte en sosiego y en la tranquilidad acogedora que le espera en la calle de Fortuny.

La residencia es el domicilio de su correspondencia y lugar al que llegan las publicaciones de la Sección Femenina, de la que es miembro, y las revistas
a las que está suscrita, a pesar de que María hace
años que no lee ninguna ni le interesa lo femenino,
ni la moda ni la cocina ni los buenos modales, y mucho menos las labores domésticas o de entreteni-
miento. La práctica religiosa le es indiferente, pero
no su filosofía, a la que ha dedicado demasiadas horas de lectura nocturna cuando vivía con su tío y su
primo Alonso en la calle del General Mola, antes de
ingresar en el Santa Teresa por decisión propia, al
inicio de sus estudios universitarios.

Entra en el pabellón de la biblioteca; el eco de su
lento caminar por el largo pasillo le devuelve un sonido distorsionado, como si un ventilador estuviera
encendido. Cruza las puertas acristaladas del edificio con los dos libros requisado a Rosa, bajo el brazo. Hay dos jóvenes sentadas cerca de una ventana
con varios volúmenes de anatomía patológica abiertos, ensimismadas en sus estudios. No levantan la
cabeza cuando María pasa ante su mesa y cruza la estancia hasta alcanzar los anaqueles de roble del fondo, saturados de libros. La biblioteca general tiene
más de quince mil títulos, muchos de ellos donados
por el Instituto Americano de la calle Miguel Ángel.
Enriqueta, la bibliotecaria, comenta a menudo su
frase favorita, que intenta definir a la biblioteca y
que era el lema de la antigua secretaria de la residen-

cia, Eulalia Lapresta: «La corrección es el lema de esta casa. La compostura y el silencio son perfectamente conventuales».

Acede a la sala de los libros prohibidos empujando una puerta camuflada entre los anaqueles y penetra en la oscuridad. Acaricia el interruptor de la pared y se enciende la luz mortecina de la estancia. A María le parece que esa sala emana una luz fantasma que ningunos ojos pueden ver más que los suyos. Al principio le intimidaba quedarse sola con los espectros encerrados en los libros: eso es lo que siente.

Se alza el cuello de la chaqueta amarilla, hace un frío como si entrase viento helado por una rendija oculta. Deposita los dos libros de Rosa sobre un estante a la izquierda para archivarlos en otro momento. Tiene encima del escritorio, en un extremo, la última edición de 1949 del *Index librorum prohibitorum*, con adendas y añadidos posteriores que envía por correo el obispado para que actúen sobre los libros con un criterio selectivo más completo, sobre todo con los escritos de Erasmo de Róterdam y Michel de Montaigne que, por otra parte, no suele leer nadie.

Intenta encender el radiador de aceite; no funciona. El infiernillo bajo el escritorio está desconectado y la humedad se trepa por sus medias y le cala los huesos. Ni en el mes de agosto entra el verano en esa habitación de fantasmas que suspiran por salir, como dice Enriqueta.

Se sienta al viejo escritorio de otra época, arañada y envejecida su superficie con pequeños agujeros que han horadado las polillas. El flexo alumbra el ejemplar que ha terminado de informar, *El rayo que no cesa*, de Miguel Hernández. Es una edición de 1936 de la editorial Espasa Calpe. Ha leído el otro día los primeros versos y siente todavía acidez en la lengua:

> *Me tiraste un limón, y tan amargo*
> *con una mano cálida, y tan pura,*
> *que no menoscabó su arquitectura*
> *y probé su amargura sin embargo.*

Piensa en el poder de los libros. Los libros son trincheras donde se agazapa el alma herida y se enmascara con versos de amor, y desde ahí dispara sobre las mentes y los corazones y los malversa porque los hace soñar con la belleza de la vida. Y la vida no es bella, de eso está muy segura.

Lo que sí existe es un lugar en la residencia en que el tiempo se detiene. Su silencio redime de todos los males, incluso de los males que se escriben. Mira a su alrededor y observa la gran sala, contigua a la biblioteca general, pero tan alejada en el tiempo, enorme y fría, cuyas ventanas fueron tapiadas hace muchos años y dan a un patio interior con macetas de aspidistras que jamás ven el sol. Sobre viejos estantes de madera, hay cajas de libros precintadas y libros abiertos a los que les faltan páginas, libros a los que les han arrancado la portada, libros con las hojas quemadas, pero que resisten todavía una lectura. Huele a papel mohoso, a tinta pasada y a pecados inconfesables. En la pared del fondo, junto a una ventana cegada, hay un armario que contiene revistas y periódicos perniciosos que se incautan de las habitaciones de las residentes, tras una amonestación o falta grave a sus propietarias.

A los cientos de estantes de este lugar han ido a parar los fondos de antes de la guerra y de mucho antes de la guerra que, por diversos motivos, no se pueden exhibir en la biblioteca general. A veces, aunque un libro no contenga elementos subversivos directos o que atenten contra la moral o la religión, si su autor o título o algún pasaje no son del agrado de María, de la directora o del órgano rector de la residencia, simplemente se le pone la etiqueta «Falta de espacio» y se lo condena a la oscuridad y al ostracismo de la sala secreta, en la que nadie puede entrar salvo ella y la directora. Ni siquiera Enriqueta tiene acceso, aunque sea la empleada más antigua, de antes de la guerra, rehabilitada por la primera directora tras la contienda, Matilde Marquina, miembro fervoroso de la Sección Femenina.

Escucha los nudillos de Enriqueta golpear suavemente en la puerta. Es la contraseña de que algo reclama a María en el exterior. Antes de apagar la luz, echa un vistazo a su alrededor. A veces le cuesta abandonar la compañía de un mundo proscrito e inútil. *El extranjero, La Celestina, La Regenta, Sonata de otoño, La rebelión de las masas, Guerra y paz, Crimen y castigo, Romancero gitano,* los libros de Celia. Si se dejase llevar, allí dentro podría ser otra persona, despojada de todo recubrimiento. Y la oscuridad no sería tan oscura. No le gusta pensar en las sensaciones que podrían despertarle esos libros si se abandonara al nihilismo y no tuviese el sentido del deber y la justica que posee.

Alonso la está esperando en el jardín. Lo ve sentado en el banco de costumbre, junto a la fuente, fumando un cigarrillo, con su abrigo largo y la bufanda blanca mal colocada alrededor del cuello. Parece nervioso. Es un lugar discreto al que su primo acude cuando le urge hablar con ella.

Se alegra de verlo. Hace días que no hablan. Le parece que está algo nervioso, él la mira desde el banco con cierta inquietud.

—El viernes detuvimos a unos tipos —dice él, y da una calada al cigarrillo que le corta la respiración. Su voz tiene un sonido metálico poco habitual.

—¿Y...? Es tu trabajo. ¿Pasó algo de particular?

—Hicimos una redada en una imprentilla de Aluche y nos llevamos a unos fulanos. El multicopista al que detuvimos, en un descuido, se ha tirado por la ventana mientras era interrogado.

—¿Qué le ha sucedido?

—Se ha matado. Menudo cabrón.

Alonso hace movimientos repetitivos con una pierna, como si no pudiese controlarla del mal humor que lleva encima. Ella se sienta junto a él, le toma una mano y lo escucha con atención. Cuando está preocupado, solo desea consolarlo.

—¿Quién lo interrogaba?

—Mis hombres. Peláez, Juanjo y Moreno. Los dejé con el detenido. Yo tenía un asunto más importante que hacer hablar al fulano ese. A ver cómo enfocamos el incidente.

—¿Desde cuándo hay ventanas sin barrotes en las salas de interrogatorios de la DGS?

—No estaban en una sala de interrogatorios. Estaban en la oficina de Peláez, en la tercera planta. Lo subieron allí por no sé qué mierda que me han contado. Al desgraciado le querían hacer escribir a máquina. Ya sabes...

—Tú verás, eres el jefe. Esclarécelo y depura.

—No voy a depurar a mis hombres por un socialista.

—Pues prepara un informe que se sustente y no te preocupes tanto, primo.

—Tú todo lo arreglas con informes.

—Infravaloras el poder de las palabras, Alonso. Son muy poderosas. Por las palabras la gente se enamora, asesina y va a la guerra. Las palabras pueden tumbar un régimen y fundar una religión.

—Pues ayúdame. Tú sabes ser decisiva en lo que escribes. Tus informes convencen a la primera, no como los que me hacen en la Brigada, una porquería auténtica. Algo se te ocurrirá para que parezca un accidente. ¡Y ha sido un accidente! Un accidente desastroso. No está el horno para bollos.

María piensa en la simplicidad de la vida en el Santa Teresa, en la inocencia de Rosa leyendo a Machado y a Bradbury, aunque tendrá con ella una conversación para advertirle de los problemas que pueden causar a una jovencita despierta y lista en primero de Derecho.

—María, estás despistada.

—Pensaba en una residente, tonterías; nada de qué preocuparse.

—Pues en la Brigada preocupa, y mucho, la radio clandestina del Partido Comunista. Al final vas a tener razón con ese rollo de las palabras. Tenían sintonizada esa emisora cuando entramos en la imprentilla, menudo cabrón el locutor; mentía más que hablaba. Los mamones estaban imprimiendo manifiestos de la UGT en el zulo inmundo del corral de la casa y escuchaban esa mierda de radio, encantados. Se quedaron lívidos cuando aparecimos. Nos despachamos a gusto con ellos, por supuesto. Pero no eran el lugar ni los hombres que buscábamos. Falsa alarma.

—Pásame el informe que hagáis y lo rearmo. Descuida, os haré parecer unos angelitos.

—Te he traído una cosa para que me eches una mano.

—¿Otra? Van a ser dos peticiones.

Él sonríe y se le ven los dientes blancos y bien alineados. La mira de arriba abajo, se para en la chaqueta de lana amarilla y los ojos le brillan por algún sentimiento que no expresa. Se levanta del banco, se quita el abrigo y se lo pone a ella por encima de los hombros. Se agacha y saca una bolsa de papel de debajo del banco, se la pone encima de las piernas a María. Dentro hay una caja de madera de caoba barnizada y brillante. Es un receptor de radio. Dos altavoces se despliegan al abrirlo. Las teclas son blancas, como de piano.

—Es una radio de válvulas —dice él—. Suena magnífica, tiene onda larga, media y corta, balances de graves y una sintonía finísima.

Es de la marca Siemens. A María le emociona un aparato tan perfecto y elegante. Mueve los mandos con sus dedos delgaditos. Van muy suaves.

—Debe de ser cara.

—Nos ha salido gratis, monada. Es la que escuchaban los fulanos de la imprentilla. Quiero que la tengas tú y me cuentes todo lo que saques en claro de lo que digan por ella nuestros enemigos. Sé que eres metódica y eficaz. Mis escuchantes oficiales son de lo peor y no hay quien entienda sus transcripciones. Hazme resúmenes de lo sustancial. Dame los nombres de los fulanos que hablan por ella, y lo que creas importante. Esos tipos llaman a la insurrección y a la lucha en las fábricas y universidades. Nos tenemos que adelantar a ellos, María. *Estos* están por aquí, a nuestro alrededor, y vamos a atraparlos, joder.

—Claro. Sabes que me gusta ser útil.

—La radio está sintonizada en la estación Pirenaica, como se hace llamar. Si se desintoniza, porque cambian de frecuencia a menudo, es fácil pillarla de nuevo. Y no te creas esa mierda de que emiten desde los Pirineos ni desde Francia, se pensarán que somos gilipollas. Los muy cabrones están tras el Telón de Acero y los vamos a localizar. Aquí no nos van a joder. Perdona las palabrotas, María, no te las mereces. Estoy contrariado por la muerte del multicopista, eso es todo. Es de muy mal gusto romperse la cabeza en nuestro patio. Y me puede costar un disgusto.

Los ojos de Alonso brillan de furor por lo que no puede controlar y los de María de astucia por ayudar a su primo a descifrar los mensajes de una emisora clandestina, obsesión de su primo, enemigos peligrosos. Habrá que escarmentarlos.

Alonso se levanta del banco. Ha anochecido y las primeras luces del jardín se encienden. Pasea muy serio con las manos a la espalda, con un traje gris de buen corte. La bufanda se le ha caído, está sobre la tierra y la pisa sin darse cuenta.

Es un hombre alto y demasiado guapo para ser policía, todo lo que se pone le sienta bien, piensa ella, acurrucada en el abrigo de su primo que huele a él. Se oye el rumor del agua de la fuente y el viento helado lleva el aroma del pan que se está horneando en las cocinas para la cena. Se le revuelve el estómago. Odia el pan. Y el trigo con el que se elabora. La levadura y la sal con que se mezcla, se amasa y fermenta. Todo el proceso le trae un inmenso malestar y desazón. Cree tener alergia al trigo. Vomita con frecuencia y le duele el estómago tras ingerir alimentos que contienen cereales. Está muy delgada. El doctor de la residencia le ha recomendado unas pruebas que nunca tiene tiempo de hacerse.

De lo más profundo de su conciencia, durante la conversación con Alonso, aflora un gas venenoso, y sabe que cualquier esfuerzo que realice siempre será insuficiente para capturar y vencer a individuos como el viejo tahonero, aplastado por la sombra del ahorcado.

A última hora de la tarde, en la soledad del pequeño apartamento del que dispone en el último piso del pabellón dormitorio, se prepara para escuchar por primera vez una emisión que llega del fin del mundo. Saca un cuaderno nuevo y un lapicero afilado de un cajón de su escritorio. Las ramas del cerezo siguen golpeando la ventana, incansables, ahora bajo la lluvia, en una muda conversación que solo ella entiende. La radio Siemens está sobre el escritorio y la enchufa a la corriente eléctrica. Se sienta en su silla y se prepara para escuchar atentamente con las piernas muy juntas. Abre las puertecitas del receptor de caoba y se enciende la luz interior.

Escucha el sonido de las verjas de la residencia al cerrarse y ella se abre a las ondas prohibidas en un viaje de cuatro mil kilómetros que recorren Europa hasta llegar a la residencia Santa Teresa a través de un éter que lleva un hilo invisible que alguien tira desde Moscú, en una tarde del mes de enero de 1955, en la que oye por primera vez una voz que ha aprendido a esconder todo lo escondible hasta hacerse irreal. Pero es muy real lo que María escucha de una voz perturbadora:

La estrella de los vagabundos

Ya hay un español que quiere
vivir y a vivir empieza,
entre una España que muere
y otra España que bosteza.

En Moscú, Aguirre apaga el micrófono. Entra la melodía del programa *Suspiros de España* durante un minuto; es un pasodoble, es la nostalgia del país perdido. Toma un sorbo de agua, deja el vaso en la mesa y cierra *Campos de Castilla*, del que ha leído el poema solicitado por una oyente que acaba de ser madre por primera vez, en una carta enviada al programa desde Jerez de la Frontera. Se coloca los papeles de la escaleta delante, abre el micrófono y continúa leyendo:

—Nos informan desde Gerona: un gran número de compatriotas escuchan todas las noches Radio España Independiente. La policía organiza servicios especiales de vigilancia para tratar de localizar a cuantos se dedican a captar nuestra emisión. La BBC, Radio Helsinki, Radio Brazzaville, Radio Ancara se hacen eco del impacto de nuestros llamamientos y de nuestra revolución en el exilio. Un oyente de Levante nos informa de que nos escucha sin problema, pero con interferencias, a pesar de los intentos franquistas por evitarlo.

Saca del bolsillo del pantalón el pañuelo y se limpia la frente. Hace demasiado calor en la sala de emisiones. La ventana está sellada y las paredes se han forrado de lana y cartón; a veces se le corta el aliento. Normalmente, ante el micrófono, se siente un triunfador, aunque sea un triunfo de pacotilla. Y también siente un inesperado temor a las rebeliones que alienta desde Moscú sobre el territorio de su país. Prosigue la locución con un tono falsamente victorioso y sigue el guion establecido en su programa nocturno:

—¡Hemos triunfado en la campaña de agitación llevada a cabo por nuestra emisora de la Resistencia! Nuestro llamamiento al pueblo para que se manifestara el pasado día cinco en Barcelona ha sido un gran éxito; la movilización en la jornada de protesta está dado sus frutos contra los fascistas que ahogan nuestra patria.

Sabe que es una verdad a medias, casi todo lo que dice es la mitad mentira, la mitad verdad. Ha de levantar el ánimo a sus oyentes, tanto como sea posible; necesitan esperanza. La puerta acolchada de la habitación se abre y una compañera le pasa una nota del equipo de redacción. Ha de leerla y lanzarla por las ondas antes de terminar el programa. Continúa con la escaleta. Ahora ha de subir el tono.

—¡A la huelga Euskalduna! ¡A la huelga los obreros de Bilbao! ¡A la lucha de masas! Reivindicamos mejores salarios, sindicación libre y una plataforma para negociar con el gobernador civil de Vizcaya mejores condiciones de trabajo. ¡Fuera los sindicatos verticales! ¡Todos a la huelga del día veinticinco! —Su voz es potente, pero resuena opaca a su alrededor—. A raíz de las luchas del mes de diciembre, en Euskadi nos aseguran que, en todos los rincones, hasta en el caserío más apartado, nos escuchan con atención e interés. Movilizamos e informamos con nuestras noticias, que se expanden como el fuego: de casa en casa, de pueblo en pueblo.

Toma la hoja que le han pasado, echa un rápido vistazo y lee:

—Un oyente y revolucionario compatriota que cumple condena en el penal de Burgos nos ha escrito el relato de su cruel historia. Nuestra red clandestina ha sacado la carta de la prisión y nos la ha hecho llegar a la emisora. Le pongo voz para mover las conciencias y vencer al opresor. —Traga saliva, inspira hondo, se estira en la silla, dispuesto a interpretar el sufrimiento ajeno. Su voz se ralentiza y modula para alcanzar el objetivo—. Atentos, camaradas, comienzo solidarizándome con él, como si yo fuera él porque ahora soy él:

«En el barcelonés cruce de Parlamento-Paralelo, yo andaba aparentando cierta tranquilidad. Sabía que la Brigada Político-Social me buscaba. Por eso aparentaba tranquilidad. Voy a cruzar una calle y un automóvil que no veo, pero que siento, se me echa encima vomitando balas. Me dieron once tiros. Once, por la espalda. Y lo que son las cosas: el coche no me atropelló cuando caí en medio de la calle. Yo oía gritos, tirado en la calzada. Sentía la presencia de la gente a mi alrededor. Los secretas me cogieron y me metieron en un taxi. Encima de mí echaron a un niño. Su sangre caía sobre la mía, oía sus estertores. Yo, herido de muerte. Al niño le habían dado dos balazos, uno en el vientre y otro en el tobillo, creo que fue víctima de mis verdugos. Unos nueve años debía de tener el crío. Esto pasó en el año cuarenta y cinco. Nunca supe del niño, perdí el conocimiento en el taxi. En esos años, en Barcelona, la BPS nos cazaba a tiros. Antes morían muchos revolucionarios. A los veinticinco días me sacaron del hospital Clínico sin curar. Me interrogaron a golpes. Con las tripas en la mano me pusieron. Me juzgaron en mayo del 46 y había perdido treintaiún kilos. Nos condenaron a cinco camaradas y a mí a pena de muerte. Gracias al doctor Modrego y al obispo, que intercedieron, nos conmutaron la pena de muerte y salvé la vida».

Aguirre respira, tapa el micrófono y la melodía del programa le toma el relevo un par de minutos.

Desde hace cuatro años, en que comenzó el programa, ideado por él, se despide de sus oyentes hasta el día siguiente a las siete de la tarde. Está cansado. Un cansancio sobrellevado durante demasiado tiempo. Entra en su despacho y recoge del perchero el abrigo y el sombrero. Junto a su máquina de escribir se apilan las informaciones traducidas y los boletines del día siguiente. Debajo de la ventana hay un saco con diarios españoles atrasados. Sin darse cuenta, ya es muy tarde. Ha quedado con Estaún para cenar. Una cena que será un adiós, o un hasta luego, o un hasta nunca. Le gustaría irse a casa y no tener que despedirse de su amigo, como si, evitando la cena, pudiera evitar el adiós.

Sus recios zapatos resuenan por el largo pasillo de la emisora. Se despide del técnico, un hispanista ruso que combatió en las milicias en España, donde perdió una mano. Aguirre le da instrucciones para el noticiario de la mañana y sale del edificio en el centro de Moscú, en el que trabaja desde el 22 de junio de 1941, un mes después de que la Unión Soviética fuera invadida por Alemania. Hay fechas que no se olvidan jamás.

Se siente desorientado. Las sombras verticales de la ciudad lo encogen por dentro. La nieve sobre la calzada hace que parezca una postal navideña. Los moscovitas se apiñan a las puertas de los comercios. Camina por la orilla del río para alcanzar la plaza Manézh y el hotel donde le ha citado Estaún para otra despedida. Los dos saben que Rusia se está cansando de exportar la revolución comunista el resto del mundo. Se ha acordado entre Partidos el traslado de la emisora a Rumanía. Carlos también se va de la Unión Soviética, pero a un destino peligroso. Otra nueva época empieza esta noche para ambos. Sus caminos se van a bifurcar desde que se conocieron, quizá para no encontrarse de nuevo. Abandonar Moscú es volver a abandonarlo todo. Atrás quedan sus años universitarios y una vida construida en el exilio. El pesado ruido de un tranvía lo zarandea y lo trae a la realidad. Cruza la esquina, entra en la plaza y aparece la gran fachada del hotel Moskvá y su iluminación mortecina, el flujo del tráfico, la gente abrigada que entra y sale del hotel... y reconoce con desgarro que no volverá a entrar en él.

Otro destierro.

Otro desierto por cruzar.

Aguirre hace un gesto sombrío sobre su plato de sopa de remolacha. Está demasiado espesa y no le gustan las hebras de nata agria que flotan sobre el líquido encarnado. El comisario ha retirado su plato a un lado y fuma un cigarro sin placer alguno, incómodo, cómo si no supiese qué hacer con las manos hinchadas de un hombre que come y bebe demasiado.

Estaún tiene los ojos vidriosos y tristes y Aguirre piensa que «la vida es un proceso de demolición continua»; no le faltaba razón a Fitzgerald cuando escribió esta frase. Levanta la mirada de la sopa hacia el rostro extrañamente amargado de Estaún. Se convence de que los escritores americanos, sobre la vida, no han de envidiar a los rusos. Tampoco Fitzgerald era un pesimista menor que Dostoievski, al que ha leído con pasión cuando estudiaba en el Instituto Gorki literatura rusa, mientras terminaba Periodismo en la Universidad de Moscú. Habla ruso perfectamente y lo traduce mejor. Haber pertenecido a las juventudes del PCUS hasta los veintiocho años le ha beneficiado tanto como le auguró Estaún en el Stanbrook.

Han trascurrido dieciséis años desde que salieran de España y por primera vez se van a separar. Aguirre tiene la sospecha de que será para siempre. La cara de amargura de Estaún parece confirmarlo. Se conocen tanto el uno al otro que sobran las palabras. Algún día tenía que ocurrir.

—Esta noche estás ensimismado, Aguirre —le reprocha Estaún—. Disfruta de nuestra cena de despedida, que buenos rublos me va a costar. Y fúmate un pitillo, hombre, que te largas de aquí.

—Sabes que no fumo.

—Pues deberías. Relaja. Tienes cara de funeral. Disfruta y mira a tu alrededor, estás en un lugar majestuoso, al gusto de nuestro camarada Stalin.

Aguirre reconoce en las palabras de Estaún su habitual ironía. La ironía que nace del desencanto. Desconoce cuándo volverá a encontrarse con él y disfruta de su talante burlesco, soportando la incertidumbre que le hace daño. No tiene apetito, el restaurante está demasiado oscuro y la atmósfera le oprime. Hoy le domina un peso insoportable.

El camarero aparece con una trucha envuelta en tocino bajo una cúpula de cristal, que ninguno de los dos va a probar porque no les gusta el pescado de río, lo único fresco que les ha ofrecido. La retirará como la deja, en medio de los dos, y ambos seguirán bebiendo durante toda la velada bajo la luz mortecina de viejas y deslucidas lámparas de araña y de mármoles y bronces al gusto de los zares: un pasado de grandeza reproducido por los arquitectos soviéticos para el nuevo orden.

Esta mañana Aguirre ha hecho las maletas y ha recogido y limpiado a conciencia las dos habitaciones que han sido su hogar durante más de una década. Una de ellas es demasiado pequeña, interior, hace de dormitorio, apenas entra la cama, el escritorio metálico con las patas abiertas y un lavabo. La otra habitación es más amplia y luminosa, da al río Moscova, tiene una ventana y una mesa en la que trabaja, estudia y traduce. Para llegar al aseo y a la cocina compartidas, ha de cruzar un enorme patio, subir por estrechas escaleras de cemento y atravesar una pasarela entre dos edificios. Y da gracias de que le concedieran las dos habitaciones en la Casa del Gobierno, tras rellenar decenas de solicitudes al año de entrar en la emisora de radio del Partido.

No ha podido conseguir un apartamento para él solo en todo el complejo. Estaún lo llama la «Casa de la Ciénaga». La más grande de toda Rusia. Edificada sobre la ciénaga drenada de una isla pantanosa, frente a los palacios del Kremlin, y construida por el Partido para el Partido. Es un enjambre de edificios interconectados y separados por enormes patios interiores que Aguirre ha recorrido en la soledad del proscrito durante demasiado tiempo. Una colmena para funcionarios estatales e hijos de la revolución que se parece como ninguna a una inmensa cárcel. Es una Babilonia que se ahoga, donde las traiciones y las lealtades de sus inquilinos oprimen los días y las noches de Aguirre.

Tiene treinta y cinco años y la sensación de que el tiempo está parado y es un cuchillo que no corta. Todo lo que le pertenece lo lleva en dos maletas, y en una bolsa ha aguardado su material de trabajo: archivos, cintas magnetofónicas, informes, directrices del Partido, la máquina de escribir y los libros que posee. No volverá más a esa colmena de edificios diseñados para encoger corazones.

—Alégrate por lo menos de abandonar la Casa de la Ciénaga —le dice Estaún adivinándole el pensamiento—. Tú tienes que ir adonde te envíe el Partido. Ya lo sabes, deja de lamentarte, que te conozco.

Aguirre lleva días redactando las noticias sin concentración, supervisando los editoriales y coordinando los programas para que la emisión no se interrumpa en ningún momento en la transición de un país a otro. Nunca pensó que abandonaría Moscú de la noche a la mañana, como si fuera todavía el militar que acata órdenes sin plantearse una pregunta. Tampoco pensó que Estaún regresaría a España sin consultarle una decisión de tal envergadura.

Se siente traicionado y le escucha decir a su amigo:

—Vivimos tiempos excepcionales, camarada, hemos de servir al Partido allá donde nos necesite.

Estaún se limpia la boca con la servilleta, da un trago de vodka y se enciende otro Marlboro que saca del bolsillo de la chaqueta, sin exhibir la cajetilla demasiado. El comisario ha engordado veinticinco kilos desde que salieran de Alicante y fuma y bebe a todas horas.

—El vodka te está matando, Estaún. Y no eres joven.

—Que soy viejo lo sé. No hace falta que me lo digas con esa voz de matrioska. Y que me voy a morir también lo sé, pero a los sesenta y un años mi padre llevaba enterrado ya veinte y yo, antes de acompañarlo, me llevaré por delante a unos cuantos hijos de puta. Prefiero morir en una cárcel española a seguir aquí matándome lentamente. Se terminaron para mí las pesadillas de los comités centrales, los congresos del Partido, los secretaritos generales, sus doctrinas y reyertas, los politburós del Kremlin y los nuestros. Se acabó la política; paso a la acción. En mi patria me fumaré todos los Marlboro que mis pulmones soporten sin tener que contarlos cada día, joder, aunque sea en una maldita prisión.

—Igual no mueres en la cárcel, sino en una sala de ejecución. Piensa, Estaún, piénsalo bien antes de entrar en España. Ahora nuestro país es un refugio de nazis. No vas a pasar desapercibido para la Guardia Civil ni para la Seguridad del Estado.

—Por eso; precisamente por eso. El deber me llama, muchacho; que ya no eres el muchacho que conocí, ni tan siquiera eres un muchacho, sino un hombre expatriado. Sé lo más feliz que puedas en Bucarest, Aguirre, y hurga dentro de tu alma, tú, que eres un intelectual y has estudiado una carrera, encuéntrate y no te pierdas en las lecturas. Deja de leer a Tolstói y a esos americanos infelices y malditos y céntrate en Lenin, en Marx, en Engels... Consejo de padre. Es lo último que te digo. Te has convertido en un intelectual de salón y no puedo reprochártelo.

La noche los separará. La nieve cubrirá de blanco su amistad. Llevan juntos desde 1937, desde una mañana ventosa en que el joven Aguirre ingresaba en la Brigada del comisario. Bajo el ruido de las bombas le presentó sus credenciales en una tienda de campaña al sur del río Tajo, entre encinas y alcornoques, a quinientos metros de la línea del frente. Todos los adornos intelectuales que posee Aguirre se los ha conseguido Estaún en Rusia. La vida cambia drásticamente de rumbo e intenta buscar las palabras adecuadas para una despedida.

—Rumanía ya no es la cloaca legionaria y burguesa que era antes, Aguirre. Y Moscú, camarada, tampoco es lo que era desde la muerte de Stalin. Ahora despachan a tu emisora porque les sois incómodos. Estos rusos van a hacer las paces con Franco, ya lo verás. Es hora de largarse de aquí. Pero no me alegro, y menos por entrar en España, después de casi dieciséis putos años. Siempre huyendo de todo, Aguirre; es nuestra estrella, la estrella errante, la de los vagabundos y los desterrados, la de los hijos de la derrota. Y sí, esta noche estoy filosófico como tú ensimismado, y tengo la angustia metida en los huesos por entrar en Madrid y ganas de salir de este puto invierno que te hiela la sangre. Hijos de puta. ¿Quién puede vivir en Moscú sin estar borracho todo el día?

Aguirre sabe que es un suicidio entrar en España. El Partido en Madrid no necesita a un viejo camarada que lo dio todo en el frente de batalla y debería vivir tranquilo en el exilio. En Moscú no le falta de nada; es alguien, tiene poder, una casa para él solo, veranea en una dacha y consigue lo que está prohibido. Quien alcanza una casa en Moscú es para siempre.

—Únete a una moscovita y olvida la misión que te has propuesto —contesta Aguirre, absolutamente escéptico de sus propias palabras.

—No me sigas ofendiendo si quieres que me lleve buen recuerdo del hombre al que quiero como a un hijo. Hablas como un auténtico burgués.

Aguirre sabe que Estaún en el fondo es un sentimental, presiente que jamás regresará a Moscú. Él tampoco, después de esta noche.

—Nos vemos en Bucarest, Aguirre, a mi regreso de España. Sin ti, en Rusia no tengo por quién luchar.

—¿Y el Partido y la revolución?

—¿Por qué te crees que entro en España? No me pidas detalles, Aguirre; no me jodas, no me pidas detalles. Tú a lo tuyo.

Le ha llegado a Aguirre cierta información a la emisora y sospecha que Estaún es el dirigente que va a comandar un grupo de militantes procedentes de Francia y de México para entrar en Madrid y reorganizar el Partido y la lucha en la zona centro.

—Ten mucho cuidado, Carlos. No te veo comandando una guerrilla en ninguna agrupación del Partido, eso se terminó. Hay que hacer las cosas de otra manera. No puedes embarcarte en una acción suicida. El mundo está cambiando y el Partido también. Deberías darte cuenta.

—Yo moriré siendo comunista hasta la médula, y no lucho con una máquina de escribir y un micrófono. Eso lo dejo para ti. Tú eres nuestro grito desesperado, y se oye en todos los rincones de España. Pero también eres un iluso, no te tragues el camelo de la reconciliación. El gobierno ruso saca del país a tu emisora y se deshace de vosotros sin previo aviso, qué bonito... Ahora les parecéis demasiado combativos y demasiado comunistas para los nuevos tiempos que tú mencionas.

Aguirre es la voz del Partido en el aire y jefe de la línea editorial de Radio España Independiente. Sigue los pasos marcados y los mejora con verdadero coraje. Con la misma abnegación con la que se hizo periodista. Desde que salió al aire, radia cada día la voz de los vencidos para ganar en tiempos de paz lo que perdieron en la guerra. Y se lo debe a Estaún. A Estaún le debe la vida y el hombre pesimista que es ahora.

—En España la gente compra radios a plazos para oír la voz de la libertad, Aguirre. Tu voz. Emocionas a la gente. Y se juegan mucho por escucharte. ¡Déjame conseguir algo heroico! Yo soy de la vieja guardia, un guerrillero, un veterano de la Guerra Civil; la reconciliación no es para mí, Aguirre. ¡Los quiero a todos muertos, joder! ¿Y sabes qué te digo?, lo que digo siempre: que de cobardes no hay nada escrito.

Aguirre sabe que Estaún es otro muerto.

Empezó a morir la noche en que salieron de España en el Stanbrook mientras el buque cortaba las olas bajo sus cuerpos. Desde entonces el comisario ha sido un moribundo sin rumbo en los engranajes del Partido. Es un viejo idealista. Añora volver a España, resistir hasta la muerte por montes y caminos, de escaramuza en escaramuza contra la Guardia Civil, y no vivir como un exiliado ni un político, miembro incómodo del Comité Central del PCE en Moscú. Morir por la causa. Aguirre sospecha que, de no haber sido por él, su viejo amigo estaría enterrado en algún bosque del valle de Arán o en la sierra del Guadarrama. Habría regresado a España para morir como un héroe.

Ambos se observan en silencio a través de la mesa, del blanco mantel y de copitas doradas rebosantes de vodka.

Impertinente realidad la del día de mañana. En un convoy especial viajará Aguirre con la delegación de la emisora rumbo a Bucarest, donde serán recibidos con todos los honores que Moscú ya no les rinde. En la capital rumana se afincará la Pirenaica para transmitir hacia España, bajo la protección de gobierno de Gheorghiu-Dej de la República Popular de Rumanía y de la Kominform*, cuya sede está en Bucarest.

Aguirre parte a las doce de la noche de la estación de tren de Moscú hacia el grandioso paisaje de raíles y nudos ferroviarios que cruza la Unión Soviética. Más de quince años de su vida se quedan bajo la capa

---

* Oficina de Información de los Partidos Comunistas y Obreros. Sucesora de la Komintern. Organización para el intercambio de información y experiencias entre los partidos bajo la órbita soviética. La Kominform sirvió como instrumento a las órdenes del Gobierno de Moscú ante el desafío occidental, concretado en la doctrina Truman y el Plan Marshall, creada en 1947 tras la Segunda Guerra Mundial.

blanca y helada que cubre la ciudad. Cruzará el Telón de Acero con un documento expedido por el Departamento del Extranjero del Comisariado Popular para la Seguridad del Estado de la Unión Soviética, y entrará en el país de los senderos escarpados, donde los inviernos son más tibios, los veranos cálidos y, a lo mejor, redentores. Estará más cerca de España. En Rumanía volverá a escuchar un idioma latino, amigable, familiar y añorado, donde el rey Decébalo al final fue vencido por Trajano y los romanos sometieron a los dacios.

Los países también se construyen a base de derrotas.

Estaún se levanta con dificultad del asiento, hundido por el peso de su cuerpo.

A Aguirre le suda la frente de nuevo y la tez se le ha enrojecido bajo las luces amarillentas de las lámparas eléctricas. El vodka en la sangre le distorsiona las emociones y le hace sentir un filósofo desencantado. Un nihilista. Un saboteador ideológico y hostil hacia el hombre soviético. Podría convertirse fácilmente en un Oblómov si se dejase llevar por la apatía y el desencanto, tumbado en un diván, esquivando los problemas. Pero es el combativo Fernando Lamadrid que se sienta delante de un micrófono para luchar contra franquismo.

Separarse de Estaún es más duro de lo que nunca imaginó. Tiene la sensación de protagonizar otro exilio forzoso, pero esta vez a un gulag siberiano, metido en un vagón Stolypin,* junto a cientos de presos hacia un infortunio helado, en vez de viajar en primera clase hacia un cálido país de lengua romance.

Una balalaika suena en el escenario del restaurante. El músico, vestido de cosaco, acaricia con delicadeza las cuerdas, acompañado de una niña que lleva un chaquetón militar y una gorra *budiónovka***. La pequeña entona una canción demasiado triste para ser escuchada esta noche por dos hombres que solo se tienen el uno al otro y se despiden en el exilio, quizá para siempre.

Estaún sale primero de la sala, decidido y rápido, como si huyera de un bombardeo enemigo, y Aguirre le sigue como siempre le ha seguido desde que lo conoció, detrás y agradecido por haber cuidado de él cuando solo era un niño asustado y perdido en la batalla, y por no haber sido enviado a una dura fábrica de tractores al llegar a Rusia, sino a la Universidad de Moscú, sin tener siquiera unos estudios preparatorios para alcanzar la profesión que ejerce.

Estaún entra en un automóvil que lo espera aparcado a la puerta del hotel. Se despiden con un fuerte

---

* Vagón especial que transportaba convictos y prisioneros hacia Siberia. Estos coches aparecieron en 1908 durante la época del ministro de la Rusia zarista Piotr Arkádievich Stolypin.
** Gorro militar usado por los bolcheviques del Ejército Rojo durante la guerra civil rusa y al concluir esta.

abrazo en la calle nevada bajo pancartas de Lenin y Stalin, muy cerca de la Plaza Roja, como si mañana fuera a salir el sol. El vehículo arranca, deja marcadas sus rodaduras sobre la nieve, y Estaún saca la mano por la ventanilla para decirle adiós.

IV

1956

Día del Estudiante Caído

Hoy se respira violencia. Desde ayer Madrid lleva un bullicio de algarada, algo grave va a suceder. Los disturbios y el malestar de los estudiantes en los días pasados aparecen en las primeras páginas de los periódicos y en las conversaciones de todo el mundo en la ciudad.

La directora de la residencia ha reunido al personal y ha dado su versión de los hechos sobre los enfrentamientos entre universitarios. Desde hace unos meses la muerte de Ortega y Gasset ha convulsionado a los estudiantes y se disputan su pensamiento. En el Santa Teresa, el consejo rector ha enviado a las residentes una circular llamando a la calma. Ayer, estudiantes de izquierdas han intentado despedazar el santo escudo de la Falange. Le han partido tres flechas y han destrozado el mobiliario de la Facultad de Derecho. Algunos estudiantes del SEU* lo han sentido un ultraje.

---

* Sindicato Español Universitario, organización estudiantil vinculada a Falange Española. Durante parte de la dictadura franquista, fue la única organización estudiantil universitaria legal: todos los estudiantes universitarios estaban obligados a pertenecer a él.

Es posible que se repitan actos desagradables en las aulas o en las inmediaciones de la universidad.

La directora ha aconsejado a las jóvenes que regresen a la residencia en caso de encontrar algún peligro en sus facultades. Como celebración del día del Estudiante Caído, muchos van a conmemorar la muerte del joven falangista Matías Montero, cofundador del SEU y asesinado en 1934. Se dará una misa por su alma en la Facultad de Derecho.

Incluso no se ve mal que las residentes decidan quedarse en las instalaciones y no asistan a sus facultades, concentradas en los estudios, en sus dormitorios o en la biblioteca. Se ha programado una misa a media mañana en la capilla y se ha llamado a la oración a las que decidan quedarse.

María se durmió muy tarde escuchando Radio España Independiente. Ha elaborado un extenso informe durante la noche para entregárselo a Alonso. El último noticiero del día de la estación Pirenaica es el más suicida, el más beligerante y trasnochado, su locutor se hace llamar Fernando Lamadrid. Su voz lleva el soniquete de la vieja guardia comunista y atenta contra toda inteligencia. Nadie puede creer que los nombres con los que se anuncian los locutores de una larga programación, que va desde cultura a deportes, con secciones en euskera, gallego y catalán, sean los propios. Por la edad de sus voces y los mítines que radian, han participado en la Guerra Civil. Está segura. Y cuando no proclaman salvajes soflamas contra el Caudillo, dicen muchas simplezas y tonterías. Pero los programas llevan mensajes ocultos y la emisora sirve de canal de comunicación entre los miembros del partido comunista, dispersos en el exilio. María está convencida de que la mayoría de los que se hacen llamar periodistas están buscados por la justicia española.

Ayer, Fernando Lamadrid ha llamado abiertamente por las ondas a la rebelión universitaria marxista en contra de la Falange y el SEU en la capital. El enemigo sabe lo que está sucediendo en la Universidad de Madrid y es muy posible que muevan los hilos desde el exterior para la insurrección contra los estudiantes del sindicato nacional.

María se tumba en la cama bocarriba con las piernas cruzadas y repasa las notas que ha tomado del discurso del locutor, cuya voz lleva el mensaje del miedo y la revuelta. Ayer ha empleado un tono distinto, agradable y tranquilo, de encantador de serpientes. La quietud de su voz parecía temible. Quiere imaginar, durante estos meses de escucha, el aspecto que debe de tener Fernando Lamadrid.

Será alto, bajo, gordo, delgado, atractivo... ¿Habrá nacido Madrid o es para despistar? No tiene un claro acento de ninguna provincia. ¿Estará casado, tendrá hijos, habrá matado en la guerra, le habrán herido en ella, habrá sido un criminal o un torturador de checa? ¿En qué batallas participó? Todo él es una máscara de hierro.

Su voz es amenazadora; su tono, un insulto; argumenta muy bien sus posiciones revolucionarias y es un adversario peligroso. Tiene la impresión de que no es un locutor ordinario, de una radio arcaica y miserable, sino alguien con poder político en su partido. Un adversario como para preocuparse por él. Alguien que ha estudiado profundamente a Marx y se sabe de memoria las obras de Stalin, porque las radia en su programa en una sección que ha creado para exaltar la figura del dirigente soviético, ya muerto y enterrado, para exportar su revolución por los medios que sean necesarios.

A las seis y media de la mañana, María se tira de la cama y está lista para salir. Todavía es noche profunda. El mes de febrero ha comenzado muy frío y demasiado oscuro. Recoge su cuaderno de transcripciones, el abrigo y abandona su apartamento antes de que las residentes bajen al refectorio a desayunar. El pasillo del ático es largo y solitario. La única puerta que hay en todo el corredor pertenece a su vivienda. Se habilitó esa dependencia en el pabellón dormitorio para la familia del primer conserje, a principios de siglo, y tras la guerra, en su nueva apertura, se reformó y cayó en el olvido. La directora no vive en las instalaciones, habitadas por cinco miembros del personal en una edificación anexa.

María decide echar un vistazo por el tranquilo edificio y se desliza silenciosa por la escalera. Alguien ha cerrado una puerta con sigilo en algún pasillo. Espera y se asoma por el hueco. Reconoce a Rosa por su abrigo y escucha el eco de los pasos desiguales de la joven bajando escalón a escalón. Después la puerta del vestíbulo principal se cierra suavemente, como si una mano protegiese el resbalón para no hacer ruido.

Se asoma al alto ventanal de la escalera y se acoda en el alféizar. Ve a Rosa, envuelta en la bruma nocturna, cruzar el jardín con su ligera cojera y salir por la puerta de servicio a la calle de Fortuny. ¿Cómo habrá conseguido una llave? María baja hacia el dormitorio de Rosa. En el Santa Teresa no hay cerradura en ninguna puerta. Ve la cama revuelta y el escritorio desordenado, con carpetas y libros abiertos. Registra la habitación. Encuentra al fondo del armario, dentro de un bolso, un paquete de octavillas con un manifiesto a favor de un sindicato libre de estudiantes: «Por la libertad y la democracia de vencedores y vencidos». Las octavillas están mal envueltas en un ejemplar de *Mundo Obrero*. Un periódico prohibido.

María se sienta en el borde de la cama con las octavillas en la mano. Piensa. Medita. ¿Dónde habrá ido Rosa tan temprano? Presiente peligro. Es hija del gobernador civil de Málaga, un militar respetado; los padres de las residentes confían en el Santa Teresa, en la seguridad y la buena orientación del centro; creen que el régimen extiende su poder como una red y puede ver a través de las paredes, los edificios y el cuerpo y el alma de sus hijas.

117

Hay una fotografía de Rosa sobre un estante. Es gordita y morena. Sus ojos son muy vivos, demasiado vivos, piensa ahora María. Aparece sola y feliz remando en el estanque del parque del Retiro con un vestido blanco de verano. ¿Quién le habrá hecho la fotografía? ¿Un novio disidente, una amiga revolucionaria de la facultad?

María apenas conoce a Rosa, pero es afable y simpática y parece demasiado inteligente para obrar de esa manera. No puede tolerar en el Santa Teresa un conato de subversión. Y podrían detenerla. Si Rosa ha participado en el manifiesto y en la recogida de firmas de apoyo al sindicato libre de estudiantes y es una alborotadora universitaria, captada por los comunistas para su causa, debe averiguarlo. *Mundo Obrero*. Rosa no es una obrera. Pertenece a la maquinaria del poder que tritura al disidente, aunque no quiera saberlo. No es la primera vez que encuentra en Rosa una actitud insurrecta.

Deja las octavillas donde las ha encontrado. Tiene en el cuerpo una sensación muy desagradable. Pensó que podría vivir tranquila y segura, pero es una falacia. La seguridad es un invento. Ha de proteger a Rosa, ella es inocente, es coja, no camina bien y corre peor. María también era inocente. Pero la inocencia también se termina y brotan la malicia, la astucia y el recelo.

La residencia se despereza. Abandona el dormitorio de Rosa y sale enseguida de la residencia sin desayunar. Necesita aire fresco. Ya ha amanecido y la ciudad se levanta del letargo nocturno. Lleva con ella su cuaderno de transcripciones en el bolsillo del abrigo.

¿Qué le impulsa a no acudir hoy al trabajo y echarse a la calle entre la niebla de febrero para buscar una aguja en un pajar? Camina con una ansiedad que determina su llegada a la calle de San Bernardo, a la Facultad de Derecho. Lleva las manos heladas dentro de los bolsillos del abrigo y roza con los dedos el cuaderno, en el que ha escrito «REI».

María avanza por la ciudad y avanza el día tras ella. La directora dice que hay que proteger a las residentes de la perversión de los valores. Alonso dice que hay que eliminar a los comunistas con gas mostaza solo por lo que hicieron en Paracuellos. Su tío dice que es más placentero colgarlos de un árbol como colgaron al tahonero.

El sonido de los coches cruza ante ella como navajas que le atraviesan el rostro. El sol ha fundido la niebla.

En la calle de Alberto Aguilera se da de bruces con un grupo de estudiantes falangistas del SEU. Van en manifestación violenta. Gritos en danza, coros de guerra. Por la esquina con Guzmán el Bueno avanza otro grupo, pero de contras. Palos al aire, piedras en los bolsillos. «¡Abajo el SEU! ¡Fuera la Falange! ¡Queremos sindicatos libres!». Es el mismo lema que le ha escuchado a Fernando Lamadrid.

La mente le anticipa lo que va a suceder. Se refugia en un portal y se tapa la cara para no ver. Pero escucha el ruido de la lucha. Gritos. Insultos. Lamentos. Un disparo. Sale del portal. Un joven ha caído en la acera de un tiro en la cabeza. No encuentra a Rosa entre la muchedumbre que corre por la calle, espantada y perseguida por la policía. Siente que tiene seis años y no veinticinco. Cierra los ojos y oye a su madre decir: «¡Volveremos enseguida, María! ¡Todo esto es un disparate!».

En la orilla del lago Snagov

Aguirre no ha tenido noticias de Estaún desde la cena en el hotel Moskvá. Un periodo de tiempo en que no ha sabido adaptarse a Bucarest, una ciudad desangelada y brumosa, en la que es demasiado visible la seguridad del Estado, y él odia cualquier tipo de persecución. La Securitate* acecha a cada individuo sin ningún disimulo, incluido él y los comunistas españoles a los que ella protege y vigila. Cada hombre tiene otro hombre que siempre lo sigue allá donde vaya, de día y de noche. No se puede acostumbrar a esas presencias que te recuerdan que la libertad se encuentra en estado de excepción.

Vivir en Bucarest es vivir en una ciudad envuelta en un sueño confuso, de hermosos bulevares y nobles y afrancesados edificios, cuyas alargadas som-

---

* La Securitate era la policía secreta que operó en la Rumanía comunista. Fundada el 30 de agosto de 1948 con la ayuda del NKVD soviético, fue desmantelada y disuelta en diciembre de 1989 tras el colapso del régimen y la ejecución del entonces presidente Nicolae Ceaușescu y su esposa.

bras también le persiguen en sus paseos por los parques y por los barrios macilentos habitados por colonias de gatos y perros sin amo que duermen en solares junto a vagabundos y familias gitanas. Ahora Moscú le parece la ciudad que nunca creyó que fuera, con un semblante desenfrenado y vivaz, alborotado, a veces jocoso.

Son las nueve de la noche. Hace un rato apagó el micrófono, terminó de pelearse con las noticias que llegan de España y salió de la sala de emisiones. En su despacho recoge sus papeles para irse de una vez, mientras suena la entrada de los teletipos en las habitaciones contiguas, un martilleo incesante que le permite reordenar continuamente conceptos e ideas con la exactitud de un diapasón.

Los oyentes siguen creyendo que la estación Pirenaica, como la bautizó en las primeras transmisiones radiofónicas la primera directora, la camarada Ibárruri, trasmite desde los Pirineos; una idea ingenua y superficial, le parece; es cómo convencer de que *El principito* proviene del asteroide B-612. Quizá han de dar la sensación de cercanía, la épica y resistente emisora de los comunistas que gobernaron en la Segunda República, y él se encarga de que la información, la lucha y la entrega a la causa navegue por las ondas, entre en España, en los hogares y en las conciencias de los españoles. «Resistencia y victoria» es su lema.

La misión más importante de Aguirre es excitar el sueño del marxismo, divulgar las decisiones de los líderes y hacerlas llegar a España, reorganizar la resistencia en tiempos de paz; luchar contra el fascismo como antes se hacía desde del Quinto Regimiento y en el búnker o la trinchera, pero sin bombas ni proyectiles, solo con la voz e ideas convincentes, armas más eficaces, sin duda; algo que nunca ha entendido Estaún.

Tiene sobre la mesa el último boletín del día. Y aunque ha colocado su póster de Malévich, *Mujer con un rastrillo,* en la pared de su despacho, para tenerlo delante como lo tenía en Moscú, no logra quitarse de encima una sensación metafísica de extrañamiento que muere cuando duerme y revive cuando se levanta.

Todo el mundo se ha marchado a sus casas, agrupadas en torno a la calle Valeriu Braniste. Ha repasado el programa de mañana que discutirá y aprobará el equipo de redacción a primera hora, reunidos en cónclave. Después, cada uno en su mesa, escribirá el contenido de su sección para ser emitido, y a las diez comenzarán a grabar. Los distintos locutores le comunicarán los minutos que quedan para los boletines informativos, y él tomará nota de todo y organizará su trabajo con la precisión de un desfile de *majorettes.*

Le gusta leer con atención lo que entra a diario en la emisora: los informes del Partido, directrices, las transcripciones, documentos secretos, los resúmenes de prensa de las diferentes agencias, los boletines de

EFE, Agerpres, Tass, France Presse, Reuter, Asociated Press y la United Press intl. También repasa la prensa cubana. A menudo llegan cartas de oyentes y artículos de miembros del Partido desde los distintos países por los que están desperdigados. Nadie como él conoce las necesidades de la emisora y sus oyentes.

La información llega rápido y ha de redactar los acontecimientos nacionales y del mundo según órdenes superiores, orientar el discurso, agitar la propaganda y desacreditar al enemigo. Esta noche se siente feliz. Mañana es su día libre, lo va a pasar con Eve. Está satisfecho de haber terminado la ardua tarea de traducir al español el noveno volumen de las obras de Stalin. Sin duda, a Estaún le alegraría saberlo y se sentiría orgulloso de la hazaña de Aguirre. Ha terminado la traducción del *Romancero gitano* y se lo ha dedicado a Eve con un lema digno de Lorca. Porque ella nació en Granada y lee a los poetas españoles con emoción y alegría. Y sabe crear para Aguirre un mundo de belleza y de desgarro. En una palabra, está loco por ella.

Ahora desea más que nada regalarle el *Romancero*. Está impaciente. Ha adquirido la mala costumbre de mirar demasiado a menudo el reloj y de contar las horas que faltan para reunirse con ella. Cuando cierra los ojos, quiere besar el tiempo que le ha unido a ella.

Eve es su primer amor. El único. Es la sirena varada en un mar revuelto. Pensó que jamás le llegaría el amor porque nunca lo había llamado, y lo que no se llama, no aparece. Pero ella ha irrumpido en su vida haciendo soportable la soledad que te azota como un látigo. Una soledad completa desde que salió de Moscú. En la emisora cuchichean a sus espaldas. Dicen sus compañeros que cultiva la misantropía y sus colegas y esposas se han acostumbrado a que rechace las invitaciones sociales y no se relacione con la pequeña comunidad española del Partido que vive en Bucarest. El tiempo libre lo emplea en traducir del ruso o al ruso, de forma obsesiva y tenaz.

Antes de apagar la luz de su despacho, se pone el abrigo y recoge las traducciones de Stalin y García Lorca. Con los manuscritos en la mano, baja por la estrecha escalera hacia la salida de un hotelito con garaje subterráneo en una zona residencial y tranquila, al final de la avenida de Stalin. Está rodeado de villas elegantes y bien construidas, habitadas por los cuadros del Partido Obrero Rumano. En otra época, en ese barrio tranquilo y elegante, residían la monarquía y los miembros del aparato del general Ion Antonescu. Y a él le gusta la zona, con una avenida más ancha que una pista de aterrizaje.

Su conductor asignado le espera en la calle dentro de un Zis negro de fabricación soviética. El vehículo lleva aparcado en la puerta desde que él se apeó a las nueve de la mañana. Al entrar él siempre saluda con una sensación de inquietud. Es el mismo conductor de siempre. Callado. Huele a chicle de menta.

Cruzan la ciudad dormida a las diez y media de la noche, en silencio, sin mediar palabra, y toman la carretera hacia Snagov en medio de la niebla.

Aguirre no ha salido de la emisora en toda la jornada para adelantar el trabajo que mañana a primera hora harán sus camaradas para que él pueda disfrutar de un día de descanso. Eve también ha pedido el día libre y está impaciente por reunirse con ella.

Se siente inquieto. Mueve la rodilla como si tuviera un tic nervioso mientras atraviesan un bosque de coníferas inclinadas por el viento en la oscuridad de la estrecha carretera. Cree que algo le sucede a Eve. Hoy ha roto la costumbre. No ha querido que Aguirre la recogiera en su *kommunalka*, el edificio destartalado en el que reside, dentro de una habitación y media que comparte con sus compañeras del semanario *Za prochni mir*, al oeste de la ciudad. Es una colonia de bloques masivos prefabricados en el barrio de Drumul Taberei. Aguirre siempre la espera en el coche, en un pasadizo entre edificios con cochecitos de niño y bicicletas oxidadas, y ella baja y él sale del vehículo, y se besan impúdicamente como si formaran parte de un mural de Josep Renau.

Desconoce cómo se ha desplazado esta noche Eve desde Bucarest hasta Snagov, a cuarenta kilómetros de la ciudad. Ella no sabe conducir y a esas horas no hay transporte público. Han quedado a las once de la noche en la villa que Eve se encarga de reservar en el complejo de descanso de la Kominform, a orillas del lago.

Se aproximan al complejo. La oscuridad se enreda en el bosque frondoso, rota por los faros del vehículo. Aguirre se baja rápido del Zis, tras el conductor, sin esperar a que le abra la puerta en la rotonda arbolada, blanqueada por la bruma.

Las aguas del lago llevan ligeras olas hasta la orilla que rompen sobre la arena helada. Las lanchas amarradas al pantalán se balancean en la escarchada superficie. Repara en un coche oscuro, aparcado discretamente bajo los abetos, supone que es de la Securitate o de quien haya traído a Eve. Dentro habrá dos hombres tomando notas o escuchando a través de los micrófonos ocultos que habrá en el interior de la villa. Pero eso a él ahora no le importa, no le importa en absoluto, ese amor no lo quiere ocultar, sino proclamarlo, como la victoria de la vida sobre la muerte.

Ella está esperándolo sentada en la escalinata de acceso a la casa de recreo, bajo la luz mortecina de una farola de gas, con los brazos cruzados protegiéndose del frío. Tiene las mejillas sonrosadas. Tras ella, las columnas de mármol de un inmenso corredor se levantan como estandartes en la oscuridad. Lleva una pielecita sobre el cuello de un abrigo blanco hasta los pies y un gorrito de zorro. Eve se le tira al cuello, se pone de puntillas y lo abraza. Le acaricia el rostro con sus dedos repletos de anillos con falsas esmeraldas que se ha puesto para él.

El conductor de Aguirre se da la vuelta y entra en el Zis. Se quedará dentro escuchando la radio o leyendo un libro hasta que él lo necesite.

Eve está guapa de verdad, y elegante. La envuelve su perfume Krásnaia Moskvá, que proclama esta noche su feminidad de mujer socialista. Él se siente agitado y responde al abrazo de Eve con besos delirantes de codicia y desazón. Quisiera llorar y reír al mismo tiempo. ¿Dónde se supone que va a besarla, embadurnada toda ella de cosméticos de la marca TeZhe sobre los párpados, los labios y las mejillas?

La coge en brazos y la arrastra al interior. Eve es pequeñita y ligera. El peso de su figura enardece a Aguirre y en el diván del enorme salón de escayolas palaciegas de otro tiempo, junto a la chimenea que han encendido para ellos, la despoja de todo adorno y maquillaje y se hunde en la carne morena de una mujer española que juega a ser soviética frente al retrato de Rosa Luxemburgo, y él es feliz: el paraíso y la belleza los ha encontrado en Bucarest. Nunca creyó que la felicidad existiera y tuviese el rostro de Eve.

Si hay algo de lo que puede presumir Aguirre es de conocer cada detalle del cuerpo de Eve. Los labios finos y bellos de esa mujer lo atrapan en besos delirantes que no deberían terminarse nunca.

Aguirre da vueltas por a la estancia, cada vez más agitado, excluido del mundo que ella le niega. Hace calor, la chimenea arde como un infierno. Se sienta junto a Eve en el diván. Él está desnudo y ella también, echada sobre la piel de un oso de los Cárpatos. Los reflejos de las llamas se extienden por el vientre de su amada, que Aguirre mordería hasta hacerle un agujero y no dejarla marchar nunca.

—Se me agota la paciencia —protesta él—. Contigo es imposible.

—No estoy hecha para hombres impacientes. Te lo dije.

—¿Cuándo volverás? Siempre te estás yendo. Él admite su derrota.

—No lo sé. Unos meses a lo mejor.

—¿Unos meses? ¿A lo mejor?

Eve solo tiene veintiséis años y él se siente desamparado ante a ella, como pendiendo del trapecio de un circo cuyos espectadores lo miran desde abajo murmurando que se va a caer de un momento a otro, y Eve ha quitado la red.

—¿Esta vez no me vas a decir adónde vas?

En los últimos meses ella ha viajado a Polonia en dos ocasiones, a Hungría y a Bulgaria, y a Praga se desplaza a menudo. Nunca le cuenta los motivos reales. Él evita preguntar. A mujeres como Eve no se les puede preguntar demasiado porque sabes que te van a mentir. Ahora necesita saberlo todo de la morena que ama. Es reservada y astuta. Tiene demasiados secretos, como todo el mundo que mantiene y salvaguarda el Telón de Acero y trabaja para el Comité

Central del Partido. Quizá trabaje para alguien más. No hace falta ser un experto en psicología para darse cuenta de que está sometida a demasiadas tensiones y toda ella es misterio y ocultación, lo percibe como se perciben los estados de ánimo. Y tiene una forma de hablar que nunca desvela nada, todo camuflaje y sigilo.

—Mitxel, Mitxel... Dijimos que no habría preguntas. Solo te digo que la Kominform va a disolverse. En un abrir y cerrar de ojos no existirá la organización. El Partido rumano os financiará, no te preocupes. Para vosotros todo seguirá igual. En el PCUS están cambiando cosas. Se va a revisar la figura de Stalin. Así que no deberías haberte molestado tanto en traducir su obra. El camarada Jrushchov ha preparado un informe secreto sobre los posibles crímenes del camarada Stalin: deportaciones, las condiciones de los gulags, depuración de miembros del PCUS... Nuestros aliados comunistas se van a revolver, ya lo verás. Será una bomba. Esto es confidencial, tesoro. Ni se te ocurra usarlo en la emisora.

—Imposible —protesta él—. Eso es propaganda imperialista. ¿Cómo puedes creer algo así de nuestro estratega Stalin, el padre de los pueblos, continuador de la obra de nuestro amado Lenin, la estrella que ha marcado el camino de los pueblos comunistas del mundo? ¿Es que lo has olvidado?

—Como tú digas, tesoro. Ya hablas como un rumano.

Eve le está contando una fantasía para tapar su viaje; una maniobra de distracción, mientras le pasa la palma de la mano por el cuerpo, le acaricia la espalda y hace de la estancia un viaje interminable. El rostro de Eve, ahora sin maquillaje, tiene algo de masculino y de infantil, con el pelo revuelto, cortito y negro, y su mano apretándole las nalgas.

Él se aleja de su lado, escapa de las penetrantes manos de Eve y se incorpora del diván. Sus celos son más ardientes que el calor que expulsa la chimenea. Ella lo sigue con sus ojos oscuros y traidores. Él, tan, desnudo como vino al mundo, se acerca a su ropa, desparramada por las baldosas pulidas junto a la de Eve, confundidas ambas en una sola. Él se agacha sobre su bolsa tirada en el suelo, ella se excita con la postura de Aguirre y él extrae de un bolsillo el *Romancero* en ruso. Duda si es oportuno ofrecérselo. Un destello de vergüenza por la traducción ensombrece su alegría. Y regresa obediente al cuerpo de su amada con el manuscrito en la mano como única defensa a la mirada voluptuosa de Eve.

Ella abre de par en par sus ardientes ojos y lee la dedicatoria en voz alta.

—No sé si estoy a la altura de este regalo —susurra a media voz después, casi decepcionada consigo misma. Se ha quedado como muda, pero dice—: Te agradezco el detalle, la dedicatoria es muy tierna. No merezco tanto. Cada vez que lo lea, me acordaré de ti. —Se pone seria, se humedece los labios con la lengua y añade: —Este libro es un universo que contiene nuestro mundo desaparecido.

Él se abalanza sobre ella y la besa enfurecido. Tiene los músculos rígidos y un dolor insoportable en el pecho. La luz le ilumina el torso denudo y no deja de admirar el delicado cuerpo de Eve, tumbada como una maja despiadada a la que no le importa el sufrimiento de su amante. Quisiera hacerle de nuevo el amor. Pero ella lo aparta para seguir con el pequeño manuscrito y lo ojea maravillada.

—Qué bien traduces, por Dios, y además eres guapo; un vasco guapo, aunque tengas los ojos de distinto color y parezcas un poco raro. Eso ya lo sabes. Lo que no sabes es que te quiero de verdad; no porque seas guapo, buen traductor y un hombre culto, sino porque eres bueno. Hoy en día no hay nadie bueno.

—¿Y tú eres buena? De momento eres un misterio para mí.

Él sabe que Eve tiene demasiados empleos y demasiados privilegios. Trabaja oficialmente de traductora para la Kominform. Estudió ruso y lenguas eslavas en la Universidad de Moscú. Escribe artículos políticos. Por las tardes es correctora de estilo en la edición española de *Za prochni mir** y es el en-

---

*   Revista semanal de la organización y el Buró de la Kominform, cuyo nombre fue propuesto por Stalin. Título íntegro en ruso: *Za prochni mir, za naródnuyu demokrátiu*: «Por una paz duradera, por una democracia popular».

lace de la Kominform con la emisora. La organización corre con los gastos de la estación de radio española, de las transmisiones y del personal que trabaja en ella. En los que está incluido el sueldo de Aguirre.

Y Aguirre sospecha que Eve es algo más en la Oficina de Información de los Partidos Comunistas y Obreros que una traductora cualificada para los países socialistas del Bloque del Este. Se trasladó a Bucarest para trabajar en la organización hace tres años y realiza escuchas, descifra las emisiones de Radio Nacional de España y redacta informes para el Comité Central del PCE en Moscú.

—No te pongas tan serio, tesoro. La vida hay que tomarla con filosofía.

—¿Cómo voy a sobrevivir a la soledad sin ti? Otra vez.

—Todos estamos solos, tesoro. Muy solos. Yo estoy sola desde que me enviaron a Rusia; casi toda mi vida. De mis padres, apenas conservo sus rostros y no quiero conservar nada más; ni siquiera sé dónde están enterrados. Creo que lo entiendes. A ti el bombardeo de Guernica te dejó solo y abandonado. Y siempre estarás solo, Mitxel Aguirre. Nuestro dolor tiene demasiadas raíces para ser extirpado. Es un cáncer. Maldito Franco. Ese canalla tiene que pagarlo.

Aguirre escucha el triste crepitar de las llamas, suena a despedida. Toda la conversación suena a despedida. Toda ella supura despedida, como el pus de una herida. Cree que no la volverá a ver, como a Estaún. Odia tener tan malos pensamientos. Y le hace el amor de nuevo, tremendamente. Le besa el lunarcillo de la frente, el cuerpo entero y la posee sin descanso, porque el mundo se termina esta noche en la orilla del lago Sganov sabiendo que la felicidad solo es eso, un deslizarse por la pendiente en los brazos de Eve.

EL DISCURSO SECRETO DE NIKITA JRUSHCHOV

María ya no oye a Alonso quejarse con voz caprichosa del sabor a achicoria del café. Está callado y escucha a su padre con respeto:

—Estoy absolutamente de acuerdo, sobrina. Hay que tratar con guante de hierro a las nuevas formaciones de estudiantes que se levantan en la Universidad de Madrid y conseguir información de quiénes, dónde y cuándo va a pasar lo que quieren que pase los nuevos disidentes, peligrosos ideólogos, separatistas y masones. Los disturbios universitarios ahora son provocados por los hijos de las clases medias y acomodadas y no por analfabetos, obreros y campesinos.

Ella nota que se sonroja por las palabras de su tío, sentada junto a su primo en un cómodo sofá de terciopelo. Están en el Ministerio de Gobernación, con el ministro de Gobernación, en la sala de visitas del ministro, al calor de una tertulia familiar y laboral junto a unas soletillas cubiertas de azúcar en una bandejita de plata que su tío le ofrece estirando su brazo de glorioso militar para sortear la mesita que los separa.

—Te esperan grandes hazañas, sobrina. Tienes a tus jefes pasmados en la delegación. Y no porque seas la primera mujer en llegar a lo que estás llegando, y a tu edad. El mundo es de la juventud bien preparada como vosotros.

—Tiene mucho instinto mi prima y le interesa lo internacional, padre —añade Alonso, dejando su taza en la mesita—. Por algo sabe tantos idiomas.

María abandona su soletilla en el plato sin haberla probado, le sentará mal, y prefiere no pensar en las tonterías que dice Alonso.

Los detallados informes que ha redactado a partir de la información que ha escuchado con extrema dedicación en Radio España Independiente le han valido un ascenso en la Secretaría General del Movimiento. En la remodelación de la Delegación Nacional de Prensa, Propaganda y Radio, su jefe, el subsecretario, le ha propuesto un ascenso como experta técnica de inspección. Ahora, en vez de ser ojos y dedos que mecanografían larguísimos y arduos informes, algunos con papel de calco por triplicado, que custodia, registra y archiva en cientos de metros cuadrados de cajones y archivadores bajo llave, los elabora y orienta ella misma y recibe información secreta. Investiga pasados. Orienta futuros. Maneja información sensible y confidencial, expedientes de organizaciones e individuos que alguien tratará de destrozar y eliminar del mapa. Es disciplinada y no le tiembla el pulso en orientar su trabajo para hundir lo que tenga que ser hundido.

Ya no tiene tiempo de acariciar las flechas de la fachada y le han asignado un despacho. Tampoco baja a desayunar al Círculo de Bellas Artes y llega muy tarde a la residencia. Los libros se le amontonan en la sala prohibida. Intenta leerlos y hacer los informes por las noches, bajo la luz del flexo del escritorio apolillado, en la intimidad de pensamientos y sensaciones que fluyen incandescentes, con la cabeza puesta en otra cosa: en las personas que ella señala a diario con nombres y apellidos y que sus jefes e informadores ponen en peligro inminente. Hay días que se pregunta a quién tocará destruir mañana. Quiénes serán detenidos y apaleados. Quiénes no se levantarán de su cama ni verán a sus familias durante años.

—Tú también sabrías idiomas si te lo hubieses propuesto —le contesta a su primo distraídamente—. Eres un hombre tenaz. Mira dónde has llegado por mérito propio. Tío está orgulloso de ti.

—Sé inglés para lo que me interesa, monada —contesta él.

El ministro guarda silencio, deja que los jóvenes mantengan su charla. Los observa con el rabillo del ojo mientras da sorbitos de café, satisfecho de tenerlos con él. Son una familia unida, de tres, pero familia, e inseparable en los malos y en los buenos tiempos. Es capaz de leer la mirada de su hijo e interpretar sus gestos con los ojos cerrados. Y calla. El silencio es el mejor aliado.

Alonso ha sido ascendido a comisario jefe de la Brigada de Investigación Social. Se ha llevado el mérito de haber localizado la ubicación de Radio España Independiente en la ciudad de Bucarest. Y los arrestos, detenciones e información capturada en las redadas a imprentas clandestinas y pisos francos le dan unos frutos carnosos que le place triturar.

Ella sonríe, cruza las piernas de satisfacción.

El ministro Manuel Fernández de Amuradiel es un hombre muy astuto. Con la servilleta se limpia a golpecitos la comisura de los labios y mira de soslayo la soletilla de su sobrina, intacta sobre el platillo. Es hora de darles una pequeña charla sobre la virtud y la familia. Observa cómo su hijo mira a María y recuerda los ojos de cordero degollado que ha puesto Alonso en su despacho cuando ella le ha entregado el extenso informe que ha escrito sobre el *Discurso secreto, acerca del culto a la personalidad y sus consecuencias*, del líder soviético.

—Me vais a disculpar, hijos míos, las obligaciones me llaman. Leeré tu informe, María, con mucha atención —dice orgulloso con voz de fumador de puros con los pulmones ahogados—. Te habrá costado un esfuerzo y lo sabré apreciar, tu opinión es importante para mí. Quedaos el tiempo que haga falta disfrutando del café que tanto desagrada a mi hijo.

María observa el decidido caminar de su tío en su indumentaria de general condecorado. Le ve cruzar la estancia enmoquetada a zancadas marciales y desaparecer por la grandiosa puerta que comunica con su despacho oficial.

María ha traducido del francés el *Discurso secreto* que Nikita Serguéyevich Jrushchov ha dado en el XX Congreso del PCUS. Lo ha publicado el periódico *Le Monde* y ya se conoce en toda la Unión Soviética. Los periodistas franceses lo han comprado en el mercado negro de Varsovia y circula por toda Europa. Esta misma mañana ha ultimado para su tío el informe de lo que ella cree que significa para el mundo y para Europa acusar al difunto Stalin de culto a su persona, y de los crímenes y deportaciones que abiertamente ha imputado Jrushchov a su antecesor.

—Desestalinización, bonita palabra que has usado con acierto —dice Alonso—. No esperes nada bueno de unos asesinos como ellos. Ni creas que por lo que dice Jrushchov nuestros comunistas van a aflojar. Al revés: solo conocen el crimen y el abuso. No te dejes engañar por lobos que intentan ponerse la piel de un cordero.

—Es posible. Pero el Comité Central del PCE ha movido ficha en París y en junio ha redactado una declaración para la reconciliación nacional. Abandonan la lucha revolucionaria y la violencia, piden acuerdos políticos, ahora quieren una democracia y reconocen nuestro triunfo, primo. Son cuarenta y cinco páginas de proclamas y condiciones que ha trasmitido Radio España Independiente. Se las he puesto a tío en la carpeta para que sepa los vientos que soplan nuestros enemigos, fuera de nuestras fronteras.

—¿De qué reconciliación hablan esos tiparracos? ¡Todo mentira! Llevan diecisiete años en el exilio y están desesperados y locos por volver para jodernos de nuevo. No pienso consentirlo ni pienso leer subversiones: ni la de Jrushchov ni la del PCE.

Alonso se levanta del cómodo y aterciopelado sofá visiblemente molesto. Lleva un traje gris cruzado con botones dorados. Observa con atención el tapiz de la pared que representa la caída de Babilonia. Se vuelve abstraído hacia ella.

—¿Quieres presenciar una redada? Será divertido. Tengo algo importante entre manos. —Intenta no ser demasiado explícito ni explicar más de la cuenta, de momento.

Él lleva dando vueltas al asunto unos días, es algo que ella no espera y será una sorpresa. Le brillan los ojos y esboza una sonrisa maliciosa.

María le lanza una mirada capaz de atravesar la opacidad que ve en él y piensa que tarde o temprano deberá salir al mundo real. Enfrentarse al enemigo cara a cara. Experimentar lo que no está escrito ni se puede escribir jamás en un informe.

—¿Por qué no? —contesta, envalentonada—. Soy una guardiana y defensora de la ley y el orden, no estaría mal forjarme como tal. Y eso no ocurre entre libros ni papeles, primo.

—Es una detención importante, María. Real. Con vencedores y vencidos. Llevamos meses de seguimiento y escuchas. Tenemos comprados a delatores debajo de cada piedra. Sin demasiados riesgos. Pero los hay, siempre hay imprevistos.

Ella solo ha de quedarse tras los hombres de Alonso y observar. Obedecer sus órdenes, si las hay, rápidamente y sin objeciones. Como en la guerra. Con disciplina y decisión. Sin pensar. Él es quien piensa por su equipo y todos obedecen la cadena de mano para que nada falle. Si su padre, el ministro de Gobernación, dice que María está llamada a grandes hazañas, esta va a ser la primera, su bautismo.

—No me gustaría ponerte en peligro... Piénsalo, no quisiera que te arrepintieses.

María siente la tensión que se ha afincado entre ellos. Se ve a sí misma diciendo:

—Qué poco me conoces, Alonso. Yo jamás me arrepiento ni me asusto.

—Me alegro. Luego puedes hacer un buen informe con lo que sea conveniente explicar.

—Nada me gustaría más que escribir sobre mi propia experiencia. La experiencia de ambos en algo importante.

—Mira que eres lo que más quiero y no me gustaría que te enfadaras conmigo. Soy un hombre duro, hecho y derecho; ya me conoces, y tú todavía no eres una mujer completa, o eso creo; aunque eres una mujer perfecta. No te conozco pretendiente, siempre las naricitas entre libros.

—No digas tonterías y no cambies de conversación. Tú tampoco hablas de mujeres. Tus agentes están casados y con hijos. Y tú, mírate: un solterón de treinta y siete años. A tío no parece importarle demasiado. Eres su única descendencia, debería importarle.

—Todo se andará, María. Mi padre es un hombre sabio. Ahora mi trabajo es lo primero y no tengo tiempo para faldas. Estoy con todas y con ninguna. Y si no fuéramos primos carnales y no te quisiera como a una hermana... Pero todo tiene arreglo si nosotros queremos cambiarlo.

María se sonroja. No deben hablar de cosas tan íntimas. Él insiste:

—El emperador Marco Aurelio se casó con su prima. Tuvieron trece hijos.

—Marco Aurelio era un estoico y a ti te divierte decir sandeces.

—Yo también soy un estoico: *que pase lo que tenga que pasar*, monada.

—Hay cosas más importantes que nosotros.

Ella le quiere demasiado para molestarse por nada de lo que diga. Y le seguirá donde quiera llevarla, con los ojos cerrados. Lo está deseando, le arde el corazón. Aprenderá, como ha aprendido de la radio Siemens del multicopista que se estampó contra los adoquines del patio de la DGS.

Espera algún día descubrir quiénes se ocultan bajo la maraña de nombres que retrasmiten con total impunidad e invaden a los españoles entrando en la intimidad de sus hogares, barrios, pueblos y ciudades para envenenarlos de propaganda contra el Caudillo.

—Tengo veinticinco años —le susurra ella al oído—. Iré contigo de redada. Aprenderé. Me gusta aprender de ti.

Alonso no puede resistir la tentación de cogerle la mano y besársela con la misma emoción con la que besa la bandera de la patria y ella ni se da cuenta, entusiasmada por todo lo que le queda por hacer, mientras le viene a la memoria cómo ha terminado la historia de Rosa.

Un asunto menos. Sus temores sobre ella se han esfumado definitivamente en una conversación que terminó con una llamada a su padre, tras los acontecimientos de las manifestaciones por el día del Estudiante Caído. Debía darle el correctivo que se merece una actitud desafiante al orden que podía haber terminado en tragedia para Rosa. Y según lo previsto, el padre se presentó en persona al día siguiente de la llamada. Con discreción, sin alardes, de forma radical y quirúrgica. Llegó por la noche al Santa Teresa. Su vehículo aparcó a medio gas bajo las acacias de la calle de Fortuny, oscuro, con los cristales tintados y el banderín de España. El conductor salió a recoger a Rosa en la discreción de las once de la noche. María vio al gobernador de Málaga en el asiento de atrás cuando bajó la ventanilla para observar a su hija salir del recinto. Le vio medio rostro iluminado por la luna. Su expresión la asustó. Rosa cojeaba más que nunca. Arrastraba la pierna mala por la calzada y apenas podía con la maleta. Tuvo el conductor que empujarla al interior del vehículo para cerrar la puerta y llevársela hacia el único mundo posible para Rosa.

Se escuchan voces en el despacho del ministro. Una frenética máquina de escribir retumba en las paredes de nogal y en los marcos de los cuadros de emblemáticas batallas. Como la que Alonso piensa librar con ella. Porque María tiene demasiados pensamientos en la cabeza y quiere abarcarlo todo sin darse cuenta de que quien mucho abarca, poco aprieta.

Madrid, a 3 de septiembre de 1956

Mi amado Mitxel:

Es muy difícil comenzar esta carta. No sé bien si es
una declaración de amor, de necesidad o ambas a la vez.
La desinformación es un poderoso enemigo y necesito
que sepas algo demasiado importante. Es probable que
no hayas tenido noticias de tu amada desde la noche del
lago Sganov. Nadie en el Partido te las va a proporcionar
oficialmente, salvo yo misma, y no puedo decirte otra
cosa que todo marcha según lo previsto. Quizá imagines
algo o te han llegado rumores de que me encuentro en
Madrid, tras un peregrinar por distintos países hasta llegar a Granada, el primer lugar de nuestra patria que mis
ojos han contemplado, dejando que ocurriera lo que tenía
que ocurrir.

Necesitaba ver mi antiguo hogar, la casa de mi niñez
apenas recordada y mis raíces lejanas. Solo he hallado
un solar vacío, pasto de ovejas; qué ingenua soy peleán-
dome con los escasos recuerdos que poseo, alimentando

fantasías y ensoñaciones. Nostalgias. Ahora es una parcela desescombrada donde la hierba amarillea y han clavado un letrero donde dice: «Próximamente viviendas para el personal del Ejército de Tierra». El mismo Ejército que derribó el avión que pilotaba mi padre. Ironías de la vida; no solo lo mataron, también usurpan su casa y su tierra. No me voy a poner sentimental a estas alturas, ya sabemos quiénes ocupan y lastran las vidas que nos dieron nuestros padres.

Y lo que ahora ha nacido en nuestras vidas es una hija, una preciosa niña a la que llamo Victoria. Nació el 2 de julio de 1956, en la calle de la Ribera 38. Un vulgar piso franco del Partido en el barrio de Carabanchel de Madrid, en el que ya no estamos. Ocupamos distintas direcciones según soplan los vientos; un día aquí otro allá. Pero no te disgustes por ello, tesoro, fui bien atendida por el doctor García y su matrona, buenos camaradas del Partido, que sacaron a la vida a nuestra sana criatura, que está gordita y crece y se pone bien fuerte para emprender juntas el viaje de regreso. Cuento los días para ello. Pero todavía no he terminado aquí. No soporto esta ciudad, pero su cielo es el cielo más perfecto que jamás he visto. La policía política es muy astuta. Tengo mucho cuidado. Estoy rodeada de expertos camaradas en la lucha, llegados de México, de Francia y de nuestros queridos países amigos. Me siento muy acompañada y todos cuidamos de Victoria porque ella es nuestro futuro y nuestra salvación.

A veces me despierto en la madrugada empapada de un sudor frío y aterrador. Sueño que estoy en tus brazos y me besas hasta matarme y me adoras y nos amamos sobre un trapecio y tenemos otro hijo y formamos una sólida familia. Sé que he cambiado mucho. La maternidad transforma a las mujeres, las hace vulnerables y débiles; lo odio, pero también las hace felices. Muy felices. Dar vida hace feliz, Mitxel Aguirre. Es algo que la vida me ha enseñado. Y tengo miedo, el miedo forma parte del paquete de dar vida, pero miedo por Victoria. Si me pasara algo... Si me detuvieran... La Social no se anda con tonterías, Mitxel, es peligrosa.

Ahora sabes que eres padre. Y te considero mucho más que el padre de mi hija: eres el hombre que amo y amaré siempre; lo sé. Llevo conmigo tu Romancero gitano. Lo leo antes de dormir. Ahora el ruso me gusta más que nunca, leerlo es encontrase en casa cada noche esperando a apagar la luz para abrazarte.

Has de saber que nuestra hija no está inscrita en ningún Registro, ni por supuesto bautizada, como comprenderás. Aquí todo pasa por la Iglesia católica. He entrado en España con documentos falsos, no podíamos arriesgarnos a que la policía investigara que soy una de las niñas enviadas a Rusia por la República. Me vigilarían, harían demasiadas preguntas. Demasiados riesgos innecesarios. Aquí me llamo Carmen Fernández Cuesta. Y tengo cosas muy tontas, como la añoranza de mi perfume soviético. Tengo el envase vacío y lo destapo de vez en cuando para aferrarme a lo que me une al pasado.

Quiero que sepas que te escucho cada día y tu voz me lleva a tus labios y a tus ojos extraños y bonitos de cama-

león, que retengo en mi memoria para no olvidar nunca tu cara. A veces tengo que apagar la radio porque me pongo demasiado sentimental. Tienes una fuerza espantosa para provocar añoranzas. En España, todo ciudadano que quiere ser libre te escucha y te conoce. Eres un hombre famoso, quién lo iba a decir, estando en el borde del mundo.

Ya me quedo tranquila con estas palabras. No debo contarte mucho más. Sé que protegerás a Victoria contra viento y marea si algo me ocurriera. Es posible que no regrese nunca a Bucarest, pero también es posible que lo haga, y sueño cada día con el momento del reencuentro. Pero hay algo que sí te voy a decir. Sé que es importante y te alegrará mucho saberlo. He conocido al camarada Estaún. Es un hombre singular y combativo. También protector, ya lo creo. Hablamos mucho de ti, eres nuestro tema favorito, y me cuenta pasajes vividos por vosotros dignos de una novela rusa, sobre todo el trágico final de la guerra, vuestra salida en el buque Stanbrook y vuestras peripecias para llegar a Moscú. Solicita tu perdón por no haberte escrito nunca. No es un hombre de letras ni le gustan, o eso dice. Pero ten presente que te quiere más de lo que está dispuesto a admitir y te pide que te cuides; en ningún lugar se está seguro y menos tras el Telón de Acero. Es un individuo desconfiado, hace bien.

Necesito que me ames como soy, Mitxel Aguirre. Y que ames la vida como viene y los tiempos que nos tocan vivir. Yo he sufrido demasiado. He luchado con todas mis fuerzas para evitar pensar en cosas horribles. Tantos sacrifi-

cios. La lucha se ha convertido en la obsesión de mi vida y el miedo es el precio que pago. Pero el hombre ha de ir más allá de lo que pueda alcanzar. Nuestra hija es la señal de la victoria. No pierdas nunca la confianza en mí.

Tuya para siempre, incansable y guerrera, protectora de nuestra hija,

Eve

P. D.: Esta carta va vía París, a la redacción de L'Humanité, y lleva prioridad. Nuestros camaradas del Partido te la enviarán a la emisora. Espero y deseo que no se retrase demasiado.

Si existiese un solo hombre esperanzado sobre la tierra rumana, sería él. Esperanza dolorosa por la ausencia de Eve y de su niña de amor y de destierro. Aguirre tiene la carta en las manos y le tiemblan como si fuera un niño. La emoción le crispa los nervios. Ella está en Madrid. Camuflada. Sin rostro. Sin apariencia. Invisible para el resto. En constante peligro. Alerta. Vive para conservar la vida.

Él es padre. ¿Por qué la felicidad es imposible? La felicidad debería ser obligatoria.

Está sentado en el estudio de grabación preparando la locución de un programa más extenso y toma unas notas a lápiz de lo que quiere añadir. Coge la jarra del agua y se sirve en un vaso para no ahogarse de angustia por lo que quiere escribirle a

Eve. Tiene la boca seca. Ahí dentro siempre es de noche y solo ha de existir la realidad que él va a contar a sus oyentes. La luz encendida del techo pende de una bombilla con una luz mortecina. Este otoño la electricidad se corta con más frecuencia. En su piso las velas están por todas partes. En la estación de la emisora han ajustado los generadores para trasmitir sin electricidad a cualquier hora. Son las siete de la tarde y se ha vuelto a marchar la luz.

La lámpara de la mesa enfoca con su luz fatigada la tinta de la letra de Eve. Lee de nuevo la carta hasta memorizar cada palabra. La lleva encima desde que ha llegado en el correo de la mañana, pegada a la piel porque es su otra piel y han de fundirse las dos. Su antigua gorra de miliciano cuelga de la pared, junto a la ventana cegada. Los innecesarios visillos arrastran por el suelo. Quiere ver que una nube decora el cielo de algodón de azúcar.

Junto al lago del parque Cişmigiu han instalado una feria infantil a la que piensa llevar a Victoria en cuanto regrese con Eve. Montarán en barca en el estanque y comprará tortitas de hojaldre rellenas de queso. A la niña la inscribirá en la escuela rusa. La llevará al mercado de los campesinos que cosechan en sus parcelas, no en las socializadas en las que compra ahora, y llenarán la cesta de futas y verduras frescas. Preparará en casa zumos saludables y Victoria crecerá sana y robusta. Les cocinará carpa y caballa escabechadas y adquirirá caviar del mar Caspio y țuică de Transilvania para el año nuevo. Piensa tirar a la basura el sucedáneo de café de garbanzos tostados y achicoria y comprará el de verdad en el economato del Partido Obrero. Contratará una ama de casa rumana. Alquilará una dacha para los veranos y enseñará a Victoria a nadar en el lago Sganov. Irán los tres juntos los sábados al club de la embajada de la URSS para ver películas soviéticas, y en sus salones celebrarán los cumpleaños de Victoria con globos y golosinas.

Piensa arruinarse para vivir como un rey con la reina y la princesa. ¿Desde cuándo es monárquico y burgués? La paternidad lo trastorna.

Está nervioso. Agobiado. El cuello del jersey le aprieta, bebe otro vaso de agua. Daría lo que posee para que Eve regresara a su lado, entrara en su cama y lo amara como ella sabe amar, con su carita de chico y el cuerpo tostado. La esperanza se convierte en melancolía. Quiere ser el mejor padre y el mejor amante para Eve. Se terminaron la ambigüedad y la estrategia. Se dará completamente y construirá un hogar y una familia que resista cualquier embestida. La guerra terminó hace muchos años, ¿por qué no lo ha visto hasta ahora? Sueña con un futuro de paz y reconciliación para Victoria. Es posible. Quizá en un futuro pueda entrar a España y viajen a Guernica para mostrarle a su hija las piedras aplastadas de donde salió su padre.

El programa especial de hoy durará hasta la madrugada. Criticará la entrada de España en la Asamblea General de la ONU con la complacencia de la Unión Soviética, que debió oponerse y no lo hizo, como miembro del Consejo de Seguridad con derecho a veto. Tendrá que admitir que el aislacionismo internacional de su patria ha terminado gracias a la traición soviética, que se rearma con una nueva dialéctica. Eve le estará escuchando, seguro. Estaún también, y ha de esmerarse. Tiene que hablar para ella, decirle que ha recibido su carta y solo pide que regrese a su lado, que abandone la misión que le hayan encomendado en Madrid y regrese a Bucarest, enseguida. Las detenciones en Madrid y Barcelona se suceden a diario. A los opositores los hacen subir a furgones policiales a golpes y patadas, y luego vienen las torturas en habitaciones inviolables que dan a lóbregos corredores.

La niña también está en peligro. Y sin identidad. La han de inscribir en el Registro rumano en cuanto llegue. El único consuelo es que Estaún y su red en España protegerán a Eve como le protegieron a él en el pasado. El comisario lo sacó del país y le ofreció un futuro. Aguirre estaría preso en un penal o ejecutado de no haber escapado en el último barco que salió de España cuando era un chaval perdido y sin familia, sin una misión en el mundo más que las armas. Estaún le orientó como el mejor consejero, no solo en política, también en la vida y las oportunidades para ser alguien y tener un buen oficio, y lo acogió bajo su protección y la protección del Partido y del Gobierno Soviético.

Ha de trabajar duro para lograr que regrese Eve. Aguirre forma parte de la nueva Comisión de Propaganda, acordada por el Buró tras el pleno del Comité Central. Una nueva era de distensión ha comenzado y debe aprovecharla para traer a Eve. Moverá sus influencias en el Buró. Ahora llegan sin cesar a la emisora artículos, comentarios, reportajes y secciones elaborados por distintas células con un nuevo lenguaje de concordia y una idea latente de regreso y negociación.

Aguirre y su equipo están reestructurando los contenidos de los programas, pero tiene una vaga sensación de fracaso. Él no forma parte del proletariado al que defiende. Jamás ha realizado un trabajo manual, salvo cuando era niño y en la guerra, y tiene que orientar la posición política de quienes se levantan a las cinco de la mañana para hacer los trabajos más ingratos y se acuestan sin conseguir aplacar el hambre de sus hijos.

El nuevo teleimpresor en la sala contigua martillea constantemente, recibe en ruso las noticias de la agencia TASS. Una nube de promesas lo anima frente a un enorme mapa de España clavado con chinchetas en la pared. Recibe la señal del técnico, abre el micrófono y lanza su voz por las ondas que radia la torre de emisión, instalada a las afueras de Bucarest, orientada hacia España.

Aguirre comienza su locución con un mensaje para Eve:

—Buenos noches, camaradas, soy Fernando Lamadrid y hoy es un día muy especial: hablaremos de la ONU. Pero antes voy a leer un comunicado: «De la gitana de Lorca ha nacido la Victoria del amor libre y eterno. Este mensaje es para Granada en Madrid. Regresa enseguida, no lo demores ni un día y vuelve con la Victoria en tus manos, que la muerte te persigue como persiguió al poeta». Y, antes de entrar en materia, quiero dirigirme a la juventud intelectual que pugna por hacerse paso entre las tinieblas del franquismo, a pesar de las mordazas oscurantistas, y siente la necesidad de hablar en voz alta a su pueblo, y está viendo una luz cercana que penosamente llega rompiendo la costra roñosa de la España oficial. Una nueva corriente de esperanza aflora del subsuelo, cuyo latido es el grito de la libertad...

Aguirre termina el último programa de la jornada con el mismo mensaje con el que ha comenzado. Eve y Estaún lo entenderán. Y él intenta no volverse loco.

Es un barrio desolado de enjambres de miseria cerca de Cuatro Caminos. Hay un destartalado inmueble de tres alturas rodeado de casas bajas con tejados de chapa y viejos talleres de reparación de vehículos, cerrados desde las ocho de la tarde. La calle es de tierra y está vacía. Las farolas tienen las bombillas reventadas, menos la que está en la esquina. La niebla se extiende y envuelve el desamparado edificio con una apariencia blanquecina de irrealidad.

El piso está ocupado por una mujer con un bebé y tres hombres que entran, salen, apagan luces y encienden luces tras los ventanucos de la segunda planta. A veces bajan cargados con cajas y suben cargados con bolsas. Pueden ir armados.

A todos los tienen identificados, menos a la mujer. Es probable que sea la compañera de alguno de ellos.

Alonso está sentado al volante de un discreto coche de la policía secreta. María, a su lado, en silencio, se pone un pañuelo en la cabeza, se lo ata bajo la barbilla con un nudito y observa la calle solitaria y el sórdido inmueble, rodeado de vehículos policiales camuflados en las calles aledañas sin levantar sospechas. Se fija en las ventanas del piso, cegadas por cortinas oscuras; dan a un estrecho corredor que rodea el edificio. María intenta imaginar cómo será el interior de la vivienda en un lugar tan mísero.

El inspector Moreno ha entrado hace un rato en el coche y le ha dado el parte de vigilancia a su jefe. Son las once de la noche. A Alonso le hierve la sangre de aburrimiento.

—Nuestros pajaritos llevan todo el día sin salir del nido. Parece que los domingos duermen a pierna suelta, mi comisario. Hoy no han puesto ni música y no se ha oído un suspiro —argumenta Moreno, sentado detrás de María y masticando un chicle de menta.

Lleva desde las nueve de la mañana haciendo guardia en el inmueble, frente al portal que vigilan desde hace semanas.

Alonso mira a través del retrovisor a su hombre y le hace una señal con las cejas. Moreno sale del vehículo dejando un rastro de tabaco a su paso. Todos esperan las órdenes del comisario Fernández de Amuradiel para actuar. A la vuelta de la calle están alertas dos vehículos camuflados con tres agentes en cada uno, y en las calles cercanas hacen cola dos furgones policiales.

—Sé que te haces preguntas, María —dice Alonso mascando el chicle que le ha dado Moreno, con las mandíbulas contraídas.

—Te equivocas. Ya me has contado lo que tenía que saber, el interrogatorio os lo dejo a ti y a tus hombres. Pero no me gusta lo que pueda pasar con el niño que está en el piso.

—Eso depende de lo que suceda ahí dentro. Si la mujer se pone chula y tenemos que reducirla, coges al bebé y te lo bajas rápido al coche hasta que terminemos la operación. Aquí estaréis seguros. Esos perroflautas están solos y no creo que nos dé mucha guerra sacarlos de ahí. Ese pequeño va de cabeza al Auxilio Social. Está todo en marcha, María. Tú observa y toma buena nota de lo que ocurra.

—¿Querías que viniera para hacer de niñera de una delincuente? ¿Es lo que quieres decir?

—Ahora no es el momento, María. No me jodas... Todo esto es muy serio. Vamos a atrapar a unos hijoputas en rebelión. Los tenemos ahí arriba. Son de la peor calaña. Dos guerrilleros asesinos que traman una sublevación y un comisario político que llevamos buscando desde que terminó la guerra. Diecisiete años, María. Llevamos diecisiete años tras él y ahí está, comiendo y cagando plácidamente en Madrid. El hijoputa ha entrado en España hace más de un año y anda por la ciudad como Pedro por su casa, organizando de nuevo su partido. Los otros dos se refugian en Francia, entran y salen de nuestra patria sin pedir permiso, para jodernos vivos. ¿Qué crees que están haciendo estos cuatro aquí? De ella no sabemos nada, pero lo sabré en unas horas.

María escucha el discurso alterado. Alonso parece otro hombre.

—No te enojes y déjame ayudar —dice ella mirando el arma que lleva él a la cintura, bajo la chaqueta gris.

—¿Te atreverías a ir armada? No hace falta que sepas disparar. Te sentirás más segura. Las armas dan poder, María. Tengo para ti un Colt en la guantera.

María sabe que Alonso no disfruta jugando con ella, ni poniéndola en tensión con situaciones difíciles, y esta es la situación más peligrosa que ella ha vivido tras la guerra. Alonso lo sabe. Lleva una sagaz y preocupada expresión en sus ojos enrojecidos.

Ella no quiere pensar por su cuenta. La violencia que busca en los libros se convierte en el frío metal que toma entre las manos y se guarda en el bolsillo del abrigo con decisión, sin preguntar cómo se utiliza.

—Está cargada. Solo tienes que apretar el gatillo. Pero si decides quedarte aquí, lo entenderé.

El silencio cae entre ellos como el plomo de una bala. Alonso sale del coche y ella a continuación, envuelta en su cálido abrigo de lana, con el pañuelo cubriéndole el pelo. El operativo comienza. Aparecen hombres de traje oscuro que corren por la calle como salidos de un avispero e irrumpen en el destartalado portal tras abrir la puerta con rapidez.

No son botas de miliciano las que trotan por las escaleras y revientan la puerta del piso, sino zapatos de hombres sin uniforme; policías de paisano que violan una vivienda, pistola en mano. Con esposas en el cinturón. Un chasquido seco. Un grito de mujer estremece el edificio. Golpes y andares despavoridos corren por la vivienda sin que llegue María a detectar sus direcciones. Llantos lejanos de bebé salen hacia la escalera.

Tiene la espalda pegada a la pared del descansillo de la segunda planta. Contiene el aliento, el corazón se le desboca. La luz del corredor está encendida, pende de un plafón resquebrajado e ilumina de pobreza la escalera. La puerta del piso la han reventado. Pasan ante ella tres hombres de Alonso y se cuelan en la vivienda. Después de ellos, suben otros tres. Todos visten igual, como clones, parecen el mismo hombre multiplicado en un tropel que desembarca en el rellano y desfila a su lado como si fuera invisible.

Dentro del bolsillo del abrigo siente el metal del revólver en las yemas de los dedos. Espera escuchar pronto la voz de Alonso o de uno de sus hombres pronunciar «Lulú». Es la palabra clave, y ella entrará al avispero en el momento adecuado. Alonso no es tan estúpido como para ponerla en un innecesario peligro. Pero el peligro está por todas partes.

El descansillo ha quedado vacío. La puerta de los vecinos, de color añil y mal pintada, está cerrada a cal y canto. María siente crecer la impaciencia en su interior y le arden las mejillas. Escucha disparos. Gritos. Policías enloquecidos salen de la casa.

Una voz: «¡En el patio!». «¡Todos al patio!».

Otra voz: «¡Lulú!»

Un hombre en pijama está atado de pies y manos contra el suelo de un pequeño comedor con cuatro sillas caídas y una mesa volcada. Está rodeado por cuatro agentes. Uno le pisa la cabeza y no deja que mueva ni la cara, estampada contra las sucias baldosas. Otros revuelven el comedor y arrancan los cajones de un mueble. Tiran al suelo una máquina de escribir y cajas con panfletos, pasquines, documentos. Ejemplares de *Mundo Obrero* vuelan por el aire. Hay cristales de un biberón por el suelo, botellas de vino caídas y un carrito de bebé en un rincón.

—A este cabrón le gustan las hostias —dice el que le aprieta la cara con el pie al detenido.

—Y hostias vas a tener, a mansalva —dice otro, golpeándole en la cabeza con un *Mundo Obrero* enrollado como si fuera una porra.

María sortea al detenido para acceder a la habitación de la que salen los llantos del bebé, metálicos y repetitivos. Machacones. Horribles. El inspector Moreno mantiene la puerta del dormitorio abierta. Está bajo el marco, con el pelo revuelto y la chaqueta desabrochada, presumiendo de gordura. Tiene un cigarro en la boca y le suda la frente. Todo él supura nicotina cuando María pasa por su lado. Está visiblemente molesto por la presencia de ella, como si no la entendiese, y le dice:

—Quédese dentro hasta que terminemos, Lulú.

María entra a la habitación sin mirarle a la cara y Moreno cierra la puerta tras ella.

La lámpara de la mesilla, junto a una cuna, proyecta sombras alargadas en las cuatro paredes blancas, sin cuadros ni ornamentos. La pintura está abombada de la humedad. María no soporta los insistentes y desgarradores sollozos del bebé, que cesan cuando se asoma a la cuna y le muestra su rostro.

La criatura tendrá muy pocos meses. Ella no sabe calcular la edad de un niño tan pequeño. No tiene ni idea de bebés y nunca le han concernido. Patalea y se ha desarropado. Estira los brazos regordetes hacia María, con los carrillos enrojecidos. Ve una toquilla rosa colgada a los pies de la cuna y un biberón con un líquido turbio sobre una mesa alta en la que hay pañales, un frasco de colonia, polvos de talco y una esponja en una palangana.

María rescata el chupete entre las sabanitas revueltas y el bebé abre la boca como un pececillo. Se coge las piernas hasta lograr tocarse la nariz con el pie y María le pone el chupete. Tiene una pulserita de oro en una muñeca. Pone «Victoria». En el anverso hay grabada una fecha.

La habitación está fría. La ventana da al corredor exterior que se ve desde la calle, entra el silbido del viento y un frío espantoso. Tiene el cristal rajado. Han colocado un cartón. Siente las venas como brasas y contempla el dulce rosto de Victoria, mal nombre le han puesto para una derrota. Tiene las manitas heladas. La arropa con la toquilla. Debería tomar un biberón de leche caliente. Pero estará en la cocina y la cocina da al patio al que han saltado la madre y sus compañeros para salir huyendo.

La niña gorgorea, está inquieta, emite ruiditos. María abre el armario empotrado y lo registra entero. Hay colgada ropa de mujer. La del bebé está dobladita y planchada en una balda. Vuelca el único cajón. Hay ropa interior y un frasco de perfume vacío. La etiqueta está en ruso. Desenrosca el tapón y sale del interior un olor añejo y pesado. Entre la ropa interior aparece un pequeño manuscrito encuadernado. Está en ruso.

María lo pone bajo de la lámpara y lo abre. Llegan aullidos de mujer, enmudecidos por la distancia y la puerta cerrada. Han detenido a la madre, se la escucha gritar: «¡Cabrones, mal nacidos, vais a pagarlo con vuestra sangre!». Se oyen pesadumbres, duros insultos contra el Generalísimo y bramidos bajando por la escalera, seguidos de golpes y zapateos. Han apresado a los dos que quedan.

En la segunda página del manuscrito hay una dedicatoria rubricada: «Para mi amada Eve, las palabras más bellas escritas en nuestro idioma las traduzco en tu honor al ruso para hacer más universal a nuestro amado poeta, estos dieciocho romances de los que hemos hecho nuestro amor y nuestra patria». Mitxel Aguirre.

Cierra el librito y se lo guarda en el abrigo. Se oye un golpe seco, potente, en el corredor exterior. Alguien corre. Siente a su lado un estruendo, levanta la mirada y los cristales de la ventana han reventado por el impulso de un cuerpo que cae ante ella. María se queda paralizada. Se echa hacia atrás. El hombre intenta levantarse rápido. Es corpulento y enorme, está herido en un brazo. Ella ya tiene el revólver en la mano. Antes de que el hombre pueda abalanzarse sobre ella, María aprieta el gatillo. La puerta del dormitorio se abre con violencia, aparece Moreno y Alonso, se tiran encima del individuo, que se retuerce de rodillas. «¡Cabrones! ¡Hijos de puta!», grita, malherido. Se arquea sobre el disparo que ha recibido a un costado del vientre, e intenta no morirse en la apestosa habitación.

María saca rápido a la niña de la cuna y la toma en brazos. La aprieta contra su pecho y cierra los ojos. Le rechinan los dientes. Se muerde la lengua y siente a su hermano Lorenzo en el corazón y en las venas. Es él, envuelto en la mantilla de encaje de bolillos de la monja Ricarda. Y no quiere soltarlo. Irá con él donde lo lleven, nadie le quitará a su hermano. Lo abraza tan fuerte que va a ahogarlo.

Alonso la toma por los hombros, la abraza con la niña entre ambos y le susurra al oído:

—Este hijoputa al que has disparado se llama Carlos Estaún y es el que os incautó Las Canónigas, ordenó matar a tus padres y se deshizo de tu hermano. Por eso estás aquí, María. Por eso estás aquí.

Los ojos de María se desorbitan, caen sobre Victoria y observan el rostro de la niña.

—¿Dónde está la madre? —pregunta a Alonso.

—En el furgón. Están todos detenidos. Ahora sabremos quién es la perra que ha parido a esta criatura. ¡Venga, joder, llamad a una ambulancia, quiero vivo a este hijoputa!

María acuna a la niña contra el pecho y observa con frialdad a Carlos Estaún, que se muere en el suelo. La sangre le emana a borbotones por la herida que intenta taponarse con las manos, mientras tres agentes lo rodean apuntándolo con sus armas y ella le cubre la cabeza a Victoria con la toquilla para protegerla de la escena.

María da un paso adelante y se acerca a Carlos Estaún. Podría rematarlo y que pasara a mejor vida. Los hombres de Alonso mantendrían la versión que ella quisiera. Pero se dirige fríamente al viejo comisario:

—Tengo tus palabras clavadas en el alma. ¿Te acuerdas de lo que me dijiste? Te lo voy a recordar: «No nos comemos a los niños. Y recuerda estas palabras: la culpa de todo lo que os pasa la tienen el cabrón de tu padre, que era un terrateniente explotador, y el asesino de tu tío, que es un militar sedicioso, ha entregado Toledo a los rebeldes y por su culpa está muriendo mucha gente. Qué nunca se te olvide lo que te dice este comisario, María». Y ya ves, no lo he olvidado. Pero ahora necesito algo de ti, me lo debes, comisario: ¿qué hicisteis con mi hermano?

La bebé levanta los brazos con los puños cerrados y llora en brazos de María. Ha perdido el chupete. Y ella no aparta la furiosa mirada de un hombre sin aliento ni fuerzas para despegar los labios.

PUERTA DEL SOL

El reloj, sobre la muñeca de María, marca las tres
de la madrugada. El tiempo pasa tan despacio
como si estuviese vacío, ha adquirido otra dimensión desde que han llegado a la Dirección General
de Seguridad en la Puerta del Sol. Está sola en el despacho de Alonso. Salvo el personal administrativo
de guardia, la noche nunca duerme en ese edificio,
guardián insomne, despierto a todas horas. La dureza de los acontecimientos la mantiene alerta y
sus oídos pueden escuchar a través de las paredes
el sonido metálico de una solitaria máquina de escribir.

Ha acostado a la niña en el sofá del despacho y
duerme y respira tranquila, después del alboroto que
la ha mantenido excitada durante muchas horas.
María esperará hasta la mañana para entregarla ella
misma al Auxilio Social. Llegará a primera hora a la
DGS la delegada del Hogar-Cuna que recoge a los
hijos desamparados de los detenidos si no hay pa-
rientes a los que llamar o no acuden o nadie se hace
cargo del hijo de un proscrito.

Alonso está convencido de que la madre ha entrado clandestinamente en España, como sus compañeros. Tiene una identificación falsa. La niña puede pasar toda la infancia de un hospicio a otro hasta que pueda valerse por sí misma, si la madre no busca un pariente real para su hija. Porque esa mujer va a ir a la cárcel y será por mucho tiempo. Alonso se encargará de que así sea.

María le ha dado un biberón que se ha llevado de la cocina del piso franco. La madre lo tenía preparado para la toma de la noche, probablemente. No debía de darle el pecho, por la cantidad de latas de leche en polvo de una marca francesa que había en un armario, compradas con toda seguridad en Francia. Las marcas del vidrio de los biberones también son francesas, y las tetinas. Pero ha hallado una cajita de chupetes con un envoltorio de una tienda de la capital de México.

Los hombres de Alonso se han llevado todo lo que había en los armarios e investigarán su procedencia. Podrán mapear los movimientos de los guerrilleros a través de sus ropas, la máquina de escribir, sus pertenencias y todo lo que contiene el piso y el interior de sus paredes, si esconden algo.

El silencio de la madrugada alumbra las ideas. María abre lentamente el pequeño manuscrito ruso que saca del bolsillo del abrigo, colgado en el perchero. Vuelve al leer la dedicatoria en la tranquilidad del despacho, entre libros, carpetas, expedien-

tes, archivadores y una fotografía en un marco de
plata sobre la mesa del escritorio de su primo. Se ve
a Franco con uniforme militar abrazando al padre
de Alonso entre las ruinas del Alcázar de Toledo, recién liberado.

Lee de nuevo la dedicatoria del libro, obsesionada por encontrar en ella la claridad que necesita, sa-
tisfecha del hallazgo. Reflexiona. Su instinto le dicta
que ninguno de los detenidos es el firmante. En el
dormitorio de la mujer había una cama demasiado
pequeña y solitaria para una pareja. En el armario
no ha encontrado prendas de hombre. Debe de estar
sola. Podía olerlo, prendido en el aire de la habitación. Y si la mujer es la destinataria del manuscrito,
se llama Eve, quizá sea un diminutivo o un apodo, y
el hombre enamorado de ella se llama Mitxel Aguirre, experto español en la lengua rusa, un hombre
culto, sin duda; ha traducido para ella una obra de
Lorca y presume de que es la patria de ambos. Una
patria prohibida para ellos. Ese hombre no sabe que
su amor puede encarcelarla.

María lo hojea y aparece una pequeña fotografía
troquelada entre las páginas. Está sacada en un parque. Solo hay un hombre sentado en un banco solitario. Tiene los brazos extendidos plácidamente en
el respaldo y las piernas cruzadas. Es verano y está
bronceado. Lleva una camisa blanca, arremangada
cuidadosamente hasta el codo, y pantalones de ves-
tir. Es moreno, delgado. Mira de frente a la cámara y

sus ojos grandes envenenan a María y le hielan la sangre. «Tranquila, María, piensa. Eras demasiado pequeña. Es imposible». Hay algo reconocible en el tono de esos ojos: uno más claro que el otro; le hacen parecer extravagante. Tras él, hay un poste alto con el fragmento de una señal de tráfico: *Ieşire în stradă...**

Debe de ser el individuo que ha escrito la dedicatoria, el amante de Eve, el padre de la niña a lo mejor, o un antiguo novio, el traductor del *Romancero*, es posible; ese hombre está sentado en el banco de un parque de una ciudad en algún lugar de Rumanía. En Bucarest, probablemente, refugio de exiliados, que vagan como espectros por los países del Telón de Acero. La luz que ve en los ojos de ese hombre alumbra su memoria con la claridad del día y emergen del fondo de sus recuerdos instantáneas de una incautación, de un secuestro, tres asesinatos y los poemas de Lorca que recita en su programa Fernando Lamadrid desde Bucarest. Muchos pertenecen al *Romancero*.

Debe hablar con la detenida. Enseguida. Y con Alonso. No puede perder un minuto. Coloca un par de sillas contra el sofá, el bebé podría caer al suelo, y corre hacia los calabozos.

---

* Salida a la calle...

Ahora es el turno de Peláez. Se pasan el interrogatorio de uno a otro. En la oscuridad de un rincón del calabozo el inspector Moreno está sentado en una silla. Apenas se le ve, oculto por las sombras, solo la punta incandescente del cigarrillo se mueve alrededor de su cara. Carraspea a menudo y espera a que termine Peláez.

Alonso ha dejado entrar a María. Él está apoyado en una pared, tranquilamente, con los brazos cruzados y las mandíbulas tensas. Se ha quitado la americana y observa el interrogatorio de su hombre, indiferente a los sollozos de la mujer y su respirar entrecortado y acuoso.

Ahí dentro huele a sudor, a orines y a algo hediondo y repugnante. María oye los lentos gemidos de la mujer. Tiene la cabeza dentro de un saco y caída hacia un lado. Hay sangre en su blusa y salpicaduras en el suelo, bajo la silla a la que está atada de pies y manos. Apenas puede moverse, una cuerda le presiona por encima y por debajo del pecho y en las caderas. Lleva una falda plisada verde oscuro y unas botitas katiuskas. No iba mal vestida por el piso, a las once de la noche. Es muy delgada, pero tiene los pechos voluminosos y duros de una mujer lactante. Unas aureolas de leche le manchan la blusa alrededor de los pezones. Debe de darle biberones de refuerzo. Es la madre de la niña y no una impostora o pariente o raptora o lo que sea que pueda ser quien cuida de un bebé sin ser la madre.

—Vamos a deshacernos de tu cuerpo destrozado. Te vamos a matar muy despacito —le grita Peláez en el oído.

María lo oye. No le gusta lo que escucha, quiere ver la cara de la detenida, saber cómo está, necesita hablar con ella, parece que la mujer no puede articular palabra. Ella también espera su turno, una señal de su primo para intervenir. Deberían quitarle el saco de la cabeza y dejarla respirar un rato. Peláez debería aflojar los golpes que le arrea en las rodillas con el puño cerrado, de pie ante ella; se agacha cada vez que la golpea y recupera su posición erguida, como articulado por un muelle.

Peláez tiene ensangrentado el puño. Es un hombre de baja estatura, de voz ronca, ancho como un estibador y de nariz puntiaguda.

—Ahora iremos a por tus dos camaradas —dice Alonso, rompiendo su silencio—. Mis hombres están con ellos. Al hijoputa de tu comisario se lo han llevado al hospital, no ha tenido la suerte de morirse en el camino, pero ya le pondremos su sambenito.

Se oyen pasos afuera, en los pasillos laberinticos del sótano del edificio. Ruidos de hombres que gritan y maldicen, golpes y mudos gemidos. Puertas metálicas se abren y puertas metálicas se cierran. Portazos. Chirrían las bisagras. María solo tiene pensamientos para el hombre de la fotografía que lleva en un bolsillo de la chaqueta de lana. Es posible que la mujer se haya desmayado —ahora guarda un silencio de muerte— en cuanto Peláez ha dejado de golpearla.

Un fósforo se enciende en el rincón donde está sentada la sombra del inspector Moreno.

—¿Cuándo es mi turno? —protesta—. Yo no voy a tener tantos remilgos, Peláez. Llevamos demasiado con ella, joder. ¿Desde cuándo nos andamos con esta delicadeza, comisario? Si no estuviese una dama delante, os diría lo que me gustaría hacer con esta mamá para sacarle de una puta vez cómo se llama de verdad y de dónde coño ha salido. Su documentación es más falsa que los duros sevillanos.

—Se llama Eve. Evelia, posiblemente —dice María—. Y su amante, Mitxel Aguirre.

La mujer da un grito mudo, desgarrado, se mueve electrizada, su silla se tambalea sobre el charco de su orina. Alonso y Peláez se vuelven pasmados hacia María, en la penumbra de las cuatro paredes.

—Ha podido salir de Rumanía y andar por Francia antes de llegar a España. También por México, o sus compañeros, posiblemente.

—Esta es mi María —dice Alonso.

Ella da un paso adelante y exige:

—Quiero verle la cara, y ella ha de ver lo que le traigo. Vosotros también.

Moreno sale de la oscuridad. Alonso asiente. Peláez se retira hacia las sombras y se enciende un cigarrillo. María se acerca a la silla de la detenida y saca del bolsillo de su chaqueta el pequeño manuscrito y la fotografía.

Alonso hace un gesto con la mano.

Moreno le destapa la cabeza.

La mujer tiene el pelo corto, de chico de revuelta. Morena. Su respiración es un susurro herido que da lástima. Si no fuera por los golpes y la inflamación, sus labios serían finos y delicados. Es una mujer muy guapa, aun en el estado desastroso en que se encuentra su cara.

María le pone delante el *Romancero* y la fotografía. La mujer llora. Y llora. Con un sentimiento que conmueve a María. Sus lágrimas se mezclan con mocos y babas encarnadas que embadurnan sus mejillas. Tiene la nariz inflamada y un hilito de sangre le baja hasta el labio.

—*Îmi pare rău pentru ce ţi se întâmplă** —le dice María, sabiendo lo que dice.

Los tres hombres mantienen un silencio atento. Los ojos de su primo están clavados en María. La mujer solloza y sus párpados se cierran. María continúa ha-

---

* Lamento lo que te está pasando.

blándola, arrodillada sobre orines. No le importa romperse las medias ni mancharse las piernas. Solo desea
que la mujer mire bien la fotografía que le ha puesto
delante. El *Romancero* ahora no tiene importancia.

—*Vreau să-mi spui adevărul, Eve. Şi îţi vei salva fiica.
Nu vrei s-o ucidem pe Victoria, nu-i aşa? Este o fată
frumoasă şi o aşteaptă un viitor bun, o să am grijă de asta.
Dar trebuie să răspundeţi la întrebările noastre sincer*.

—*Nu te atinge de fiica mea!!!***—grita la mujer. Se
agita en sus amarres, intenta soltarse sin poder moverse de la silla un centímetro.

—*În acord. Iti dau cuvantul meu****—responde María.
—*Îmi juri?*****—dice más tranquila, resignada.
—*Jur. Cine este Mitxel Aguirre şi cine eşti tu? Să în-
cepem de acolo şi totul se va rezolva pentru Victoria. Fiica
ta este în biroul meu, în siguranţă. Dar asta se poate
schimba dacă nu colaboraţi cu noi*****.*

Peláez se acerca a la silla, rodea a la mujer con las
piernas abiertas, exhibiendo la pistola en el cinturón.

———————

* Quiero que me digas la verdad, Eve. Y salvarás a tu hija.
No querrás matar a Victoria, ¿verdad? Es una niña hermosa y le es-
pera un buen futuro; yo me encargo de eso. Pero tienes que respon-
der a nuestras preguntas con sinceridad.
** ¡No toques a mi hija!
*** De acuerdo. Te doy mi palabra.
**** ¿Me lo juras?
***** Te lo juro. ¿Quién es Mitxel Aguirre y quién eres tú? Em-
pecemos por ahí y todo saldrá bien para Victoria. Está en mi despa-
cho, a salvo. Pero eso puede cambiar si no colaboras.

—Apártate —le ordena María a Peláez.

Él retrocede unos pasos y se relaja.

María se incorpora del suelo, arrima una silla abandonada junto a la detenida y le toma la mano para que el relato no desfallezca y darle consuelo y confianza. Seguridad. «Nada malo te va a ocurrir, ni a tu hija», quiere trasmitirle.

—¿Qué idioma es ese? —pregunta Peláez.

—Rumano, zoquete, rumano —contesta Moreno.

María le vuelve a mostrar la fotografía. La mujer baja la mirada, no responde. Le tiembla el cuerpo, amarrado a la silla.

—¿Quién es este hombre? Míralo bien. ¿Es Mitxel Aguirre?, te vuelvo a preguntar. Colabora con nosotros, por tu hija.

—Me llamo Evelia Rosales Covadonga y trabajo para la Kominform —le dice a María con una mirada fija y desafiante. Sus ojos son enormes y acuosos—. Soy la hija del jefe de la Escuadra de Caza republicana Juan Rosales Caballero, caído en misión en la batalla del Ebro, en un Polikarpov I-16. Fui enviada a la Unión Soviética en 1937. Tenía ocho años. Fui una de los Niños de Rusia que exilió nuestra añorada República.

—Es española, la muy puta, habla como nosotros —se asombra Alonso.

—¡Nací en Granada, gilipollas! —contesta la mujer.

—Oh, como García Lorca —replica Alonso—. Pero, mira, los malos modales no los consiento. Me llamas comisario, pero no político, como tu amigo del que nos vamos a encargar para ponerlo en su sitio en cuanto lo saquemos del hospital, sino de la Brigada de Investigación Social. De los que pillan a los malos como vosotros.

—Y les cantamos matarile rile rile —añade Peláez.

Alonso da un paso adelante y le da un guantazo a la mujer en la cara con el dorso de la mano. Ella mantiene la postura, como si le hubiera dado una bofetada blanda, de las que se dan a las mujeres. Alonso no debería pegarle. María no quiere verlo, cierra los ojos y se levanta de la silla e intenta limpiarse la cara con el puño de la chaqueta.

—Necesito un receso. Y la detenida también —dice María, y sale de la habitación.

Alonso va tras ella. La agarra del brazo en el pasillo, la para y la abraza.

—Lo siento, no he debido pegarle delante de ti. No me gusta pegar a las mujeres.

Él le pasa la mano con cariño por el hombro. María no contesta y le muestra el *Romancero* y la fotografía.

—Esto es lo que he encontrado en un cajón de su dormitorio.

Le tiembla la mano. Hace frío en el angosto corredor. Alonso observa la imagen troquelada bajo la amarillenta luz de la bombilla pelada del techo, frente a la puerta metálica de otro calabozo, cuya luz interior resbala por el hueco del suelo.

María guarda silencio. No se atreve a pronunciar una palabra de las tenebrosas sensaciones que le produce la imagen del hombre, trasfigurada por la luz mortecina. Alonso lee la dedicatoria del manuscrito.

—Me gustaría hacerlo a mi manera, Alonso. Así, no. Esa mujer está dispuesta a delatarlos a todos por su hija. Me dirá cuanto queramos saber. Pero la desatáis y le damos un respiro. A lo mejor sería bueno dejarle ver a su bebé. Es mejor sistema que molerla a palos. Sois unos bestias. Las cosas se hacen de otra forma, por lo menos con una mujer recién parida.

—Terror psicológico. Buena idea. Ve a por el bebé y la dejamos descansar hasta que bajes. Peláez te acompañará. Yo iré a echar un vistazo a los otros fulanos. Hay demasiada tranquilidad esta noche.

—Otra cosa —dice ella tomándole del brazo—: es muy probable que sea una espía, no una revolucionaria cualquiera. Los que trabajan para las internacionales socialistas son espías en sus países. Y esta tiene toda la pinta de trabajar para Moscú.

—Tomo nota. Lo averiguaremos.

Alonso se queda la fotografía y le devuelve el *Romancero* a María.

—Sabremos quién es ese Mitxel Aguirre más pronto que tarde —le asegura. Y entra al calabozo de un empujón en la puerta.

María se queda afuera con una ingrata sensación de impotencia. Evelia Rosales ha soltado una verdad a medias: la Kominform ya no existe. Por lo que debe de trabajar para los servicios secretos soviéticos. La Kominform sometía a los Partidos del Telón de Acero a la disciplina del PCUS. La Unión Soviética ha disuelto la Kominform, como hizo con la Internacional Comunista, de quien era su heredera. La disolución fue notificada por Radio Moscú y días más tarde lo radió Fernando Lamadrid en la Pirenaica, antes de la visita de Jrushchov y Bulganin a Reino Unido, invitados por el primer ministro Eden, el pasado mes de abril. Un gesto de acercamiento a los gobiernos occidentales en su nueva estrategia. Esta información la ha incluido María en los documentos que le entregó a su tío en el despacho del ministerio.

Alonso sale del calabozo con Peláez. Ha dado instrucciones al inspector Moreno de desatar a la detenida y darle un respiro hasta que regresen con la niña.

Los tres recorren el estrecho corredor en silencio. Cada paso es un secreto protegido por la ley. Alonso va delante abriendo camino, preocupado, María detrás. Suben por unos escalones mal alumbrados y giran a la derecha. Salen a un rellano vigilado por un centinela. El centinela se cuadra: «Mi comisario». Los tres se separan. Alonso entra por una puerta hacia otro corredor con más calabozos y desaparece.

Peláez le abre a María la celosía metálica de un ascensor muy estrecho, entra tras ella y suben por las tripas del edificio policial en busca de Victoria.

A Moreno le tiembla la voz y le brillan los ojos.

Tiene la cara descompuesta. María no lo ha visto así nunca. Está sentado en la silla de la detenida con las piernas abiertas, bajo la bombilla que cuelga del techo. Se hunde los dedos en las sienes.

—¡No me lo explico! —se lamenta—. ¡No me lo explico! Jamás me ha pasado algo igual. Jamás me ha pasado. ¡Jamás! Yo, un feroz combatiente por mi Generalísimo, nunca me ha pasado algo igual. ¡Nunca! ¡Nunca!

—¡Deja de repetirte! ¡Y levántate ante tu comisario! —le reprocha Alonso, fuera de sí. Acaba de entrar en el calabozo.

Peláez está bajo el marco de la puerta, se rasca la barbilla y resopla.

—Yo que tú no entraría —le susurra a María que está tras él, inmóvil, a la entrada del calabozo con la niña en brazos; la mira y le parece un gato dormido.

—¡Me ha quitado la pistola, mi comisario! ¡Me la ha quitado! —se lamenta Moreno como un niño pequeño.

Se levanta de la silla sin saber qué hacer ni cómo mover su abigarrado cuerpo y se cuadra ante Alonso.

—¿Cómo te has dejado quitar tu arma reglamentaria por un detenido? ¡Esto te va a costar muy caro, Moreno! ¡Muy caro! ¡Menudo desastre has causado! ¡De esta no te salva ni Dios! ¡Ya no puedo ni confiar en mis hombres! ¡Joderrrr!

A la izquierda del sucio calabozo está la detenida, tendida en el suelo. Tiene un tiro en la sien. Se ha formado un charco de sangre alrededor de su cabeza.

Victoria duerme en el regazo de María, que da un paso atrás y apoya la cabeza en la pared del corredor, junto a la puerta abierta. No puede respirar, le falta aire y el olor de los sótanos le hará vomitar. Mece al bebé como se mece una caracola para escuchar el sonido del mar. «No es posible lo que ha sucedido —se repite, conmocionada—. No es posible. Es una pesadilla. Ahora entraré y Evelia Rosales estará vivía esperando a su hija, la abrazará y contestará a mis preguntas. Tiene que estar viva. Esto no ha sucedido. No ha sucedido».

¿Por qué han tardado tanto en regresar al calabozo? Tenía que darle un biberón a Victoria. Y cambiarle los pañales. Cuando llegaron al despacho de Alonso, la niña lloraba como una condenada, muerta de hambre, cagada por todos sitios. Movía la boca continuamente. Parecía un pez ahogándose. No podía bajarla con ese llanto resonando por todo el edificio a las tres de la madrugada. La madre debía ver a su hija tranquila y alimentada.

Peláez la entretuvo contándole estupideces. Ella se imaginaba que corría lejos de él, mientras la niña mamaba de un biberón en el despacho de Alonso. De la voz ronca de Peláez salían simplezas como: «Vales para policía, muñeca. Qué pena que no haya mujeres en el Cuerpo. Serías la mejor. Moreno es un misógino, no le hagas caso. Eres muy guapa, María. Debería haber mujeres policías. Mujeres como tú. Jóvenes y listas. Ya me gustaría... Donde hay una mujer, hay un tesoro, mientras no sea comunista, claro; a esas, leña». Parloteaba sentado en el sofá de su comisario, fumando con placidez un pitillo, rebañándose sangre seca de debajo de las uñas, diciendo tonterías todo el tiempo: «Nos has dejado a los tres pasmados, María. Qué bien hablas rumano. ¿Cuántos idiomas sabes? A mí me gustaría hablar francés. Las francesas son mujeres estupendas y muy modernas, como tú. Podrías ser francesa, ahora que lo pienso. Tienes la carita redonda y unos ojos preciosos, típicos de París. He estado en París una vez, enviado por el jefe y, caray, qué mujeres, aunque... Bueno, ahora me voy a América con los americanos y no sé ni papa de inglés, pero bueno, a un cursillo de anticomunismo y técnicas de investigación porque hay que aprender de lo que hacen allí. Podrías venirte conmigo, je, je... Se lo diré al jefe, je, je... Sería estupendo».

Moreno parece un animal aplastado cubierto de telas de araña entre las paredes de cemento del calabozo.

—¿Ha dicho algo antes de dispararse? —le pregunta Alonso.

—Sí, mi comisario, ha dicho: «Dile a esa policía que cuide de mi niña, me lo ha jurado».

—Luego ha apretado el gatillo. ¡Joder, cuánto lo siento! ¡Menudo marrón! ¡No he podido evitarlo! ¡Lo juro! ¡Lo juro! La había desatado de la silla. Le di un vaso de agua y le limpié la cara con mi propio pañuelo. Parecía tranquila. Le coloqué las esposas con las manos hacia delante para que descansara un poco. Como verá, las tiene puestas, mi comisario. Y con las manos juntas me sacó el arma del cinturón y me dio con ella en la cara con tal rapidez y con tanta fuerza que cuando quise reaccionar se había disparado. Nunca pensé en algo así, parecía que entraba por el aro. ¡Me engañó, mi comisario, me engañó bien engañado! Era una mujer entrenada, bien entrenada, mi comisario, estoy seguro, y con la fuerza de la juventud.

Alonso se lleva las manos a la cabeza y le grita:

—¡Esto no te ha pasado por tener años, sino por estar asquerosamente gordo y desentrenado! Y de eso, la culpa es mía. ¡Te vas a enterar, gilipollas!

Peláez no ha abierto la boca desde que bajó con María y la bebé, desaparecido en el calabozo, pegado a una pared y queriendo confundirse con ella.

—Lo arreglaremos, mi comisario, lo arreglaremos —dice Peláez por decir algo.

El alma de María empalidece. Desdichada detenida. Ahora le gustaría ahogarse con su respiración y borrarlo todo de un zarpazo. Piensa en su tío Manuel, en la cara que va a poner cuando su hijo se lo cuente y le dé su versión de lo que ha sucedido. No quisiera estar presente. Pero asumirá las consecuencias y no piensa esconderse ni consentir que Alonso la proteja como hace siempre. Su tío lo arreglará, tiene que arreglarlo de algún modo.

Qué desastre. Cómo escribir un informe con los sucesos de la noche. Bienvenida al mundo real, María. Ha experimentado lo que no está escrito ni se puede escribir jamás en un informe. Ha disparado a un hombre y ha provocado el suicidio de una detenida, cuyo bebé tiene en brazos. La poca inocencia que queda en el mundo se esfuma como un aura macilenta por los calabozos de la Puerta del Sol en la segunda noche más oscura de su vida. Le hizo un juramento a una detenida y ahora está muerta. Un juramento que no se puede tomar a la ligera. ¿Qué va a hacer con un bebé? Debería cumplir su palabra, ella es una mujer de palabra. Ahora debe pensar. Su cabeza es un estrépito de especulaciones y cálculos. También de pesares. Cierra los ojos en vano. ¿Quién es el padre de la niña? ¿Dónde ha nacido? ¿Será reclamada por alguien? No ha encontrado en la habitación de la madre ningún documento sobre la identidad de la bebé: una partida de nacimiento, un certificado médico, un libro de familia; nada, absolutamente nada, solo han hallado los documentos falsos de Evelia y sus camaradas de piso.

Lo único que tiene es una pulserita con el nombre de Victoria y su fecha de nacimiento, supone.

V

1967

En Madrid, a 25 de mayo de 1967

Mi muy querido y admirado camarada Fernando Lamadrid:

Como delegado provincial de Madrid, te envío esta misiva confidencial y el dosier que se adjunta a nuestro apartado de correos de Toulouse, que te harán llegar a la emisora a la mayor brevedad. Sé que te encuentras muy lejos del centro de decisión del Partido y espero que no te sientas incómodo con la nueva corriente, y menos ahora que vas a disponer de las buenas noticias que te escribo. Te deseo dueño de una gran fuerza de ánimo y de la energía moral de un titán en tu labor periodística para conseguir la libertad de nuestro pueblo.

Tras once años de la muerte de nuestra camarada Evelia Rosales, todavía está sin esclarecer su asesinato para la mayoría de nosotros. Pues no hemos creído una sola palabra de la versión oficial franquista. No sabemos realmente qué pudo suceder ni cómo, pero estamos seguros de que fue una obra criminal. Muchos de nuestros camaradas están en desacuerdo con nuestro secretario general, que en su comunicado resolvió aceptar la tesis del suicidio. Evelia era una camarada ejemplar, heroica, de las que entregan su vida por el Partido, pero nunca habría tomado la decisión de suicidarse por muy forzada que se hubiese visto ante la ferocidad de las torturas sufridas en el sombrío caserón de torturas de la Puerta del Sol. Toda España te agradece los esfuerzos que has hecho con tu voz y tu grito para que su caso no se olvide y llegue a todos los rincones de nuestra patria y del mundo entero.

Gracias a ti, las movilizaciones, manifestaciones; las continuas huelgas de trabajadores y protestas estudiantiles que inundan las calles de España desde entonces para la disolución de la criminal Brigada Político-Social, la liberación de nuestro insigne camarada Carlos Estaún, y por la amnistía de nuestros presos políticos están dando sus frutos. Gracias a tu voz, la nuestra es más fuerte que nunca y tus locuciones son las más escuchadas y esperadas de nuestra España oprimida.

Paso a darte las noticias que hemos podido recabar sobre la desaparición de la hija de nuestra camarada Rosales.

Ha sido una labor difícil, ardua, lenta, llena de obstáculos y dificultades, pero nuestros infiltrados han conseguido reunir una información muy completa y la niña, ahora adolescente, está localizada. Toda la información que nos has solicitado está contemplada en los adjuntos.

Te anexo una copia del informe sobre la pequeña sacado clandestinamente de la Oficina de Información

Social, responsable de los registros del Auxilio Social, Delegación Nacional de Servicio de la Falange Española y de las Juntas Ofensivas Nacionalsindicalista. También te adjuntamos el informe social de la niña del Archivo General de la Administración, que recoge la situación en que se encontraba la pequeña a la muerte de su madre, y el Hogar-Cuna en que fue acogida en ese momento. Como verás, en su partida de nacimiento aparece como María Victoria Rosales Covadonga, hija natural de Evelia y de padre desconocido. Se inscribió su nacimiento de oficio.

Hemos podido estudiar la trayectoria de la niña durante todos estos años gracias a los registros oficiales que te adjuntamos y a que no la cambiaron de identidad, como hacían con los desprotegidos huérfanos de los «hijos de los rojos».

Actualmente, María Victoria vive en el Hogar-Residencia María de Molina y estudia en el Instituto Beatriz Galindo. Para tu información, camarada, el Hogar María de Molina es la joya de la corona falangista de la beneficencia y uno de los más conocidos de la capital. Por otra parte, en el Instituto Beatriz Galindo estudian los hijos de los burgueses del barrio de Salamanca. Para tu tranquilidad, deducimos que María Victoria disfruta de una situación privilegiada; también es cierto que la niña es estudiosa, disciplinada, con un expediente académico extraordinario, por lo que hemos investigado. Si supieras las calamidades que sufren los niños del Auxilio Social y la trágica situación que soportan en esas instala-

ciones de hambre y dolor y lo compararas con la vida de Victoria, te quedarías asombrado. Aunque, desgraciadamente, en todos los centros del Auxilio Social el adoctrinamiento en el nacionalcatolicismo, en la educación patriótica y el espíritu nacional fascista está diseñado para cosificar y despersonalizar a nuestra más vulnerable juventud.

Todo lo que nuestros servicios de información han conseguido sobre ella te lo expongo a continuación, deseándote una gran salud y clarividencia para seguir en la lucha contra la tiranía y la opresión. Me pongo a tu disposición para todo lo que necesites del Partido, fronteras adentro de nuestra patria bajo el yugo franquista.

EL DELEGADO PROVINCIAL DE MADRID
DEL PARTIDO COMUNISTA DE ESPAÑA

La tante Frieda

Todas las discípulas del grupo Doble-A están emocionadas por escuchar la historia del barón de Münchhausen, pero la verdadera, la que no viene en el libro alemán que están leyendo.

María Victoria piensa lo extraordinario y sorprendente que es Hieronymus Karl Friedrich. Y está muy agradecida a la *tante* Frieda, como todas llaman a la preceptora porque *tante* significa tía en alemán, de que les explique las motivaciones que llevaron al barón a inventar esas aventuras insólitas y maravillosas. «Cuéntenoslo todo, *tante*, no se deje nada», le dice María Victoria, sentada con las rodillas muy juntas, frías y morenitas bajo la falda verde oliva del nuevo uniforme que la *tante* ha confeccionado a todas sus *chicas extraordinarias*, como llama Frieda von Schneider a las alumnas del grupo Doble-A del Hogar-Residencia María de Molina.

Las nueve compañeras de María Victoria, llamadas a lo más grande en la vida, están inquietas alrededor de la *tante*, en la salita de estudio reservada solo para ellas, a su regreso del Instituto Beatriz

Galindo, al que asisten las nueve porque aprobaron con nota el examen de ingreso en el mejor instituto de Madrid, según la directora. El grupo Doble-A se reúne a diario antes de la cena, de siete a ocho de la tarde, menos sábados y domingos.

María Victoria ha copiado en su cuaderno todas las frases que no entiende del alemán por mucho que las haya traducido con el diccionario. Porque el sentido y el acompañamiento es lo importante y «el alemán es más rico en palabras que el castellano», dice la *tante* Frieda, y María Victoria está deseosa de saberlo todo de esa lengua enigmática, casi tan enigmática como las estrellas, con las que sueña y a las que observa por las noches, embelesada, sin parpadear, hasta que le lloran los ojos, desde le ventana del dormitorio cuando se apagan las luces y todas duermen, y ella se levanta en la oscuridad esquivando de puntillas las camas de sus compañeras para apoyar la frente en el vidrio, atraída por el firmamento y los brillos lejanos del universo.

Y su existencia se disgrega en un calidoscopio de colores más allá de su cuerpo y su cabeza, y ella vuela en camisón entre planetas desconocidos, algunos con alienígenas, a los que saluda con la mano desde el espacio exterior.

—¡Atenta, Mariuve, que te van a regañar! —le susurra Carmencita y le da un codazo—. Siempre tan distraída.

—Es que voy de un lado a otro, no puedo evitarlo.

—Silencio, señoritas, no querrán perder dos puntos cada una... —dice la *tante* Frieda sin levantar su mirada azul del cuaderno de enseñanzas.

Les explica a sus pupilas la genealogía del imaginativo Hieronymus Karl Friedrich von Münchhausen, nacido el once de mayo de 1720 en Bodenwerder, Baja Sajonia, hijo de Georg Otto von Münchhausen y de Sibylle Wilhelmine von Reden.

La *tante* Frieda en una monja alemana con acento bávaro, muy rubia, con el pelo corto demasiado pegado a las orejas porque las tiene muy grandes y así las disimula. Viste de seglar, lleva un crucifijo de oro colgado del cuello por encima de la blusa y zapatos oscuros de cordones. El izquierdo tiene un poco de alza porque es algo coja. Aunque lo disimula muy bien cuando camina; es bastante presumida. Cuando sonríe, las arrugas alrededor de sus ojos azulones le hacen parecer una mujer muy mayor.

Mariuve, como la llaman sus amigas, sabe perfectamente, como todo el mundo, que ella es la protegida de la *tante*, y por eso mismo se toma ligeras licencias que solo a ella le permite Frieda von Schneider, orgullosa de la inteligencia de su pupila, que ha aprendido alemán en un año y medio. Nadie en el hogar-residencia se mete con Mariuve. Ninguna compañera es capaz de burlarse de sus ojos de dos colores en su propia cara. Ni siquiera las mayores le hicieron bromas pesadas sobre esto cuando llegó nueva el año pasado. Quizá les asusten las niñas diferentes, con anomalías inexplicables que incomodan, si uno se fija bien, y todas evitan hablar del asunto. Porque de lo que no se habla, no existe, dice la directora. Por lo que Mariuve tendrá los dos ojos del mismo color durante el tiempo que permanezca en el Hogar; después, ya se verá.

—¿De qué color debemos verlos: azules o marrones? —preguntó un día Carmencita a la *tante*, aprovechando que Mariuve no estaba presente, preocupada por la cuestión desde que su compañera había llegado al Hogar.

Carmencita hacía días que no quería mirar a Mariuve a los ojos hasta asegurarse bien de lo que tenía que ver. La respuesta de la *tante* fue muy clara para todas: «Que cada una se quede con el color que más le guste». Y con ello zanjó para siempre la cuestión.

Frieda von Schneider es profesora de lenguas modernas. Entró en el María de Molina a la vez que Mariuve, contratada por la dirección como asesora de actividades extracurriculares. Dicen las deslenguadas que es una espía enviada por la Falange para vigilar lo que sucede en el Hogar, tiene buenas amistades en las altas esferas de la Sección Femenina, y la directora la trata con demasiado respeto para ser una monja que no lo parece. Su autoridad es indiscutible. Nadie en el Hogar se atreve a juzgar su presencia ni decisiones. Las jóvenes huérfanas saludan a la *tante* Frieda con cariño porque saben que se preocupa de verdad por todas ellas. Desde que ha llegado comen mejor; menos potaje y más carne rica, y han comenzado obras de mejora, sobre todo en los baños: se caían las paredes a pedazos de la humedad.

La *tante* ha creado una clasificación para todas las jóvenes residentes, según aptitudes y actitudes, que Mariuve no sabe muy bien qué significa del todo. A cada grupo le ha diseñado una insignia para que sus integrantes se diferencien e identifiquen al mismo tiempo. La del grupo Doble-A es una bandera negra con un rayo blanco cosida a la chaqueta, y han confeccionado en la clase de costura numerosos banderines que cuelgan como estandartes en las mesas del comedor.

La mismísima *tante* se ha hecho cargo de la educación del grupo de élite, al que enseña el idioma alemán y literatura germánica. Y lo mejor de todo, saca a sus chicas de paseo por los museos de Madrid: al Prado, al Naval y al de Ciencias Naturales a estudiar la colección de meteoritos que le gusta a Mariuve. Un sábado cada tres meses las lleva al Real Observatorio, también a petición de Mariuve; en la sala de la rotonda del museo se exhibe en una vitrina un valioso teodolito astronómico del siglo XIX, empleado para determinar las latitudes. Con él se observó el eclipse solar del 28 de mayo del año 1900, un acontecimiento mundial por el que acudieron científicos de toda Europa a la zona costera de Santa Pola, donde el cielo se apagó de repente. Ojalá lo hubiera visto Mariuve en lugar del astrónomo francés Camile

Flammarion, testigo del suceso. Y un domingo al mes caminan todas juntas, bien vestidas, hasta el Instituto Goethe en la plaza del Marqués de Salamanca, a ver cine en alemán y mirar revistas alemanas de moda que no llegan a España.

La semana pasada ocurrió un acontecimiento desagradable. Aparecieron en el Hogar tres fotógrafos y un reportero. Hicieron una entrevista a la directora. Después estuvieron grabando en las instalaciones e hicieron un montón de fotografías a las integrantes del grupo Doble-A con sus chaquetas puestas, bajo el emblema de la Falange, en la fachada principal de la calle Conde de Peñalver, y luego por los jardines y las instalaciones, en la cancha de fútbol y junto a los postes de aro y red de baloncesto, recién instalados. Sobre las seis de la tarde, la directora y la *tante* Frieda invitaron a los periodistas a tomar chocolate y bizcocho en la mesa que instalaron para ellos en el jardín principal, junto a la fuente que Mariuve no ha visto jamás con agua.

Mariuve se sintió muy incómoda con el reportaje. Las compañeras excluidas del acto se asomaron a las ventanas de los pisos altos agitando sus banderines, mofándose del grupo. «Todas nos odian», pensó Mariuve. Empezaron a reírse cuando apareció la gobernanta con el Niño Jesús en brazos, que sacó de la capilla de la iglesia para que fueran retratadas con él, como si fueran párvulas. Qué humillación. La *tante* Frieda tenía cara de funeral, estuvo muy tiesa todo el día, vestida entera de gris azulado. El discurso de la directora la incomodó y la incomodó a Mariuve:

«La Patria sois vosotras, futuras madres y amas de casa. Todas las posibilidades las tenéis abiertas. Muchas asistís a la universidad y lograreis vuestro título con las mejores notas para la gloria de España, de nuestro Caudillo y de este Hogar de huérfanas y jóvenes asistidas por la suerte. Este Hogar, vuestro hogar, institución familiar y educativa de primer grado, cuida y vela por las mejores, niñas superdotadas, todas vosotras, élite bien alimentada e instruida gracias a la protección y generosidad de nuestra amada Sección Femenina y de su delegada nacional, doña Pilar Primo de Rivera, que imparte la justicia social con tanta sabiduría y grandeza a los elementos más desprotegidos de nuestra sociedad...».

Al terminar el reportaje, que sería emitido en el NO-DO, la directora, con un moño alto como la Cruz de los Caídos, les conminó a los fotógrafos a grabarla en varias posiciones ante el escudo de la institución, junto a sus niñas vestidas de colegio inglés.

La *tante* Frieda se retiró discretamente. No apareció en ninguna fotografía y no se dejó grabar en ningún momento. Declinó sin amabilidad ser entrevistada, cuando el reportero la invitó a responder algunas preguntas sobre la labor del Auxilio Social. Ella aprovechó para recomendarle que dejara ya tranquilas a las niñas porque «no son monos de feria», palabras textuales.

—No son niñas, son jóvenes, y muy maduritas, estas chicas afortunadas—respondió el reportero, que llevaba un bigotillo trazado a tiralíneas, como si le hubiese enviado el mismísimo Caudillo.

—Creo que a usted no le gusta su trabajo y desea que lo despidan —le contestó la *tante* Frida, remarcando su acento alemán—. ¿Ha pensado cómo dará de comer a sus hijos cuando no encuentre un empleo? Porque no lo encontrará.

Nunca había oído Mariuve hablar de esa forma desagradable y autoritaria a su *tante* que, cuando está a su lado, no se separa de ella más de diez metros. Suena la campana para la cena, Mariuve toma conciencia de su lugar físico, está sobando sin pensar el puño de la blusa que lo tiene sucio.

La *tante* Frieda la observa en silencio entre los comentarios animados y jocosos de sus compañeras sobre el loco barón de Münchhausen cabalgando en la bala del cañón hasta aterrizar en la fortaleza enemiga. El comandante turco le hizo prisionero y se lo mandó de regalo al sultán.

—¿Puede haber piezas de caza en medio del mar? —pregunta una de ellas.

—¿Es cierto que un tiburón puede tener en el estómago seis parejas de perdices vivas? —pregunta otra.

—Si un huracán es capaz de lanzar la nave del barón hasta la luna y allí viven seres increíbles, no veo por qué no pueden tener los tiburones perdices vivas en el estómago —responde Carmencita.

Un instante luminoso brilla en la mente de Mariuve. Cada día es uno menos para montarse en la bala de cañón que la saque de allí.

Para terminar la clase, la *tante* Frieda lanza una pregunta a su grupo de jóvenes promesas:

—¿Sabéis cuál es la bala que os hará conseguir vuestros sueños?

Las nueve guardan silencio. Se miran unas a otras poniendo caritas, tosen, se mueven sobre el asiento de sus sillas, alrededor de su profesora. Mariuve agacha la mirada y palidece su rostro morenito.

—Los estudios, queridas señoritas. Los estudios y el conocimiento son las balas en las que montarnos para alcanzar nuestros ideales. Esta es la lección de hoy.

Mariuve consigue arrancar a la mañana siguiente una ilusión para acometer otro día con los pocos recuerdos de una infancia que llega a su fin. No se resiste a ser mayor, le da lo mismo; no significa nada. Tiene la sensación de haber nacido con once años y los tendrá siempre, porque el futuro del que hablan la *tante*, la directora y todas sus profesoras, empeñadas siempre en el futuro, palabra sagrada para todo el mundo, no le importa en absoluto y duda de que exista como ellas lo pintan.

A veces, advierte a su alrededor amenazas veladas de los adultos que la rodean. Como si todos se hubieran puesto da acuerdo en protegerla de un peligro que no ve. Por otro lado, es normal que una huérfana se sienta amenazada, razona, y que intuya que afuera hay peligros y desgracias que debe descifrar como se descifran las estrellas cuyo brillo se ha apagado. Le desagrada salir demasiado a la calle, y aunque no le permiten hacerlo sola y ha de ir siempre acompañada, con una justificación y un permiso, de autorizárselo, lo rechazaría; qué desprotección, pero dicen que es normal que sientas esas cosas, porque puedes tener el síndrome del prisionero, ha oído a las mayores. Y no hay que ser muy lista para sospechar que han sido sus padrinos quienes han metido a la *tante* en el Hogar. Un motivo más para estar alerta.

Hace poco tiempo un desconocido le hizo una fotografía justo a la salida del instituto. El tipo estaba oculto tras un árbol y ella en la esquina con Goya, esperando a sus compañeras. Había una paloma muerta en el suelo y la situación la puso bastante nerviosa, pero aparecieron enseguida, una tras otra, las de su grupo, hablando bobadas sobre chicos. El tipo estuvo siguiéndolas disimuladamente hasta que ellas entraron en la tienda de chucherías de Gonzalo, en la calle Ayala. Mariuve lo veía por el rabillo del ojo y no tuvo miedo porque caminaba rodeada y protegida por sus compañeras mayores y luego se le olvidó el incidente.

Su vida se hunde en un movimiento lento y a Marte le sucede Júpiter, que va delante de Saturno, envuelto en sus mágicos anillos, cuyo símbolo alquímico es el plomo, uno de los siete metales antiguos. Y mientras se duerme en la alcoba común, repasa los símbolos de los planetas del sistema solar y de otros cuerpos celestes que estudia en su almanaque alemán de 1850, un regalo de su *tante* Frieda.

Hogar María de Molina

El edificio neomudéjar de Conde de Peñalver es tenebroso, como los castillos de los cuentos de terror. De ladrillo rojizo oscurecido por los años, sus pabellones ocupan toda la manzana entre Juan Bravo, General Díaz Porlier y Padilla. Una verja antigua y renegrida circunda el basto conjunto. El frondoso jardín y su tupida arboleda defienden mejor que un guardián a sus jóvenes habitantes. Desde fuera tiene aspecto de grandioso convento derrotado donde la soledad malogra cualquier esperanza.

Aguirre está sentado en un banco frente a la entrada principal, al otro lado de la calle Conde de Peñalver. Lleva unas gafas de aviador de cristales verdes y una chaqueta de pana, en cuyo interior guarda una falsa identidad. Nunca se resignó a perder a su hija. Tras diez años de búsqueda y absoluta derrota por fin ha encontrado a Victoria, secuestrada y encubierta en la maraña de huérfanos que dejaron la guerra y la miseria.

Madrid no se parece en nada a la ciudad que imaginaba, hundida en la batalla de sus pesadillas, en sus peores temores y odios más cruentos. El sol primaveral proyecta rayos dorados sobre el asfalto y los malos sueños y terrores del pasado se parapetan en la claridad del día.

Ni en la peor de las premoniciones ha podido imaginar un lugar tan funesto para su hija, atrapada entre las garras de su mayor enemigo. En ese edificio estuvo la Prisión Provincial de Torrijos. En ella compuso Miguel Hernández sus coplillas «Nanas de la cebolla» para su niño hambriento, y antes, durante la Segunda República, albergó una cárcel de mujeres. Las numerosas ventanas tienen cerradas a cal y canto las mallorquinas de madera. En las que están abiertas, las cortinas blancas permanecen estáticas como murallas. Los dormitorios de las niñas están en la parte posterior, resguardados por oscuros jardines, cuya atmósfera es impenetrable.

Residen alrededor de doscientas jóvenes, entre los diez y los veintitrés años. Las mayores cursan todas estudios superiores, principalmente Magisterio y Comercio. Las ha visto reírse cuando entran y salen en fila del recinto, guardando la compostura necesaria hasta que tuercen la calle y estalla el alboroto. En el Hogar hay diez instructoras, dos religiosas, más personal de plantilla, cocineras, un jardinero y dos operarios que realizan el mantenimiento y la vigilancia.

Lleva dos días eternos lucubrando cómo abordar a Victoria. No quisiera asustarla. Ha soñado con ese momento y ahora le tiemblan las piernas solo de pensar que está a unos pasos de su hija. Desconoce qué tipo de niña será. Asustadiza o valiente, temerosa u osada.

La ha visto salir del Hogar esta mañana, a las ocho y media. Le fue sencillo reconocerla. Es la jovencita de la fotografía que le enviaron sus camaradas. Delgadilla y menuda, con las piernas largas y desproporcionadas de las adolescentes. Un rostro moreno aceitunado como el de su madre y ojos redondos y despiertos con hambre por saberlo todo. Y el lunar ovalado de Eve; ay, ese lunar que tanto ha besado, un poco más arriba del entrecejo, como un mágico zafiro. Se parece sorprendentemente a Begoña cuando tenía su edad. Todas las fotografías de la familia y las de su hermano Jon se perdieron en Guernica, quedaron sepultadas bajo los escombros de la guerra y nadie las ha recuperado. Pero ella tiene la misma cara y los mismos ojitos diferentes de su abuela a los diez años, de una fotografía en la que salía montada en una mula con una pañoleta en la cabeza y un faldón hasta los pies. Aguirre la lleva estampada a fuego en la memoria, y podría muy bien haber sido Begoña la niña que ha pasado por su lado sonriendo, hace media hora, con la cartera en la mano.

Victoria iba acompañada de ocho muchachas, todas mayores que ella. Estudiantes del Instituto Beatriz Galindo, al que llegan caminando en veinte minutos desde el Hogar. Han bajado en tropel por Conde de Peñalver, a la sexta manzana han tomado

Goya hacia el oeste. Sabe que después tienen ocho manzanas para llegar a la intersección con Claudio Coello. Él ha recorrido varias veces el camino y conoce de memoria el instituto y las inmediaciones. Ha estudiado en la distancia al profesorado que entra y sale del edificio docente, recién remodelado. Solo ha visto un sacerdote. Las profesoras tienen buen aspecto, parecen entregadas, van bien vestidas. A las alumnas se las ve dicharacheras y responsables, jóvenes que no han de preocuparse por lo que cuestan los libros que llevan en las carteras. Por lo que parece, su hija tampoco.

¿Cómo va a reaccionar Victoria cuando él se presente?

¿Sabrá quién era su madre? ¿Conoce la existencia de un padre?

No es tan ingenuo como para pensar que Victoria, en un Hogar de la Falange, pueda escuchar a Fernando Lamadrid u obtener prensa sin censura, pero sí alguna de las mayores. A su edad es posible escuchar la radio y leer la prensa nacional, que, de vez en cuando, resucita el caso Rosales para seguir rearmando la tesis oficial y rebatir las ideas subversivas que proclaman lo contrario en manifestaciones y boletines, panfletos y publicaciones ilegales que son secuestrados continuamente en centros de trabajo, en las estaciones de metro, en las facultades y escuelas universitarias para evitar la agitación de las conciencias.

¿Es justo irrumpir en la vida de su hija? ¿Desmontar el falso pasado que hayan podido crear para ella? Quizá conozca la verdad sobre Eve y no quiera hacerse cargo de una historia tan cruel. O no. También le asiste a Victoria el derecho a olvidar.

¿Por qué vive su hija en un lugar privilegiado? Aguirre se hace demasiadas preguntas respecto a la vida que le han fabricado a su hija, espera responderlas antes de regresar a Bucarest. Victoria ha de entender quién es, decidir su futuro a la luz de la verdad, por dolorosa que sea. Llorará, está seguro, se le romperá el corazón, como despedazado lo tiene Aguirre desde la muerte de Eve.

Le ha costado un gran esfuerzo realizar el viaje, abandonar Bucarest y ausentarse de la emisora durante un tiempo que no puede calcular, organizar el regreso con total seguridad, entrar en su patria apoyado por la estructura clandestina del Partido, tras veintiocho años, con documentación falsa, como un delincuente, escondiéndose de las autoridades, pasar desapercibido en el control de aduanas del aeropuerto de Barajas, por donde ha entrado y piensa salir en un vuelo con destino a Roma, para completar la misión más importante de su vida.

Y no es una misión política.

Levanta la mirada para emborracharse de cielo a través de los cristales verdes de las gafas. Un cielo fantasma le encoge el estómago y le llena la boca del picor de la cebolla que comen los hijos de la miseria.

Hambre y cebolla,
hielo negro y escarcha
grande y redonda.

Los versos de Miguel Hernández son sus versos.
El dolor del poeta es el dolor de Aguirre. Él es un
desconocido en la conciencia de su hija. Pero le queda una esperanza y la sonrisa de Victoria dibujada
en sus labios adolescentes.

Tu risa me hace libre,
me pone alas.
Soledades me quita,
cárcel me arranca.

Se incorpora del banco con tranquilidad. No quiere levantar sospechas. Lleva una cámara de fotos
comprada en el aeropuerto de Roma y una guía tu-
rística de Madrid en lengua italiana dentro de una
bolsa de tela con el rostro de Cervantes que le han
regalado en la oficina de turismo de la plaza de Colón, junto a mapas y folletos de restaurantes y de ta-
blaos flamencos.

Ayer estuvo en el número 87 de la calle de Velázquez. No muy lejos del Hogar de Victoria. Fue caminando tranquilamente, curioseando escaparates de
lujo por el famoso barrio de Salamanca. Intentó conocer a Salvador Ferrer Millet, solo por curiosidad.
Le fue imposible a Aguirre mandarle los libros que

le pidió hace unos meses en una carta, y mucho menos decirle que él es Fernando Lamadrid. Salvador es uno de sus fieles oyentes, estudiante de preuniversitario, de dieciséis años, que le escribió una misiva muy bien redactada. Le solicitaba con educación y cortesía, ante la imposibilidad de conseguirlos en Madrid, el *Manifiesto Comunista*, de Marx y Engels, y *La conquista del Estado*, de Lenin. Puso en el sobre cien pesetas para ayudar al Partido. Un gesto honorable de un joven inocente, y rico camarada, por el edificio y el bonito barrio en que vive con sus padres. Aguirre se animó a entrar en un portal revestido de buena madera y preguntar. El conserje le informó de que el estudiante se encontraba en el hospital, intervenido de apendicitis; nada de qué preocuparse.

Y él en medio de la acera, tras salir del portal, se quedó pensativo. Echó lentamente a caminar calle abajo con disimulo y torció por la primera bocacalle que encontró, sospechando que el joven Salvador Ferrer pudiera estar detenido si había dado algún paso en falso. Imposible saberlo.

Luego tomó el metro y varios autobuses con el cuello de la chaqueta subido, la bolsa de turista al hombro y el paso cada vez más triste y cansado. Y, como un ente invisible, deambuló por los barrios más pobres de Madrid para hacerse una idea de cómo son esos lugares: Orcasitas, Puente de Vallecas, Villaverde. Caminó entre chabolas, calles sin asfaltar y la miseria que denuncian los oyentes en sus cartas. Al atardecer, se escurrió hasta el edifico donde fueron detenidos Eve y Carlos Estaún, en Cuatro Caminos, barrio de Tetuán. Necesitaba ver con sus propios ojos el fin del mundo, la ruina total. El inmueble había sufrido un incendio hace tiempo, o alguien lo quemó de rabia. En su lugar encontró un solar vacío y lóbrego, rodeado de chatarra, hierros viejos, adoquines apilados y golondrinas regresando a sus nidos bajo un cielo encendido por el ocaso del día.

Ha de volver a su hotel en la Gran Vía, como cualquier turista que llega cansado de visitar museos y de caminar por grandes avenidas de edificios neoclásicos haciendo fotografías a los monumentos.

Le sorprende la poca vigilancia y la escasa presencia policial que encuentra en las calles. Parece una ciudad libre, despreocupada, optimista y limpia, y hay una alegría en la gente que le rompe el corazón.

¿Dónde se encuentra el tenebroso Madrid que había imaginado?

Se da a sí mismo la respuesta: encerrado en las cloacas, comisarías y calabozos donde le arrebataron a Eve.

CÁRCEL DE CARABANCHEL

—¡Tienes más huevos que el caballo de Espartero!

Estaún se da un golpe en la rodilla con el puño cerrado y se aprieta la frente, con los codos apoyados en la mesa que lo separa de Aguirre. Están en la sala de visitas de la cárcel. Prosigue con la retahíla de ofuscaciones, incrédulo con quien tiene delante, incapaz de cerrar la boca:

—Joder, me cago en todo. ¿Qué coño haces? No puedo hablar peor de las malas ideas que tiene tu jodida cabeza, testaruda y absurda. ¡No me jodas! Si no estuviera encerrado en esta pocilga maloliente, saldría corriendo para no verte aquí.

¿Cómo se ha atrevido Aguirre a entrar en la prisión de Carabanchel?

—¿Es que quieres hacerme compañía? Qué inconsciencia. Debería levantarme y salir corriendo, antes de que sea demasiado tarde para tus huesos. —Agacha la cabeza y susurra—: No quiero presenciar tu detención. Me moriría. Lo que me faltaba para que estos cabrones me dieran la última ma estocada.

Estaún se enciende un cigarro. En la primera exhalación, el humo le sale veloz por los orificios nasales. Ha adelgazado tanto que parece haber perdido algunos años de los que tiene a las espaldas. Se le ven los párpados inflamados. Los ojos le lagrimean como a un anciano y evoca mejor que nunca el personaje de sí mismo.

A Aguirre le inspira una profunda piedad.

—¿Has terminado ya de insultarme para hablar tranquilamente?

A Estaún le han desaparecido la barriga y el vientre, le cuelgan pellejos del cuello delgado y enrojecido. Resopla y se echa hacia atrás en la silla. Ha cumplido setenta y tres años y no ha perdido la energía de un hombre de acción.

—Tienes buen aspecto. No hay quién acabe contigo, Carlitos.

—Háblame con respeto, podría ser tu padre. Bueno, soy tu padre, qué cojones.

—Y un deslenguado.

—Estoy lleno de amargura.

—Te has librado de la pena de muerte; la suerte no te ha abandonado del todo, supongo.

—¿Es suerte treinta años de condena, a mi edad?

—Mientras hay vida, hay esperanza.

—Eso es verdad, abogado. Prefiero vivir que estar muerto. Pero vivir como vivo... no es vida. Aunque me las apaño para joder desde aquí todo lo que puedo, y en chirona me respetan. A ti te necesito fuera y todo lo lejos que puedas —le susurra—. Te están buscando como ratas. Escóndete entre las piedras, si puedes. No sé por qué has venido. No lo entiendo. Yo tenía una misión, he matado a mucha gente, aunque solo en la guerra; en cambio tú... eres un hombre de paz. No mereces que te detengan. Yo he cometido errores y desaciertos, era otra época... No quiero pensar en el pasado. No es lo mismo disparar a lo lejos que llevar a un hombre a fusilar y hacerlo de cerca. Ahora me hace demasiado daño.

Aguirre se aproxima a él y observa la mirada curiosa y asustada de su viejo camarada. Pensaba hallar un anciano destruido, hecho unos zorros entre las palizas, el trato que le dieron tras salir del hospital y once años de prisión. Y se encuentra con esa mirada sabia, aturdida de vida y emoción. Curiosa por saber lo que le ha llevado a Aguirre a entrar en Carabanchel, sortear los filtros de seguridad y hacerse pasar por letrado, con las credenciales del Colegio de Abogados de Madrid y del despacho que lleva el caso de Estaún.

Cuántas identidades lleva Aguirre a cuestas. Si registraran su habitación del hotel de Gran Vía, se encontrarían en el doble fondo de la maleta con Marco Giacobbe, natural de Roma, contable de la Banca Commerciale italiana. Con Eloy Pérez Pardo, abogado penalista del despacho de la calle Fuencarral, conocido por llevar los casos de los dirigentes del Partido Comunista en prisión. Con José Antonio Montiel, domiciliado en Gerona, comerciante de una firma de lanas, que espera no tener que utilizar. También lleva un pasaporte a nombre de Claudia Giacobbe, hija de Marco Giacobbe, con la fotografía de Victoria.

—Ya sabes a lo que he venido. Y no quiero irme sin ella.

—Pues me harás compañía, abogado. Está muy protegida y vigilada. No te puedes hacer una idea de quiénes están detrás de la niña. Si te lo digo, te mueres.

Durante unos instantes Aguirre se siente en la trinchera de su juventud, asediado por obuses que levantan la tierra y lo sepultan. Le hierve la cabeza a preguntas y ve un terror desconsolado en los gestos de su viejo camarada.

—Mira, abogado, la tienen totalmente controlada. No podrás hacer gran cosa. Olvídalo y date la vuelta. He recibido varias visitas en los últimos años. Me están enviando a una monja alemana con la piel correosa que quiere que les diga dónde está Mitxel Aguirre. Me ha ofrecido la bruja, de parte de los otros, reducción de pena y privilegios penitenciarios. Están convencidos de que sé dónde se encuentra Aguirre.

—¿De quiénes estás hablando?

—Del general Manuel Fernández de Amuradiel, exministro de Gobernación y actual consejero del Reino y de las Cortes. Controla todos los resortes del poder de este Estado fascista. De su hijo Alonso, comisario jefe de la Brigada Político-Social. Y agárrate a la silla, abogado, que viene lo mejor: de María Fernández de Amuradiel, la única descendiente viva del matrimonio, cuyos restos están en la mina de Camuñas, junto a su monja de compañía y otros cuerpos que nadie, de momento, ha exhumado. Maldita mina, maldita Las Canónigas, en qué mala hora incautamos esa finca. No tienen pruebas suficientes para procesarme por el crimen del matrimonio Fernández de Amuradiel, pero están convencidos de que yo di la orden y de que Mitxel Aguirre la ejecutó. O eso dicen. Lo quieren culpar para darle garrote vil. La monja alemana no para de preguntarme qué hicimos con el niño pequeño de la familia. ¡Estaba muerto, joder!, murió de enfermedad y no lo tocamos, por Dios, ¡era un bebé! Nosotros no tocábamos a los niños. Estoy convencido de que no me han condenado a muerte porque creen necesitarme, y les valgo más vivo que muerto a esos putos falangistas. Podrían haberme trasladado al penal de Burgos, pero aquí estoy, en Madrid, vigilado y acosado. Y a la hija de Evelia la tienen de rehén. Sospechan que el padre es Mitxel Aguirre. Y tarde o temprano piensan atraparlo. —Aguirre se ahoga. Le abrasa la cara—. ¿Y sabes otra cosa...? La puta que me disparó en el vientre, que casi me mata en la redada del piso de Cuatro Caminos, era María, la hija mayor de los Amuradiel, convertida en una puta asesina. Ella estaba en el dormitorio de Evelia. No sé qué coño hacía ahí, junto a la cuna; llevarse a la bebé de Evelia, supongo. Yo huía de los maderos por un corredor y me tiré por la ventana hacia la habitación. Estallé el cristal. Intentaba huir. Me habían herido en el brazo, los cabrones; no tenía otra salida, y la muy puta, en cuanto me levanté del suelo, me disparó a bocajarro. Desde entonces tienen a la niña de Evelia.

»Yo no pude demostrar en el juicio que fue ella quien me disparó porque lo taparon su primo el comisario y los maderos, diciendo que fue uno de la Brigada en defensa propia; pero fue ella. Más aún, me repitió furibunda lo que yo le dije cuando era una cría. Ni me acordaba de esa mierda. Ni del hermano que llevaba en brazos estando muerto. Maldita guerra. Han pasado casi treinta años y estamos con estas. No van a parar hasta que den con Aguirre. Yo no tengo ni idea dónde está y, desde luego, lo he declarado mil veces: él nada tuvo que ver con los muertos de La Minilla. Si era un crío de diecisiete años y yo lo tenía de recadero para bobadas. Lo he dicho siempre. Pero saben que él se llevó al niño, ese es el tema, y quieren cargarle el muerto.

Estaún se encoge de hombros. Aguirre se ha quedado mudo, aprieta contra el pecho el maletín que lleva sobre las piernas. La espiral que lo succiona nunca ha parado, ahora acelera su movimiento. Victoria está bajo custodia de la niña de Las Canónigas, que la tiene en sus brazos prisionera como tenía a su hermano muerto.

—Mira abogado, aterriza. La monja que se pasa por aquí parece más una antigua *aufseherin* de las SS que una mujer de Dios. Me hace insinuaciones perversas. La familia Amuradiel está trastornada. Son muy peligrosos, con el poder que han reunido. Pero dejémoslo estar... Pasemos a otro tema. Qué les den por culo.

—¿Cómo se llama la monja y qué insinuó, Carlos?

Aguirre tiene el corazón desbocado, necesita la historia completa. Desde el otro lado de la mesa le llega el humo apestoso del cigarrillo sin filtro de Estaún. Se oyen ruidos afuera, ecos de voces roncas. Alguien pasea por el corredor con tacones de metal.

—Piensan que el niño estaba vivo. Que lo dimos a una familia, como entregamos a la hermana al tahonero de Mora, y quieren saber dónde está. No dejan de presionarme con esa retahíla. Yo digo lo que siempre he dicho: el niño ya estaba muerto, y bien muerto, cuando entramos en la casa. Todos lo vimos. Lo vio su hermana, la que me disparó en la redada. Solo quieren joder con el tema. La monja se llama Frieda von Schneider. Me ha contado que llegó a España a finales del treinta y nueve como asesora pedagógica para organizar el Auxilio Social a imagen del Winterhilfe* alemán, con la labor de socorrer a los huerfanitos de guerra y a los niñitos

---

* Auxilio de Invierno.

abandonados. Menuda carita de santa se le puso cuando lo dijo la muy puta, y añadió: «*Quid pro quo*, Carlos, deme algo que pueda ayudarlo». «Váyase a la mierda, señora —le contesté—. Usted vino a desmantelar la Junta para Ampliación de Estudios, la Institución Libre de Enseñanza y las buenas ideas que quedaban en este país». Ella se limitó a besar la cruz de oro que lleva sobre la blusa y me respondió: «Al tahonero lo colgamos de la higuera de su patio. Tenga usted cuidado con los higos». Así que desde entonces no como higos.

Estaún se ríe, no le queda ni un diente. Aguirre tiene una expresión atroz, quiere morirse allí mismo. En alguna región aislada de su cerebro escucha un coro de serpientes siseantes. Tiene que hacer un esfuerzo para recordar los detalles de lo que sucedió aquel día tan lejano de 1937 perdido en su memoria, una época convertida en una espiral de violencia. El niño estaba enfermo, debió de morir la noche de la incautación, él lo llevó esa noche al dormitorio de la niña, apenas respiraba. A la mañana siguiente, su hermana no quería darse cuenta, lo apretaba como si fuera a matarlo, con los ojos cerrados y los puños tensos. Ya estaba morado, envuelto en una mantilla. Se lo tuvo que arrancar para llevárselo, obedecía órdenes. Él nunca ha hecho daño a un niño. Cuando entró a formar parte de la brigada de Estaún, tras los combates, le habían asignado tareas administrativas. Él anotaba y daba fe de los bienes incautados a los terratenientes, sabía leer y escribir y era listo, llevaba un librillo de poemas en euskera dentro de la guerrera y nunca se encargó de los paseíllos ni ejecutó a nadie por órdenes superiores. Era demasiado joven para algo así. Él nunca ha hecho daño a un niño, se repite y se repite.

—Venga, venga, abogado, la vida no es tan mala como parece. Hay que seguir luchando por la amnistía y la libertad. Solo tienes que seguir haciendo bien tu trabajo, como hasta ahora. Y no salirte del guion, joder.

Estaún estira el rictus de malestar al ver la imagen doliente de su camarada y se enciende otro pitillo. Tiene los dedos delgados y amarillos y las uñas demasiado largas.

Aguirre está arriesgando su vida por un sueño de amor. Una vez más, piensa en el sufrimiento de Miguel Hernández en la cárcel de Torrijos, en su hijo de pan y cebolla, en su niña secuestrada por los guardianes del régimen, en el bebé muerto de Las Canónigas y en su hermano Jon... Pobres todos.

—Carlos, te voy a preguntar algo muy en serio —dice Aguirre, más serio todavía—: ¿si tú te enterases de dónde está el niño de los Amuradiel, disfrutarías de una mejor vida aquí dentro, conseguirías que te dejaran en paz? No tendrías que preocuparte por los higos.

—¡Ni se te ocurra! Que los jodan —gruñe feroz Estaún y hunde los dedos en el brazo de Aguirre—.

¡Sería mi sentencia de muerte!, ¿no lo entiendes? Mientras no pesquen a Aguirre yo seguiré con vida.

—¿Necesitas algo?

—Que te vayas cuanto antes y no vengas más, abogado.

No hay entre ellos ninguna cortesía de despedida, solo unos gestos rápidos de amargada devoción.

La madrina

La docilidad es el mejor refugio para que te dejen en paz y evitar cualquier tipo de problema. Porque los problemas para una huérfana que vive de la caridad pueden ser enormes. Por lo que ella obedece, es amable, educada, e intenta disimular emociones y debilidades.

Lo ha aprendido desde que nació, de hogar en hogar, de colegio en colegio, caras nuevas, desconocidas, poco afectuosas, menos su madrina, que es algo así como su hermana mayor y vela sin descanso por ella. Es el único rostro cariñoso y amable que la acompaña desde que tiene uso de razón. No recuerda cuándo la conoció, en qué momento de su vida. Si alguien le preguntara, diría que desde siempre, desde el Hogar-Cuna de la avenida del Valle, que la acogió a los pocos meses de nacer, del que no se acuerda.

Y le encanta escuchar de su madrina:

«Siempre estaré a tu lado».

«Te quiero como al hermanito que perdí en la guerra».

«Yo te protegeré, tendrás la mejor educación y serás una mujer plena y feliz en cuanto termines la universidad».

Son frases en las que piensa Victoria cuando se siente abandonada y melancólica en el Hogar en el que vive ahora, a semejanza de los antiguos hogares alemanes de los que se siente orgullosa su *tante* Frieda.

Su madrina le ha contado infinidad de veces, sobre todo cuando Mariuve se pone pesada por escuchar algo bonito de su infancia, que en cuanto la vio en su cunita, y ese lunarcito precioso en la frente y su pielecilla morena y suave como la de un gusanito de seda, con esos ojitos curiosos, sintió un deseo irrefrenable de protección y cariño. Algo muy bello ocurrió dentro de su madrina en ese momento y se erigió en valedora del bebé pequeñito y bueno que era Victoria. Le compró ropita linda, chupetes de colores, un osito blanco y un sonajero con forma de jirafa. Y le sigue llevando un montón de regalos por su cumpleaños, o cuando simplemente le apetece, porque su madrina es una mujer buena y generosa a la que quiere con locura.

Es una historia muy hermosa. Piensa en ella a menudo. Pero en alguna de sus partes se tambalea. Y ella ha de estar a la altura de ese amor y de las expectativas que ha depositado su madrina para hacer de ella una joven extraordinaria, con un futuro abierto a lo que Victoria sea capaz de conseguir.

Por lo que disfruta de un régimen especial, aprobado por la dirección del Hogar y del Instituto Beatriz Galindo. Las tardes las dedica al estudio complementario del bachillerato que le ha programado su *tante* Frieda. Es su instructora personal y ha diseñado para ella la mejor formación en matemáticas, lengua y literatura, geografía, historia, francés, alemán, latín, griego, música y canto, en un programa digno de los hijos de un alto mandatario, según su *tante*.

Nadie se atreve a preguntarle a Victoria por qué es tan especial y tiene privilegios que ninguna compañera desearía para ella: un extenuante programa de formación que es supervisado por su madrina, verdadera artífice de su futuro y quien le ha proporcionado a Frieda Von Schneider de tutora, educadora y confidente, aunque Mariuve no confía en ninguna opción terrenal para depositar sus más íntimos pensamientos.

Se le eriza el cabello cuando piensa en las palabras de su madrina de la última tarde en que estuvieron merendando té inglés y pastas de mantequilla en la pastelería Mallorca de la calle de Velázquez, su lugar habitual de encuentro, en una mesita junto a la ventana para ver la calle, la gente y la libertad que un día será suya:

—Que no te ronden por la cabeza tonterías como buscar marido y ser ama de casa, ni gastar el tiempo en aprender las llamadas *labores femeninas* siguiendo los consejos y los prejuicios de las directoras de todos los Hogares en los que has vivido.

Mariuve ya le había contado varias veces que solo piensa en estudiar Ciencias Físicas. Es una devoción: el universo. Su madrina la miraba con el rabillo del ojo. Es una madrina muy guapa, su cabello es el más suave y brillante que ha visto Mariuve en su vida. Le gustaría ser como ella de mayor. Pero no desea estudiar idiomas ni filosofía.

Su madrina se inclinó hacia delante, tomó su taza de té con elegancia y, antes de darle un sorbito, le dijo a Mariuve, que no paraba de dar golpecitos con las rodillas por debajo de la mesa:

—Este Hogar va a ser el último, cuando termines el bachillerato, vivirás a mi lado en el Santa Teresa.

Mariuve se colocó el pelo detrás de las orejas para escuchar de nuevo las palabras de su madrina, se levantó de la silla, rodeó la mesita y la abrazó lo más fuerte que pudo.

Su madrina le dijo emocionada en alemán: *Niemand wird uns trennen**.

---

*   Nadie nos separará.

El encuentro

Sale el sol entre los tejados de la Gran Vía. Desde la terraza de la habitación del hotel, Mitxel observa el dorado amanecer sobre la bola del mundo del monumento a Cervantes de la plaza de España. Lentamente va recobrando la conciencia de sí mismo y de su situación.

¿Es el mismo hombre que salió del triste y abandonado Bucarest para conocer a su hija y ofrecerle un futuro? Solo sabe que el cielo de Madrid es el más limpio que jamás ha contemplado y él es un prófugo, buscado por la mujer a la que arrebató el cadáver de su hermano. Quisiera olvidarse de que existió ese día, de la niña centelleando de angustia y de la dureza del cuerpo del bebé, como madera y yunque, y de la bolsa en que lo metió para deshacerse de él.

No ha dormido en toda la noche, sentado en un sillón de escay, frente a la ventana, conmocionado por la conversación con Estaún, escribiendo para su hija hoja tras hoja, descartando cada una y tirándolas a la papelera, hasta conseguir el relato definitivo ahora que conoce mejor la situación real de Victoria. Antes de ducharse vuelca en la bañera la papelera y quema el papel emborronado con su letra.

A las ocho de la mañana sale de la habitación. Un ajetreo de maletas y viajeros irrumpe en el vestíbulo, de columnas dóricas y plantas colgantes. Se ha apeado una muchedumbre de un autocar con matrícula francesa aparcado en la puerta y se mueven como hormigas por la recepción. Decide no desayunar en la cafetería del hotel y sale por la puerta giratoria hacia el exterior luminoso y cálido del mes de septiembre.

En el café de la esquina de la plaza de España con la calle Leganitos pide un agua mineral y un bocadillo de jamón ibérico, dicen que es el mejor. Hay una exhibición de pinchos recién preparados sobre la barra que lo impresiona. Bocados exquisitos que nunca ha probado. De una variedad asombrosa. Aparecen recuerdos de su infancia en el País Vasco, las tascas de Guernica siempre llenas de paisanos acodados en la barra. El olor a vino agrio y a tocino de vaca. Hay demasiada gente apiñada en el bar, excesivo ruido, y decide salir con el bocadillo, caminar un rato por la Gran Vía y ver escaparates llenos: de zapatos de piel, de vestidos carísimos de mujer y tiendas de juguetes y ropitas de cuna de hilo de Escocia. La abundancia lo marea. Los precios también. Se para ente un comercio de figuritas de Lladró. En el escaparate hay un cartel, pone: SE HABLA INGLÉS Y

FRANCÉS. Quisiera comprarle algo bonito a Victoria, un vestido de seda amarilla con un lazo en la cintura que ha visto en el comercio anterior. Pero las tiendas están cerradas todavía y se siente aturdido, como recién aterrizado del lugar más remoto del planeta Tierra.

No es buena idea el vestido. Qué bobada. Es demasiado mayor para ese vestido. Y él no es el padre que pretende ser. No sabe siquiera si él es el padre, por mucho que la niña se parezca a Begoña. Solo tiene una carta que lo afirma doblada en el bolsillo de la chaqueta, dentro de un sobre con matasellos de Madrid, fechada el 3 de septiembre de 1956. Y eso es una prueba demasiado endeble. Quizá le está fallando el sentido común y Carlos lleva razón: ha perdido el juicio y está arriesgando todo por un amor del pasado con el peor de los finales. Es un romántico, lo sabe. ¿Cuándo comenzó a ser un romántico? El romanticismo le puede costar muy caro. Si descubren que está en Madrid, podría perder la libertad y la vida.

Pero ¿qué vida?

Solo es un periodista encumbrado entre los proscritos que han perdido la guerra, y los que la han ganado quieren meterlo entre rejas; un hombre al que nadie conoce ni han visto nunca, sin rostro, un ente abstracto que se propaga por las ondas de radio, escondido en un país inventado más allá de los Pirineos. Ni siquiera su nombre es verdadero. Quizá ni Mitxel Aguirre exista. Duda de que alguien posea una imagen de él. Es una figura que expiró el 28 de marzo de 1939 y vive desde entonces entre los muertos, tras un telón de acero.

Llega a la plaza del Callao. Baja por la acera izquierda hasta la calle de Alcalá. Alcanza la plaza de Cibeles, toma un taxi frente al Banco de España, se apea en la calle de Goya, un par de manzanas antes de Claudio Coello. Camina despacio por una acera muy comercial. Las tiendas levantan los cierres. El Instituto Beatriz Galindo está tranquilo, todos los alumnos en sus clases, con las ventanas abiertas. La fachada se ve muy limpia y el lustre de su construcción salta a la vista. Ya hace calor.

Compra un periódico en un quiosco y lee las noticias españolas sentado en un banco con un placer desconocido, casi le asusta leerlas tan recientes y no después de meses de ser publicadas. Tiene en la emisora sacos de periódicos y revistas atrasadas. La temperatura en Madrid subirá hasta los 34 °C hoy, 28 de septiembre de 1967. Se levanta y compra en el mismo quiosco todos los diarios españoles que han salido por la mañana y se da un atracón de política falsa, noticias deportivas, curiosidades, ecos de sociedad y espectáculos. A las dos horas los tira a una papelera. No es momento de ser periodista ni curioso, solo ha de ser padre.

El amor por su hija supera los límites de cualquier hombre. Necesita aferrarse a esa idea y a la esperanza. Victoria, a mediodía, regresa sola al Hogar, sus compañeras permanecen en el instituto. Sabe que ella no vuelve al centro después de comer e ignora el motivo.

A las dos de la tarde suena la sirena del instituto. En unos minutos comienzan las jóvenes a salir como un torrente alegre y revoltoso e inundan enseguida la acera. Unas cruzan la calle con el semáforo en verde, otras se dispersan en varias direcciones entre la gente. No ve a Victoria desde su posición. Podría pasar por un padre en espera de su hija. Ahora la ve salir. Va sola. La observa subir tranquilamente por la calle de Goya. Lleva una blusa blanca y una falda verde. Se ha anudado a la cintura la chaqueta de punto verde, y la cartera de lona le cuelga del hombro con pesadez.

Él la sigue a una distancia discreta, entre el gentío de esa hora en una calle muy transitada. Le late el corazón como si fuese a sufrir un ataque. Podría desplomarse en la ciudad, morir allí mismo y nadie sabría que él es Mitxel Aguirre.

La alcanza antes de llegar a la intersección con Núñez de Balboa y la sobrepasa rápido. Cuando ella pasa junto a él hace un gesto de dolor, se marea, se agacha en el suelo para no caer. Ella se fija en Aguirre, lo tiene al alcance de la vista. Él se apoya en la fachada del edificio y toma aire. Se queja de un dolor muy agudo en el pecho. Nadie le hace caso, salvo ella, porque lo ha hecho para ella, discretamente.

—¿Necesita ayuda?

—Estoy algo mareado.

Ella posa su mano en el brazo de él y lo ayuda a incorporarse completamente.

—¿Está mejor, llamo a una ambulancia?

—No, por Dios. Me ha bajado la tensión, eso es todo. Eres muy amable.

Ella no sabe qué decir. Está paralizada. Queda impactada por los ojos del hombre. Nunca había visto a nadie con sus mismos ojos, pero mucho más brillantes; ahora se da cuenta de lo que supone para los demás. Él está viendo a Begoña y a Eve en la carita de su hija, candorosa y limpia, que parece sucia de lo morenita que es. Su piel es de seda. Lleva una pequeña insignia en la blusa blanca a la altura del hombro, es una banderita negra con un rayo blanco en el centro.

Aguirre saca de la chaqueta la nota que ha escrito, doblada por la mitad, y de repente un desconocido se interpone entre ambos. Ella da un paso atrás y Aguirre también, no quiere perder el contacto.

—Déjame, muchacha, este señor está enfermo.

Es un viandante mayor, casi anciano, con un buen traje diplomático y el rostro preocupado. Intenta apartar a Victoria y sujeta a Aguirre por el brazo.

Aguirre arruga la nota entre la mano. La introduce rápido en el bolsillo de la chaqueta verde que le cuelga de la cintura a Victoria. Ella está inmóvil, no sabe cómo reaccionar. No hace otra cosa que mirar a Aguirre con la boca abierta.

—¿Estás bien, guapa? —le pregunta el hombre—. Pareces mareada. Venga, a tu casa a comer.

Es todo demasiado insólito y rápido. Esos ojos. Está aturdida. Ella dice: «Claro, tengo que continuar, lo siento». Se da la vuelta y sigue su camino, rapidito, mirada al frente, sin pestañear, con el papel que no ha visto en el bolsillo de la chaqueta, inmersa en sensaciones extrañas, demasiado extrañas. Muy extrañas.

Aguirre no quiere seguirla. La asustaría. Se deshace del viejo con buenas palabras y se repone de inmediato.

—Gracias, caballero, ya estoy bien. Puede irse.

El hombre se encoje de hombros, se gira y se aleja hasta desaparecer entre la gente indiferente.

Él permanece de pie en medio de la acera, desquiciado. Sigue con la mirada a su hija y su esperanza flaquea. Espera que su nota no se le pierda por la calle. Ella cruza la calzada rápido, sin mirar, parece que huye. La cartera de lona la lleva abierta. Su pelo oscuro le cae por detrás, se balancea al ritmo de la huida. El semáforo está en rojo. Los coches silban ante ella. Goya es una vía muy ancha, hay dos carriles por cada sentido y Victoria está en medio. Sin protección. Intenta sortear los vehículos. Está atrapada. Una mujer le grita desde el otro lado: «¡Qué haces, muchacha, que te van a atropellar!». Su compañera añade: «¡Sal de ahí!». Aguirre, desde la otra acera, se aprieta las sienes y se le crispan los labios. Cree que se muere, ahora de verdad, va a ser testigo del atropello de su hija. Solo él la ha puesto en peligro. Pero ella es capaz de vislumbrar el hueco necesario entre dos furgonetas, cruza rápido los dos carriles que le quedan y alcanza la acera contraria, justo cuando una moto le rasga la chaqueta verde y la tira al suelo. Se levanta rápido. No ha pasado nada. Recoge la cartera y sale corriendo.

Él quisiera evitar la congoja, tiene el corazón en un puño. Se apoya en el respaldo de un banco y toma el aire necesario para calmarse. Es tan guapa, débil y sensible. Y desde el otro lado de la acera, Aguirre espera que ella acuda a la cita que le he propuesto y lea con la mejor voluntad lo que ha escrito la noche pasada, en que las horas transcurrían desazonadas, aconsejándole con la sabiduría del desvelo unas palabras, las armas más poderosas que han afilado un mensaje que no debe fallar.

LA VERDAD NOS HACE LIBRES

Hola, Victoria:

Nada más lejos desearía que molestarte. En cierta forma, soy un enviado de tu madre, Evelia Rosales Covadonga. Ella dio la vida por una causa y tú eres lo que más amaba. Quisiera darte una carta suya que te mostrará la verdad sobre algunas preguntas que te has podido hacer de tu familia, sobre quién eres y por qué estás en un Hogar del Auxilio Social.

No tengas miedo de mí. Tu madre me confió tu existencia y tu protección y me gustaría que pudiésemos charlar un momento. He realizado un largo viaje para concluir esta misión. Nadie ha de saberlo. Yo no existo y esta nota tampoco, guarda en la memoria la dirección que te propongo y te deshaces de ella.

Sé valiente, tu madre lo era y yo la amaba. No hay que temer a la verdad, solo lo que no sabemos. La verdad nos hace libres, Victoria.

Cafetería Juan Bravo. Mañana, a la salida del instituto, estaré esperándote. Solo serán unos minutos. Si no quieres acudir, no pasa nada; no me volverás a ver ni te molestaré jamás.

Mariuve concentra los sentidos en no ser vista por nadie del personal que entra y sale del edificio cuando llega sofocada al Hogar. Sus compañeras, a estas horas, se hallan en sus colegios respectivos. Solo ella sale a mediodía y no regresa al instituto.

Sus pasos resuenan con eco en el vestíbulo enorme y vacío de brillantes losas con emblemas. En las altas paredes hay escudos y fotografías de la Sección Femenina y de la Falange y sus autoridades en recepciones oficiales, entregando diplomas y recibiendo aplausos.

No quisiera encontrarse tampoco con la *tante* y que viera los nervios que lleva, ni los jirones de la chaqueta verde que le ha roto el motorista. Una rodilla le sangra y le duele la cadera izquierda. Necesita subir directamente al dormitorio y no bajar al refectorio para el almuerzo. Dirá que está mala. Tiene los nervios agarrados al estómago. Ha sido todo demasiado estresante. Se toca la frente. La tiene caliente. Si se pone mala de verdad, la llevarán a la enfermería y le harán preguntas incómodas porque no les gusta que las niñas caigan enfermas. Es signo de debilidad y flaqueza. Perderá puntos. Se pondrá a la cola de su grupo.

No se quita de la cabeza la impresión que le ha causado el hombre de los ojos diferentes. Ahora que lo piensa, más relajada, le produce una especie de compasión, parecía desesperado. Podría haberse asustado de él, pero no fue así, solo estaba impresionada. Nunca se había tomado en serio las insistentes recomendaciones de su *tante* de estar siempre alerta y de ser precavida con los desconocidos; si cualquiera se acercase a ella con intenciones sospechosas, debería decírselo inmediatamente. Hay sicópatas que persiguen a las jovencitas que ellos presumen desprotegidas. Pero ella no lo está; tiene a su *tante* y a su madrina dispuestas a todo por ella.

Camina de puntillas por el pasillo para tomar la escalera que asciende a los dormitorios y se da de bruces con la *tante* Frieda. Lleva en las manos una bandeja con su almuerzo, se dirige a su salita privada de la televisión. Se queda mirando a Mariuve, frunce el ceño y las arrugas alrededor de sus ojos azules y escrutadores, como buscando enigmas, se alargan. Observa a su pupila de arriba abajo con la bandeja sujeta contra el estómago.

—¿Qué te ha pasado?

Mariuve lleva la chaqueta de lana arrebujada entre las manos, ocultándola; la cartera abierta, los calcetines caídos y el sudor le ha manchado la blusa en las axilas y el cuello. Se le enrojecen las mejillas cuando está apurada. No sabe disimular. Un sudor frío le baja por la frente y le humedece los ojos.

—Ca... casi, ca...si —tartamudea—, casi me pilla una moto.

—¡Dios santo! Ven conmigo y me lo cuentas todo.

Mariuve la sigue obediente con la cabeza gacha. Entran en la salita. Frieda aparta el florero de plástico del centro de una mesa de camilla y deposita la bandeja. Se fija en la chaqueta que oculta Mariuve detrás de la espalda. Su instinto nunca le falla.

—No pasa nada porque se te haya ensuciado la chaqueta, ni por que esté rota. Lo importante es que tú estés bien, que nada malo te haya sucedido. No me gusta que vengas sola a mediodía. He sido muy negligente, la culpa es mía, y ahora cuéntame exactamente qué te ha sucedido.

Frieda, con un gesto rápido, le arrebata de las manos la chaqueta que esconde Mariuve a la espalda. La mira bien. Está rasgada. La palpa entera. Un papel doblado asoma de un bolsillo desgarrado. Tira de él y lo saca. Lo lee. Mariuve está parada en medio de la salita, frente al televisor apagado, sin reaccionar, toda colorada. No sabe nada de ese papel ni de dónde ha salido. Frieda da unos pasos hacia atrás, se apoya en la pierna buena y se sienta en el borde del sofá en el que suele leer y echarse la siesta.

Y lee y lee y lee con los ojos muy abiertos, tan abiertos que Mariuve se asusta.

—¿De dónde ha salido este papel? —la interroga. Cuando se enfada pronuncia fatal el español. Y da miedo—. ¿Quién te lo ha dado? ¡Contesta! *Das Leben ist kein Ponyhof!**

Se pone de pie de un brinco, la falda gris se le levanta y asoma la pierna mala, demasiado delgada, bajo la media. Sus ojos borbotean, casi los puede escuchar Mariuve, como si se estuvieran cociendo.

La niña se echa hacia atrás. No ha visto el papel en su vida. Se lo jura y rejura con lágrimas en los ojos. Toda ella dice la verdad. Y le cuenta a su *tante* lo que ha vivido al salir del instituto, desde que ayudó a un hombre desfallecido en la acera de la calle de Goya con unos ojos parecidos a los suyos, luego llegó otro hombre y la apartó. Está viva de milagro. Y llora y llora y se tapa la carita con las manos. El susto de la moto no se le va del cuerpo. La presión que ejerce sobre ella su *tante* es insoportable. Jamás la ha visto tan enfadada, luego preocupada y más tarde la serenidad vuelve a su estado de ánimo.

—¿Has leído el papel?

—Nooo. Ni sabía de ese papel.

Frieda no quiere ni imaginar la situación de esos dos hombres acorralando a su niña en un juego malvado. Podría haber sido secuestrada. Pero ya sabe quién es uno de ellos.

------

* La vida no es una granja de ponis.

Con el papel en la mano, Frieda se da la vuelta intentando reconducir su actitud, se le ha acartonado el rostro, y se guarda la nota en el bolsillo de la falda.

—No tiene importancia que lo hayas leído. Es por saberlo. Nada más. Venga, acércate, dame un abrazo y deja de llorar, que te pones muy fea. Y no ha sido nada.

Frieda abraza a Mariuve, todavía le huele el cabello a niña pequeña. Saca su pañuelo del bolsillo de la falda y le limpia la cara y se la besa.

—Cuánto has sufrido hoy, pero te voy a proteger, tenlo presente. Casi te mata una motocicleta, por Dios. No vas a volver sola del instituto, jamás. Ahora te llevo a mi dormitorio, te subimos un caldito, algo de comer y te echas la siesta. Hoy no damos clases. Llamaré a la enfermera, creo que tienes fiebre, y te curará esa rodilla. Te hará compañía mientras descansas para asegurarnos de que esté todo bien en tu cuerpecito. Yo salgo un momento a hacer unos recados.

—¿Qué hay escrito en ese papel?

—Nada importante, bobadas. Ahora mismo lo tiro a la basura y asunto zanjado. Le hemos dado más importancia de la que tiene.

—No le digas nada a mi madrina, por favor, *tante*. Me voy a recuperar enseguida.

La inocencia de María Victoria conmueve a Frieda. Lleva la niña la insignia de su grupo sobre la blusa medio arrancada, ella se la recoloca con cariño mientras dice:

—Será nuestro secreto.

Frieda la acompaña a sus aposentos en la primera planta y la deja acostada en su cama, bajo un crucifijo de nácar que trajo de Múnich. En la parte posterior del Cristo está pegada una fotografía de su führer. Se pone su chaquetón gris y sale del edificio enseguida, apenas cojea. En el bolso lleva bien doblada y protegida la nota de Mitxel Aguirre, no puede ser de otro. Levanta la mano en el borde de la acera de Conde de Peñalver, junto a las verjas que un operario del Hogar frota con un paño.

Un taxi para junto a ella y entra rápido en la parte de atrás sujetándose la falda. Ha de informar inmediatamente. El trabajo bien hecho, siempre recompensa. *Das Leben ist nicht Schwäche verzeihen**.

---

*   La vida no perdona la debilidad.

CAFETERÍA DE JUAN BRAVO

Aguirre parpadea, le escuecen los ojos, los sonidos de la mañana revuelven el silencio que antecede a una detención. Él sabe oler esas cosas, vive en un país socialista cuya opresión supera cualquier expectativa de realidad. Desde que nació ha aprendido a anticiparse a los acontecimientos. Es la única manera de sobrevivir.

Abandonó el hotel de madrugada, pagó la cuenta con las pesetas que cambió en el aeropuerto de Roma. Se dirigió a la estación de Atocha y dejó su equipaje en una consigna. Compró un diario deportivo a la salida y, cuando las luces de las farolas se apagaban, tomó otro taxi en la parada de la estación. Amanecía completamente. Circulaban por el paseo del Prado y la plaza de Cibeles bajo un cielo plomizo, en trance de borrasca. Se bajó del taxi en la plaza de Colón con el *Marca* bajo el brazo y pertrechado con su gabardina de color indefinido. Vagabundeó por las calles aledañas a la de Juan Bravo. Un paso y luego otro, despacio, sin levantar recelos, con el rostro emborronado de un hombre que no existe. Estuvo vigilando con la cabeza hundida entre los hombros sin levantar sospechas, agazapado en el bulevar arbolado entre los numerosos quioscos de la elegante calle de Juan Bravo.

Entre las siete y las ocho de la mañana han ido llegando a las inmediaciones un goteo de vehículos de la Seguridad de Estado. Se han ido situando entre las calles cercanas a la cafetería en la que ha citado a su hija y ha visto como rodeaban todas las manzanas desde Francisco Silvela hasta el paseo de la Castellana, con absoluto sigilo. Él se mantiene lo más tranquilo que puede, escondido entre portales de oficinas y marquesinas de paradas de autobús, examinando calle por calle. El sol no ha despuntado. Las nubes oscurecen el cielo y la ciudad se enciende como si hubieran girado un interruptor.

Comienza el ajetreo. Los quioscos levantan sus cierres. La gente sale de las bocas de metro y entra en sus oficinas: ejecutivos, secretarias, contables, administrativos, en un barrio de bancos, notarías, oficinas de inversiones y corporaciones financieras, bufetes y comercios elegantes.

Aguirre se sitúa tras las columnas de los soportales de una gran librería. Mira el escaparate, agazapado contra un muro, su gabardina parece vacía. Su instinto le habla: «Tu hija te ha entregado o le han requisado tu nota». ¿Habrá podido leerla, sabrá que él está intentando acudir a su encuentro y que lo que hay a su alrededor es un dispositivo policial de la brigada secreta? Ha visto a demasiados hombres solitariamente sospechosos caminando al despiste como él, con diarios bajo el brazo que no engañan a un hombre astuto, especialista en escapar de sus adversarios desde que ha nacido.

Domina la respiración; no puede pasar por la acera de la cafetería. Sería detenido en cuanto se asomase a las puertas ya abiertas y con escasos clientes en el interior. En la mañana sopla un viento de traición. Las rachas de aire arremolinan en los alcorques hojas amarillentas y acículas de pino.

No ha realizado un largo y peligroso viaje para ser detenido en Madrid en una mañana de hastío. Una tormenta está encima. De las que anuncian un otoño lluvioso. Las acacias se balancean, sus ramas emiten los sonidos del bosque y comienza una lluvia que se convierte en aguacero. Riachuelos corren hacia las alcantarillas. Respira profundo, le gusta el olor del ozono y le llena los pulmones, es lo único que le gusta de ese día que cae sobre él para llevárselo detenido.

Ha tardado once años en averiguar dónde está su hija. No tiene tiempo para andarse con rodeos. Ignora lo que sabe de su madre ni lo que le han contado, pero lleva los apellidos de Eve. Él le ha escrito la historia completa de sus padres, por lo menos la que conoce, para que lea y saque tus propias conclusiones; ahora ve que va a ser imposible entregársela. Lleva las cuartillas escritas en el bolsillo de la gabardina como un manifiesto político que te puede apalear si lo encuentran. Le ha escrito, entre decenas de líneas: «No estás sola, Victoria, me tienes a mí. Ya sé que soy un completo desconocido, pero soy tu padre. Todo lo que te escribo es la verdad y tienes edad para saberla. Lee tranquilamente y reflexiona». También le ha copiado la carta que su madre le escribió desde Madrid cuando nació ella y le ha anotado una dirección postal en París a la que le puede escribir contándole lo que desee, le preocupe y necesite. Si desea salir del país, la sacará; lo puede hacer. Él en España no existe, pero en otros países es un hombre libre, tiene un futuro y una buena vida que ofrecerle. No necesariamente en Rumanía. Es posible que ella sueñe con Europa. Podrían vivir en un país más amigable. Instalarse en el sur de Francia. O en Italia.

¿Por qué no deja de soñar por una vez?

Se aproxima una mujer de mediana edad refugiada bajo el paraguas y apurada por la lluvia, entre viandantes atropellados por protegerse. Sube el escalón del soportal hacia él, pasa a su lado, huele a perfume de rosas. Empuja la puerta de cristal de la librería, cierra el paraguas y lo deja en el paragüero de la entrada. Él entra tras ella. La mujer es alta y delgada, su aspecto es de profesora de colegio, lleva una cartera de piel marrón colgada del hombro. Ella se entretiene en los estantes del fondo, oteando, desplazando con los dedos los lomos de los libros, se agacha hacia los anaqueles a ras de suelo, y él tranquilamente recoge el paraguas de ella, sale de la librería entre el mar de lluvia que secuestra la ciudad y desaparece deslizándose entre las callejuelas del barrio de Salamanca en dirección al parque del Retiro.

Camina con el pantalón y los zapatos empapados, escondido bajo el paraguas robado. Cada paso es más invisible, aplastado por el chaparrón que enluta las calles, abre profundos charcos y desborda los alcorques con una furia que ha visto pocas veces en su vida. En la calle de Alfonso XII, la cortina de agua inunda la puerta de Alcalá y él para un taxi y desaparece en busca de los enlaces que lo sacarán de la ciudad en cuanto se calmen las aguas. Estarán vigilados estaciones y aeropuertos, y él se esfuma como el éter por el que transita su voz desfigurada por el tiempo y el espacio, tan solo como ha llegado, agujereado por dentro por la carcoma que lo socaba, con los bolsillos de la gabardina abultados por las hojas para su hija que ha escrito en balde, porque es un soñador, se ha equivocado y la vida carece de sentido e imaginación.

LUNA LLENA

Han transcurrido tres meses desde el encuentro con el desconocido. No ha tenido el valor ni las ganas suficientes para hablarle a su madrina del incidente. Su *tante* sabe guardarle el secreto, un secreto desconcertante, y no han vuelto a comentarlo ni entre ellas, como si nunca hubiera ocurrido. Al fin y al cabo, es un pasaje perfectamente prescindible de sus vidas. Pero no le gusta tener secretos para su madrina, y este le preocupa de una forma demasiado íntima. Porque ese hombre podría ser su padre. Lo intuye. Es una locura pensarlo. «Padre», palabra maldita. Ella no tiene padre, nunca lo ha tenido. No lo necesita. Y no quiere leer nada sobre su madre, bastante han escrito los periódicos sobre ella, y está muerta y enterrada en las sepulturas de los suicidas, masones, protestantes y ateos del cementerio de la Almudena, palabras de su *tante*. Ese hombre tenía un ojo de cada color y la mirada relumbrante. La naturaleza hace temibles a los diferentes. Menos a ella. Tiene que ser eso. No puede ser otra cosa.

Su madrina nunca le ha ocultado quién era su madre y se podía leer sobre ella en algunos periódicos, en las pintadas del metro y de las marquesinas de los autobuses hasta que los operarios del Ayuntamiento las limpiaban. Sabe que era una mujer frágil, con una mente difícil, sin familia, necesitada de buenos consejos que no obtuvo en vida. En esa época pasaban cosas así. Desconcertantes. Mujeres solteras que se quedaban embarazadas y abandonaban a sus niños o morían de pobreza o de cualquier enfermedad, o las engañaban y las convertían en revolucionarias para que murieran por la causa perdida de los que odiaban al Caudillo. Por eso hay tantos huérfanos a los que proteger, palabras de su madrina. Y con esas sentencias se zanjaban las conversaciones sobre el origen de Victoria, cuando esta preguntaba. Ya no pregunta esas cosas. Las preguntas pueden conducirte a un lugar en el que no quieres estar.

El incidente del hombre ha abierto en ella una brecha, cuya profundidad no atisba, que la asoma a su origen, a la madre que tuvo y no pudo sobrevivir.

El coro que ha formado la directora del Hogar para la gala de Navidad no consigue devolverle la alegría que ha perdido. Sabe que es cuestión de tiempo olvidar los pensamientos negativos.

En el salón de actos ha terminado la representación del Grupo B y el escenario está iluminado; al fondo, un paisaje de Palestina; en lo alto, la estrella de cartón se balancea. El organista descansa con un refresco en la mano y habla con las muchachas mayores que han tocado la guitarra, junto al belén que han montado la semana pasada entre todas.

Las guirnaldas y las bolitas de Navidad brillan bajo su mirada. Es incapaz de fingir la aparente felicidad que observa a su alrededor, y justo en ese momento escucha una misteriosa señal de advertencia en su interior. Lleva en el bolsillo de la falda del uniforme una pequeña cuarcita protectora. Es una roca metamórfica de su colección de minerales. La aprieta con el puño cerrado y le habla al mineral con el pensamiento.

—¿Me estás escuchando? —le pregunta su madrina.

—Tiene algo más interesante en que pensar —contesta el primo de su madrina.

—Gracias por venir, señor Alonso —es lo único que le sale responder.

Es lo que Mariuve acierta a decirle cuando lo tiene delante. Es un hombre imponente, capaz de tumbar a cualquiera como una descarga de balas.

—Me gustaría verte a menudo, y deja de llamarme señor Alonso. Has cantado muy bien, tienes una voz preciosa. Mi regalo te lo dará tu madrina. Las obligaciones me llaman, si me disculpas, he de atender un compromiso.

Él le da los dos besos de rigor y le dice al oído: «Feliz Navidad, María Victoria. Cuídate mucho», y se da media vuelta. La directora se deshace en halagos cuando lo para y él se despide de ella y de la magnífica función. Hay dos hombres en la puerta que siempre lo acompañan, y un chófer en la calle. Su madrina siempre lo ha obligado a acudir a la fiesta de Navidad de todos los Hogares en los que ha vivido Mariuve y es la única vez al año que lo ve. Calcula que ha estado con él diez veces en su vida, y siempre le dice las mismas frases. Está segura de que el regalo lo compra su madrina por él. Es lo más parecido a un padre que tiene, de carne y hueso y con el billetero abierto.

—¿Vienes a dar un paseo por el jardín? Aquí hace demasiado calor —dice su madrina.

Para su asombro, Mariuve no ve que lleve un envoltorio o una bolsa de grandes almacenes sospechosos de contener un regalo. Salen al exterior y nadie las aborda. Hace un frío seco y afilado. El cielo está brillante de estrellas que Mariuve quisiera alcanzar.

Su madrina se detiene junto a la fuente sin agua. Hoy está realmente guapa y elegante. Lleva una chaqueta azul eléctrico con cuello de visón y debajo un vestido de lana del mismo color. Sus zapatos tienen una gran hebilla dorada. Saca unos guantes de piel del bolsillo de la chaqueta y se los pone despacito. Abre su bolso, extrae una especie de librito y se lo pone delante. A su madrina le brillan los ojos como luceros en la oscuridad de la tarde. Ya es noche profunda y solo son las siete.

—Es tu regalo de Navidad. Feliz Navidad, cariño.

Es una cartilla bancaria de color verde oliva. ¿Por qué la quiere tanto su madrina? No se atreve a abrirla ni ver lo que contiene. Una vergüenza repentina le sonroja las mejillas.

—Ábrela, venga. Ya sé que es un regalo profano. Pero vas a necesitarlo en un futuro y nos ha parecido que es lo adecuado. Todos los años te pondremos una asignación. Qué menos te mereces.

Cuando su madrina habla en plural es que incluye a su primo y a su tío, el exministro de Gobernación.

—¿Yo? ¿Por qué lo merezco?

—Bueno, eres una gran estudiante, humana y cariñosa, Frieda está muy contenta con tus progresos..., y porque sí, qué caray. ¿A qué viene eso?

Mariuve se ha quedado muy fría con la cartilla en la mano. Las dudas se deslizan como gusanillos por su carita asombrada. Se siente al borde de un precipicio. Mira hacia el interior de la fuente y solo ve negrura sin estrellas.

—¿Por qué estás tan triste? Me rompe el corazón. Si no te sientes en condiciones de recibir este regalo lo dejamos para más adelante y te compro lo que te apetezca.

—No es cuestión de regalos, María. Te agradezco las molestias.

—Nunca me llamas María, ¿qué te sucede?

—Nada. No me gusta la Navidad.

—Ya lo sé, cariñito, a mí tampoco. Te entiendo muy bien. Ya sabes que a mí la vida de Cristo me trae sin cuidado. Pero no se lo digas a Frieda, que igual se preocupa. Y vamos a decirle que se deje crecer el pelo porque parece un hombre.

Y se ríe, y acaricia a su ahijada el cabello sedoso y morenito, sujeto por detrás con un broche de carey con forma de mariposa.

La risa de su madrina es tan natural; a Mariuve le alegra verla reír.

—Así me gusta, quiero que estés contenta. Venga, abre el regalo, que estoy impaciente y hace frío. Ya sabes que a los que nos gusta regalar lo hacemos por nosotros. No te pienses...

Mariuve sonríe abiertamente y abre la libreta del Banco Hispano Americano.

—¿No es mucho dinero?

—Qué va, boba. También es un secreto, no lo compartas con nadie porque las personas solemos tener envidia. Es entre nosotras y la familia. Porque mi familia es tu familia. Sé que es difícil estar aquí. Pero en el Hogar te estás haciendo una persona instruida y con futuro, no lo olvides: el que algo quiere, algo le cuesta.

—¿Y qué hago con el regalo?

—Lo guardas. Cada año te acompañaré al banco, te actualizarán la libreta con lo que vayamos ingresándote y luego nos vamos de compras a El Corte Inglés o por la calle de Serrano.

—Prefiero que tengas tú la cartilla.

—Como quieras.

Mariuve se la entrega rápido, sin mirarla, cruza los brazos por detrás y levanta la mirada, embelesada con el cénit de la esfera terrestre, que quisiera tocar.

—Me encantaría que fuéramos las mejores amigas —le dice de pronto su madrina, mirándola directamente a los ojos. Tiene medio rostro oscurecido, como la cara oculta de la luna, y el otro medio iluminado por las farolas que alumbran el jardín—. Tú eres mi mejor amiga y para ti no tengo secretos. Si algo me preocupase, te lo diría.

Mariuve da un paso atrás, visiblemente aludida.

—¿Me prometes que me vas a contar lo que te preocupa?

¿En qué está pensando Mariuve en este instante en que la luna recorre su camino?

—Hoy es el solsticio de invierno, madrina. Es el día más corto, la noche más larga y hay luna llena. ¿La ves allá arriba? Nos está mirando. ¿Te gustaría pedirle algo?

—No me gusta la noche, cariñito, es fea y demasiado negra. Me da escalofríos.

—¿Sabes que en invierno la Tierra está más cerca del Sol, pero es cuando hace frío?

—Vayamos dentro, están cantando villancicos.

Horas más tarde Mariuve odia su vida. En la cama llora entre las sábanas heladas del dormitorio común sintiendo la inclinación del eje de la Tierra, sabiendo de memoria que, en el invierno boreal del hemisferio norte, los rayos solares inciden de forma más suave, hay menos horas de luz y el Sol se sitúa en su punto más bajo en el cielo. El frío no es más que eso.

La mañana de invierno irrumpe por las ventanas del dormitorio como un vendaval y un día más ha de ser la de siempre, pero Mariuve ya no está dentro de ella, ha volado a velocidad cósmica hacia un lugar infinito en el que hallar el amor que le falta.

El teniente coronel San Román ha convocado una reunión extraordinaria con los miembros de su equipo. Un coche oficial del parque móvil ministerial recoge a María en la puerta del Hogar de Conde de Peñalver a las siete cincuenta y cinco de la tarde. Le habría gustado quedarse hasta el final de la función y escuchar los villancicos alemanes que ha preparado Frieda con su grupo para cerrar el acto. *O Tannenbaum* es el preferido de su ahijada y lo canta como un ángel.

El oscuro vehículo entra en un discreto chalet de la calle de Vitruvio, en la colonia del Viso. Está rodeado por una tapia de ladrillo que rezuma humedad. Dos hombres de seguridad abren la verja entre la niebla deshilachada que se desliza hasta la Castellana y envuelve de blancura la plaza de San Juan de la Cruz.

La habitación apenas está iluminada con una lámpara de tulipa verdosa y en la chimenea arde una carpeta de cartón bajo una pila de papeles. Las estanterías contienen escasos libros, informes y cartapacios. Entre pesadas cortinas las ventanas están abiertas y entra la brisa de la noche sofocando el calor que hace dentro. Rosa Alejandra está sentada en un sillón de raído terciopelo, junto a la chimenea. Fuma un cigarrillo con el abrigo puesto, largo hasta los pies, como si acabara de llegar. Tiene el rostro encendido de calor o de ahogo y no lleva las gafas de pasta que usa para dar sus clases en la universidad.

El teniente coronel San Román no ha llegado todavía. Hay cuatro militares del equipo vestidos de paisano en el salón contiguo y hablan bajito entre una humareda de tabaco. Está la puerta entornada. María no entiende lo que dicen. Rosa saca de su cartera de piel marrón, a los pies de la butaca, hojas mecanografiadas que arroja al fuego de la chimenea.

—¿Qué estás quemando?

Rosa se levanta y aviva el fuego con un fuelle de cuero y remaches dorados.

—¿Qué que estoy quemando? Las últimas directrices del jefe. No las necesito.

—Ya... Vinieron a buscarme. Estaba en la función navideña de mi ahijada.

Rosa guarda silencio y lanza los últimos papeles al fuego. El abrigo le oculta las piernas, una de ellas es como el palo de una vid. Cada año la tiene más delgada. Tuvo polio de niña, igual que Frieda, una característica que las emparenta de alguna manera a ojos de María. Rosa ahora es profesora suplente de Filosofía del Derecho en la Ciudad Universitaria. Ya

no es la adolescente que leía a escondidas a Machado y a Bradbury cuando vivía en la residencia Santa
Teresa. Es otra persona. Regresó de Málaga al terminar la carrera y María la reclutó tras colgar el teléfono al gobernador de Málaga después de otra larga
conversación. Él apremiaba a María, su hija debía
ser aprovechada por la nación.

A las seis de la tarde han detenido a un grupo de
estudiantes revolucionarios en el domicilio de uno
de ellos, en el barrio de Ventas, cerca de la plaza de
toros. Estaban armados y han herido de gravedad a
un policía durante la redada. La información de
Rosa ha sido clave para la detención. Todos eran
universitarios, de varias facultades, reunidos en
cónclave. Conspiraban para la revuelta.

María se siente desconcertada por Rosa. La observa. Parece intranquila, apesadumbrada, como a
punto de llorar. Nadie la conoce tanto como María y
se culpa de haberla introducido en el grupo de San
Román. Un equipo encubierto de información y
contrapropaganda enlazado con la Secretaría General del Movimiento y el Ministerio de Educación y
Ciencia, infiltrado en facultades, escuelas universitarias y colegios mayores, cuyos estudiantes apoyan
los movimientos revolucionarios. Quizá se arrepiente
de haber hecho de ella una confidente e informadora en la Facultad de Derecho, que se gana la confianza de sus colegas y alumnos para traicionarlos. Piensa que Rosa es demasiado frágil para algo así, pero

solo ha de dar información y hacer respetar el orden académico. Nada más. Otros se encargan de la acción directa, del choque y la desarticulación de las redes que operan en la oscura ilegalidad del opositor, al que hay que pararle los pies.

—No estés así, Rosa. Se ha conseguido el objetivo.

—A costa de cinco heridos. Uno está muy grave, solo tiene dieciocho años.

—Si lo quieres ver así... Pero no deberías. También hay un policía en el hospital que puede morir, ¿eso no cuenta? No hay que tener piedad con el enemigo.

—Hablas como una guerracivilista. ¿A qué enemigo te refieres? ¿Acaso lo conoces con nombre y apellido?

—Conozco su rostro mejor que nadie. Ojalá no lo veas nunca.

—Siempre hablas en abstracto. Pero esos chicos tienen familia, seres queridos e ideales.

—Ideales... Pero ¡qué ideales, Rosa! Deberías tomarte unos días de descanso. Cuando llegue San Román, no abras la boca. No estás en condiciones.

María sabe que puede confiar en ella, aunque le brillen los ojos de inseguridad. Pero San Román no tendrá piedad si la ve flaquear en cuanto hay detenciones.

—Luis Bermejo es alumno mío —le explica Rosa—. Su padre era ferrallista, murió hace dos años aplastado por una grúa mientras trabajaba en una obra, y a su hijo lo tenemos en la Puerta del Sol. Sabes perfectamente lo que van a hacer con él. Su madre es limpiadora en la facultad y la conozco.

—Luis Bermejo es un elemento subversivo.

—¿A erradicar? Me gustaría ser como tú.

—A veces no sé en qué bando estás, Rosa. Para hacer nuestro trabajo no hay que tener escrúpulos. Ese hijo de ferrallista escondía en su casa cartas y manuscritos con directrices políticas de presos de las cárceles de Carabanchel y Alcalá de Henares. Es algo más que un estudiante inconformista. Es un enlace. Y lo sabes.

—Habla con Alonso, María. Tu primo puede hacer algo por él. Ese chico es muy orgulloso, lo van a machacar y...

María no la deja terminar la frase.

—¿Estás enamorada de tu alumno? —La cara de Rosa es de incomprensión—. Deberías abandonar a San Román y tomar distancias. Cuando entre por esa puerta, le vas presentar tu renuncia. Tu madre está muy enferma y has de centrarte en cuidarla. Yo te apoyaré. No vales para esto, Rosa. Lo siento. Mejor aún, yo lo haré por ti. Puedes irte ya, antes de que llegue, y evitarte cómo te va a mirar y las preguntas a las que te va a someter. No creo que estés en condiciones de mentir a un teniente coronel de nuestro Ejército.

El teniente coronel San Román es un militar del Alto Estado Mayor, respira nerviosamente como si estuviera soplando, es un entusiasta oficial condecorado, al mando de la sección de Madrid de un nuevo organismo de acción contrasubversiva y contrarrevolucionaria, al amparo del vicepresidente del Gobierno Carrero Blanco. San Román dirige el grupo que trabaja en Educación y Ciencia. Hay que neutralizar a los rebeldes universitarios, a los que San Román llama *bolcheviques*. Tiene a quinientos militares infiltrados en la universidad, entre profesores, alumnos y colaboradores.

María observa la lividez en el rostro de Rosa, cómo se hace pequeñita y cojea más que nunca mientras se da la vuelta con su abrigo largo y sale por la puerta sin rechistar, obediente al mandato de María. Su cojera es muy similar a la de Frieda von Schneider, solo que Rosa no trata de superarla, desiste de luchar contra el destino y se abandona a la enfermedad. La polio es un mal padecimiento. Pero Frieda no conoce lo que significa la palabra debilidad.

María en el fondo no quiere perder a Rosa. Es obediente y reservada. Pero ha de dejarla ir. Será un alivio para la joven profesora, solo tiene veintinueve años y ya parece una vieja temerosa y asustada.

A altas horas de la noche el teniente coronel San Román sale del chalet de Vitrubio satisfecho de la reunión con su equipo de información universitaria. No va vestido de uniforme y le cuelga la pistola del cinturón, bajo el abrigo. Le acompaña María hasta el vehículo que le espera puertas adentro de la tapia rodeando el edificio. Hace demasiado frío. El jardín está oscuro bajo las farolas apagadas.

—Has hecho bien en deshacerte de esa profesora. No nos podemos permitir fisuras —le dice San Román según se acercan despacio al coche oficial.

El conductor está dentro, fumando un cigarrillo con la ventanilla bajada, al verlos lo tira, sale rápido y le abre la puerta a su teniente coronel.

Los labios de San Román se mueven despacio, algo crispados y después complacientes en la despedida de María, a la que mira con intensidad y confianza antes de subirse al automóvil y perderse en la niebla que ya oculta la ciudad. Las ramas de los árboles se agitan ligeras, los compañeros de ella se han quedado dentro. La esperan para concretar la siguiente maniobra sobre los que gritan «¡Yanquis asesinos!», «¡Viva Cuba y Che Guevara!». Un ave nocturna cruza el cielo y su aleteo la estremece al darse la vuelta en la imperturbable y fría noche. Piensa en los pocos años que le quedan a Victoria de inocencia y alegría. Una alegría que hoy no ha visto en su carita en la función navideña.

Frieda von Schneider le ha trasmitido una nueva preocupación por la niña, tras haber conocido María Victoria a su padre sin saber que era su padre; algo ha cambiado en ella. Este primer trimestre ha sido bastante extraño desde el comienzo. Aunque sus resultados escolares han sido tan buenos como de costumbre. Ha sacado muy buenas notas en el instituto.

Pero la afición de María Victoria por el universo crece de forma desconcertante. Teme Frieda que se haya convertido en una obsesión, y está más despistada y ausente que nunca; cada vez habla menos. Frieda le pidió que le mostrara su *Cuaderno del cielo* y lo que ha leído en él le ha parecido asombroso y la ha puesto sobre aviso a María.

—Ha dibujado un mapa de todas las constelaciones del hemisferio norte, con sus figuras y estrellas. Y ha escrito: «Basta con prolongar cinco veces la alineación que forman las dos estrellas más occidentales de la Osa Mayor, Merak y Dubhe, para encontrar la Estrella Polar, que pertenece a la constelación de la Osa Menor, pobre en estrellas brillantes». En notas como esta, María Victoria tiene localizadas todas las estrellas visibles de las constelaciones. Sin olvidarse de los planetas o luceros, como ella los llama, de los que ha elaborado sofisticadas tablas. Una de ellas es un cuadro complejo, con las horas y minutos de salidas y puestas de los cuatro planetas: Venus, Marte, Júpiter y Saturno, que se pueden ver a simple vista. Es muy precisa. Lo apunta todo: el aspecto del cielo, las fases de la luna, los eclipses de sol y de luna visibles e invisibles desde España, las lluvias de meteoros, la duración de los días del año, como: «Los días más largos de 1967 han sido del 20 al 25 de junio, cuya duración aproximada fue de 15h 4m; y los más cortos, desde el 19 de diciembre hasta hoy, con 9h 17m de duración más o menos. Los días del año en que ha salido el Sol más pronto (a las 4h 44m) fueron los del 10 al 21 de junio. Y aquellos en que se puso más tarde (a las 19h 49 m), del 24 de junio al 4 de julio. Los días del año en que el Sol salió más tarde (a las 7h 38 m) fueron los del 1 al 11 de enero. Y aquellos en que se puso más pronto (a las 16h 48m) del 7 al 11 de diciembre. Actualizaré estos datos a 31 de diciembre».

María y Frieda guardaron silencio. Frieda añadió:

—He de decirte que me ha solicitado permiso para salir al jardín a observar la bóveda celeste y anotar sus investigaciones astronómicas a la puesta y a la salida del Sol. No lo encuentro sospechoso, pero me preocupa. Se tira horas mirando el cielo y escribiendo en su cuaderno números y datos demasiado meticulosos y nada normales para una joven de su edad. Es un comportamiento anómalo. No le puedo dar permiso, María, se crearía un precedente para las demás. Algunas compañeras ya la llaman lunática. Y no es seguro para ella. *Esos* están al acecho.

—Es lo que queremos. Pero no tengas miedo de Aguirre. Está controlado. Nuestros servicios de información saben que no está en España. Se largó como un cobarde en cuanto supo que íbamos tras él. Es un tipo astuto. Ya sabe que lo buscamos y no va a asumir riesgos, de momento. Y entiendo que no es sensato que María Victoria salga al jardín a horas intempestivas y además sola. Lo dejo a tu sabio criterio.

Y el criterio de Frieda fue negativo.

María levanta el rostro y observa el negro firmamento de la calle de Vitruvio, el firmamento que la ha perseguido todas las noches de su vida, y sabe que no es el mismo que observa su ahijada. ¿Qué busca esa niña con tanto ahínco en el cielo?

Antes de regresar a la casa con una sensación ingrata, a reunirse con el grupo en una noche tan larga a platear estrategias, piensa en Carlos Estaún. Debería enviar a Frieda a hacerle otra visita a la cárcel antes de fin de año. No se crea que lo van a dejar comer mazapanes tranquilamente. Han de encontrar una fisura en el viejo comisario político. Mitxel Aguirre debe de estar escondido en algún lugar de la Tierra y el viejo lo sabe, no en el firmamento que tanto obsesiona a Victoria.

VI

1973

Un regalo para María

El excelentísimo Sr. D. Manuel Fernández de Amuradiel, teniente general de nuestro glorioso Ejército, que encabezó la sublevación de Toledo, histórica gesta trascendental de nuestra guerra de liberación, consejero del Reino y de las Cortes, exministro de Gobernación, exjefe de la Casa Militar del jefe del Estado, con la Real Orden de Isabel la Católica, la Gran Cruz laureada de San Fernando, Palma de Plata de la Falange, Gran Cruz de la Orden de San Hermenegildo, entre sus innumerables condecoraciones por su servicio y defensa de la patria, ha fallecido en su domicilio de Madrid, de muerte natural, en compañía de su amada familia, a la edad de ochenta y un años. Sus restos descansarán para la gloria de España en la cripta principal del Alcázar de Toledo, donde tendrá lugar el funeral al que acudirán los máximos representantes militares y civiles de nuestra nación y el pueblo llano que así lo desee. Nuestro apenado Generalísimo solicita a todos los españoles de bien una oración en su memoria.

Con el teniente general D. Manuel Fernández de Amuradiel, la leyenda se hace historia para el mantenimiento de la victoria nacional que jamás será olvidada.

¡Arriba España!

María arroja el periódico sobre la mesa. Lleva un pantalón negro, una blusa de raso negra anudada al cuello y unos zapatos muy altos. Cruza las piernas sentada en el sofá principal de un gran salón. Se acaba de marchar el servicio, tras el séquito de compañeros y amigos que han desfilado para darles el pésame durante toda la tarde en el domicilio de su tío en el centro de Toledo, en la plaza de Zocodover, después de la misa funeral en la iglesia del Alcázar. La muchedumbre se apiñaba por las estrechas y empinadas calles para aplaudir al féretro a su paso y el obispo ha bendecido a Alonso y a María al finalizar la solemne ceremonia.

—¿Quién ha redactado esa honra fúnebre?

—El director del *Arriba*. Me la ha enviado antes de publicarla. No me apetecía decirle que es una mierda pasada de moda.

—«La leyenda se hace historia...». Ese hombre es un mamarracho. Deberías haberlo parado. No estamos en los años cincuenta.

—No tenía ganas de hablar y menos con ese lameculos que me acaba de estrechar la mano, y sudada. Desde el contubernio de Múnich, ese inepto dirige el diario que ya contabiliza un agujero de sesenta millones. No deja de perder dinero. Cada día tiene menos tirada. Sus suscriptores se mueren, los hijos se dan de baja y hay demasiada competencia, eso me ha lloriqueado. Antes lo hacía con mi padre.

—Pobre tío...

María se sujeta la cara con las manos.

—Todo lo que hizo por mí...

Lleva el pelo recogido en una coleta alta y el óvalo de su cara es perfecto. Su rictus de tristeza es de conformidad con el destino que vuela para cumplir su mandato, cualquiera que sea.

—Estás más guapa que nunca.

—No estoy para cumplidos.

—Mi padre te adoraba, lo sabes. Éramos su única familia. Te agradezco lo buena que has sido siempre con él. Dios se lo ha llevado sin sufrimiento.

—Deja de hablar de Dios, Alonso. Ha fallecido como ha vivido: con honor. Sin una enfermedad. Sano y útil al Caudillo hasta el último de sus días. Ha tenido la mejor muerte: por la noche, tranquilito. No puedo decir lo mismo de mis padres y de mi hermano. Qué habrá sido de él... Hoy es un día muy duro para mí. No quiero llorar. No quiero.

—Tu desgracia es mi desgracia —dice Alonso.

—Es la primera vez que vengo a Toledo desde que terminó la guerra. Esta tierra me quema las venas. No puedo soportarlo. Solo quedamos nosotros, ¿no te das cuenta de nuestra soledad?

Él se sienta a su lado y la abraza muy fuerte. El amor de su primo es demasiado intenso y la anega un sentimiento desconcertante. Él le toma la barbilla, la mira a los ojos con tanta fortaleza que ella huye de su lado y se pone de pie. Se abraza a sí misma por el frío intolerable que se le ha metido en los huesos.

—No sé qué narices te pasa —le reprocha María, irritada y molesta—. ¿Por qué no tienes una mujer a tu lado, con ¡cincuenta y cuatro años!? No eres un cura, eres un policía. ¿Estás enfermo? ¿O es que te gustan los hombres?

Él sonríe, le hace gracia. ¿A qué viene eso? Cruza las piernas, le parece divertido. Su prima se revuelve contra él sin motivo aparente.

—Podría pregúntate lo mismo, pero yo soy un caballero y tú mucho más joven que yo. Siempre jugando al ratón y al gato. ¿Cuándo va a terminar esto? Me gustas tú, ya lo sabes.

Él le suplica con la mirada un poco de paz. Lleva un traje negro con una banda negra en el brazo, corbata negra, zapatos brillantes de cordones y no quiere levantarse del sofá y asustarla más de lo que está.

—La guerra nos arrebató el futuro, Alonso.

—¿Cuándo vas a dejar de castigarte, de castigarme? ¿Es tan difícil para ti ser feliz?

—Me voy a Madrid.

—Como quieras, pero antes tengo un regalo para ti. Algo importante. Saldrás feliz de Toledo; por lo menos, algo habré logrado.

—No seas condescendiente. Te quiero más de lo que crees.

—Pues demuéstralo.

Él se levanta, le hace frente, la abrazaría hasta matarla. Ella es bajita, pequeña, incluso con tacones tan altos. Alonso le deshace la coleta suavemente quitándole la gomita dorada. El suave cabello se le derrama por los hombros, negro y brillante.

—Me voy a encargar de ese querer.

La coge en vilo y la saca del salón en brazos. Ella no sabe que hacer, se abraza al cuello de Alonso y oculta la cara en el cuello de su chaqueta. No puede luchar contra él. Le falta valor y se siente demasiado débil ante la fuerza y la determinación de su primo. Quizá siempre deseó que esto pasara.

Entran en el dormitorio de él, de cuando era niño y vivía en la enorme casa de la plaza de Zocodover antes de la guerra, antigua, sin reformar, con altas escayolas en los techos pintadas al fresco, y largas y pesadas cortinas de terciopelo. La colcha de la cama tiene un estampado de flores pasado de moda, treinta años atrás, y un dosel de madera torneada. Huele a naftalina y cera de abejas. Apenas entra luz amarillenta de las farolas de la calle a través de las contraventanas entornadas. El cuerpo de María queda desnudo y despojado de todo artificio.

Ella se abandona al dolor de la muerte y el duelo.

Él tira la colcha al suelo y la besa de forma total y absoluta, ansioso y delicado, en silencio, suavemente, despacio, buscando con dulzura y sin miedo el deseo de María. Él se esfuerza todo lo que es capaz por ofrecerle el placer que merece el amor de su vida y le brinda la experiencia de haber amado a demasiadas mujeres que nunca significaron nada, siempre todas bajo la inmensa sombra de su prima que todo lo acapara.

Por fin. Su María. En el momento preciso. Tiene la imagen de la mañana que la rescataron de su cautiverio en Mora siendo una niña. Vestida con harapos, pálida y flaca, subida a una camilla militar, llena de alegría. Y esa determinación y fortaleza que había en su figura, cuyo atractivo lo dejó perplejo. La sangre derramada de toda su familia estaba concentrada en ella. Supo entonces que este momento llegaría.

Ambos creen que no existe más mundo que el que está bajo el dosel. «Dios mío». «Te amo con locura». «No me dejes nunca, María, mi niña, mi amor; me pegaría un tiro con mi pistola para decirle a todo el mundo que me mato por ti».

Durante la noche entera hacen el amor, duermen enredados y vuelven a hacer el amor y a dormir enredados. Él entra en ella tantas veces que los dos pierden la cuenta y el sentido del tiempo, del espacio y de quienes son. Ella se entrega sin reservas al hombre que la ha amado desde que era un joven con acné y camisa azul y le enseñaba a nadar en la alberca de Las Canónigas, y cuidaba de ella, y merendaban chocolate, perrunillas y pestiños bajo la sombra de las moreras, jugando con gusanos de seda, hasta que los amigos de Alonso se presentaban y lo arrancaban de su lado. Ella siempre supo que había totalidad en el cariño de su primo. Y han necesitado media vida para llegar a este momento culminante y trágico de sus vidas.

—¿Qué hemos hecho? —dice ella, desperezándose con las primeras luces del día.

Se siente tranquila. Ha dejado marchar las dolorosas emociones del funeral y de la muerte. Alonso se ha vestido. Está sentado en una butaca frente a la cama, observando complacido la belleza desnuda de María. Él no lleva su traje de duelo, sino un jersey azul cielo, un pantalón de pana y chaqueta de lana con coderas azules. Es sábado. Tienen el fin de semana para ellos.

—No pienses en nada —dice él—. No hay que pensar. Solo sentir y ser prudentes a partir de ahora.

Alonso lleva en la mano un sobre marrón con un sello rojo estampado. María lo ve. Él dice:

—Es tu regalo, monada.

Alonso se levanta de la butaca y se acerca a ella. Se sienta al borde de la cama, la besa en los labios y le entrega el sobre.

—Te va a hacer muy feliz, ya lo verás. Me ha costado conseguirlo. Mi padre también ha contribuido,

Dios lo tenga a su derecha. El trabajo tenaz siempre recompensa, María, sentencia de Frieda.

Ella lo abre, saca una hoja mecanografiada y la lee. No sabe qué hacer con el papel en la mano. Le tiembla el pulso. Frunce el ceño, incrédula.

—¿Lo habéis conseguido de Carlos Estaún?

Le late el corazón con fuerza. Su cuerpo desnudo se estremece. Era impensable algo así, cuando llega no puedes creértelo. Ha transcurrido demasiado tiempo y el pasado regresa con toda su brutalidad. Él se agacha, le besa los pechos pequeños y suaves. Y dice:

—Ese comisario comunista no nos vale para nada, solo para que se pudra en la cárcel. Viene del servicio de información internacional. Nuestros amigos americanos, de vez en cuando, se esfuerzan. El gobierno del comunista Ceaușescu lo tiene bajo su protección.

—No importa. Iremos a por él —dice ella, exaltada.

—Haremos lo que tú quieras, monada.

Alonso ha localizado la ubicación de Mitxel Aguirre en la ciudad de Bucarest, escondido bajo el nombre de Fernando Lamadrid. Ahora tiene las pruebas. Fotografías, delaciones y confidentes. María lo suponía; no podía ser otro que Mitxel Aguirre, el agitador que no ha dejado morir en las conciencias de sus incautos oyentes el drama de Evelia Rosales. El agitador que los insulta en los programas de la emisora comunista e ilegal que retrasmite desde Rumanía.

El traductor que dedicó el *Romancero gitano* a la madre de María Victoria. El miliciano que se llevó a Lorencito de Las Canónigas. El joven de ojos extraños y botas brillantes... El hombre que aparece en la fotografía que escondía Evelia Rosales en el manuscrito. Tener la confirmación de sus sospechas cambia radicalmente la situación.

Alonso se tumba vestido junto a María en la cama, cruza las piernas y las manos tras la cabeza. Ella está sentada, con las sábanas sobre las caderas y el documento en el regazo, con una sensación que le es familiar, parecida a la que tuvo al ser liberada del tahonero.

—¿Tenéis todas estas pruebas? —Levanta el documento.

Él le acaricia las piernas por debajo de la sábana.

—Y más. Tenemos fotografías. Ahí tienes la dirección exacta de la emisora clandestina, esa que te revuelve el estómago cada vez que la escuchas, los nombres de quienes trabajan en ella y todo el dispositivo que han creado los rumanos para protegerlos de nosotros. Hemos interceptado correspondencia secreta del Partido Comunista. Tenemos infiltrados en París. Los fulanos que entran y salen de la Pirenaica circulan por toda Europa, pocos se quedan mucho tiempo en ese nido podrido de Bucarest. Y tenemos a alguien dispuesto a reconocerlo.

—¿A quién?

—A ti.

—Era muy pequeña. Ese hombre es el padre de María Victoria, supongo.

—Eso no cambia nada. Es un asesino. El fantasma que te tiene prisionera. Y es hora de que te liberes de él. Tenemos encarcelado a quien dio la orden del crimen más atroz, solo nos falta el ejecutor y sabemos dónde está.

—No solo lo hizo él. Era toda una brigada.

—Lo sé perfectamente, porque los que participaron en la matanza, os incautaron las tierras y desvalijaron tu casa están todos muertos o encarcelados, yo me he encargado de vengaros. Solo nos queda él. Y sabemos dónde vive y lo que hace. Él se llevó a tu hermano y entró en España para llevarse a nuestra Victoria y destrozarle la vida si no lo hubiéramos evitado.

—No hace falta que me lo recuerdes.

—Tenemos a la hija de Aguirre, criada como nuestra —añade Alonso, parece leerle el pensamiento—. Has hecho una gran labor con esa cría.

—Los hijos son inocentes de los crímenes de sus padres —dice ella.

Él se encarama a la cintura desnuda de María y la mordisquea con ansia.

—Depende de qué crímenes y de qué padres —susurra él con la carne de ella entre los dientes.

—Eso es cierto. La he educado y protegido. Y ahora está conmigo.

—¿No te habrás encariñado demasiado?

—Todo llega, Alonso. María Victoria ya es una mujer, es hora de que nos sea útil. Nunca creí que me hicieras tan feliz, y menos en pleno luto por tío.

—De luto nada, monada, te voy a regalar un vestido con más colores que el arcoíris. Mi padre se imaginaba que esto podría ocurrir. Nunca me habló de ello abiertamente, pero estoy seguro de que nos habría dado su bendición. Mi padre adoraba a tu padre y a Ana y siempre decía: «La familia es lo primero y lo único importante en la vida después de la patria, que es la familia que Dios nos ha dado». Y tú eres mi familia y mi patria, María. Siempre lo has sido. Cuando marché al frente, tan joven, solo pensaba en regresar, noche tras noche, pero no por cobardía, sino por vosotros, por tíos, por ti, por Lorencito, solos en la finca, en territorio enemigo que no podíamos conquistar. Se nos resistía con una fuerza que no calculamos. Aguantaron los cabrones hasta el final, atrincherados en La Mancha. Sabía que algo os pasaría. Cuando me enteré de que estabas viva, en casa de ese anarquista de Mora, recé como nunca he rezado y le di gracias a Dios por haber protegido tu vida. Lloré al verte, y ahora soy el hombre más feliz porque te tengo.

Ella sabe que ese pensamiento es un refugio para no hacerla sentir culpable por una relación como la que están iniciando. ¿O comenzó hace tiempo? No, siempre estuvo ahí. Latente. Intentando abrirse paso en sus vidas, en todo lo que han conseguido juntos y en lo que conseguirán. Quiere convencerse de que no está haciendo nada malo. Con él nada es malo. Nunca lo ha sido. Y ahora tampoco.

María se acuerda de lo que le dijo Alonso hace años sobre el matrimonio de Marco Aurelio y Annia Aurelia Faustina. Omitió decir que no eran primos hermanos.

Hospital penitenciario

María no piensa dejar tranquilo a Carlos Estaún, ni siquiera en el hospital penitenciario. No tiene derecho a vivir en paz. Y le ha insistido a Frieda en que jamás renunciará a mortificarlo. Pero también le ha jurado ante la Biblia que no ha tenido nada que ver con el accidente de Estaún en la cárcel.

El 16 de diciembre el viejo comisario político se cayó por la barandilla del corredor del segundo piso de su galería. Todos los reclusos entraban en sus celdas tras subir del comedor a mediodía; alguien le llamó débilmente, o eso creyó, y se acercó al hueco del patio. Asegura que escuchaba su nombre como si una voz contra el viento lo pronunciara cuando se apoyó en la barandilla para mirar hacia la planta baja. Dos manos lo empujaron al vacío.

Nadie lo socorrió durante más de media hora en que estuvo en el suelo, aplastada la columna vertebral contra el duro cemento, hasta que lo vieron desde la garita de control. Él podía oír los ruidos metálicos de las puertas y el eco de las voces en la penumbra del día opaco y lluvioso; apenas entraba luz por las

277

pequeñas ventanas en lo alto de la galería y la luz artificial no había sido encendida. Gemía débilmente. Pensó que el mundo se detenía, abandonado a la muerte otra vez. Cuántas veces vio su cara deformada, irrealidad de una vida consumada, en el pavimento de la galería.

No deja de decir que lo han empujado. Nadie vio nada, fue rápido e inesperado. No se necesitaba mucha fuerza para hacerlo caer. La delgadez le tiene en los huesos, tose demasiado y le cuesta respirar. Anda despacio y arrastra los pies. Es la sombra desfigurada del hombre que fue. Deambula por el patio con el cigarrillo en la boca como un espíritu que pertenece a otro mundo, a una época que ha desaparecido. La salud no lo sostiene. Es el recluso más anciano de Carabanchel, pero su fortaleza mental, su discurso altanero y combativo y su posición en el Partido le invisten de gran autoridad entre los presos políticos y de tolerancia silenciosa entre los comunes. Los funcionarios le tienen respeto, con una condena que produce escalofríos. Algunos lo llaman asesino de checa y otros héroe y libertador de la patria.

Hace años se corrió la voz en la cárcel de que Carlos Estaún había pertenecido al Comité de Investigación Pública y envió a la muerte, en la checa de Fomento, durante los primeros meses de la guerra, a decenas de civiles, hombres, mujeres y religiosos. Una fama negra y dolorosa que él odia más que nada en el mundo. Nadie ha podido probar ni un solo crimen.

Frieda von Schneider tiene un permiso especial para visitarlo en el hospital de la cárcel. Lo ve inmovilizado en una cama. Tiene escayolado el torso, desde el cuello hasta la pelvis. ¿Qué va a ser de él sin poder moverse? No tiene a nadie, salvo a los camaradas que lo cuidan. Ha quedado paralizado de cintura para abajo y es una suerte que no haya quedado cuadripléjico.

Está muy nervioso e inquieto entre las sábanas blancas y acartonadas al ver a su lado a Frieda von Schneider. Cuánto la odia, incluida su indumentaria, una falda gris de tablas y una blusa rígida bajo la chaqueta de lana gruesa. Siempre lleva el mismo peinado, que no es un peinado sino un corte de pelo que solo le cubre las orejas y la frente, liso y amarillo como un trigal.

A Frieda le impresiona el estado del viejo comunista, consumido su esqueleto dislocado.

—Vete a tu sucia Alemania —dice él—. Matadme de una puta vez.

Habla con dificultad y apenas se le oye.

Frieda se acerca a él. Le pasa suavemente su pañuelo por la frente sudorosa y febril. Tiene la piel del rostro reseca y flácida, la inflamación le oculta los párpados. Hay un vaso de agua en la mesita, junto a una pajita y gasas estériles. Ella humedece su pañuelo en el agua y se lo pasa por los labios con delicadeza. Le ve unas manchas rosáceas en el cuello con muy mal aspecto.

—¿Por qué me torturas así, monja? Prefiero morir que verte de nuevo.

Ella guarda silencio. Las camas de al lado están vacías. Un enfermero pasa de largo.

—No le deseo mal alguno, Carlos.

—Nunca quise hacer daño a María —le cuesta pronunciar cada palabra—. Dile que me perdone.

—Eso se lo dice usted. Qué pena que haya necesitado diecisiete años de cárcel para conseguir una pizca de arrepentimiento. No solo por lo que le hizo a la familia Fernández de Amuradiel. Acuérdese de cada persona que sentenció a muerte en los sótanos del Círculo de Bellas Artes y en la calle de Fomento. Gente inocente a la que mandaba fusilar. No sé cómo no le han pasado por el garrote vil todavía. Es un hombre con suerte.

«Sabemos dónde está Mitxel Aguirre», podría decirle Frieda para retorcer más de dolor al comisario. Es lo que a María le gustaría decirle. Pero no es el mensaje y no hay que ponerlos sobre aviso. Alonso ha decidido dosificarle la muerte de la peor manera posible. Le ha ocultado a María que es él quién está detrás del accidente de Estaún y Frieda no piensa desvelar el secreto.

—Dile a María que no se preocupe tanto por los comunistas, que tema a los separatistas vascos y a su banda terrorista —balbucea el comisario.

—¿Quiere decirme algo que no sepa, Carlos?

Ella le pasa el pañuelo húmedo por la frente. Él se niega a responder. Está hundido en sí mismo, inmóvil y paralizado en el desorden perverso de su cuerpo. Ella deja el pañuelo sobre la mesita y observa la tragedia de ese hombre.

Antes de irse, Frieda se agacha, le toma la mano y le dice al oído:

—Si alguien adora a la bestia y a su imagen, y acepta la marca en su frente o en su mano, tendrá también que beber del vino del furor de Dios, que está preparado, puro, en la copa de su cólera*.

Se da la vuelta y deja atrás la sala blanca y desinfectada. La mayoría de las camas están vacías. Por las altas ventanas enrejadas apenas entra luz, y el fuerte olor de los medicamentos que se les proporciona a los apestados de España le revuelve el estómago.

Veinte minutos después, los que ha tardado Frieda von Schneider en salir del recinto penitenciario, en cruzar las puertas metálicas, contundentes celosías, y en pasar por los filtros de seguridad, pasillos heladores y sombríos que tumban el ánimo de cualquiera, se reúne con María dentro del Dodge azul que la espera en el aparcamiento público de la prisión.

---

* Apocalipsis 14:10.

—No ha tenido sentido esta vista —dice Frieda—. Es un lugar horrible que el Señor ha repudiado.

Frieda respira con rabia. Las arrugas alrededor de sus labios se mueven nerviosamente por una tensión inoportuna.

—¿Cómo está?

—Destrozado en cuerpo y alma. Pero vivirá. En una silla de ruedas. Tiene una gran fortaleza a pesar de la edad.

—Él se lo ha buscado.

—Deberíamos dejarlo una temporada. Es un despojo humano en la oscuridad más absoluta.

María quisiera haber entrado ella para retorcerle el corazón y ver con sus propios ojos el estado en que se encuentra y saber quién lo ha empujado. Pero quizá sea mejor ignorarlo y conformarse con el piadoso relato de Frieda. Al fin y al cabo, es una monja y no va a reprocharle nada. No hay que cebarse con los moribundos. Pero para ella siempre será el joven comisario que irrumpió en Las Canónigas con una brigada de desheredados que arrasaron con lo que más amaba. Él le destrozó la vida, nunca se hará viejo ni morirá las veces suficientes como para que María consiga la paz interior que anhela.

Frieda le toma la mano, se la aprieta con dulzura, parece sentir lo que siente María. Comienza a llover. Enseguida un barrizal anega el aparcamiento de tierra y el agua cae sobre el techo del Dodge. No habla ninguna de las dos. El silencio es invadido por el sonido atroz de la lluvia.

El vehículo arranca sobre el barrizal. Frieda se desabrocha el abrigo.

—Tengo prisa —dice María—. Alonso está en Presidencia de Gobierno. Carrero se reúne hoy con Kissinger. Le va a hablar del problema que tenemos con la guerra contrasubversiva. Y yo tengo a las doce una reunión en el ministerio.

Frieda quiere romper la tristeza que hay en el habitáculo sombrío en el que viajan por la estrecha carretera de Carabanchel, junto a las tapias del cementerio, hacia el centro de Madrid, acosadas por la lluvia y el pesimismo.

Dejan atrás la edificación carcelaria. Un gigantesco octógono compuesto de ocho galerías radiales y una rotonda central que pulveriza toda aspiración de libertad, más un hospital general y un psiquiátrico al que llegan reclusos de toda España. Sus murallas de ladrillo encierran a etarras, presos políticos, ladrones y asesinos en una onda expansiva en el interior de la fortaleza.

Frieda enciende la radio. *Los Planetas*, de Gustav Holst, invade con ímpetu el espacio que hay entre ambas.

—Es tremenda esta composición —dice Frieda para animar a María, que no suelta el volante, prisionero entre sus dedos contraídos y tensos.

María parece no escuchar los timbales y platillos, la violencia poderosa de la música, con los ojos muy abiertos y enrojecidos mirando hacia adelante. Frieda añade:

—A tu ahijada le encanta. Los planetas dan nombre a cada movimiento de la *suite*.

—Es horrorosa —dice por fin María.

—Kissinger es un buen negociador para el mundo libre, aunque sea judío, alemán, pero judío. —Frieda apaga la radio—. No ha merecido el premio Nobel. Pero saldrá algo bueno de esa reunión. Carrero Blanco es un hombre piadoso y prudente. Necesitamos a los americanos y ellos a nosotros.

—Ya veremos —dice María—. De momento, la visita a Madrid le ha dado a Alonso muchas preocupaciones con la seguridad del secretario de Estado. Y a mí me trae de cabeza. En la universidad no paran de convocar protestas y manifestaciones contra él, hasta los propios docentes se animan a apoyarlas.

—Me ha dicho Estaún que os debéis preocupar más por la banda terrorista vasca.

—Lo sabemos perfectamente. Me gustaría saber qué información tiene él sobre los de ETA, que también son comunistas.

—Dale un respiro.

—Tranquila. Dejemos que se recupere. He pensado enviarle una silla de ruedas como regalo por haber sobrevivido. Pero con un explosivo dentro.

—Deja de pensar en ese hombre, María, no te martirices. Sería mejor que muriera de una vez. ¿No te parece?

Las dos sonríen. Saben que no es un pensamiento propio de una religiosa, pero es un pensamiento eficaz.

Deberá de ser por Kissinger

Desde que tiene uso de razón, ha deseado vivir con su madrina en la residencia universitaria Santa Teresa y liberarse del yugo del Hogar y de las restricciones que ha padecido siempre. Victoria ya tiene diecisiete años y una gran conciencia de lo que supone ser libre. Entrar y salir a cualquier hora del día sin tener que dar explicaciones o inventar excusas o rellenar formularios inquisidores que deben ser autorizados. La presión insoportable de vivir encarcelada, vigilada a todas horas, con extenuantes horarios de estudios, comidas y cenas y tareas absurdas, como aprender a bordar pañitos inútiles, rezar en grupo varias veces al día o formar parte del coro acompañada siempre por las mismas caras amargadas, ha quedado atrás.

Está tumbada sobre la cama de su nuevo dormitorio con pantalones vaqueros y una blusa de flores. Dispone de una habitación que se llena de sol y alegría, e inunda de calor las paredes pintadas de azul cielo de un pabellón modernista. La ventanita del baño tiene vistas a un hermoso jardín, la del dormitorio da a la calle bulliciosa del General Martínez Campos, y más allá están las avenidas de Madrid, libres y vivarachas, para pisarlas hasta desgastar las suelas de los zapatos cuando le dé la gana.

La facultad le abarrota el corazón de entusiasmo y en las aulas los alumnos ni se conocen. Para los profesores eres un número y jamás se meten en lo que haces. Sus compañeros llevan el pelo largo y zapatillas deportivas, siempre están alerta de lo que sucede en el mundo, llevan libros de mil páginas y un universo en su interior. El amor que siente ahora por su nueva vida arrastra un bienestar desconocido y audaz que la golpea al despertar con el trisar de las golondrinas que anidan en los alerones de su pabellón.

Nunca creyó que se pudiera ser tan feliz con solo poseerse a sí misma y un pequeño cuartito con sus escasas pertenencias en una estantería. Su felicidad es completa porque tiene a María a su lado, una planta más arriba, como siempre soñó. Siente la poderosa presencia de ella por todos los rincones de la residencia, habitada por activas y cultas universitarias, todas con padres y familias de buena clase, que visten realmente bien. A nadie le interesa de dónde procede Victoria ni quiénes son sus padres. Allí es la ahijada de María Fernández de Amuradiel y eso importa mucho, sobre todo a la directora, a la bibliotecaria y al personal del Santa Teresa.

Deshacerse de Frieda von Schneider es lo más placentero que le ha ocurrido jamás y puso toda su voluntad en aprobar el PREU con matrícula de honor como ofrenda de despedida a su *tante*. Es su manera de darle las gracias por los servicios prestados durante sus años escolares, que ahora pretende olvidar cuanto antes.

Ha terminado de repasar sus apuntes de Fundamentos de Física I, Álgebra y Análisis matemático y espera a su madrina. Son las seis y media de la tarde, se tira de la cama y baja por la escalera, cruza el jardín y entra en el antiguo palacete hacia la salita de la rotonda del primer piso, con su cuaderno de alemán, a repasar la clase anterior. Se reúne con María los lunes y los miércoles, a las ocho de la tarde, si su madrina no ha de quedarse en el ministerio por alguna urgencia.

La sala de la rotonda tiene un mirador acristalado que se asoma al jardín. Hoy está tenuemente iluminado, en la fría y oscura tarde de diciembre. Se sienta en su silla y abre el cuaderno sobre la mesa que usan para las clases de idiomas, alguien ha puesto un diccionario de rumano. La segunda página lleva una fecha y la estampa de un exlibris con forma de luna llena con el nombre de su propietaria: María Fernández de Amuradiel. Sabe que el rumano es una lengua romance sin complicaciones, con préstamos eslavos, italianos, ingleses y de países limítrofes. La similitud léxica con el castellano, con el que comparte alfabeto, alcanza el setenta y uno por ciento. Dentro del diccionario encuentra varias hojas muy finas con extensas tablas, escritas a mano, de pronombres personales, fonología consonántica, sufijos, formación de pasivos, verbos activos, pronunciación; todo realmente sencillo. Sabe que María domina esa lengua que nadie estudia, aparentemente proscrita.

Su madrina aprendió rumano sin darse cuenta, dicho por ella: «Lo practicaba con Nadia», le contó una vez, y Victoria se quedó con la historia, y no por la historia, sino por la forma en que la contó, con una voz revestida de misterio. «Era mi mejor amiga y compañera del colegio alemán. Aprendí su idioma de oírselo hablar con sus hermanos y con las cuatro reglas que me dio. Nadia y su familia eran de Constanza, una ciudad a orillas del mar Negro. Hacíamos los deberes en su casa, por las tardes, y fue mi segunda casa durante muchos años en una época en que solo me interesaba estudiar. Fue una suerte conocer a Nadia. Vivía en un lujoso ático del paseo de la Castellana. Su cocinera nos preparaba para merendar *cornulețe* de fresas y *covrig* con semillas de amapola». Y terminó de contarle la historia añadiendo: «Un día tomaremos juntas, tú y yo, *cornulețe* de fresas y *covrig* con semillas de amapola».

Estaban en la misma salita donde Victoria mira absorta por la cristalera y piensa en aquel momento. El jardín se pierde en la oscuridad de su mirada y siente escalofríos. Recuerda que tras la promesa de tomar juntas *cornulețe* de fresas y *covrig* con semillas de amapola su madrina tenía abierto su libro de gramática alemana sobre la mesa, golpeaba con la punta del lápiz un cuaderno. Victoria estaba frente a ella, con la mirada fija en la mina del lapicero.

—¿Te gustaría viajar a Bucarest? —le soltó, sin venir a cuento.

—No lo he pensado nunca.

—¿Estás segura?

Los ojos negros de su madrina, penetrantes y redondos, tan bonitos e insistentes, se le clavaban en lo más profundo. El ruido del lápiz se le metía en el cerebro.

—Sí, estoy segura, María.

No entendía en absoluto el significado oculto que había en esas preguntas, pero lo había. Victoria lo podía oler, como si estuviera podrido. ¿Estaba intentando sonsacarle algo que se le escapa?

Ya no la llama madrina. A Frieda tampoco la llama *tante*. Eso quedó en el Hogar, como allí se quedaron los inquisitivos y fríos ojos de Frieda von Schneider, que ahora encuentra tan parecidos a los de María, a pesar de sus diferencias; unos azules y mayores, con los párpados caídos y secos, y los otros negros y jóvenes, con la piel tersa y brillante. Sin embargo, observa en los ojos de ambas una naturaleza que podrían compartir.

—Te has quedado muy seria —dijo su madrina.

—Es que es un país comunista, bajo protección soviética. No creo que sea muy bonito un lugar así.

El turismo está prohibido y es peligroso andar por las calles de Bucarest. La gente es muy pobre, se muere de frío en sus casas, los alimentos están racionados y se pasan penurias. Debe de ser un lugar horrible, lleno de perros vagabundos y hambrientos, en manadas por las calles. La gente puede ser peligrosa.

—Caray... ¿Has leído todo eso?

Victoria se sentía acorralada de forma absurda por una conversación a la que apenas le encontraba sentido. Y dijo:

—No sé. Los Cárpatos... Vi *Nosferatu* en el instituto alemán con Frieda y me entró curiosidad. Frieda me ha hablado de ese país. Lo que sé, lo sé por ella. Noto que a vosotras sí os interesa.

Su madrina miró para otro lado y puso una voz desenfadada para decir lo que ya sabe:

—Ah, *Nosferatu, eine Symphonie des Grauens*. Si quieres contarme algo, lo que sea, sabes que puedes confiar en mí. Siempre te voy a proteger de cualquier peligro. Aunque esté en Rumanía y sea un vampiro.

Fue todo lo que dijo su madrina antes de comenzar aquella clase.

Y María tarda. Transcurre el tiempo. Son las nueve de la noche, la hora de la cena. No ha llamado para decir que no llegará. Será por Kissinger. En la facultad han colgado pancartas contra la visita del secretario de Estado americano: «Yanquis *go home*».

«No a las bases americanas». «Fuera España del sistema de defensa capitalista».

Victoria salió enseguida de su edificio de la Ciudad Universitaria y se subió rápido al autobús para regresar a la residencia por si aparecían los grises montados a caballo. Luego pensó que podía haberse quedado y observar lo que sucedía en la plaza de Cristo Rey y la calle de la Princesa con los manifestantes.

Recoge el cuaderno, apaga la luz de la sala y la abandona.

En su pabellón huele a puré de verduras según se acerca al comedor. Por el pasillo se oyen las voces alborotadas y chillonas de sus compañeras. Siente preocupación por su madrina. Está inquieta. Hoy cenará sola. No ha llamado. Piensa en todo lo que significa para ella: madre, hermana, amiga, protectora y compañía, doctora cuando se ponía mala de pequeña y la llamaban de la enfermería. No sabe por qué, pero siente que el secreto que guarde desde los once años le hace daño, y poco a poco ha ido marcando una línea de separación entre ambas. Una advertencia le grita peligro. Tiene la sospecha de que, al final, Frieda acabó por contarle a María el incidente de Goya con el hombre con sus mismos ojos. Ese momento estampó en sus sensaciones un antes y un después. Y no desea enfrentarse a ello.

Un agujero peligroso se ensancha en su horizonte y esa noche tiene ganas de llorar como lloraba cuando era una niña.

Descubrimiento

Moncloa y el barrio de Argüelles han quedado vacíos. En la Ciudad Universitaria los manifestantes y la policía han dejado entre los edificios de las facultades un reguero de pasquines y pancartas partidas, carteras caídas, botellas rotas, adoquines desenterrados, mochilas con libros abiertos, señales de tráfico arrancadas, zapatos perdidos y manchas de sangre por el suelo.

A las nueve y media de la noche María cruza la verja de entrada a la residencia, saluda al vigilante y no encuentra a Victoria en la salita de la rotonda cuando sube deprisa por la escalera del antiguo palacete con el abrigo puesto. No ha podido llegar antes. Se da cuenta al apagar la luz de que todo el mundo está cenando.

Sopesa entrar al comedor a buscar a Victoria y pedirle disculpas. Es la primera vez que no acude a una clase programada con su ahijada. Y tiene motivos de peso. Pero está muy cansada y le duele la garganta. Ha estado hablando sin parar, como protagonista de la presentación de esta tarde ante el teniente coronel San Román del «Libro Rojo de la subversión». Un informe que ha desarrollado con su equipo de la organización durante el último año con delicados datos, análisis e investigaciones.

Un emergente magma revolucionario estalla con violencia en el horizonte, escindido del Partido Comunista en nuevas organizaciones maoístas, trotskistas, seguidores de Che Guevara, Fidel Castro, sandinistas revolucionarios que se implantan en las universidades y entre los obreros. Una deriva peligrosa, de ciertos movimientos católicos, termina en posiciones revolucionarias marxista-leninistas. Grupos que se alejan del comunismo clásico desean ser reformistas: Bandera Roja, Partido del Trabajo de España, Organización Revolucionaria de Trabajadores, Movimiento Comunista o Liga Comunista Revolucionaria se alzan en la vanguardia estudiantil.

El «Libro Rojo» le ha supuesto un esfuerzo de noches en vela. Analiza los fallos y las deficiencias del sistema y recomienda medidas de mayor eficacia, junto a un detallado informe de la situación actual en los diversos sectores sociales, destinado al presidente del Gobierno y al jefe del Estado. San Román alaba el empeño, la honestidad del informe y el calado de las reformas que propone para combatir con auténtica eficacia el peligro de la subversión, cada vez con mayor poder de convocatoria y apoyo, no solo entre trabajadores y estudiantes, ahora también entre los nuevos sectores sociales, e instigada desde el exterior por los exaltados comunistas de Radio España Independiente, que atentan y aprietan contra la seguridad del régimen y la paz social. Ha puesto especial atención al problema del terrorismo y separatismo vasco, y a la situación en las cárceles de los presos políticos.

Tiene la voz rota. Ha pronunciado demasiadas palabras en un habla incesante durante horas de exposición, ante la líquida mirada de San Román, sobre lo que está sucediendo y lo que puede suceder. Ha notado en él una actitud preocupada cuando ha cerrado el voluminoso informe y ha dado las gracias a ella y a su equipo. Será estudiado con atención.

Ahora le gustaría ser la espectadora tranquila en la soledad de un cine, por cuya pantalla desfilaran las personas a las que desea amar, incluso más de lo que las ama.

Sube por las escaleras del silencioso pabellón dormitorio. Se acerca a la habitación de su ahijada y pone el oído en la puerta, murmurando para ella lo que la obsesiona. Llama con los nudillos. Espera. El silencio en su interior es total. Baja el picaporte, entra y enciende la luz. Tiene unos minutos antes de que el alboroto juvenil irrumpa por el hueco de la escalera e inunde el pabellón y se presente su ahijada.

Se abandona a los pensamientos. La imaginación es poderosa.

Fernando Lamadrid está emitiendo comunicados en su programa con más ferocidad que nunca. Su voz es llamativa, cada sílaba arroja fracaso, violencia y mensajes secretos. En clave. Son para Victoria, está segura. Él no pierde la esperanza de que su hija pueda escuchar la Pirenaica. María ha designado a cuatro operarios del ministerio específicamente para la tarea de grabar y transcribir todos los programas de onda corta de REI. Los servicios en Múnich les han informado de que el trasmisor está localizado en una de las estaciones situadas a diecinueve kilómetros de Bucarest, el mismo trasmisor que emite con el indicativo Radio Grecia Libre. Fernando Lamadrid lleva dos semanas convocando otra marcha sobre Madrid, organizada por el sindicato ilegal Comisiones Obreras. Quiere poner la ciudad patas arriba.

Y ahora a María le preocupa Victoria más que nunca. Parece ajena al mundo trepidante que existe tras las tapias del Santa Teresa y las aulas de su facultad. Necesita estar segura de que no le oculta una verdad alternativa.

Frieda le quitó a Victoria la nota que le pudo costar a Aguirre muy caro. Desconocen realmente lo que hablaron entre padre e hija, y si Victoria llegó a leerla. Frieda no tiene duda de que la niña le contó la verdad. Pero ¿qué pudo decirle ese canalla antes de darle la nota y sembrar en ella sospechas y conjeturas?

¿Sabrá Victoria que su padre se hace llamar Fernando Lamadrid? ¿Que era un miliciano asesino y ahora es periodista y todos los días emite comunicados para España, desde una emisora en Bucarest, con la intención de envenenar a los españoles con el odio que sacó de España y que viajó con él en el buque Stanbrook, para huir de su país en 1939 como un cobarde criminal? Y lo hizo con Carlos Estaún.

¿Dónde podría esconder Victoria algo prohibido? Una señal, un motivo que le dé pie a conocer lo que pueda saber ella. Le espanta la idea de que Aguirre haya contactado con su hija de alguna manera durante estos años. Ha pasado demasiado tiempo y las aguas tranquilas llevan corrientes traidoras bajo la superficie.

Gira sobre sí misma, observa el dormitorio. Está en orden. No encuentra una radio, nunca ha mostrado Victoria interés por escucharla. La cama con la colcha de flores amarillas pegada a la pared, la estantería de libros, el armario con espejo y la mesilla pintada a mano con la lámpara china que María le regaló por un cumpleaños. Sobre la mesa de estudio, bajo la ventana, hay libros de astronomía, astrofísica y cosmología, propios de una científica de un universo que no cabe en el mundo reducido y pequeño de su vida. Dentro de ellos no encuentra nada escondido.

Alza la vista, registra la estantería, el interior de los libros, abre cajones y el armario, y ve una guía del cielo del hemisferio norte de 1956. Es el año en que nació Victoria. ¿Dónde la habrá comprado? ¿En el Rastro, en una tienda de libros antiguos o se la habrá regalado alguien?

Es un librito azul. En la portada están dibujadas las constelaciones y entre sus páginas aparece un recorte con una noticia del diario *Arriba* sobre Evelia Rosales, de hace unos años. La columna lleva el titular: «La espía suicida que llegó de Rusia». Apenas lee unas líneas que ya leyó en su momento, cuando se publicó. Oye sonidos y alboroto en el vestíbulo del piso de abajo y sale inmediatamente de la habitación. Camina deprisa por el pasillo hasta alcanzar el rellano y la escalera.

—¡María!

Es Victoria. María se sujeta al pasamanos. De nuevo la voz de Victoria, cantarina y suave.

—¿Cuándo has llegado?

—Ahora mismo. Estoy muy cansada. Perdona, he tenido un día complicado. Tenía que haberte avisado.

—No importa. ¿Me buscabas?

—Sí, solo para decirte que me voy a descansar y que mañana desayunamos juntas a primera ahora.

—¿Te acompaño y me quedo contigo un rato? Te preparo una infusión y te cuento el desastre de hoy en la facultad con lo de la visita de Kissinger. Hace días que no hablamos. Hoy he salido al encerado a explicar la aceleración de Coriolis y me han puesto un diez. Prometo no incordiarte demasiado.

—Mañana. Mejor mañana. Necesito estar sola.

Victoria termina de subir los escalones que las separan. Se aparta a un lado para permitir el paso de dos compañeras que suben charlando.

¡Cuánto se parece a su madre! Ahora está viendo en la cara de Victoria a Evelia Rosales, ensangrentada, atada a una silla en el calabozo en el que se quitó la vida. Evelia la está empujando a pensamientos negativos. Ha de hacer de madre de la hija de una prisionera.

Se sienta en el escalón. Victoria se pone a su lado, la rodea con los brazos y le retira el pelo de la cara. María está helada. Es la tensión del día interminable de perseguidores y perseguidos, de un *libro rojo* que le ha absorbido la energía.

—Estás temblando. Si te pasa algo, me muero. Voy a buscar a la enfermera. He visto a Lourdes en la sala de la televisión, vendrá enseguida.

—Deja de exagerar. Ya estoy bien. Un mareo sin más.

Siente en la joven un amor que cala los huesos y se emociona al verle en el rostro moreno granitos de acné en las mejillas y en la frente. Toda ella irradia humanidad.

Suben juntas hasta la puerta del apartamento del ático. María la deja entrar y hacerle la infusión que todo lo cura, con una montaña de azúcar. A los diez minutos, la despide en la puerta con la bata puesta y mejor cara. Victoria la abraza. Hoy está muy pesada.

—¿No quieres que me quede esta noche?

La inocencia de Victoria se ve resumida en su franqueza. No puede estar contaminada. María no quiere renunciar a lo que ha conseguido con su ahijada, que más que ahijada es la hija que no ha tenido, el hermano que perdió y un recordatorio para no olvidar.

—Estoy bien.

—Puedo dormir en el sofá y leerte un rato mientras te duermes. Yo también sé cuidarte.

—Lo sé. A lo mejor es que echas de menos a Frieda.

Las dos sonríen.

—Venga, a dormir.

Se hace tarde. Ha de ponerse un vestido alegre. Ha quedado con Alonso a las diez y media de la noche en el hotel Villa Magna y ahora solo necesita estar con él. Abrazarse a él. Tomar algo fuerte para borrar por una noche toda una vida. Hasta el último segundo.

Él se inclina hacia ella mansamente y le pregunta al oído, rozándole el cabello con los labios: «¿Vamos esta noche a bailar un tango?».

Ella se estremece. El barman les deja encima de la mesita otros dos cócteles al gusto de ambos, con poca ginebra, y un platito de aceitunas verdes. Están sentados muy juntos en un sofá redondo. Ella habla despacio, intentando estar tranquila y relajada. Se abandona con placer a la música ambiente del bar del hotel, bien elegida, que multiplica la sensación de intimidad de sus huéspedes.

Le encantaría dejarse llevar por los pasos de Alonso y estrecharse contra él al son del bandoneón en un ambiente de ensueño. Pero está cansada y no lleva zapatos ni la falda apropiados. Mejor otro día. Alonso está especialmente atractivo esta noche, con un traje príncipe de Gales, y ella, elegante, con un vestido de lanilla verde esmeralda muy ceñido a la cintura que embellece sus hombros delgados. Se ha puesto el collarcito de perlas australianas que le gusta a su primo. Hablan con voces bajitas y susurros voluptuosos. Él la besa en el cuello y a ella se le entrecorta la respiración. Estrenan una forma nueva de amarse. Él tiene la mano en su copa y ella quisiera que la soltara y le acariciase el pecho por debajo del vestido y abandonarse a él completamente.

Alonso le explica cómo hay que dirigir a Victoria, ante los sucesos en la universidad, para que no se les estropee. La joven es una bendición del cielo. Con el tiempo se ha convertido en certeza lo que antes era una sospecha o presunción, y su valor para ellos adquiere una nueva perspectiva.

Alonso le pasa el brazo por la cintura, llevándola hacia su pecho y hacia su boca. Ella dice:

—Aquí no, en la habitación.

Él se retira unos centímetros y se peina el pelo hacia atrás con la mano. El *maître* se acerca a ellos desde el fondo de la sala, sorteando otras mesas ocupadas por amantes como ellos.

—¿Van a cenar los señores? Hoy tenemos una convención de cirujanos cardiovasculares en el restaurante y está algo concurrido. Podemos prepararles el reservado si lo desean. Nuestro chef les recomienda faisán con ciruelas y patatas Thermidor. Y nos han entrado de Galicia ostras y percebes.

La imperturbable y recta actitud del *maître* aconsejándoles los platos que han tomado días anteriores delata ostentosamente que sabe quiénes son, sus preferencias y lo que hacen juntos en el hotel con tanta frecuencia. Ella se adelanta y le responde que tomarán algo ligero en la habitación. El *maître* se retira inclinando la cabeza y Alonso observa en María una intranquilidad disimulada.

—Hoy he conocido en el palacio de Santa Cruz al embajador de los Estados Unidos en la Unión Soviética —dice él, orgulloso—. Ha habido sintonía entre nosotros. Acompaña a Kissinger en la delegación americana. Estarán todavía en el palacio de Viana, en la cena que les ofrece López Rodó. Espero que salga de ahí el apoyo que necesitamos.

Ella le pregunta de repente, como si acabara de recordar algo olvidado:

—¿Me podrías conseguir un perfume soviético?

Alonso esboza una sonrisa. Cierra los ojos y cree entender lo que ella quiere. María referenció en su informe un frasco vacío de Krásnaia Moskvá entre los objetos encontrados en el piso franco en que detuvieron a Evelia Rosales. Han pasado diecisiete años y parece que ella no lo ha enterrado donde se entierra la basura.

—Podría —afirma él, juguetón, con esa media sonrisa que siempre antecede a una pregunta que ahora no hace para no romper el hechizo de la velada—. Y varios, para que elijas, si es que esos fulanos saben fabricar más de uno.

Las lámparas de las mesitas emanan una cálida luz que atenúa la sangre que a María le sube por las mejillas por la petición que ha hecho a su primo. A él todo lo que ella quiere le parece acertado.

Alonso cambia de tema y le cuenta que la CIA está obsesionada con un atentado contra Kissinger en Madrid. Han blindado la ciudad.

—Menos mal que se va mañana. Los dispositivos de seguridad e información se han portado más que bien y las medidas han funcionado como un reloj. Somos la hostia, cariño. Me merezco un premio.

Él le acaricia furtivamente las piernas por debajo de la mesa. Ahora le gustaría besarla atrozmente. Se embriaga pensando en lo que harán juntos en la *suite* que ha reservado. Unos mechones de pelo negro le enmarcan la frente despejada y bebe saboreando su copa con las piernas cruzadas, sujetándola a María por la cintura continuamente. Ambos se dejan llevar por los acordes del *Bolero* de Ravel, que suena en la atmósfera del piano bar con innovadoras lámparas de espejos cuyos brillos dan vueltas en las paredes, y alfombras estampadas con formas geométricas que parecen moverse al ritmo de la música. Ella se siente embriagada y él la toma de la mano y juntos desaparecen entre los espejos y las puertas doradas del ascensor.

Unas horas más tarde María sale del hotel amparada por las últimas luces de la madrugada. Cruza el paseo de la Castellana hasta alcanzar la calle de Fortuny y entrar en la residencia con las llaves de la verja que lleva en el bolso. Él se ha quedado durmiendo en la *suite* del Villa Magna. A las siete de la mañana bajará a la cafetería a desayunar un cruasán a la plancha y un café doble. Un conductor lo recogerá y comenzará una nueva jornada de espionajes, registros, interrogatorios, búsquedas y detenciones para vigilar y proteger al Estado de sus enemigos.

Ha amanecido el día lluvioso y triste.

A las nueve de la mañana María está sentada en la cama con el vestido esmeralda que no se ha quitado. Una sensación de tristeza acompaña el tormentoso día que ha convertido en un barrizal el hermoso jardín de la residencia. Coge la radio Siemens, que hace tiempo que no escucha, de la repisa sobre la televisión y la guarda en el armario donde está la carpeta con las antiguas trascripciones que realizó durante años de la programación de la estación Pirenaica. Ese tiempo terminó. Se han modernizado y esa labor se realiza oficialmente en el ministerio con los medios adecuados. Los tiempos cambian y empiezan otros nuevos.

Se mira en el espejo del baño. Tiene los párpados hinchados y le duelen los ojos bajo el desmoronado maquillaje. Se quita el vestido y se echa por encima su batita azul de lana pirineos, colgada detrás de la puerta. La reconforta su calor. Ha dormido un par de horas en el hotel, abrazada a Alonso, intentando obtener sosiego y cariño bajo la piel de su primo y todavía no la ha abandonado el sentimiento de derrota que llevaba consigo del día anterior.

Esta mañana necesita tomarse unas horas de descanso y se tumba y se queda dormida sobre la colcha. Al poco tiempo un ajetreo extraño en el exterior la despierta. Se prepara un café soluble. Oye pasos en la escalera. La madera de los escalones cruje bajo el peso inquieto de Victoria. Escucha los nudillos de su ahijada golpear nerviosamente en la puerta.

—¿No has ido a la facultad esta mañana? —le dice con la puerta entornada y la voz ciertamente molesta.

—Paso de la clase de Formación Política.

—Es importante cultivar el espíritu nacional, cariño.

—Vale... Pensaba ir más tarde, pero con lo que ha pasado no voy a salir. Ha sucedido algo terrible. Horroroso.

María se echa hacia atrás, avanza Victoria con lágrimas en los ojos.

Sobre las nueve y veintisiete de la mañana una explosión ha lanzado por el aire el vehículo del presidente del Gobierno, con él en su interior, y ha volado por encima de la azotea de la casa profesa de los jesuitas, junto a la iglesia de San Francisco de Borja, en la que acababa de asistir Carrero Blanco al oficio de la mañana. El Dodge oficial ha caído en el interior del patio, con el chasis reventado. El presidente Carrero Blanco ha muerto en el acto y la explosión ha abierto en la calle de Claudio Coello un enorme cráter que se ha inundado de agua. El país está en *shock*.

Se declara luto nacional, las banderas son izadas a media asta, los hombres llevan corbata negra y un brazalete de crespón de ocho centímetros de ancho en el brazo izquierdo. Nadie sabe qué va a ocurrir ahora.

Misa corpore insepulto

A las seis de la tarde ella se apea de un taxi en el paseo de la Castellana. Se hace un hueco entre la multitud apretada en una espantosa cola por toda la acera que rodea el edificio para entrar en la Presidencia de Gobierno y mostrar su dolor ante el presidente asesinado. Un joven agente de la brigada de Alonso, con corbata negra, brazalete de crespón y traje gris está en la puerta buscando con la mirada la aparición de María.

Hace un rato ha llegado una ambulancia de la Diputación de Madrid desde la Ciudad Sanitaria Francisco Franco con el cuerpo del presidente. Ella consigue alcanzar al agente y él le abre paso hacia el interior del edificio.

—¡Yo también quiero entrar! —protesta una anciana con un sombrero calado hasta los ojos—. ¡Asesinos! ¡Que han matado a un hombre tan bueno! ¡Cucarachas!

La gente a su alrededor grita al unísono: «¡Cucarachas!».

El vestíbulo de la Presidencia se ha convertido en una capilla ardiente. Es una sala barroca con paredes molduradas, largos cortinajes y alfombras de lana. Han llevado ornamentos litúrgicos de la iglesia de San Francisco el Grande para engalanarla. Casi todos los miembros del Gobierno se reúnen en la primera planta, menos los que están en el palacio del Pardo, en cónclave, con el jefe del Estado.

María no ve a Alonso en el vestíbulo. Van entrando ministros del gabinete. Aparece la familia Carrero al completo, tras los cortinajes. El marqués de Villaverde tiene una tos nerviosa y el ministro de Información y Turismo cruza a zancadas la habitación hasta ponerse delante del féretro. Nadie repara en la presencia de María en un rincón, junto a una ventana, salvo un hijo del presidente, de unos treinta años, que la mira y parece no verla. El marqués de Villaverde grita: «¡Es intolerable! ¡Es intolerable!». Alguien dice: «Vicente Gil va armado, lleva una pistola debajo de la chaqueta». Nadie hace caso al comentario. El marqués vuelve a protestar: «¡Es intolerable lo de la televisión!, ¡qué poco respeto!». El hijo mayor del presidente asesinado replica, enérgico: «¡Ruego moderación ante el cadáver de mi padre!».

El féretro está abierto. Los pies del presidente son poco verosímiles, han sido dispuestos en una postura extraña. El ministro de Obras Públicas solicita a los bedeles una bandera española, rápido. En unos

minutos un guardia aparece con el estandarte roji-
gualdo y lo coloca con mimo sobre el féretro, ocul-
tando las piernas del difunto. Sobre el vientre le han
colocado su gorra de almirante. Las manos las tiene
cruzadas sobre el pecho, vestido con su uniforme
militar. Por el semblante, parece muy vivo.

El murmullo es continuo. Más de cuarenta personas están alrededor del cadáver, que a las nueve de la
mañana no era un cadáver y comulgaba como cada
día en la iglesia de los jesuitas, en el barrio de Salamanca. Al ataúd lo rodean altos candelabros de pie
con cirios encendidos. En la cabecera del ataúd han
situado un altar improvisado y a los pies cuatro recli-
natorios para la familia.

Aparece con solemnidad el arzobispo de grado y
vicario general castrense, se coloca ante el altar, levanta los brazos para bendecir a los presentes, se
guarda silencio y la misa comienza.

La notica se divulga a la población de esta manera:

«La investigación realizada en el lugar de la
muerte del presidente del Gobierno, el almirante
Carrero Blanco, arroja que se trata de un criminal
atentado. Desde el sótano de la casa de la calle Claudio Coello 104, de Madrid, se perforó una galería
subterránea hasta el centro de dicha calle, frente al citado número. En este punto se depositó bajo el pavimento una potente carga que se hizo explotar me-
diante un dispositivo exterior, en el preciso momento
en que pasaba el automóvil que conducía al presi-

dente del Gobierno en su recorrido habitual. Han fallecido también el inspector de policía don Juan Antonio Bueno Fernández y el conductor del vehículo, don José Luis Pérez Mojera».

—A Carrero solo lo acompañaba un coche escolta. Gran negligencia —susurra Alonso en el oído de María.

Ella se sobresalta. Él está detrás, silencioso. Hay demasiada gente. Nadie ha reparado en su aparición en medio del consternado y solemne oficio del vicario castrense, cuya aguda voz todos escuchan en un silencio conmovido. La esposa del presidente mantiene la compostura, refugiada en unas gafas oscuras, su rostro no lo ve María, pero oye sus contenidos sollozos. Todo el mundo está muy junto y apretado en un distribuidor tan pequeño.

Alonso le vuelve a susurrar:

—Cuando termine la misa, acompañas a mi agente y me esperas donde él te diga. No salgas de Presidencia sin mí, porque sin ti, no habría quien soportara el mundo.

Ella experimenta la dureza y la forma de una pistola contra su espalda, sujeta al cinturón de Alonso, bajo su chaqueta oscura. Él se pega más a ella. María quiere más. Mucho más. En un segundo, Alonso la coge por las caderas y la aprieta contra él. Ella no quiere liberarse, se excita, ni respira, solo siente, quisiera estar así durante toda la misa, perturbada por la cálida respiración de él sobre su pelo. Siente el calor del aliento de Alonso y el susurro de su respiración acalorada.

Él la suelta y desaparece. Ella no quiere dejarlo ir. Siente a su alrededor una gran preocupación, que es su preocupación. Las caras están tristes y desconcertadas y ella suspira por la carne de Alonso contra su vientre.

PRESIDENCIA DE GOBIERNO

María tiene un recuerdo muy vivo del funeral de su tío en Toledo. Supuso el inicio del romance con Alonso. La muerte precipita el amor y el deseo. Ambiciones de la vida para reivindicarse sobre la muerte, piensa con la palma de la mano en la barbilla, sentada a una mesa alargada de fina marquetería. Se ha quitado los zapatos y está descalza, apoyados los pies en una alfombra muy suave.

Lleva esperando a su primo más de dos horas en un elegante despacho que no sabe de quién es, al final de un largo pasillo de la tercera planta, en el lugar más apartado del Palacio de Gobierno. Afuera no se oye un alma. El edificio es muy profundo, la escalera y el ascensor están alejados. Ella observa el rostro de Franco cuando era joven, vestido de militar, en un cuadro pintado al óleo colocado en la pared, encima de un escritorio de roble americano vacío y brillante.

Faltan cuatro días para Navidad, España está de entierro y guarda silencio. Muchos se alegrarán. Piensa en Fernando Lamadrid y en cómo va a relatar por las ondas el magnicidio del presidente de su país, por el que hoy llora su hija. A María le gustaría que él lo supiera. «Y lo va a saber», le contestará Alonso cuando ella se lo comente.

El picaporte se mueve y aparece él, visiblemente cansado, sin la corbata negra y los primeros botones de la camisa desabrochados. Se sienta junto a ella en el sofá de un despacho que ahora no pertenece a nadie y le explica la tensa y alterada situación en el Gobierno.

Todos los generales del Ejército están velando el cuerpo de Carrero. En la capilla ardiente se suceden las misas y el cónclave ministerial se reúne en el despacho del subsecretario de la Presidencia, en la primera planta, al que ha llegado el nuevo presidente en funciones, Torcuato Fernández Miranda, después de despachar con el Generalísimo en el palacio de El Pardo.

—Esto es una oportunidad, la hemos de aprovechar —dice Alonso, y se levanta del sofá con impaciencia.

Da una vuelta por el despacho con las manos en la espalda, sobre la camisa arrugada, pensativo.

María intenta analizar los lentos movimientos de su primo, que habla entre dientes:

—Hay que ir a por Aguirre. Lo tengo bien hilado. Ahora o nunca.

—Y acabar con esa maldita emisora y lo que representa —le contesta ella.

El rostro de Alonso está absolutamente inexpresivo. Como si se hubiera borrado todo signo de humanidad. Ella quiere saberlo todo. Él le explica la marcha de las primeras investigaciones policiales, de momento, secretas. El atentado ha sido obra de ETA V Asamblea. El comando vasco ha estado acampando en Madrid durante mucho tiempo. Alonso ha convencido al ministro de Gobernación, quien sustituyó a su padre, para dar un golpe de efecto a los comunistas en el exterior. Es muy probable que estos hayan colaborado desde el exilio con la banda, prestándoles la infraestructura y la información del Partido en Madrid para organizar el atentado al presidente. La banda vasca no ha podido realizar un acto tan perfecto ella sola, sin ayuda, en la capital de España: preparar el impacto subterráneo que ha hecho saltar el Dodge treinta metros y rebasar un edificio para caer en el interior de un patio, chocar con una cornisa y estrellarse en una terraza clavándose en ella. Se necesita gran experiencia, conocimientos precisos en este tipo de terrorismo. Han debido de colaborar por necesitad con ETA los comunistas. Son los que encabezan la lista que Alonso ha informado como responsables directos de la preparación y logística del atentado. Y están protegidos tras el Telón de Acero.

—¿Eso es posible?

María está pálida, intenta buscar una explicación alternativa a lo que escucha de Alonso.

—Da igual que sea posible, yo voy a hacer que sea posible —argumenta él—. Tú vas a redactar un informe para que sea posible. Es una oportunidad. Hay demasiada confusión y vamos a aprovecharla. Tengo la autorización del ministro y los apoyos políticos. Y lo vamos a hacer juntos. ¿No es lo que has buscado siempre?

Él también lo ha buscado siempre. Lo tiene al alcance. No puede escapársele, ahora que sabe dónde está Aguirre. Durante todos estos años, el tiempo ha protegido a ese hombre en un oscuro escenario que por fin se ha iluminado.

—Estoy de acuerdo, aunque estar implicado en el magnicidio es algo diferente. Pero útil. Muy útil.

—¿Qué importa que esté o no implicando directamente? Su emisora apoya la rebelión y el derrocamiento. Nosotros lo acusaremos. Encontrar pruebas es mi profesión. Y la tuya refrendarlas con los argumentos necesarios que vas a redactar. Tenemos dos días para preparar el informe que me ha solicitado el ministro. El Gobierno ahora es una olla a presión, el Caudillo, un anciano, y busca en la monarquía el relevo. Ahora o nunca, María. Piénsalo.

Ella sabe que no es tan sencillo. Pero es el momento. Han de pensar cómo entrar en Rumanía sin levantar sospechas en los servicios de información rumanos y preparar un operativo en el exterior. ¿Es una locura? ¿Cómo van a conseguir que Aguirre vuelva a España?

Alonso sabe cómo hacerlo. María lo cree. Él es el comisario jefe de la Brigada Político-Social y se ha postulado para vengar el atentado y llegar donde la policía no puede llegar, con los métodos que sean precisos, dentro y fuera de España. Ahora tiene los apoyos. Y Aguirre está en el punto de mira del Gobierno, él lo ha puesto en primera posición en la lista de sospechosos, le ha colocado una diana en la frente. Solo ha de disparar y matarlo.

Los ministros esta noche harán turnos para velar al presidente asesinado. La radio y la televisión repiten continuamente la noticia con nuevos datos sobre el crimen del capitán general de la Armada, almirante en la reserva y presidente del Gobierno, el colaborador más fiel del Caudillo.

Mañana aterrizará en Barajas el avión del vicepresidente estadounidense Gerald Ford. Asistirá al entierro. En la capilla ardiente los príncipes presidirán el oficio y acudirá el Gobierno en pleno, representaciones extranjeras y el cuerpo diplomático. El cardenal Tarancón oficiará la misa a las diez de la mañana, condenará el atentado y ensalzará las virtudes cristianas del almirante. Hay que templar los nervios antes del entierro, en el cementerio de El Pardo. El funeral se celebrará en la iglesia de San Francisco el Grande, presidido por el Caudillo. La gente gritará de indignación por las calles, levantarán el brazo, todo el mundo condenará el atentado y no habrá ninguna revuelta. Luego, murmullos apagados, pasos silenciados, respiraciones contenidas.

Alonso cierra el pestillo de la puerta por dentro del despacho. Una luz indecisa cae de la lámpara de cristal del techo y los ampara, tumbados en el largo sofá de piel oscura. Ella se baja las medias y él le sube la falda y le desabrocha el sujetador. Se abrazan fuerte y permanecen así mucho tiempo, con una invariable ternura, en silencio, con besos y caricias, como adolescentes protegiéndose de un bombardeo. Quizá nunca amanezca. Las estrellas no se ven. La noche reserva para ellos la excitación y el triunfo de una guerra que no ha terminado.

VII

1974

CRESTOMAȚIE ROMANICĂ

Un seminario de lenguas romances en Bucarest es la oportunidad para viajar a una ciudad sombría y lejana, avispero socialista, de forma discreta y legal.

El Alto Estado Mayor lo ha resuelto con el catedrático Mario de Miguel, cuya relación con el mando militar es de buena colaboración y ofrece sin heroísmos sus servicios de información y espionaje sobre lo que ocurre en su departamento y entre el profesorado de la Facultad de Filología al grupo del teniente coronel San Román. Y con ello se gana un sobresueldo a final de mes. En la reunión mantenida en el cuartel general del AEM todo se resumió en una sola frase: «Dos profesores de la Universidad Complutense de Madrid asistirán al simposio internacional *Crestomație romanică*, celebrado en la ciudad de Bucarest, para representar a la lengua española».

Los profesores son dos infiltrados del Estado. Es un servicio que el AEM considera peligroso e innecesario, va a intervenir lo menos posible en la misión exterior y delegan la responsabilidad en la secretaría del ministerio de Gobernación. El atentado de Carrero Blanco ha endurecido la seguridad y reina la confusión en todas las áreas del Gobierno. Ha trascurrido un mes y medio enloquecido desde el asesinato del presidente y la rabia y las ganas de venganza resuenan por los pasillos del nuevo gabinete al mando de Arias Navarro.

Al caer la noche y hasta la madrugada, María ha dado los últimos retoques a su monografía ante la máquina de escribir. Es un ensayo de decenas de páginas con el material proporcionado por Mario de Miguel, un hombre con los ojos siempre entornados, de férreos principios falangistas, amante de las óperas de Wagner, del origen de las palabras y del buen uso del español, que utiliza con habilidad. Él ha recomendado a su mejor investigadora, Estrella Salas Alvar, a su colega rumano, Marius Iliescu, con el que ha trabajado en proyectos y seminarios internacionales de investigación académica. Ambos profesores están unidos por el nombre de pila y la sintonía de ser files súbditos de dos regímenes totalitarios, a los que prometen fidelidad y vasallaje. El catedrático le ha advertido a María, santiguándose y besando la cruz de oro que lleva bajo la camisa blanca, que el profesor Iliescu es un judío descendiente de hebreos españoles expulsados por los Reyes Católicos, y eso lo lleva Marius grabado en el alma con el fuego de la Inquisición. Y María se desliza por los eslabones de una cadena bien engrasada para aterrizar en Bucarest en la figura de Estrella Salas Alvar, nombre elegido por ella en honor a Victoria y a las estrellas que han de proteger a su ahijada en su ausencia.

Ahora piensa en la siniestra Bucarest, en lo que les deparará esa ciudad y el seminario de expertos lingüistas mientras grapa las distintas partes del ensayo que expondrá en el simposio rumano. Cree que Mario de Miguel y Marius Iliescu deberían odiarse por ser dos figuras académicas de regímenes enemigos y con religiones antagónicas, pero la cercanía entre los dos intelectuales ha crecido, imbricándose en el tejido de la sumisión y la servidumbre a sus respectivos gobiernos, cómodos y satisfactorios compañeros para hombres de letras que buscan acomodarse a una realidad construida a base de los signos, palabras, sonidos y leyes que rigen las lenguas románicas, sus orígenes, evoluciones y estructuras. «Ah, la estructura: madre de toda significación, creadora de realidades e invenciones humanas», le dijo el profesor de Miguel a María el último día que estuvieron juntos en el despacho del catedrático del edificio de Filología de la Ciudad Universitaria, en el que se despidieron cariñosamente.

Él le deseó éxito en Bucarest y le recomendó precaución, mucha precaución, sin preguntar más de la cuenta, complacido por desconocer lo que realmente hará, en esa ciudad brumosa y comunista, una *informadora del Estado* de una organización contrasubversiva que maneja información sensible y proporciona información sensible, como bien sabe él. Le brindó su fiel e incondicional apoyo desde la distancia, por supuesto, y le dio varios consejos. La lengua española y las de sus distintos territorios, el español americano y el judeoespañol en especial, gozan en Rumanía de un gran respeto y entusiasmo, y «cualquier pelagatos de ese país conoce y admira a Cervantes y nuestro Siglo de Oro. Cuando no sepas contestar a algo, cambias de tercio y hablas del *Quijote*; los embaucarás. También de las comedias de Lope de Vega o de la poética castellana», palabras de Mario de Miguel, bajo su bigote danzante, que ella aceptó mordiéndose los labios, agradecida por el esfuerzo del académico por introducir en el Instituto de Lingüística de Bucarest al personaje que han creado entre ambos, que bien podría parecerse al de una comedia de Lope de Vega si no fuera porque van en busca de un prófugo y hay que mantener la mente clara para solucionar las complejidades de la misión en un país controlado por la alargada sombra de la Securitate, que todo lo estrangula.

María y Alonso ahora son profesores de la Universidad Complutense. Él de Literatura Comparada y ella de Lingüística Hispánica, en el departamento de Mario de Miguel. Asistirán a la presentación de algo tan extraño para ellos como la *Crestomație romanică*, una obra magna y descomunal que reúne los textos de lenguas romances más representativos, desde sus orígenes hasta el siglo xx, elaborada por el equipo de investigación del Instituto de Lingüística de Bucarest, dirigido por el profesor Marius Iliescu. Él ha invitado personalmente a la profesora española Estrella Salas Alvar a exponer su participación académica «El español peninsular», en el seminario en que se presenta el tercer volumen de la *Crestomatía románica*, dentro del marco de la nueva política cultural de Rumanía de desligarse de la influencia soviética y ensanchar sus límites a un nuevo entorno. Ella es consciente de los peligros a los que se van a exponer dentro de ese nuevo entorno, que es igual de viejo que el de siempre.

Toma aire, traga saliva y termina de hacer el equipaje que ha dejado a medias. Guarda el ensayo terminado en la cartera que llevará en el viaje para leerlo por última vez durante el largo trayecto. Le ayudará a mantener ocupada la mente y a no pensar más de la cuenta. Pero esa noche no puede dormir, excitada ante la idea de enfrentarse a los fantasmas del pasado, a un Aguirre cuyo rostro de adulto está congelado en una fotografía y el de adolescente perdido en la memoria de una niña. Se siente ahogada en un pozo, cuyas aguas profundas llevan reflejos de angustias y desazones pasadas, hasta alcanzar el alba de un día que despunta con un vigor irreconocible.

Aeropuerto de Barajas

Alonso abre el Libro de Familia con pastas azul marino y el águila imperial estampada mientras oye un caudal de voces a su alrededor, con los sentidos bien despiertos. Están en el aeropuerto de Barajas, sentados cerca de la puerta de embarque del vuelo a París, donde conectarán con el de Bucarest. Ella lleva un vestido verde oscuro y el abrigo doblado sobre las rodillas; él, un jersey negro de cuello vuelto y una chaqueta de espiguilla desgastada con coderas de ante. Parece un profesor universitario y no un comisario de la Social encubierto que no sabe cómo afrontar el voluminoso libro que ha de leer durante el viaje: *Principios teóricos de literatura comparada*.

Llevan como estandartes una partida de matrimonio y el Libro de Familia, en los que aparecen como marido y mujer. Una idea de Alonso para poner a prueba el amor de ambos en un simulacro de matrimonio que podría hacerse realidad en el futuro, a su regreso de Rumanía. Nada lo impide. ¿Por qué no? ¿A quién le puede importar que ellos se casen?

María necesita tiempo para asumir los riesgos de una boda con Alonso, al que no le falta imaginación para rodearla de cariño con una paciencia que ya no es tan infinita. Desde la muerte de Carrero Blanco él parece tener prisa, como si hubiese tomado conciencia de la finitud de la vida y el telón pudiera bajarse en un par de segundos ante cualquier contratiempo. Las fronteras de la existencia se estrechan y sus límites se acercan peligrosamente.

—A nuestro regreso podemos intentarlo —dice él.

—Intentar qué.

—Hacer realidad lo que dicen estos documentos.

—Deberíamos concentrarnos en lo que tenemos por delante, *Alberto.*

Él sonríe, se le arrugan las mejillas; su nuevo nombre le gusta, les va a traer suerte, y su nuevo aspecto también.

—No te preocupes tanto, *Estrella* —Él vuelve a sonreír—. Todo saldrá como tiene que salir. A mí solo me preocupa nuestro futuro. El de nuestra familia. Necesito tenerte siempre a mi lado.

—Ya me tienes.

—Lo quiero todo. Me hago mayor. Hasta ahora no me había dado cuenta.

Alonso la abraza, le besa el dorso de las manos, sentados en un rincón, junto a la cristalera que da al campo de vuelos y a las pistas de despegue. Ella siente un escalofrío, cree que no se puede borrar el parentesco que los une. Y también es cierto que se hacen mayores, él no ha querido decirlo así, pero Alonso cumplirá cincuenta y cinco años y no ha tenido descendencia con ninguna mujer; María con cuarenta y tres todavía podría tener hijos. Pero es una locura, no son unos niños. Y mayor locura intentarlo con su primo. No se atreve ni a pensarlo. Pero es lo que hacen los matrimonios, engendrar hijos. Una dimensión nueva de la vida aparece ante ella. Siente vértigo al asomarse al futuro.

—Ahora no puedo pensar en eso.

Ella comienza a agobiarse con la idea de un matrimonio. Él se da cuenta. No es el momento. Está nerviosa por el viaje.

María le besa, necesita calma y disimular la desazón, no quiere despegar los labios de los de él ni pensar en el futuro. ¿Por qué ha de pensar en el futuro? Están bien como están. En el presente. Es el mejor refugio. El futuro no existe. El pasado ojalá tampoco.

Pero lo cierto es que parecen la pareja recién casada de la que habla el Libro de Familia, en espera de su vuelo. Anuncian por megafonía la apertura de la puerta de embarque que los sacará de España hacia un destino peligroso y un final incierto. No tendrán apoyo en el exterior, en un país socialista, enemigo del régimen, controlado por la Unión Soviética y el Telón de Acero. No hay colaboración entre los servicios secretos ni policiales de ambos países. Estarán solos ante cualquier imprevisto. Ambos necesitan lograr con éxito la misión y cerrar el último episodio del pasado y comenzar de nuevo. Un resquicio está abierto aún y María se desangra por él. Y ese resquicio es Mitxel Aguirre.

Ambos se levantan del asiento, ella le da la mano y caminan juntos hacia la puerta de embarque por el largo pasillo aeroportuario enmoquetado de azul. Ella presiente que no regresarán con vida, el destino es correoso y están dando un salto al vacío.

Él camina silbando *Un beso y una flor* con aire despreocupado en su nuevo disfraz, ansioso por emprender el viaje y convencido de regresar ileso para casarse con el amor de su vida y de que ella abandone la residencia universitaria y se mude con él a su casa de General Mola, en la que apenas entra, salvo para ducharse, cambiarse de ropa, descansar por la noche y volver a marcharse a primera hora de la mañana. Todo en ese piso enorme y lujoso pertenece a una época que ya no existe. Los tapices, las cortinas, los suelos oscuros y los muebles de caoba se le caen encima cada vez que abre la puerta y le recibe la vieja Mariana con su negro mandil, guardiana de una vivienda habitada por fantasmas desde que su madre la trajera del pueblo siendo muy joven; ahora tiene ochenta y dos años y arrastra los pies por la tarima encerada hasta que la muerte la sorprenda limpiando el polvo de los cuadros y los muebles de una familia extinguida por la gracia de Dios. Cada vez que Alonso abre la puerta con el manojo de llaves y ella no sale a su encuentro, la busca por todas partes pensando que puede estar muerta en su cama o en cualquier rincón de los trescientos metros cuadrados de vivienda.

Él necesita comenzar una nueva etapa con María cuanto antes. Cerrar el pasado. Mudarse de casa, claro que sí, de un portazo: irse juntos a vivir a otro lugar. A las afueras de Madrid, donde ahora se mudan los matrimonios jóvenes, aunque ellos no sean tan jóvenes, a viviendas con piscina y jardín, donde el césped brilla recién cortado, la sierra se huele y su brisa colma de bienestar y salud a los hijos, algo que se llama *calidad de vida*. O eso dice la publicidad que lee en los periódicos.

Calidad de vida y un cambio de rumbo. ¿Por qué no, al regreso de Bucarest?

Marius Iliescu

El viento espantoso del aeropuerto de Bucarest levanta torbellinos de tierra y enmascara la pista de aterrizaje. Ella esconde los dedos entre las manos de Alonso mientras el avión intenta tomar tierra en medio del vendaval. Se mueve demasiado. Balancea. Es de fabricación soviética, un Tupolev de la compañía rumana TAROM con la tapicería color añil muy nueva y muy áspera.

El golpe de las ruedas al tocar tierra le detiene el corazón. La figura borrosa de la terminal de Bucarest aparece por la redonda ventanilla para su tranquilidad y sosiego. Demasiadas horas desde que salieron de Barajas le hacen pensar en todo lo que ha dejado atrás, tan lejano y distante, y se estremece.

Una sensación como de arena afilada se interpone entre ella y Alonso; él, serio y transformado en otra cosa, con la voz maleable de un hombre blando y agrietado con un amor suspendido sobre el aeropuerto en el que acaban de aterrizar. El avión se detiene sobre la pista. Las luces se encienden. El día es oscuro. Él se levanta y le pone a ella el abrigo sobre los hombros. Ella fija la vista en él y en sus medidos movimientos, que son los lentos movimientos y gestos repetitivos que acostumbran a tener los aburridos profesores de universidad. Él nunca será aburrido aun con ese disfraz.

Alonso ha dejado atrás su actitud dinámica, desconfiada, en permanente alerta, dispuesto a solventar cualquier imprevisto y entrar en acción, demasiado seguro de sí mismo, preparado para actuar en situaciones peligrosas. Se ha dejado el pelo largo y le ha crecido la barba. Parece un revolucionario sudamericano, con una bolsa de cuero al hombro y un abrigo de piel de cordero amarillenta.

Está realmente cambiado. Es un hombre nuevo. A ella le gusta su fisonomía impostada. Le hace parecer más joven, como si se hubiera quitado de encima la capa de yeso que anquilosaba su figura. Ha desaparecido su cotidiana agresividad, intimidante; no queda rastro de ella incluso cuando habla. Ha moderado el discurso y modulado la voz, es más dúctil y esponjosa, y ya no mira desafiante a los ojos de la gente. Esconde su fortaleza presuntuosa con habilidad y sus verdaderas intenciones. Ella desconoce que Aguirre no volverá España, como piensa. Es una quimera, una ilusión que Alonso no puede romperle. Él lleva una determinación concreta, como todas las determinaciones que han sostenido su vida, y ha de matar a Aguirre en Bucarest en el momento propicio. Ella se rendirá a la evidencia y apoyará su determinación. María no habría salido nunca de España en busca de un hombre para matarlo a sangre fría. Aunque ese hombre sea Mitxel Aguirre.

¿Cuántas veces Alonso habrá simulado ser otro, en espera de deshacerse del disfraz y cobrarse la presa?

¿Y ella?

Ella es la perfecta investigadora instruida y ha cultivado el poder de la escucha paciente y amable. Disfruta de las estructuras gramaticales, fonología, léxico y los aspectos semánticos del español. Se encuentra cómoda en su papel. Es relajante. No ha de sospechar de nadie, ni buscar desobediencias, ni levantamientos; la vida fluye con suavidad entre la inquietud de la misión. Ha realizado un gran esfuerzo para ser quien dice ser, y cree que, si fuera la otra, la profesora imaginaria, sería tan competente como ambiciona para que todo el mundo crea que es Estrella Salas Alvar, su otro yo. Un yo nuevo, modelado a su gusto. Y estará a la altura del personaje, porque ella es el personaje.

Una gigantesca imagen de Nicolae Ceaușescu los bendice a la entrada de la terminal del aeropuerto de Bucarest como si fuera la cruz de Cristo que cae sobre sus cabezas, advirtiendo al que traspasa esas puertas de que entra en un territorio minado, donde él lo ve todo, lo controla todo y mide cada paso de los ciudadanos, a los que observa y vigila para que nadie crea que es libre ni de respirar por su cuenta, porque hasta el aire se lo deben al Padre de la Nación, Genio de los Cárpatos, Líder Genial, Sol de la Esperanza de Rumanía, de la que nadie sale jamás como entra.

Marzo trae una luz cautiva bajo un mar de nubes. El sol apenas aclara el día de grises y gigantescas avenidas donde comienza la ciudad atravesada por humeantes autobuses desgastados que reciben a los viajeros según entran a la ciudad por la carretera del aeropuerto.

Parecen los únicos emisarios del mundo exterior, metidos en un estrecho taxi con la tapicería raída y las alfombrillas deshilachadas. María pone en práctica el rumano que aprendió de Nadia, a quien tiene muy presente cuando cruzan un brutal Arco del Triunfo que conmemora la victoria de la Gran Rumanía en la Primera Guerra Mundial. Es una desangelada bienvenida sobre una ruta triunfal y desgastada. Una parte de Nadia sigue viviendo en ella, convertida en una ensoñación de juventud adolescente. Empieza a entender mejor los pensamientos de su amiga sobre Rumanía: «Los que se van no vuelven, ¿quién quiere volver a una farsa de país? Han de olvidarse de nuestras caras, de nuestros nombres y de que existimos».

Durante el trayecto, Alonso mira varias veces por la luna trasera, antes de llegar al Hotel Intercontinental. El taxi huele a sopa agría y a tabaco. Él se inclina hacia ella y le dice al oído que los servicios secretos rumanos los siguen desde que subieron al taxi en el aeropuerto. Es posible que el taxista no sea un taxista. A un hombre como Alonso los seguimientos y los individuos camuflados no le pasan desapercibidos. Tampoco le incomodan demasiado. Todos hacen su trabajo y él hace el suyo mejor que nadie.

El taxi se detiene en el bulevar Nicolae Bălcescu bajo una compacta marquesina de cemento, frente a las puertas de cristal de un rascacielos blanquecino de fachada cóncava y multitud de ventanas como nichos.

En vestíbulo sale a su encuentro un hombre bajito. Lleva un sombrero de fieltro sobre el cabello canoso y largo, muy largo, que le sobrepasa los hombros. El traje de raya diplomática se le ve arrugado y todo él parece un viejo poeta modernista de principios de siglo que escribe sonetos bajo lámparas de gas. Lleva un ramo de flores en la mano y una amplia sonrisa le ablanda el rostro apergaminado en cuanto intercepta a María, según ella avanza hacía el larguísimo mostrador de recepción, demasiado iluminado, como si hubieran encendido los focos del espectáculo cuando los vieron descender del taxi y salieron tres mozos, hambrientos por el equipaje.

—¡Bienvenidos! —Es el profesor Marius Iliescu, se quita el sombrero y se lo pone en el pecho—. Nuestro humilde país os acoge con gratitud. Orgu-

335

lloso me siento de ser un sefardita añorante de su antigua patria. ¡Bienvenidos!

El profesor agacha la cabeza en una larga reverencia y entrega a María el ramo de flores. Abre a continuación la bolsa que lleva al hombro y le ofrece humildemente a Alonso un estuche de artesanía. En su interior hay dos botellitas de *țuică*, y añade:

—Un obsequio para ambos. Un brebaje fuerte y reconfortante, los ayudará a soportar nuestro frío rumano.

El español del profesor Iliescu es admirable. Tiene un acento arcaico, melodioso y cortés. Reverencial. María está asombrada en medio de un vestíbulo tan grande como una plaza de toros que, en vez de albero, tiene enormes alfombras a la moda del Este, de gusto discutible.

El obsequio de ellos para el profesor es una edición conmemorativa de *El ingenioso hidalgo don Quijote de la Mancha* y se encuentra en el fondo de una maleta, imposible de rescatar en el vestíbulo del hotel ante una fila de jovencísimos botones uniformados en espera de una orden para ponerse en marcha. María da las gracias al profesor, se siente halagada y un poco turbada. Alonso dice unas palabras tan educadas, corteses y amables que maravillan a Marius Iliescu, excitado por estar ante ellos: dos occidentales del país capitalista de sus antepasados, *exiliados* durante el reinado de los Reyes Católicos, declara con erudito vocabulario, subrayando la palabra *exiliados*.

—Habría que remontarse mucho antes de los Reyes Católicos, profesor, hasta llegar a Babilonia. O a Egipto: ahí comenzó el exilio del pueblo judío.

María quisiera esfumarse dentro del cuello de su abrigo. El profesor fulmina a Alonso con una mirada penetrante, asiente con la cabeza canosa y le da la razón.

—Eres un hombre muy agudo, Gausinet. Babilonia, Babilonia, mi querida Babilonia...

Nunca pensó María encontrarse con un hombre que supiera enmascarar tan bien sus impresiones, la petulancia y el sentimiento de superioridad, atributos habituales en los catedráticos españoles del prestigio del profesor Iliescu, cuando ve que el anciano mueve un brazo, evitando dar importancia al comentario de Alonso, y se levantan a la vez y en orden descendente seis personas sentadas en un largo sofá junto a los ascensores, camufladas entre el bordado de un gran tapiz. Alonso y María quedan rodeados por ellos inmediatamente como actores de Hollywood.

Es la comitiva de bienvenida de la cátedra de Lengua y Literatura Españolas de Marius Iliescu, del Instituto de Lingüística y de la Academia Rumana. Investigadores y profesores universitarios de mediana edad los saludan en español y les estrechan las manos con verdadero ardor. Uno por uno se presentan y ofrecen su tarjeta de visita, y varios libros sobre la historia y la geografía de Rumanía firmados por cada uno de ellos.

Bonito detalle.

Alonso se fija en dos individuos sentados en unos silloncitos bien situados, ambos con un periódico abierto que los observan sin ningún disimulo. María persigue los ojos de Alonso hasta dar con ellos. Al profesor Iliescu no le han pasado por alto las miradas de sus invitados y les dice bajito:

—Nuestro Estado no es confesional, pero sus espíritus están por todas partes. No hay de qué preocuparse. Se acostumbrarán a esas presencias. Son un ejército.

La comitiva académica se despide para no molestar y los dejan acomodarse y descansar el resto de la tarde. Mañana comienza el seminario en el Instituto de Lingüística. El profesor, mermado en su raído traje diplomático, con el pelo tan largo sobre los hombros y el sombrero en la mano, les advierte de que un coche y su chófer, con la identificación de un trabajador del Estado, los recogerá a la hora indicada.

—Podemos ir caminando, profesor, estamos muy cerca —dice ella.

—Dejaos mimar por nosotros, Estrella... Dejaos mimar.

El tono de la voz del profesor ha sonado cauteloso sin llegar a ser preventivo. Alonso lo ha entendido perfectamente.

—Será un honor, profesor —responde Alonso—. ¿Contaremos con la presencia de la comunidad española para la inauguración? Sería otro gran honor.

—Por supuesto, Gausinet, por supuesto. Es un acontecimiento para todos los hispanistas rumanos la presentación del último volumen de la *Crestomație romanică* y vuestra participación ha levantado expectación en vuestros conciudadanos; una pequeña comunidad que apreciamos y *protegemos* en la medida de nuestras humildes posibilidades.

«Protegemos —piensa María, con el ridículo ramo de flores en el regazo— a los enemigos de Franco, le ha faltado añadir».

«Protegemos —piensa Alonso—. Lo ha recalcado a propósito».

Él rodea con los brazos a María como un marido cariñoso y ven desaparecer a la comitiva que los ha recibido, incluido Marius Iliescu. Todos correrán raudos a redactar su crónica para los servicios secretos del primer contacto con el matrimonio Gausinet.

Ambos ya están sobre aviso. El profesor Iliescu es la viva sombra del Estado rumano. Deberán ir con tiento. Moverse con precaución. Existe un mensaje implícito en el profesor que intentarán descifrar en los próximos días. Realizan el registro de entrada en el largo y desangelado mostrador del hotel, con jarrones de abandonadas flores secas y banderines de papel deslucido de todos los países. Rellena cada uno un largo y tedioso cuestionario más que cuestionable. El encargado de admisiones del hotel los obliga a firmarlo.

—Bienvenidos, señores, al Intercontinental —les dice después, tras entregarles sus pasaportes y los visados.

Les han preparado una *suite premium* en la planta 18, con vistas a la plaza de la Universidad y a la zona más noble de la ciudad.

—Una pequeña observación, si me permiten, señores. A veces nos quedamos sin energía eléctrica. No sucede únicamente en el hotel, es en todo este sector de la ciudad. Si durante su estancia ocurre el percance, no han de preocuparse, es algo normal, ténganlo presente. Las luces de emergencia estarán encendidas, y si necesitan salir o entrar del hotel, podrán hacerlo por la escalera principal con total seguridad. En la *suite* encontrarán el plan de emergencias y evacuación, es importante que lo lean. Y sobre todo, disfruten de su estancia en Bucarest sin ningún contratiempo.

La sensación de amenaza invade el ambiente. La soledad del hotel y la falta de huéspedes en ascensores y pasillos, junto a una atmósfera agobiante de invisible peligro, inquietan a María desde que han aterrizado. Ya ha anochecido. Saben los dos que cuando salgan de la *suite* a dar un paseo, un par de hombres los seguirán y elaborarán un informe de sus recorridos, los lugares que visiten, sus actitudes, cariñosas si las hay o de cualquier índole, junto a todo tipo de pueriles y ridículas observaciones. Estas se sumarán a las que realicen en los días sucesivos para fabricar un dosier de magnitudes desproporcionadas de cientos de hojas mecanografiadas que estudiará la dirección de contrainteligencia rumana. Es muy posible que en la *suite* haya micrófonos camuflados y alguien esté en un lugar cercano escuchando y grabando todo lo que digan.

María ha leído algunas consideraciones en el informe de los servicios secretos españoles sobre los servicios secretos rumanos:

Todo el mundo se espía y comparte con el Estado los movimientos de sus vecinos. Todos los extranjeros, por principio, vengan del país que vengan, son espías, elementos peligrosos y contaminantes que han de salir lo antes posible, sobre todo si llegan de países con sistemas capitalistas; aunque a los que consideran mayor amenaza son a los ciudadanos soviéticos. Todos los ciudadanos sin excepción están sometidos al control y seguimiento de la Securitate, en los extranjeros la presión es mayor. Los seguimientos se realizan sin ningún disimulo como demostración de la omnipresencia del Estado. Todo ciudadano rumano es un informador y está obligado a comunicar al Estado cualquier contacto que establezca con un extranjero, dentro de las veinticuatro horas posteriores. Se calcula que existen alrededor de doce mil agentes oficiales y unos seiscientos mil informadores que reciben algún tipo de contraprestación.

La Securitate presta un mal e irrelevante servicio de espionaje en España, sin estructura, salvo discretas y torpes acciones encaminadas a favorecer la imagen de su presidente, Nicolae Ceauşescu, entre la comunidad rumana en España. Controlan parcialmente y sin efectividad a los exiliados políticos rumanos. La presión es mayor sobre los escritores e intelectuales Vintilă Horia y Jorge Uscătescu, ambos residentes en Madrid y anticomunistas, considerados por Rumanía «enemigos de la Nación, fascistas y antiguos miembros de la Guardia de Hierro». Las acciones sobre ellos no son agresivas y van encaminadas a convencerlos de su regreso a Rumania y a que realicen declaraciones y escriban artículos encaminados a favorecer la imagen de su país.

Podemos concluir que la Securitate utiliza métodos agresivos y de violencia extrema contra sus ciudadanos en el interior, ejerciendo un control férreo, asfixiante e intimidatorio sobre ellos, mientras que en el exterior y, en concreto en nuestro territorio, su debilidad la convierte en inoperante.

En la *suite* hay distribuidos jarroncitos de cristal de color verde con florecillas naturales. El salón es funcional, decorado con sencillez, como el dormitorio y el aseo, cuyos robustos sanitarios parecen irrompibles, a prueba de terremotos.

Mientras ella deshace las maletas y coloca la ropa de ambos en el armario jugando a ser algo que nunca será: una esposa complaciente y servicial, él busca aparatos de escucha levantando alfombras, en el interior de las lámparas, tras los cuadros, dentro de las rejillas de ventilación, y registra palmo a palmo la *suite* con la rapidez y astucia de un profesional acostumbrado a ser quien instala para otros los artefactos que rastrea.

María lo observa trabajar a conciencia. Se siente orgullosa de lo que él significa para ella. Y como un matrimonio, con la documentación en regla, María disfruta de la nueva situación con naturalidad. «¿Qué pasaría si nos casáramos, si fuésemos un auténtico matrimonio?».

Él se planta en medio del dormitorio y dice bajito:

—No encuentro nada. O son muy listos o no han entrado. Aun así...

Tiene un gesto de expectación, de pie, sin haberse quitado el abrigo de borrego. Le suda la frente. Ella lo abraza y recuerda la primera vez que le vio completamente desnudo en el piso de su tío en Toledo, el día del funeral. El asombro y la excitación de entonces los lleva grabados a fuego en la memoria y en la piel.

—Me gusta que seas mi marido. Nos teníamos que haber casado antes, cuánto tiempo hemos desperdiciado...

De nuevo, la sensación de pertenecerle enteramente desde que nació se convierte en un mar de abrazos, besos y caricias que terminan estrellándose en una cama *king size*, como presumía la reserva del hotel más alto de la ciudad, con noventa metros de altura y una piscina en el piso 22. El único hotel de cinco estrellas en todo Bucarest, recién inaugurado, símbolo de la modernidad de una ciudad confinada tras un enrejado invisible que toma cuerpo en las mentes de sus ciudadanos.

Instituto de Lingüística

Al amanecer, la nieve ha cubierto la ciudad. No hay un solo signo de que esté por comenzar la primavera. El cielo se inflama de un resplandor algodonado y cae apremiante sobre unos niños que corren perseguidos por el portero del hotel. Este los insulta y espanta a unos metros de la entrada principal, tras una ruinosa camioneta aparcada. El portero se ha resbalado en la nieve. Tiene rota la librea roja por la axila. Pide sofocado disculpas a María y a Alonso cuando salen por la puerta giratoria hacia la calle. El frío intenso los sorprende. Los niños gritan por la calle y corren como lagartijillas, llevan abrigos de lana áspera de colores desdibujados.

Un hombre extremadamente delgado se aproxima a la pareja en cuanto la ve salir del hotel. Estaba apoyado sobre la fachada contemplando el incidente de los niños, lleva un cigarrillo en la boca y un gesto animado. Enseguida les solicita que lo sigan hacia un vehículo verdoso, sin presentarse ni entregar documentación alguna, y les abre la portezuela de atrás. Ellos saben que es el enviado de la Seguridad del Estado. El hombre que los vigilará estrechamente mientras permanezcan en Bucarest.

—Estos animales nunca duermen, son peores que perros —dice en rumano en cuanto se acomoda al volante, refiriéndose a los críos, escondidos para volver a asaltar el hotel en cuanto el portero se vuelva a despistar.

—¿Qué han hecho esos chiquillos tan pequeños? —le pregunta María en rumano.

—Se cuelan en el hotel, toquetean los muebles y manchan las alfombras que son para ustedes, los extranjeros. Roban todo lo que pueden y tiran ratones muertos a los clientes. ¿Le parece bien?

Alonso no entiende nada de la conversación. Observa el vehículo por dentro. Un VAZ-2101 soviético recién salido de fábrica, con la tapicería roja envuelta en un plástico transparente. Todo huele a un agobiante ambientador artificial de rosas con la intención de atenuar el olor de los cigarrillos que fuma el conductor dentro del coche.

Los tres dan por hecho que saben a dónde se dirigen. El conductor no deja de observarles por el espejo retrovisor mientras conduce, quizá de forma temeraria. María ve por el espejo la cara de un individuo al comienzo de la treintena, inexpresivo, con la tez blanca de un muerto y el pelo rubio y pegajoso, ausente en la coronilla.

—Este también hará un informe de nosotros —dice Alonso cruzando las piernas, esbozando media sonrisa.

—Me llamo Chiril, seré su conductor y guía durante su estancia en nuestra amada ciudad —se presenta por fin, de forma automática y aburrida, sin creer demasiado lo que dice, forzado a dejar claro su papel—. Estoy a su servicio las veinticuatro horas. Deberán contar conmigo para cualquier desplazamiento. Siempre estaré cerca de ustedes para lo que necesiten.

María se lo traduce a Alonso.

—Muy bien, machote, vigílanos lo que quieras —farfulla—. Es muy probable que Chiril sepa español, no se llame Chiril y entienda todo lo que hablemos —le dice a ella mientras observa por la ventanilla, a las ocho y media de una mañana espesa y brumosa, caóticos bulevares que parecen tan muertos como Chiril, entre grupos de casas destartaladas que han quedado en sus márgenes.

Ella le pone el dedo en los labios, él se lo muerde suavemente y le acaricia una rodilla por debajo del abrigo. María le retira la mano y observa interesada el mundo que existe fuera del taxi.

A su alrededor circulan autobuses atestados de gente cansada. El automóvil sube por una cuesta de gran desnivel. Cambia el paisaje continuamente; no hay armonía en la ciudad. La nieve se amontona alrededor de viejas casas modestas y limpias.

Entran en un barrio antiguo de bonitas residencias de dos alturas, de añejos estilos *brâncovenesc* y turco, con torres puntiagudas y oscuras marquesinas de madera labrada. Un barrio en el que gigantismo socialista se ha quedado fuera y la gente parece vivir en pequeñas comunidades de vecinos, rodeados de gatos y perros vagabundos.

Chiril detiene el vehículo con brusquedad. Todo se inclina hacia delante. En la fachada de un edificio aparece el cartel del Instituto de Lingüística sólidamente atornillado al ladrillo rojizo. Una banderola de varios metros de largo se balancea en la fachada anunciando el seminario. Es una vieja casa de tres plantas con un tejado demasiado inclinado y alerones cubiertos de nieve.

Las botas negras de María relucen en la blancura del suelo y Alonso le abre la puerta del instituto cuando salen del coche. Varias personas llegan por las aceras de tierra bajo la nieve, vestidas a la moda de hace treinta años.

Ellos son la atracción de la jornada.

A María le cuesta recordar la mayoría de los nombres de tantas personas que les presentan, congregadas en un gran vestíbulo forrado de madera clara con alfombras de colores alegres bajo lámparas de araña.

El ambiente es muy agradable, relajado y familiar. Sus colegas sonríen por lo más nimio y se dirigen a ellos en un español asombroso. Son profesores

y alumnos avanzados de la Universidad de Bucarest y miembros de institutos y sociedades cultura-
les rumanas, simpatizantes y devotos de las lenguas
romances y sus culturas. Todos se expresan en términos hermosos y bien elegidos, con ganas de agra-
dar. Una profesora de español de la universidad se
presenta a María y le estrecha la mano a Alonso. Su
sonrisa es la de una antigua muñeca de porcelana.
«Lleva usted una vestimenta preciosa, profesora»,
le dice a María en un español galante y se cuela en el
grupo ameno que los rodea. Todos hablan de autores rumanos que ni María ni Alonso conocen de
nada. Pero ellos mueven la cabeza como perrillos
asintiendo amablemente a todo lo que se dice, lo en-
tiendan o no.

Alonso no se separa de María, mantiene un actitud simpática y agradable, da las gracias en rumano
y repite las pocas palabras de cortesía que le ha enseñado su prima: *Mulțumesc, mulțumesc, foarte amabil.
Este un privilegiu să fiu printre voi**.

El pequeño grupo en el que están pasa al interior
del salón de actos guiado por una mujer vestida con
un traje regional y una diadema de grandes flores.
Alonso observa a Chiril sentado en una silla, al final
del anfiteatro de butacas, con las piernas abiertas,
observándolo todo junto a dos hombres con gruesos

---

* Gracias, gracias, muy amable. Es un privilegio estar entre ustedes.

349

jerséis que han aparecido de repente. Habla con ellos de vez en cuando con el cigarrillo entre los dientes.

María y Alonso miran a su alrededor buscando españoles.

Marius Iliescu irrumpe a paso firme en el auditorio sin el sombrero con el que le han conocido, pero lleva el mismo traje de raya diplomática, hoy planchado, y parece otra cosa, y su pelo es de una blancura intensa. Una sensación de alegría inquieta a María cuando se da cuenta de la compañía que trae consigo el profesor: dos hombres y una mujer que no son rumanos.

María se queda clavada en el suelo. Le pesan horrores la botas cuando el profesor Iliescu le presenta a sus acompañantes de honor. Ella les estrecha la mano a los tres, petrificada al reconocer a Aguirre. Alonso se interpone y se proclama esposo y colega de la profesora Estrella Salas Alvar y saluda a sus compatriotas con un despistado apretón de manos. El profesor Iliescu los presenta como sus camaradas españoles que residen en Bucarest, amigos muy queridos, con los que comparte ideales y conversaciones.

Quién haya conocido a Alonso Fernández de Amuradiel no podrá reconocerlo en la máscara de Alberto Gausinet al estrecharle la mano a Fernando Lamadrid con cara distraída y su media sonrisa impostada, con una americana de pana y una camisa de diminutas florecillas a la moda británica.

«Ya te tengo, cabrón», se repite triunfante para sus adentros. Se echa la mano instintivamente al vacío de la cadera buscando la pistola que lleva en España. Ha conseguido pasar un arma desmontada y repartida en el equipaje. Está en el hotel. Solo ha de unir sus componentes y esperar la oportunidad para usarla cuando encuentre el momento propicio en que puedan largarse del país sin ser detenidos. Tiene elaborados varios planes y todas las alternativas para salir indemnes.

Ella parece leerle el pensamiento. La única idea que se hace soportable ante la presencia turbadora de Aguirre es envenenarlo si fracasan, si no consiguen hacerlo viajar a España con el discurso que ha preparado para convencerlo y en el que está presente Victoria. Visualiza las sales venenosas que lleva en un envase de maquillaje de su neceser, ahora tan lejano y tan real como el propio Aguirre, vivo y coleando, a escasos metros de distancia.

Ella clava los ojos en los ojos de Alonso e intenta descubrir en ellos una reacción, un latido, pero solo ve la mirada glacial de Alberto Gausinet, impenetrable como un muro. La mirada, cálida y disonante de ojos desiguales, que se detiene sobre ella es la de Aguirre, presentado como Fernando Lamadrid; ahora lo ve con claridad, con la misma claridad que lo vio cuando era niña. Sus ojos no han cambiado. Son los del joven miliciano, llenos de miedo, ahora se da cuenta. Puede notar ese miedo acostumbrado a existir sin dejarse ver del todo, agazapado con pavor a mostrarse. Ese hombre tiene mechones canosos y aspecto cansado. Es de la edad de su primo y parece un viejo. Le viene a la memoria la fotografía que escondía de él su amada Evelia Rosales. Es el mismo hombre atractivo, sentado en el banco de un parque, ahora envejecido, con arrugas en la frente y en la comisura de los labios al sonreír, porque sonríe a todo el mundo que saluda, ignorándola completamente, y está vestido igual que en la foto, con los años que han pasado.

Los dos acompañantes de Fernando Lamadrid se presentan con nombres tan comunes que son falsos: Carmen Martínez y José García. Dos individuos que dicen ser redactores de programas de radio para la España amordazada, han recalcado. Ella, de programas femeninos de educación ciudadana y él, de agricultura y ganadería.

—¿A qué emisora se refiere? —pregunta Alonso interesado. Cruza los brazos y observa reacciones.

—Radio España Independiente —dice ella con claridad y orgullo—. La emisora de nuestro Partido en el exilio, la emisora del Partido Comunista de España.

—Nos tienen que contar muchas cosas —le corta José García—. Estamos ansiosos por tener noticias de nuestra patria.

El supuesto José García es un hombre gordito y amable con cara de niño y ganas de conversación.

Está algo nervioso y tenso, tiene un tic en la boca y la mueve hacia un lado.

—Sería agradable conocer su emisora —dice Alonso.

—Imposible. Es nuestro secreto mejor guardado —contesta Carmen Martínez, demostrando abierta desconfianza.

—Dejémoslo aquí, amigos —interviene el profesor Iliescu invitando a María a prepararse para subir al estrado y dar comienzo a la sesión inaugural—. Tendréis tiempo de charlar más adelante.

La supuesta Carmen Martínez es alta, con el pelo corto y acento andaluz, la mirada altiva y modales desafiantes y poco educados, segura de sentirse en territorio amigo y con derecho a demostrarlo. Una mujer parecida al tipo de persona que debía de ser Evelia Rosales, supone.

Los tres españoles parecen no estar sorprendidos por el encuentro con dos profesores compatriotas de los que esperan noticias y novedades de España, incluido Fernando Lamadrid, que muestra una falsa indiferencia e intenta disimular su interés por ellos. María se pregunta por qué.

Bajo las costuras del tiempo, que transcurre lento y pesado sobre la tarima iluminada del escenario, la disertación de María es escuchada con atención y en silencio por el numeroso auditorio. Su discurso complace a los asistentes. Habla bien en público. Tiene la dicción adecuada y es ingeniosa con los ejemplos. Es aplaudida con fervor cuando termina su exposición.

Las horas pasan por el filo de una navaja. Una enorme bandera rumana preside el estrado. La intervención del profesor Iliescu que cierra la jornada es aclamada por un estruendo de aplausos ante una proyección en la pared en la que aparecen los tres volúmenes de la *Crestomație romanică* sobre el fondo de la bandera rumana.

—No puedo estar más satisfecho. Enhorabuena a todos —exclama el profesor al terminar el coloquio—. Ha estado maravillosa, Estrella. Tenemos mucho que hablar de Cervantes y del Siglo de Oro.

Están iluminados por un foco, sobre el estrado, en una mesa larga. El profesor, flanqueado por tres ponentes a cada lado, tiene a María a su derecha. Ella aprovecha la ocasión y saca de la cartera el regalo para Marius Iliescu. La emoción de profesor le empaña los ojos al ojear el libro, cuyo título lo emociona. Las luces se encienden. Ella busca con la mirada a los tres españoles, sentados en la tercera fila. No ha podido verlos durante las intervenciones porque el foco la deslumbraba. Ahora hablan entre ellos. Fernando la mira desde su butaca. Ella desvía la vista, no quiere fijarse en él. El corazón se le dispara cuando le mira a la cara. Ha de mantener la serenidad. No ve a Alonso, su asiento está vacío. Tampoco está Chiril ni los dos hombres con los que hablaba cuando el acto comenzó hará unas tres horas, sin recesos ni un descanso siquiera. Le ha parecido agotador. Está cansada del esfuerzo y la tensión.

Una sensación de catástrofe la inunda. Tiene la boca seca. Recoge sus papeles, la cartera y baja enseguida del estrado por las escalerillas laterales. Busca entre las butacas a Alonso. Hay mucha gente. Todo el mundo habla bajito y el rumor se mece por la sala como las olas del mar. Sale al pasillo exterior y no está Alonso. Tampoco lo ve en los aseos. Pregunta por él al conserje de la entrada del instituto, sofocada, con malos presagios y sensaciones nefastas.

—Salió hace tiempo con el conductor —dice el hombre—. No lo he visto regresar.

—¿Sabe dónde han ido?

—No, profesora. Vi el coche arrancar porque estaba en la puerta. Iban dos señores dentro, junto a su esposo.

—¿Sabe quiénes eran esos hombres?

—No los había visto en mi vida.

—¿Eran con los que estaba charlando el conductor en el auditorio, dos hombres con jerséis de lana?

—Ni idea. No he visto a dos hombres con jerséis de lana.

La resignada expresión del conserje habla por sí misma, acostumbrado a situaciones como esta cada día: hombres que se llevan a otros hombres que no aparecen nunca. Ella se da la vuelta con la cara desencajada y se topa con Fernando Lamadrid.

—¿Tiene algún problema?

El rostro de él es impasible, quisiera María borrarlo de su vista.

Por detrás de él se acercan sus dos compañeros y el profesor Iliescu, entre la gente que abandona el salón e inunda el *hall* de entrada y rodea las mesas con faldones verdes que han colocado con refrescos y aperitivos.

—No encuentro a mi marido.

LA DESAPARICIÓN

Su sólido proceder en el mundo, sin una duda, sin un solo resquicio para la inseguridad ni la incertidumbre, con férreas convicciones y firmes cimientos ideológicos a prueba de cualquier titubeo o bandazo, todo eso ha desparecido porque él ha desparecido y ha dado paso a una nube tóxica que corrompe el aire.

—Nos anticipa el Gobierno rumano —le explica a María el secretario del ministro de Gobernación en una conversación telefónica desde la habitación del Hotel Intercontinental, probablemente pinchada— la posibilidad de que sea un secuestro por rescate de delincuentes yugoslavos que actúan en Bucarest. Cosa que no nos creemos, por supuesto, ¡menuda majadería!, tal y como ha desaparecido el profesor, a vista de todo el mundo en un instituto de cultura del Estado rumano lleno de gente hasta la bandera, donde todos afirman no haber visto nada. Cuando dicen esa majadería es que son ellos, los servicios secretos rumanos, los que están detrás. Es un puñetazo en la mesa, una advertencia, Estrella. Estamos trabajando desde España para que aparezca enseguida el profesor Gausinet.

No existe embajada ni relaciones diplomáticas con Rumanía. Salvo una pequeña oficina consular para asuntos comerciales en la que nunca hay nadie. Oficialmente el Gobierno de Rumanía no reconoce al Gobierno de Franco, sino al Gobierno de la Segunda República en el exilio. Las relaciones entre ambos países están rotas desde el año 46. Pero ambos Estados mantienen una actitud correcta y hasta amigable y se hallan en un inicio de cooperación comercial e industrial con un buen futuro, ahora en riesgo por un incidente delicado.

La desaparición de un agente español en una misión secreta en un país socialista del Telón de Acero es un grave problema que no va a existir para nadie. España no quiere un conflicto con Rumanía. Solo se puede esperar. Observar cómo se desarrollan los acontecimientos en los próximos días en Bucarest. El secretario del ministro le insinúa el interés de España en que ella regrese lo antes posible, como mensaje de buena voluntad. Pero abandonar a Alonso no es una posibilidad. Los rumanos guardarán un férreo silencio hasta concluir la investigación. Eso puede tardar demasiado en un país en que el tiempo no vale nada, salvo para quebranto de voluntades.

María retuerce el cable del teléfono una vez colgado el auricular, quisiera ahorcar con él la conversación que ha tenido con España. ¿Quién ha podido delatarlos? ¿Los habrán descubierto lo servicios de información comunistas? ¿Por qué a ella no? También ha podido ser una detención aleatoria o prospectiva, para sacar de la mentira verdad o de la verdad mentira, ¡qué más da! No descarta ninguna posibilidad.

¿Por qué salió Alonso del instituto, si es que salió?

Tenían a Mitxel Aguirre entre el público, un escenario propicio con el que jamás soñaron, y era una realidad gracias al profesor Iliescu. Debían acercarse a él, entablar relación y desarrollar el plan previsto, que no contemplaba la salida de Alonso del instituto.

¿Qué necesitaba realmente recoger Alonso de la *suite*? ¿Acaso la pistola y lo descubrieron? Al deshacer el equipaje, él le mostró el arma desmontada y le enseñó donde esconderla. ¿Descubrieron más cosas de Alonso? ¿Cosas que ella desconoce? La idea de llevar un veneno también fue de él. Por tener alternativas.

Su primo no es un principiante. Siempre le rodean secretos e intrigas. Y por mucho que él la ame, ella sabe que nunca le va a contar lo que no debe saber. Ahora, todo tipo de sospechas y elucubraciones se cimbren en el aire alumbradas por una llama invisible que ella ha rescatado de su ingenuidad.

El conductor oficial Chiril Popescu ha testificado ante la policía que el profesor Gausinet le solicitó que le llevara al hotel a recoger unos estudios que

había olvidado, necesarios para tomar notas durante el acto de inauguración del seminario. Había
transcurrido como media hora del inicio de la confe-
rencia. Entraron los dos solos en el automóvil aparcado cerca del Instituto de Lingüística y se dirigie-
ron directamente al Intercontinental. El profesor
Gausinet se bajó a la puerta del hotel y el conductor
alega que le estuvo esperando dentro del vehículo.
Ha declarado que no se fijó si el profesor entraba o
no entraba por las puertas giratorias del hotel porque dio por hecho que lo hacía. No sospechó de ningún engaño. ¿Por qué debería engañarlo? Abrió el
diario de la mañana y se puso a leer. Y allí estuvo
esperando como una hora, hasta que consideró que
tardaba demasiado y decidió salir en su busca. Entró en el hotel. Ningún empleado había visto al profesor y en su *suite* nadie contestaba. Volvió al instituto por si hubiera regresado por sus medios y no lo
encontró. Su butaca estaba vacía. El seminario trans-
curría con toda normalidad y él decidió volver al
hotel por si aparecía.

El portero del Intercontinental ha declarado que
no se encontraba en su puesto en el momento en
que el conductor dejó al profesor Gausinet en la
puerta. Al parecer, los chiquillos alborotadores de
siempre estuvieron parte de la mañana molestando
a los clientes del hotel y él se había desplazado una
manzana para darles alcance y un correctivo, incluso pensó llamar a la policía, aunque luego nunca los

detienen, pero los despachan con una paliza en el callejón de atrás.

Los empleados de recepción aseguran no haber visto en ningún momento al profesor Gausinet regresar desde que saliera con su esposa, a las ocho y media de la mañana. Las cámaras de seguridad del hotel lo han confirmado.

Por otro lado, el viejo conserje del Instituto de Lingüística ha manifestado a la policía que vio salir al profesor Gausinet con el conductor como a la media hora del inicio del seminario. El chófer regresó a la hora y media, más o menos, preguntando por el profesor y se volvió a marchar. Él en ningún momento vio el vehículo del profesor Gausinet, aunque la esposa asegura que él le dijo la tarde del simposio que el profesor había entrado en el automóvil con el conductor, y dos hombres desconocidos iban junto a él en el habitáculo. El conserje lleva gafas de miope, con unos cristales gruesos tras los que no se le ven los ojos, y tiene que toparse con los objetos para verlos con claridad. No distingue las caras a un metro de distancia. Aun así, ha asegurado que no vio desconocidos durante la jornada. Todo el mundo que había entrado al seminario llevaba sus credenciales e invitaciones en regla: ponentes, invitados y personal del instituto. En ningún momento observó nada extraño.

María está convencida de que el relato construido es una farsa organizada por Chiril Popescu. Alonso no salió por su propia voluntad del instituto. Es un montaje en el que casi todos son cómplices. Es un país en el que los ciudadanos colaboran con la policía política por puro terror al Estado, tengan las convicciones que tengan.

También Alonso lleva escondidos secretos. Ahora recuerda el duro entrenamiento al que se sometió en un centro de operaciones de Maine, en Estados Unidos, en un programa internacional de países «contra la URSS», durante dos meses, entre octubre y noviembre del año pasado. A su regreso llegó muy cambiado, había adelgazado considerablemente y le costó adaptarse a la rutina de Madrid. Le dijo a María que tenía problemas para conciliar el sueño. Nunca le había visto en ese estado de cansancio y de alerta nerviosa, insólito en él. No le contó nada importante de su estancia en Maine y muy poco sobre el entrenamiento, refiriéndose únicamente a estudios sobre teorías de conspiración y sabotaje y dirección de equipos y comandos que a ella le interesaban. Apenas le explicó lo que había aprendido sobre métodos y procedimientos innovadores en interrogatorios y persuasión. Ella estuvo algo inquieta por lo que podría haberle ocurrido en una base militar secreta norteamericana. Él nunca le reveló detalles importantes; a cambio le ofrecía intrigas superficiales, cambiaba de tema con sutileza o aducía que para una informadora no era necesario ningún entrenamiento de ese tipo, y ella poseía profesionalidad y aptitudes sobresalientes para realizar su trabajo con el éxito que siempre ha tenido en su labor de información y elaboración de documentos estratégicos de carácter político y de seguridad.

María duda de la misión del viaje a Bucarest.

¿Es también *otra cosa*?

¿Ha estado haciendo Alonso *otras cosas* fuera de España?

Ahora tiene dudas respecto a todo y piensa con sagacidad: ¿la preparación de su primo va más allá de sus competencias como jefe de la policía secreta?

«¿Por qué a mí no?», grita, enfadada consigo misma, y da un manotazo al teléfono, que salta por el aire y se estampa contra la floreada alfombra rumana.

La capital de la Gran Rumanía

¿Es de día o es de noche?

El tiempo es un rayo veloz que traspasa su cuerpo. Toda ella se ha convertido en éter y su espíritu flota sobre los últimos y desastrosos acontecimientos.

La pistola está en la *suite*, escondida en el mismo lugar en que la dejó Alonso. Por lo que no fue a por ella, como imaginó María. La ha estado montando cuidadosamente con las cinco balas y la ha guardado en el bolsillo de su abrigo, colgado en el armario. También se ha guardado el tarrito de maquillaje que contiene el veneno que Alonso ocultó en él como si fuera un cosmético. Son las únicas armas que posee.

Sin Alonso la vida no significa nada, se ha quedado vacía. No puede flaquear ahora en la misión y en el objetivo que se ha encomendado desde niña. Las almas de sus padres y de la monja Ricarda, envueltas en la sombra de aquel eclipse que los enlutó, alargan sus brazos para ahogarla en esa ciudad de payasos amaestrados.

El gesto de pánico en sus ojos ha dado paso a un gesto criminal. Piensa en demasiadas opciones, en demasiadas maneras de matar a Aguirre o de suicidarse en el Hotel Intercontinental, en el piso dieciocho, danzando sobre una ciudad muerta, apaleada por sus gobernantes como un perro moribundo que se arrastra por las calles.

Sabe cómo podría ser su muerte. Muy dolorosa. El veneno tarda unos minutos en actuar y terminar con una vida.

¿Cuánta desesperación tiene que acumular para beber eso?

De momento, antes de un hipotético suicidio, el crimen es la primera parada. Lo ha considerado con suficiente realismo tras colgarle el teléfono a Fernando Lamadrid cuando la ha llamado hace una hora para interesarse por ella. Le ha colgado enseguida, tras una escueta conversación a base de monosílabos. Ese hombre no puede morir sin arrancarle del corazón lo que hizo con su hermano cuando era Mitxel Aguirre, porque tiene que acordarse de quién era antes de haberse montado una vida de periodista exiliado. Y de un disparo matará a dos hombres: dos biografías con un solo cuerpo en distintos tiempo y lugar.

Su cabeza está agitada, de fondo, siempre el eco de la débil respiración de Lorencito, que se apagó en un instante imposible de recordar. O no se apagó y sigue respirando en alguna parte. ¿Es posible que esté vivo? El espíritu de su hermano sale de su herida, todavía vagando dentro de ella, en sus brazos, niño dolorido y febril en la oscura noche de Las Canónigas.

Hace planes perturbados en un bucle patético e histriónico cuando llaman a la puerta y ella abre para ver de frente al hombre que encarna la pestilencia de la humanidad y todos sus males.

—Siento presentarme así —dice él bajo el marco de la puerta con el abrigo abrochado hasta el cuello—. Me he quedado intranquilo tras hablar con usted.

Ella no esperaba algo así. Titubea, agarrada al picaporte, con un pie avanzado para impedirle el paso. Detesta esa voz dañina y profunda del locutor de radio que ha escuchado desde el año 55, sin descanso, pegada a su receptor cuando llegaba a la residencia, y que ahora se le ofrece para intentar ser su amiga.

¿Amiga?

María le deja entrar y se queda junto a la puerta, que cierra a su espalda. Se siente incómoda en sus pantalones ceñidos de color tabaco y los mocasines Castellano negros, negros como el jersey que lleva puesto. El pelo oscuro le cae descuidado por los hombros, sin peinar desde hace cuarenta y ocho horas.

—Estoy preocupado, Estrella. No sé qué decir a su endiablada situación.

Ella avanza por la sala. Ha salido el sol y la luz entra cegadora por la inmensa cristalera e inunda el espacio que hay entre ambos. Se tiene que tapar los ojos con la mano. Pero ve entre los dedos el abrigo de él de buena calidad, su pelo canoso y fino. Levanta el rostro e intenta no mirarle a los ojos. Puede estar implicado en la desaparición de Alonso.

—Esta ciudad es un peligro —dice ella.

—No debería haber sucedido esto —dice él.

—Siéntese y hablemos —contesta ella, dispuesta a sacarle lo que sabe.

—¿Podríamos dar una vuelta? Hace buen día. Le vendrá bien salir.

—¿Le gusta el *whisky* de malta de veinte años? Lo hemos traído de Madrid. En España se compra todo lo que se puede pagar.

—Son las once de la mañana, no bebo a estas horas.

No toma en cuenta el comentario, le da igual lo que él diga. Va hacia la botella del aparador y se sirve un trago generoso en un vaso de cristal verde, tallado con la figura de un oso.

—Por los muertos que amo. —Levanta el vaso y se lo toma de un trago.

—Entiendo lo que siente. Salgamos.

—¿Le doy miedo? Estamos en el siglo veinte.

Él sonríe, parece atractivo. Ella se niega a verlo atractivo. Sus ojos la espantan como la espantaban cuando era una niña, y aparta la cara del rostro del miliciano.

—Me gustaría invitarla a pasear: lo necesita. Marius está muy preocupado por usted, es un buen amigo mío.

—El profesor Iliescu no es de fiar. No creo que ese hombre tenga amigos. Tampoco he de fiarme de usted. ¿Es posible confiar en alguien que vive en este país?

—No hace falta que confíe. Solo vamos a dar un paseo. Le juro que no pienso secuestrarla.

De momento no tiene más alternativas. Está sola en una ciudad hostil. Se da la vuelta, va hacia el armario, recoge su abrigo y un gorro de astracán que compró en el aeropuerto de París. Se abrocha lentamente el abrigo delante de él, podría matarlo en ese momento. Acaricia la pistola en el bolsillo, saca la mano y recoge la llave de la puerta, sobre el aparador.

Salen juntos de la *suite*. El larguísimo pasillo parece no tener fin; enmoquetado de azul eléctrico, es inquietante. Él camina a su lado, despacio, tuercen por otro pasillo igual de largo para llegar a los ascensores. El recorrido se le hace penoso, laberíntico. Él le mira de reojo los zapatos. Unos mocasines de piel demasiado fina.

—Se le van a helar los pies. La ciudad está nevada.

Ella no contesta. Solo le importa salir del pasillo interminable que se bifurca tras los ascensores.

—Su conductor está abajo —dice él.

—No es mi conductor, es el policía que nos han asignado, debería saberlo, usted vive aquí. Y es un mentiroso, un secuestrador y nos seguirá a todas partes. En el *hall* hay dos secretas vigilando.

—No solo a usted, Estrella —habla con delicadeza—, a todos los extranjeros alojados, es el único hotel internacional. Esté tranquila, no es personal, aquí es una costumbre arraigada. Dejemos a su conductor esperando en la calle hasta que regresemos. Y sígame, no es difícil salir del hotel. Con un poco de cuidado y unas cuantas precauciones, uno puede pasear por Bucarest sin ser vigilado.

Ella no quiere pensar que Alonso puede estar muerto o torturado. Tiene en la memoria su última visión: sentado con las piernas cruzadas en la butaca de la tercera fila y las sombras sobre el rostro cuando las luces se apagaban y todo él desaparecía en la oscuridad del anfiteatro.

Se encuentra dentro de un vehículo azul cielo, de una marca socialista, antiguo y cuidado con esmero. Las alfombrillas son nuevas y todo está limpio y abrillantado con una cera que huele a trementina. Se siente incómoda en un asiento tan estrecho, muy cerca de Aguirre, puede escuchar la respiración de él, tranquila y acompasada. El habitáculo es muy pequeño, detrás caben mal dos personas.

Piensa que la situación podría ser peor.

Ella le mira las botas y brillan como el salpicadero de su coche, una sobre la palanca de embrague y otra en el acelerador, que pisa con soltura. Le gusta la velocidad. El coche corre más de lo que ella presumía al subirse en él. Rumanía no fabrica vehículos, apenas tiene industria. Y aunque pequeño y cuadrado como una caja de cerillas, destaca en una ciudad destartalada y caótica. Hay colas a las puertas de pequeños ultramarinos que apenas tienen existencias. Los escaparates se ven opacos y vacíos según los dejan atrás. Los edificios importantes, como iglesias ortodoxas o palacios con molduras doradas, que desfilan tras la ventanilla, emergen de un fango de nieve sucia. Aun así, hay encanto en la decrepitud y obsolescencia de bulevares accidentados y calles rurales y campesinas con demasiados tranvías cruzándolas, como una madeja de lana enmarañada.

Tras un rato sin hablar, ella comenta:

—¿Esta es la capital de la Gran Rumanía?

Él vuelve a sonreír, parece que es su respuesta para no decir nada.

—Vamos a un lugar tranquilo. ¿Le apetece un café turco y charlar un rato? Hace demasiado frío para pasear por un parque. Los parques son el alma de la ciudad.

—Pensé que esta ciudad no poseía alma.

—No puede negar que es madrileña.

—¿Por qué dice eso?

—Por su forma de expresarse, y el acento. He trabajado con madrileños y hablan como usted.

María piensa automáticamente en el comisario Estaún.

—No nací en Madrid —le replica—. ¿Por qué no me lleva al Instituto de Lingüística? Me gustaría hablar con el conserje. Él sabe más de lo que ha declarado. Es tan mentiroso como Chiril Popescu. Puede que ahora sea sincero. El profesor Iliescu me sugirió que no tuviera en cuenta al conserje, es un hombre mayor con lagunas de memoria y es posible que no se acuerde de los detalles, que son lo importante, e invente situaciones para ofrecer a todo el mundo; según quién le pregunte, le da la versión que quiere escuchar. Igual ahora me cuenta la verdadera, o la que yo quiero escuchar. No puedo ir a tomar un café turco en una ciudad que ha secuestrado a mi marido.

—Esta ciudad no secuestra a nadie, Estrella. Comprendo cómo se siente.

—Usted está con ellos, es igual que ellos, por eso vive aquí. No debería confiar en usted.

—Me gustaría ayudarla.

—¿Por qué iba a hacerlo?

—Porque es una compatriota. Porque añoro mi país y no puedo volver a él. Y porque entre los españoles de esta ciudad nadie quiere ayudarla, todos son muy antifranquistas; ni uno solo moverá un dedo por usted. No me importa que esté alineada con el dictador. Es casi normal que así sea.

—Usted es la excepción que confirma esa regla... ¿Por qué he de estar alineada con el régimen?

Ella quiere saber por qué dice lo que dice mientras observa cómo Aguirre toma cierta velocidad por calles casi sin asfaltar para entrar en el mismo bulevar que los llevó al barrio de Urano.

—Una mujer de izquierdas no viste como usted, ni es tan hostil ante todo lo que ve en un país socialista. Tampoco hubiera utilizado ironía en su discurso del instituto, ni la tesis obsoleta del vasco-iberismo para explicar el origen de la lengua vasca.

—Parece usted vasco. —Ella vuelve a tirar de ironía—. El origen de su apellido Lamadrid no lo es —insiste.

Aguirre no responde. Traga saliva y respira hondo. Acelera ligeramente y mueve con brusquedad la caja de cambios para meter una marcha más. Luego dice:

—Procedo de una región devastada que dejó de existir el día en que fue bombardeada por alemanes e italianos. Dejémoslo ahí.

Ella sabe muchas cosas sobre él, entre ellas que nació en Guernica, tuvo un hermano y una madre que murieron en el bombardeo. Batalló en el Cinturón de Hierro en la defensa de Bilbao del asedio de las tropas de Franco. Se alistó en las milicias, pasó al ejército republicano y combatió hasta el final. Huyó por Alicante en el buque Stanbrook para no ser detenido por las tropas nacionales al final de la guerra. Luego se le pierde la pista hasta que aparece en Bucarest en la figura de un revolucionario comunista que ha sustituido el fusil por las ondas.

Uno nunca deja de ser lo que es, por muchos años que pasen, la naturaleza te persigue por mucho que intentes huir de ella. Ha leído el expediente que tienen sobre él la Brigada de Investigación Social y los ministerios de Justica y Gobernación. Cree haber leído sobre Mitxel Aguirre, Carlos Estaún y Evelia Rosales todo lo que existe en los archivos oficiales españoles y la información proporcionada por la inteligencia estadounidense. Y con todo lo que sabe de él, hay una gran laguna: su vida privada. ¿Habría sido un buen padre para Victoria de haber podido disfrutar de su hija? ¿Y un buen marido de no haber muerto Evelia en un calabozo? Piensa en lo mucho que se parece a Victoria, ella ha heredado la anomalía ocular de Aguirre que le hace ser una muchacha diferente, agitada silenciosamente en sí misma.

—Estrella —dice él, devolviéndola al presente—, si deseaba una experiencia excitante viajando a Bucarest, no le ha salido bien y lo siento de verdad. Algo pasa con el profesor Gausinet para que lo haya detenido la Securitate. No me gusta ver a un español con problemas en un país como este.

—Es la primera vez que escucho algo de verdad en lo que me dicen.

—También podría ser un error de la Securitate, que está bastante loca, pero su marido aparecerá. A las autoridades les gusta que la gente sufra y son un poco sádicas, pero se lo devolverán. El gobierno de Ceauşescu no quiere problemas con Franco, está en un cambio de orientación económica, odia a los soviéticos desde la invasión de Checoslovaquia y quiere dirigir la economía hacia los países capitalistas para terminar con la intervención y la influencia de Moscú en Rumanía.

—Malas noticias para ustedes, comunistas refugiados españoles, supongo.

—Creo que para ser lingüista entiende de política. Pero se equivoca.

—También sé que aquí nadie tiene un vehículo privado, aunque sea más viejo que Matusalén, salvo la élite política o los protegidos del Estado. Utilice su influencia para liberar a mi marido.

Piensa María en lo astuto y observador que es Aguirre y en la reacción que observa a su petición de ayuda: ha frenado suavemente y cerrado los ojos. Es sensible a las mujeres, sobre todo si están en apuros. Ella toma la iniciativa y le aprieta el brazo dulcemente y le suplica como lo haría una esposa convencional:

—Sé que puede ayudarnos, por favor, se lo suplico: ¡ayúdeme!

Él acelera, traga saliva para aclararse la voz de locutor y dice que hará lo que pueda, no le asegura nada, sin pestañear y sin levantar la mirada del avance del vehículo, sensiblemente azorado.

Se encuentran en el barrio Urano-Izvor de exóticos palacetes, frente a una construcción de ladrillo que parece una fábrica y pone LUCEAFĂRUL* en un letrero gigantesco y cochambroso, junto a un grupo de álamos deshojados. Bajan por una calle, suben

---

* Estrella de la tarde.

por otra, vuelven a bajar y a subir sobre raíles de tranvías y cantos rodados, con un traqueteo que hace temblar todo el coche. Durante el trayecto por la ciudad no deja de ver colas de mujeres jóvenes con pañuelos en la cabeza que ya parecen ancianas ante pequeños establecimientos, y callejones oscuros de tierra baldía.

Aparece el edificio del Instituto de Lingüística a la izquierda. Se asemeja a una casa encantada. Ahora observa que es la calle más bonita del barrio Urano, llamada calle de los manantiales o *Strada Izvoarelor*. Se siente en el epicentro de una guerra invisible.

Si tuviera en sus manos el botón rojo de la bomba atómica, lo apretaría sin pestañear para arrasar ese lugar, borrarlo del mapa. No le importaría morir allí mismo, bajo un hongo gigantesco, en una ciudad hostil y vigilada, deprimente, llena de malas asociaciones, con un pico más largo que el de un pájaro carpintero que le taladra la cabeza con su tamborileo desde que aterrizaron en esa maldita ciudad.

Él desea colaborar con Estrella sin exageración ni empeño, producto de reflexión y poco entusiasmo, quizá por interés o altruismo, o las dos cosas, cada uno en su espacio y fiel a su cometido.

Aguirre se ha dado cuenta, desde el principio del día, al entrar en la *suite* del hotel y encontrar un rostro de sorpresa e indignación, que ella no le mira a los ojos directamente. Cuando lo hace es por descuido o distracción y aleja la vista rápidamente de él, huye de su mirada y quiere ocultarlo. Y aunque eso le ocurre a mucha gente cuando ve su mirada de ojos distintos, hay algo en ella que le inquieta. Pero más le inquieta que no sea quien dice ser. Aguirre puede oler el miedo de Estrella.

Llegan al Instituto de Lingüística, aparca el vehículo en la puerta. El edificio está cubierto por la nieve que ha caído durante la noche. Hay un nuevo conserje: un joven de ojos diminutos y hocico de ratón que los recibe con andares cansados cuando sale de su oficinilla de vidrios ahumados. Lleva una gorra militar y un jersey de lana tejido a mano con las marcas de la aguja en los puntos abiertos y desiguales.

El nuevo conserje no tiene permiso para dejarlos entrar en las instalaciones, lamenta no poder ayudarlos absolutamente en nada. El antiguo conserje se ha jubilado, es lo que le han dicho, él solo es un humilde empleado del ministerio y lo han llamado para cubrir la plaza vacante hasta nuevo aviso. Y está contento por ello. Se encoge de hombros y los invita a salir a la intemperie. Hoy el instituto está cerrado a cal y canto. Ayer se dio por terminado el seminario programado para el mes de marzo y no hay nadie en el edificio, salvo él cumpliendo su labor de vigilancia y no quiere saber nada de lo que le pregunta ella. A todo contesta: *Nu ştiu, nu ştiu nimic** y se encoge de hombros.

La nieve comienza a caer sobre la calle y sobre ellos. Es esponjosa como algodón y se posa suavemente en el gorro de astracán. El conserje les cierra la puerta y ambos se hallan desconcertados sobre la blanca acera.

—Tiene sentido, ¡claro que tiene sentido! —Zarandea a Aguirre por el brazo—. ¿No se da cuenta, Fernando? Han hecho desaparecer al viejo, es un testigo del secuestro de mi marido. Ha visto más de lo que me dijo.

----

*   No sé, no sé nada.

—Aquí es mejor no buscar el sentido a las cosas, Estrella —dice él, manteniendo su brazo asido por ella.

—¿Por qué hacen esto?

La blancura de la nieve ilumina el rostro desencajado de ella y le agrandan los ojos, soberbios y altivos, de una mujer que conoce cada centímetro de la nieve que pisa. Ella le suelta el brazo.

—A veces por simple sadismo. Nunca es personal.

Le gustaría ser más efusivo con Estrella y valerle de consuelo. Quizá abrazarla, decirle lo que realmente piensa sobre el asunto, pero se abstiene de todo contacto y de hipótesis salvajes. La percepción de peligro de Aguirre se ha puesto a funcionar y está en alerta roja. El instinto de supervivencia lo tiene desarrollado y ha olido la amenaza en cuanto ha conocido a Estrella y a su marido, que bien podrían ser otra cosa.

Tiene demasiada curiosidad por conocer la realidad sobre la pareja española que ha entrado en Rumanía con todas las credenciales y de la mano de una autoridad académica y política del Partido Comunista Rumano, presidente de la Unión de Escritores de Bucarest y del Consejo de Cultura y Educación socialistas.

No debería dudar de los invitados de Marius. Pero la duda se acrecienta al pasar los días y el profesor Gausinet no es liberado. Es una obviedad que ningún miembro del Gobierno rumano ni de la Seguridad confía en sus protegidos exiliados españoles y nadie le va a revelar ninguna información sobre el matrimonio. Poseer contactos con los miembros de la Embajada soviética y viajar a Moscú, simplemente para comprar provisiones imposibles de encontrar en Bucarest, le han cerrado muchas puertas. El Partido rumano aún ampara a la emisora, pero cada vez los comunistas extranjeros gozan de menos favores en el Gobierno y casi todos sus privilegios los obtiene de la Unión Soviética, y eso ahora es un arma de doble filo. La policía rumana vestida de paisano vigila a todos los miembros de la estación Pirenaica y al personal extranjero de todas las radios comunistas que emiten para sus países; él no posee ninguna capacidad para saber lo que están haciendo con el profesor Gausinet, dónde lo tienen retenido ni las acusaciones que recaen sobre él, porque el Estado no reconoce sus prácticas de detención arbitrarias y preventivas. Es posible que nunca lo haga. Las detenciones se ocultan y se niegan cínicamente, con apariencia de secuestro, como una advertencia. De haber desaparecido el profesor en Moscú, la Unión Soviética ya le habría acusado públicamente de espionaje, de trabajar para Occidente, fuese un agente encubierto o un inocente profesor universitario; les daría lo mismo, es un orgullo para los rusos detener espías o que lo parezcan y hacer de ello una disputa internacional.

Los rumores más sorprendentes y las confidencias políticas del aparato rumano se las proporciona Marius. Al viejo sefardita le gustan los chascarrillos que emergen del barrizal del Partido y del Gobierno, y más aún le gusta debatir con Mitxel sobre la Guerra Civil española. Cualquier tema que implique al país que el profesor ha mitificado en su imaginario, como su tierra prometida y arrebatada, ejerce sobre él un interés desmedido y una fascinación absoluta. Pero Aguirre no se deja engañar por la aparente confianza que Marius ha demostrado hacia él desde que lo conoce, ni por los debates ideológicos que mantienen dentro de su sintonía ideológica. Sabe que su amistad con el profesor está condicionada. Marius considera a todo el mundo un potencial traidor a la revolución y es un fingidor impecable; un rumano desconfiado que sabe cavar la tumba de sus amigos.

Le ha oído decir varias veces, respecto a los españoles: «Oh, cuánta vileza hay en el pueblo español que aplaude a su Goliat, en vez de tirarle la piedra que podría derribarlo».

Cuando Marius invitó a Aguirre y a los miembros de la emisora española a la inauguración del seminario, solo parecía interesarle la gloria de su obra, la *Crestomaţie romanică*, y no les insinuó ninguna sospecha de sus invitados. Marius se tomó la asistencia de los dos profesores de la Universidad Complutense como una pequeña victoria sobre Occidente y sobre España, su tierra ancestral. La presencia de Estrella Salas y Alberto Gausinet en la presentación de su magno trabajo la sintió en lo más profundo como un reconocimiento que aumentaba su vanidad hasta extremos insospechados, sospecha ahora Aguirre. La vanagloria y la excitación se apoderaron de él y puede que bajara la guardia, pero no la han bajado los servicios secretos, que eliminan a sus potenciales enemigos sin juicio alguno, al estilo de la Stasi o el KGB.

Es probable que al viejo conserje del instituto lo hayan despedido con una gratificación y varias amenazas para quitarlo de en medio. La policía odia dejar rastros y testigos. Pero Aguirre no entiende por qué no han detenido a Estrella también. Quizá lo hagan en las próximas horas y esperan el momento propicio para secuestrarla. Todo depende de lo que hayan sacado de su marido.

«¿Quién es Alberto Gausinet? —se pregunta Aguirre—. ¿Y ella?». Prefiere averiguarlo por sus medios antes de que la Securitate la detenga.

El edificio del instituto parece un cadáver, cerradas las contraventanas en todas las plantas. La banderola que anunciaba el seminario, anclada a la fachada, se balancea por el viento como una vela sin rumbo.

—Aquí no hay nada qué hacer, Estrella, y hoy tengo el día libre para usted —dice Aguirre, abriéndole la puerta de su automóvil.

Ella se sacude los mocasines cubiertos de nieve y pone un pie en la alfombrilla del interior. Se quita el gorro de astracán y le cae el cabello sobre los hombros del abrigo al sentarse junto a él, ya acomodado al volante.

Venganza consumada

Los vendavales en Bucarest anuncian la primavera. El invierno se termina y con él las nieves y el frío que penetra por rendijas de puertas y ventanas y hiela las paredes, los suelos de terrazo, los muebles de formica... El aire te hiela la nariz hasta entrado el mes de junio.

Pero en el piso de Aguirre el calor no es una promesa incumplida, sino una realidad durante todo el invierno. Su edificio tiene una caldera comunitaria. Siempre funciona y está abastecida con montañas de carbón en el almacén, a pesar de la política de austeridad energética del Gobierno. En su edificio nadie se muere de frío.

María contiene el aliento al entrar. Él vive en una planta novena y el ascensor ha tardado un siglo en alcanzar la altura en la que se encuentran. Pensó que se atascaba en la subida. Una oleada de alivio sale a socorrerla en cuanto él se quita el abrigo y le prepara en la cocina un té con leche en polvo que ve disolverse en el fondo de la taza. A pesar de las malas sensaciones que siente por hallarse en la trinchera de Aguirre, se relaja y se deja agasajar por él, que le ofrece gestos sinceros y afectivos. Saca unas galletas de un cajón y de la nevera un envoltorio de papel de estraza con una mantequilla naranja.

—Su cara de hambre me dice que necesita desayunar, no creo que lo haya hecho esta mañana.

Afuera, una ventisca de nieve engulle una ciudad desaparecida en un manto helado que baja de los Cárpatos. La ventana de la cocina es muy grande. Solo se ve blancura tras los limpios cristales.

—Gracias por invitarme a su casa.

—Es un lugar seguro para usted.

María tiene los pies helados, no los siente del dolor. Se pregunta qué información tiene Aguirre sobre ellos a través del profesor Iliescu, de su Partido o de los servicios secretos rumanos, si es que la Securitate comparte información con los comunistas españoles, algo impensable, porque los refugiados también son vigilados en la paranoia persecutoria nacional, y ningún extranjero se salva de ser sospechoso y enemigo del pueblo. Ella no piensa que esté tan segura en su casa.

Él está de pie, recostado en el marco de la puerta de la cocina, intentando adivinar los pensamientos de ella. Le mira con insistencia los mocasines. María tiene los pies encogidos bajo el asiento y da sorbitos de té caliente.

—Quítese los zapatos. Le traigo algo.

Desaparece y regresa con un par de calcetines de lana.

Ella necesita mantener la imagen que siempre ha tenido de él en su imaginario: un asesino, el raptor de su hermano, con apariencia de hombre bueno y renovado. Aguirre ha blanqueado su pasado y se ha construido una nueva identidad de hombre honorable. No se va a dejar engañar por su impostada apariencia y su amabilidad.

María se quita los mocasines y se pone los calcetines. Están calientes y los siente confortables y suaves. Quisiera llorar, necesita desahogar la presión al hallarse reconfortada del frío. El destino se ha retorcido y solo puede pensar en Alonso. Desear a Alonso. Su regreso. ¿En qué estado se lo devolverán? «¿Me lo devolverán?», le pregunta a Aguirre. Él espera que así sea. «Más te vale», piensa ella.

Se está acostumbrado a la mirada de Aguirre, a los colores de sus ojos. Su rostro delgado y sus arrugas profundas, esculpidas en la frente y la comisura de los labios, le proporcionan cierta belleza a su aspecto de hombre socialista, sencillo y triste, sin ambages ni titubeos, conocedor del terreno que pisa y con ciertas debilidades que María está descifrando.

Ahora sabe dónde vive.

En un barrio colmena socialista, brutal, de nueva construcción, lejos del centro de Bucarest. Bloques y bloques de gran altura y tamaños descomunales, en fila india, a cada lado de la avenida trazada a tiralíneas, sin límite visible, más ancha que la Gran Vía, desangelada y vacía, por la que han entrado. La mayoría de los edificios que la flanquean están a medio construir, apenas separados por estrechos pasajes de tierra que prometen ser jardines en un tiempo mejor.

—Un sector nuevo —comenta él—, para trabajadores urbanos.

En el ascensor aclaró: «Este edificio es para el personal del Gobierno rumano». Ella se encogió de hombros, como si eso no significara nada. Pero lo ha significado todo en cuanto han entrado en el piso y se ha podido calentar con la calefacción destinada al personal del Gobierno. Y disfruta de una nevera, electrodomésticos nuevos y la decoración es correcta y funcional. Hay alfombras baratas en el suelo y cortinas amarillas de rayón.

—¿Vive usted solo?

—Es mejor que nos tuteemos. Y sí, vivo solo. Siempre he vivido solo.

—Disculpa mi indiscreción: ¿eso por qué?

—No es el momento de hablar de mí. Hablemos del profesor Gausinet.

—¿Me enseñas tu piso antes? Parece agradable. —María necesita tiempo para relajarse y pensar en la conversación.

—¡Ah sí, perdón, es de cortesía española mostrar las casas a los invitados! Lo había olvidado.

Lo dice sin acritud ni ironía, con sinceridad. Como si fuera una costumbre para recobrar. Es posible que tenga fotos de su hija y de Evelia sobre un aparador, como en la mayoría de los hogares de todo el mundo; en los hogares socialistas no está tan segura.

Él se agacha, recoge del suelo los pequeños mocasines de María y los coloca sobre el radiador de la cocina. Es un hombre metódico, muy ordenado, y la cocina reluce. Ella le sigue con los calcetines puestos. Es alto, su delgadez no esconde la fortaleza que adquiere su cuerpo al caminar.

El salón es muy pequeño. Tiene una librería hasta el techo con cientos de libros en español y ruso, ordenados por tamaños y colores: el cromatismo es audaz. Hay una máquina de escribir sobre una mesa y al lado montones de carpetas ordenadamente colocadas, una encima de otra, todas del mismo color: rojas. Solo les falta la hoz y el martillo, junto a cuatro tazas iguales con la imagen del Kremlin, alineadas, con lapiceros. Hay un sofá de tres plazas frente a tres ventanas sin balcón, en simetría perfecta.

No ve una sola fotografía, ni un cuadro en las paredes lisas y blancas. Su dormitorio tiene una ventana, una cama de matrimonio, una mesilla a cada lado, un descalzador y un armario empotrado.

Ella se detiene frente a la biblioteca y la examina. No le sorprende el elevado número de autores rusos que lee Aguirre. Él no deja de observarla detenidamente, intentando descifrar qué tipo de pensamientos tiene ella respecto a sus intereses lectores, mientras la ve curiosear las obras completas de Lenin y

Marx, encuadernadas en lujosas ediciones, con los bordes de las páginas dorados, como las biblias.

—Lecturas de diletante —dice él.

—No me parece —responde ella.

También hay novelas clásicas de Tolstói, Gorki, Dostoievski, Turguénev; poesía de Pasternak, Block, Lérmontov, los cuentos completos de Chéjov y una sección impecable de autores y poetas latinoamericanos y españoles proscritos y de izquierdas, incluida una edición manoseada del *Romancero gitano* en lengua española. Le gustaría abrirlo y examinarlo, pero se abstiene, no es buena idea ir tan de frente.

—Esta es mi humilde casa y mi humilde biblioteca —añade él—. Ahora tuyas, si las necesitas. Es todo lo que poseo.

—Es acogedora tu casa, está muy limpia.

Prefiere no hablar de literatura rusa ni de poesía republicana.

—No es obra mía, se lo debo a mi asistenta, solo intento no ensuciar ni desordenar. Mantener el trabajo en cadena garantiza menor esfuerzo para ella y mejores resultados para mí.

—¡Oh! —dice María—. ¿Estajanovismo o fordismo? ¿O todo revuelto?

Él sonríe. Otra vez sus arrugas se deslizan agradables por su cara. Ella cree superar el horror que siente cuando lo mira.

—Ninguna de los dos. Ni Stajánov ni Ford, por principios.

—Tengo una curiosidad: ¿a tu asistenta le paga el sueldo el Estado?

—No, se lo pago yo. Es un extra que complementa su trabajo. Es mecanógrafa.

—¿Mecanógrafa de qué?

Él no contesta. Ella se sienta en el sofá, junto a su bolso y el abrigo que ha dejado al entrar. No había visto una mesita baja en una esquina, oculta por la cortina. Tiene encima un marco con una fotografía, junto a una orquídea de tela en un jarroncito de plástico, comprados seguramente en un bazar.

Ella coge el marco con naturalidad. Se le acelera el corazón al ver la imagen de una mujer hermosa con un bebé recién nacido en brazos. Está apoyada en el capó de un taxi de Madrid, negro con la franja roja, en una calle indeterminada del centro de la ciudad. Tiene el pelo oscuro y corto, a la moda francesa. Lleva un vestido de florecitas de manga larga, se le nota la tripa todavía inflamada del embarazo. Ese rostro María lo conoce muy bien, está sin desfigurar, relajado y feliz, con unos ojos oscuros y enormes y una sonrisa cautivadora de madre recién parida. No es el rostro compelido e hinchado con moratones y ensangrentado que vive en su memoria como una pesadilla.

—Era mi mujer, con mi hija en brazos..., en Madrid... Hace veintidós años.

Desconoce la cara que se le ha quedado al observar la fotografía, pero la de él es la de una puñalada en el corazón. María no sabe qué responder a eso.

A Aguirre se le nota un dolor insondable al ver a una extraña con su fotografía en la mano.

¿Es que no se le ha ocurrido sospechar quién es Estrella Salas Alvar? A María se le hace difícil despegar los labios para seguir mintiendo. Lleva en el bolsillo del abrigo la pistola que ha montado en el hotel y la pócima venenosa en el neceser del bolso. En el momento propicio podría utilizar cualquiera de los dos y acabar con Aguirre allí mismo, borrarle de la cara el gesto de dolor que ha puesto cuando ha hablado de la fotografía, que ella deja despacito en su lugar sin hacer ninguna pregunta porque tiene casi todas las respuestas, menos la que más le interesa.

—Qué situación tengo tan complicada—es lo único que dice ella—. No sé por dónde tirar. Cualquier cosa que haga no será buena idea.

—Depende de lo que estés dispuesta a hacer. Pero no conseguirás nada. Sé que no me vas a contar la verdad, así que no te pregunto. Recuerda que en este país solo cuentas con mi ayuda. Sería buena idea que te marcharas a Madrid. Podrían detenerte, como a tu marido. Y Marius no hará nada por ti.

—Es posible. Me arriesgaré. Todo lo que amo ha desaparecido, solo quiero recuperar a mi marido. No me iré sin él: vivo o muerto.

—No está muerto.

Él todavía está de pie en el salón, cerca de una ventana, a la distancia justa para no confraternizar demasiado con ella.

—¿Por qué está tan seguro? —A María le cuesta tutearlo; él se da cuenta.

—La Securitate no suele asesinar a extranjeros, se andan con mucho cuidado.

—Me gustaría creerlo.

—Actúa como la secreta española, solo se cargan a los nacionales, que son a los que odian. Estarán interrogando al profesor *Gausinet*. Se toman su tiempo. —Pronuncia el apellido con cierta ironía—. Tenemos algo en común, Estrella.

María no quiere escuchar lo que va a decir, se teme.

—A mi mujer también la detuvo la policía política, pero la española. La asesinaron con total impunidad y con absoluta brutalidad en un interrogatorio, solo por pensar de forma diferente. Luego me robaron a mi hija porque no puedo entrar en España; ahora es una mujer y lo daría todo por recuperarla.

Ella siente una sutil victoria, pírrica si se quiere. Pero victoria, al fin y al cabo.

—Algo habrás hecho en el pasado para tanta desgracia, supongo —le reprocha María.

A Aguirre se le incendian los ojos, el azul más azul, el marrón más marrón y ella observa que, por primera vez, él ha comprendido la naturaleza de la situación real.

—Porque sabes una cosa, Mitxel Aguirre: quien siembra vientos, recoge tempestades. Y la tempestad ha venido a llevarte.

Aguirre se queda pasmado, inmóvil, arrasado por el vendaval que arroja María sobre él, que agacha la mirada y comprende su incapacidad para asimilar el descabellado escenario.

Ella tiene al lado su bolso, lo coge y lo abraza. Siente un calor inmenso en las mejillas y observa a su verdugo convertirse en la sombra de un fracasado.

—Estoy aquí por ti, Aguirre. —Ahora se encara, con seguridad y confianza, como si tuviera la pistola del bolso en la mano, apuntándole a la cabeza, enajenada de toda compasión y realismo—. Ni soy profesora ni me importa la lingüística; sabes muy bien que soy la niña que perdió la infancia cuando te llevaste a mi hermano de Las Canónigas y matasteis a mis padres y a la monja Ricarda.

María podría abrir el bolso y dispararle en el vientre como a Carlos Estaún y mandarlo al infierno de una vez. Podría verlo morir delante de sus ojos, retorciéndose en las llamas del pasado hasta extinguirse.

Él está paralizado en medio de la sala. No se mueve un milímetro, como si, amordazado, lo estuvieran apuntando por la espalada. Su expresión es una máscara de penosa perplejidad. Su pelo canoso en las sienes se le ha erizado y empieza a sudar por la frente como si una ola de calor arrasara su humilde saloncito.

—No estoy en disposición de usar la violencia contra ti en este país de mierda, yo sola, rodeada de miserables de mierda, con el profesor Gausinet secuestrado; es una situación no prevista, no soy una suicida. Es posible que tengas la idea de deshacerte de mí. Sería sencillo denunciarme, pero ten en cuenta que tenemos a Victoria. Y si no vuelvo contigo a Madrid, mandarán su lindo recuerdo *post mortem* en una cajita a tu absurda emisora. Y no olvides a tu amigo Carlos Estaún, siempre puede empeorar su situación. La cárcel es mal lugar para un viejo moribundo en silla de ruedas. Llegados a este punto, las cartas están echadas para los dos, Aguirre, o quieres que te llame Fernando. Tu víctima es tu verdugo. Y puede ser un camino de ida y vuelta, o no: tú decides.

»Y ahora, miliciano, dime que hiciste con mi hermanito, me lo debes. Yo he cuidado de tu hija y la quiero, pero podría dejar de quererla. Le he dado la mejor educación posible y es feliz. Y tú, a partir de este momento, vas a decidir su futuro, para que no termine como su madre.

Un saco de estopa

Aguirre no se repone de la impresión de tener frente a él a María Fernández de Amuradiel. Lo cierto es que nunca puso rostro de adulta a la niña de Las Canónigas, como si el tiempo se hubiera detenido en el instante en que vio por última vez su cara blanquita y de una tristeza abrumadora, que rompía el corazón a cualquiera que la mirara.

Es lo que tiene la desgracia de los niños, ablanda los corazones.

Nunca se detuvo a pensar cómo se había transformado una niña inocente en una fanática que trabaja para la maquinaria franquista, sabiendo que Victoria se encuentra bajo su control. Quizá erróneamente presentía que su hija estaría a salvo con María y nada malo le podría pasar, aun siendo esta su férrea enemiga. ¿Cómo ha podido ser tan ingenuo, si ellos asesinaron a Eve? O es lo que le ha interesado pensar durante todos estos años para calmar los malos pensamientos y la desesperación de no haber podido criar a su hija.

Para él, María no había crecido, era un símbolo, una representación del maldito sufrimiento de la guerra, de las atrocidades que ningún soldado se plantea desobedecer porque forman parte de la anhelada victoria y de la venganza sobre el enemigo, maldito enemigo convertido en una idea a exterminar, sombra de muerte que corrompe las almas. Y esa niña ha venido a llevárselo, como la muerte se lleva a los moribundos.

Ahora reconoce en los gestos de María a la pequeña sufriente, que no fue otra cosa que una huérfana más que dejaban a su paso, reguero de destrucción para construir un nuevo orden que nunca fue, solo una guerra fallida que lo condujo al ostracismo y al destierro, a él y a todos los suyos: los que perdieron la guerra para hacer de ella una batalla sin tregua.

Y ahí están los dos, como en la última mañana del 22 de junio de 1937.

Pero el tiempo no ha retrocedido, él no puede cambiar lo que ocurrió, ha seguido avanzando en su loco movimiento para pedirle cuentas. El espacio tampoco ha cambiado, porque Bucarest es estar en Las Canónigas, es el fango de una batalla que no ha terminado todavía. Quizá sea la hora de ponerle un final.

—Creo que te lo debo —dice Aguirre—. Saldaré mi deuda contigo.

—Y también se lo debes a Victoria —dice ella con dureza—. Se ha criado sin un padre.

Él cree que María le lee los sentimientos. Los dos tratan de no mencionar a Evelia. María se levanta del sofá y deja de mirarlo desde abajo. Él se mantiene donde está, como mareado, en el mismo dibujo de la alfombra del que no se ha movido, anclado al mástil de un barco a la deriva.

—Tenías que haberte entregado, Aguirre. Hace muchos años debiste hacerlo, cuando murió Evelia. Quizá ya estarías fuera de la cárcel. Y ahora entrarás en ella.

—No hables de Evelia, no quiero odiarte —dice él—. A ti no; no debo odiarte. Eres mí víctima.

—¡Cállate! ¡No digas eso!

Él no quiere hacerle daño. Es el odio y el dolor de las víctimas lo que ve en los ojos de María, el odio y el dolor que veía en Eve.

—Quiero que sepas cómo murió Evelia —añade ella—. No es el panfleto ni la mentira atroz que has narrado en tu emisora de mierda al mundo entero: una mentira que has querido creer para odiarnos con más ahínco. —Él se apoya en la librería con la cara desencajada, necesita escucharla y creerla—. Yo estaba en el edificio de la Puerta del Sol esa noche. Participé en la redada del piso de Cuatro Caminos donde detuvimos al comando, y admito que le disparé a Carlos Estaún; no me arrepiento, lo volvería a hacer.

»En la DGS yo cuidaba del bebé de Evelia mientras ella era interrogada. Nadie quiso matarla. Yo hablé con ella en el calabozo para convencerla de que hablara, no le deseaba ningún mal, me daba una pena terrible. Le prometí que cuidaría de Victoria durante el tiempo en que estuviera apresada, se lo prometí y no he faltado a mi palabra ni un solo día. Ella parecía que iba a colaborar, a contarnos la misión de su comando en Madrid para jodernos bien. Luego salí un momento y, cuando regresé, Evelia estaba en el suelo. Fue una tragedia. Se disparó a sí misma. Nadie la asesinó. Lo planeó sobre la marcha, nos hizo creer que colaboraría. El agente que la custodiaba bajó la guardia, la desató para que descansara un rato y ella le quitó el arma y se pegó un tiro. Esa es la verdad, Aguirre, la verdad que nunca has querido admitir porque todo lo que es oficial debe ser mentira. Pero en esta ocasión era la verdad. Te lo juro por el hermano que te llevaste de mis brazos.

—¡Tu hermano estaba muerto, joder, muerto! —Aguirre no quiere perder la calma. Le sudan las manos y se le crispan los labios al hablar—. Cuando te lo quité de los brazos, lo metí en un saco, lo colgué del manillar de la motocicleta y conduje como un desquiciado por tu pueblo. Aceleraba y frenaba y volvía acelerar y a frenar, y así conduje, como un loco, durante horas, sin rumbo, sintiendo el movimiento del saco chocar contra el guardabarros de la rueda. No sé el tiempo que estuve derrapando por los caminos de los sembrados tocando el claxon a todo bicho viviente. No sé por qué me estaba comportando así. Odiaba mi juventud, me odiaba a mí mismo, odiaba cuanto respiraba, odiaba la vida, odiaba estar vivo con un bebé en un saco que ninguno de nosotros había matado, pero del que yo debía deshacerme. Orden de mi superior. Se lo podía haber encargado a otro, pero yo me destaqué por algún motivo, quizá porque tú me dabas demasiada lástima; yo había perdido a un hermano con una edad parecida a la tuya bajo los escombros de Guernica. —Da unos pasos hacia delante y se sienta en el borde de una silla junto a la mesa—. Recuerdo que la noche anterior a esa mañana entré en tu dormitorio a dejar a tu hermano contigo. Yo mismo lo saqué de su cuna, en la habitación de tus padres, cuando los detuvimos junto a la monja que vivía con vosotros. El bebé estaba vivo, tenía mucha fiebre, ardía, yo solo quería ponerlo a salvo y te lo llevé. Comprobé que estuvieras en tu dormitorio para que no presenciaras lo que ningún niño debe ver jamás: la detención y la ejecución de sus padres. Recuerdo que me llevé el crucifijo que estaba clavado encima de tu cama. No sé por qué lo arranqué de la pared. Era como si Jesucristo no debiera estar allí. Y tú me lo reprochaste cuando me fui con el cuerpo de tu hermano a la mañana siguiente, en el zaguán de tu casa. Nunca lo he olvidado: «¡Devuélveme a mi hermano y devuélveme mi crucifijo, ladrón!». Eso no se puede olvidar nunca, María. El crucifijo lo metí en el saco de estopa a la mañana siguiente y lo enterré con el niño.

—Creo que mi hermano dejó de respirar en mi cama esa madrugada —susurra María con lágrimas en los ojos—. Yo lo abrazaba para darle calor, con tanta fuerza que no quise ver que podía estar muerto.

—Sobre las siete de la tarde —continúa Aguirre—, con los brazos doloridos de aguantar el manillar de la motocicleta, me quedé sin gasolina en medio de un sembrado de trigo. Sudaba como un condenado. Vi la caseta de un pozo y, allí mismo, detrás de ella, cavé una sepultura en la tierra de vuestra finca. Se veía de frente el camino a un pequeño cementerio, como a unos cinco kilómetros, sobre una llanura amarillenta y plana como un mar sin fin. El sol caía con justicia y en ese agujero sepulté el saco; no quedó montículo alguno. Aplasté la tierra con las botas y me fui de allí más tranquilo, empujando la motocicleta hasta llegar al campamento de la unidad.

»Quiero que sepas que yo no formé parte de la brigadilla de ejecución de tus padres y la monja. Ni les até las manos ni les vendé los ojos al borde de la mina. Los tres estaban en la lista de ajusticiables por tres motivos: religiosos, políticos y económicos. Nadie los podía salvar. Yo me quedé esa noche en vuestra casa y en los edificios aledaños contabilizando en el libro de requisición todo lo que veía para su embargo, por orden de la Junta Provincial de Incautación. Yo jamás he matado a un hombre fuera del frente de batalla. Y menos a un niño. Ni me tomé la justicia por mi mano.

—Tengo que ir a ese lugar —balbucea María.

Se tapa la cara con las manos y solloza.

Aguirre la ve desprotegida e insignificante, como cuando era una chiquilla de seis años; él la ha inundado de su dolor, pero no lo siente como un triunfo porque es una derrota, un gran fracaso que ha abierto un viejo abismo al que se asoma. Tiene la sensación de que solo existe una forma de cerrarlo para siempre. Regresar a su país, del que no debió escapar nunca, y mirar a su hija a la cara, pedirle perdón y empezar de nuevo, aunque sea desde la cárcel. Será más libre de lo que se siente ahora. Tiene cincuenta y cuatro años y está demasiado cansado para combatir por ideales que nunca se cumplirán, a tres mil kilómetros de su hogar, radiando diariamente por las ondas el fracaso de su vida, de sus ideas y del mundo que ha querido construir. Ha de luchar por realidades y su única realidad es proteger y amar a Victoria. Quizá le agradece a María este acto de valentía y determinación que ha guiado su existencia, de ir tras él durante toda su vida. Le viene a la memoria la imagen de Carlos Estaún, al que le quedan pocos años por vivir, paralítico y encarcelado por su lucha, que también es la lucha de Aguirre. Es posible que también se lo deba al hombre que le ha cuidado y protegido desde que era un simple joven excitado por la ira y la pérdida, en medio de una guerra que hizo suya. E, igual que María, él ha perdido todo lo que amaba. Pero una luz se abre en esa mañana nevada con el rostro de su hija.

—Te ayudaré a que aparezca *tu marido* —dice Aguirre.

María se quita los calcetines y él ve unos pies blancos y pequeños que le enternecen por primera vez.

—No es mi marido, pero me gustaría que lo fuera, si aún estoy a tiempo.

—No quiero saber quién es; evítamelo llegados a este punto. Ese hombre puede ser mi mayor enemigo.

Suena el teléfono en la cocina. Él se levanta de la silla y se da la vuelta extrañado, nunca está en casa y nadie lo llama a su domicilio. Ella va tras él. Aguirre descuelga el auricular sobre la pared de baldosas amarillas.

Es Marius Iliescu.

—Sí, ella está conmigo, no te preocupes. Sí, fui al hotel a buscarla. Estuvimos en el Instituto de Lingüística. Ya... Me imagino que lo sabes. ¿Cómo...?

Hablan en español porque a él no le gusta hablar rumano y lo hace bastante mal. María se pega a Aguirre, intenta escuchar a través del aire la voz del profesor.

—Vamos para allá —dice Aguirre—. Ha aparecido *tu marido*. Está ingresado en el Hospital Brâncovenesc.

Hospital Brâncovenesc

Entran de nuevo en el barrio de Urano. Aguirre lo ha llamado «el falso París», no a demasiada distancia del Instituto de Lingüística, cruzando el bulevar de la Victoria del Socialismo y la Plaza Nacional. El hospital es un vasto conjunto de edificaciones de una belleza exótica y sobrecogedora, de ladrillo rojizo y piedra en cenefas sucesivas, con las ventanas en arco, cuya entrada principal está en una gran avenida desde la que se accede al recinto, protegido por altas verjas de hierro, como clavadas en la nieve que cubre las aceras.

—¿Qué le habrá sucedido? ¿Cómo estará...? —dice ella por fin, con temor a lo que pueda escuchar de Aguirre, intentando calmar sus dramáticos pensamientos, buscando soluciones.

—No lo sé, pero está vivo y es lo importante. Marius no ha comentado nada, solo que está ingresado. Tu amante está en un buen lugar. Es un hospital para pobres y necesitados, pero el mejor de la ciudad, bien equipado y además fastuoso. Los quirófanos son de mármol —le explica a María para intentar mitigar la desesperación que hay en ella mientras él conduce rápido y cruzan el control del hospital—. Te voy a contar su historia: fue construido por Elisabeta Brâncoveanu, una princesa moldava, filántropa y caritativa, de una noble familia de grandes boyardos moldavos. Se retiró del mundo y se hizo monja a la muerte de su marido. Murió en 1857 en su celda del monasterio de Văratec, a los pies de las montañas del norte de Rumanía. Es una bella historia para escribir un libro.

—¿Desde cuándo te parecen bellas las historias de monjas y nobles? —dice ella, dolorida, pensando ahora en el cruel destino de la monja Ricarda.

Siempre pensó María que los comunistas odiaban a los religiosos, a la nobleza y a todo lo que significara capital y privilegios privados.

—Ceaușescu caza osos en los Cárpatos como Franco caza ciervos en Sierra Morena —contesta él.

Según va conociendo a Aguirre, menos lo entiende. ¿Es que ya no es comunista? O es que el comunismo solo existe para los que no son del Partido.

Él guarda silencio, ella no dice nada en una atmósfera de tensa espera; apenas han hablado durante el trayecto desde su barrio monstruoso y artificial de bloques de hormigón, encapsulados en el reducido habitáculo de un vehículo socialista, fabricado en la República Democrática Alemana y reservado a los miembros del Partido alemán, como le ha comentado Aguirre al subirse en él con la agitación que lleva toda desgracia. Ella se ha limitado a no hacer caso al comentario, ni ha abierto la boca hasta entrar en el centro de una ciudad abandonada bajo la nieve sucia, pisoteada por tranvías, grises autobuses y viandantes con abrigos ajados y gorros deslucidos.

Tampoco entiende que Aguirre haya accedido sin ninguna resistencia a entregarse, ¡ni lo ha discutido! No puede fiarse de él ni de lo que pueda encontrarse en el hospital. Todo en Bucarest le parece una encerrona, una trampa, como si viviera una pesadilla en la que todo es falso e inventado y nada es real, ni siquiera Aguirre y Marius Iliescu.

—¿Por qué se ha enterado el profesor con tanta rapidez?

—Marius es un miembro importante del Partido Comunista Rumano. Sus tentáculos llegan a todas partes. Siempre sabe lo importante antes que nadie, incluso antes de que ocurra. Y aunque odia a Nicolae Ceauşescu con toda su alma y lo llama *zapatero remendón*, es muy astuto y ha sabido ganarse la confianza del secretario general. Pero el secretario general no confía en nadie más que en su mujer, Elena.

—Entonces, Marius sabrá quién soy yo. Y sabrá también por qué han secuestrado a Gausinet.

Ahora María ya no puede seguir llamándolo Gausinet ante Aguirre. Y tampoco va a decirle quién es realmente, aunque es posible que lo haya averiguado, como averiguó dónde se encontraba su hija cuando era una niña y tuvo el valor para entrar en España y contactar con ella para dejarle claro a Victoria su procedencia. En el fondo, Aguirre no es tan cobarde como pensaba.

—No creo que Marius sepa nada concreto. Tendrá sospechas, me imagino, como sospecha de todo el mundo —añade Aguirre, mientras aparca sobre un barrizal protegido de la nieve, bajo una marquesina—. La policía política no confía en nadie ni hace confidencias, por lo menos en los inicios de las investigaciones. Y si lo han soltado en dos días es porque no han conseguido nada o bien han creído lo que tu *marido* les haya contado. Marius desconoce quién eres, te lo aseguro; no habrías durado ni un día en libertad. En el fondo, él sobreestima a los españoles y siente fascinación por nosotros y por su origen español. No está nada satisfecho de ser rumano, aunque nunca le oirás decir algo así. Pero es posible que se entere y os desenmascare. En España la Securitate tiene confidentes y se mueve, sabe presionar a los disidentes rumanos que viven en Madrid y en Barcelona. Así que ahora hay que sacaros de aquí y abandonar el país lo antes posible.

María tiene la impresión de que Aguirre necesita regresar a España y ella le ha dado el motivo perfecto. Ahora parece tener prisa o miedo o todo junto, o que pueda salir mal la salida de los tres de Rumanía, o no lo consigan nunca. También es posible que, tomada la decisión, tenga miedo de echarse atrás.

Salen del coche. Antes de cruzar las puertas de entrada al pabellón de urgencias, quiere saber por qué el profesor Iliescu llama *zapatero remendón* al secretario general que va a ser el próximo presidente de su nación.

—Porque era aprendiz de zapatero, y para Marius ya es bastante consideración llamarlo zapatero. Marius es un intelectual elitista y odia la ignorancia, no la pobreza ni la humildad. Y Ceaușescu es el mayor ignorante y el menos humilde que uno pueda conocer. Nunca digas esto en alto.

Él se lleva el dedo a los labios y le abre la puerta del hospital. Ella vuelve a notar el mismo frío que le había helado por la mañana los pies. Siente una gran inquietud y le tiemblan las piernas y las manos cuando él pregunta en el control del hospital y le indican la habitación en que se encuentra el extranjero que ha ingresado hace tres horas.

Un hombre extremadamente delgado vigila la entrada a la habitación de Alonso. Se levanta de una silla plegable al verlos aparecer, vestido con un desaliñado traje marrón y un arma bajo la chaqueta. Tuerce la boca y les pide la identificación. María le muestra su certificado de matrimonio y el pasaporte y el policía les abre el paso sin apenas mirar los documentos, con desgana, como si supiera quiénes son de antemano, los esperase y hubieran tardado demasiado en llegar.

Ella da un empujón a la puerta y corre hacia Alonso. Suenan tres campanadas de una iglesia cercana y ahora necesita un milagro para no morir allí mismo cuando ve lo que han hecho con su primo, amante y deseado marido, el ser que le ha dado una ilusión para vivir desde que la rescató su tío de la casa del tahonero. Se agacha ante la cama y rodea a Alonso con sus brazos, como si ya estuviese muerto. No puede contener las lágrimas.

Aguirre se sitúa a una distancia prudencial del enfermo e intenta evaporarse.

Alonso está postrado en una cama de níquel en una habitación en la que solo está él, blanca y antigua de techos muy altos. Tiene la cabeza hundida en la almohada y las pupilas tan contraídas que sus ojos están blancos como la nieve exterior. Hace un gran esfuerzo para respirar y jadea como un moribundo.

—Las torturas rumanas son... muy torpes..., monada... —balbucea, retirándose débilmente con la mano la mascarilla de oxígeno. Habla con dificultad, le resbala saliva por la comisura de los labios—. Pero estoy vivo y saldremos de aquí.

Él le susurra al oído palabras que nadie debe escuchar. No han logrado sacarle que es un infiltrado, un impostor. Tampoco que Estrella Salas Alvar no es una lingüista de la Universidad Complutense, sino otra impostora, cuadro importante de la Falange Española, y que trabaja para el Movimiento y la represión de los disidentes. No habrían durado un minuto sin ser detenidos y encarcelados, torturados e incluso asesinados para hacerlos desaparecer de haberlo sabido la Securitate.

Aguirre se mantiene a unos metros de la cama. Le impresiona el estado de debilidad en que se encuentra un hombre que no parece el mismo que conoció en el Instituto de Lingüística el lunes pasado, con la piel amarillenta y deslucida y los pómulos hundidos en un cuerpo extrañamente debilitado y convulso. Ha perdido el color de la piel, su bronceado mediterráneo se ha convertido en una pátina macilenta. ¿Cómo es posible esa transformación en tan poco tiempo? No observa contusiones, rasguños ni golpes en el espectral rostro de Gausinet, ni en la cabeza ni en los brazos que le cuelgan fuera de las sábanas. Sabe que hay torturas que aniquilan por dentro y destrozan a los hombres. Tiene aspecto de haber sido envenenado.

Sale al pasillo para dejarlos solos. Quiere hablar con el policía vestido de paisano que les ha dejado pasar. Tiene órdenes de no separarse del profesor Gausinet hasta que entre en el avión, le dice el agente en un rumano con acento serbio y rasgos eslavos. Es la respuesta que da a todas las preguntas que le hace Aguirre. No sabe nada sobre las circunstancias que rodean al caso de la desaparición ni cómo lo han encontrado. Tiene órdenes de vigilar al profesor hasta que salga de Rumanía lo antes posible. Las autoridades han dado al matrimonio veinticuatro horas para salir del país. Aunque esta información es confidencial, dice a continuación el policía vocalizando cada palabra: «Se lo digo para que ayude a sus dos compatriotas a salir de nuestra nación. Ella está bastante perdida y él no creo que vaya a vivir mucho tiempo».

Aguirre se sienta en el banco del pasillo a esperar a Marius. No quiere entrar a la habitación ni presenciar la intimidad de dos amantes ni sus susurros de amor ni la compasión de María ni la agonía de un hombre que ha sido su mayor enemigo después del Caudillo. Gausinet no puede ser otro que Alonso Fernández de Amuradiel, el único primo de María, hijo del general que tomó el Alcázar de Toledo para los nacionales. Quién si no iba a emprender esta aventura disparatada con ella, una misión mortal que le concierne a María especialmente. Está tan seguro de ello como la nieve que entierra Bucarest en la desolación.

Hace tantos años que no ama a una mujer que se le había olvidado la fuerza del amor. Una fuerza que no arroyó a Eve, que se largó de su lado. Nunca ha amado a otra mujer. No ha habido nadie más para Aguirre porque ha perdurado en él la presencia y el espíritu de su combativa amada durante toda la vida. Una presencia que ha inhibido todas las presencias.

¿Cómo va a mostrarse ante la hija que Eve le dio?

Victoria jamás se ha puesto en contacto con él, nunca le ha escrito una carta ni una postal con una imagen de Madrid y un simple «Papá, leí tu nota y me gustaría hablar contigo». La nota que él metió en su chaqueta se perdió, quiere pensar. O tal vez no ha querido arriesgarse a escribir a un fugitivo, a un apestado comunista buscado por la justicia. Pero él nunca perdió la esperanza. Cada carta y cada postal que llegaban a la emisora durante los últimos siete años suponían una esperanza, una promesa que nunca se ha cumplido. No puede reprocharle nada a su hija. Él lleva en la memoria la carita morena de once años de Victoria y la blusa blanca del Auxilio Social. Ningún niño debería tener una madre que se ha quitado la vida mientras es torturada en un calabozo y un padre prófugo que combate las ideas con las que su hija ha sido educada. Aguirre ha necesitado mucha fortaleza para vivir como vive, para vivir sin nada, sin nadie, con esperanzas ilusorias, promesas ilusorias y expectativas ilusorias de derrocar un régimen que lo ha derrotado a él en todos sus propósitos.

Cruel y eficaz venganza de María Fernández de Amuradiel sobre Mitxel Aguirre.

Observa el trajín de las enfermeras sin verlas, fantasmas vestidas de blanco que pasan por su lado silenciosas y etéreas. Marius aparece tras cruzar el umbral de una puerta, envuelto en un abrigo de astracán hasta los pies, con el sombrero en la mano y el pelo canoso desparramado.

—¡Necesito ver al profesor Gausinet! ¡Enseguida! —grita alterado, como nunca lo ha visto Aguirre.

El profesor Marius Iliescu viene del despacho del director del hospital. El doctor Theodor Florian se ha negado a entregarle el expediente clínico del profesor Gausinet, aduce que Marius Iliescu no es un familiar directo y él manda en su hospital.

Ha sido muy desagradable la conversación entre ambos. Marius tiene signos de preocupación por el tipo de informe médico que puede escribir el doctor Florian. Ante las amenazas de Marius Iliescu, que le ha recordado su posición en el Partido, el médico le ha contestado:

—¿Ha leído el lema de la pared de la entrada escrito por su fundadora, que reza: «Este hospital está hecho para los pobres y los moribundos el día de Navidad, para que muera quien ose tocar este hospital», ¿Va a tocarlo usted?

Marius está dañado en su orgullo. Lleva una mirada de inquina ante Aguirre, que, sentado en el banco del pasillo, observa tranquilo la rabia del viejo profesor, menguado bajo su abrigo de astracán, que vivió una mejor vida.

—¡El doctor Florian es un nazi! —grita Marius en la puerta de la habitación, ante el delgado policía, que lo observa con un cigarrillo apagado entre los dedos y le da igual lo que diga—. ¡Dirige este hospital desde la dictadura de Antonescu y la adhesión a Alemania! Es un disidente dentro de una bata blanca que airea como si fuera un príncipe y es un apestado. Y un beato religioso que será detenido. Vamos para dentro, Fernando, vamos para dentro. Me encargaré personalmente de desnazificar este hospital.

María no ha hablado todavía con ningún médico. Ha pasado una enfermera a tomar la temperatura y a suministrar medicación intravenosa al enfermo y no ha hecho ningún comentario a las inquietas preguntas de María, solo ha repetido varias veces: *Vorbeşte cu doctorul, vorbeşte cu doctorul**. María ha perdido los nervios: *Ce are soţul meu, ce i-au făcut!***

Marius avanza hacia al lecho de Alonso. Pasa ante María con el sombrero en la mano, la cabeza gacha y un seco saludo de cabeza, sin más. Observa detenidamente al enfermo. Le sube y le baja los párpados. Le sujeta la mascarilla de oxígeno y le abre la boca. Le examina la lengua y los dientes. Luego las uñas, los dedos, las palmas de las manos; levanta la sábana que lo cubre y le palpa el estómago, le pasa la palma de la mano por la piel y estudia el cuerpo entero de

---

*   Hable con el doctor, hable con el doctor.
**   Qué tiene mi marido, ¡qué le han hecho!

Alonso, retirándole una especie de gasa blanca que lo envuelve por la cintura, con unas cintas de algodón.

—Está intoxicado, sin ninguna duda. El doctor Florian bajará en unos minutos para hablar con usted, Estrella. Yo no he podido sacarle más.

—A ver, Alberto, ¿puedes hablar?, ¿cómo te encuentras? —interpela Marius a Alonso.

—Me estoy quemando por dentro. Pero saldré de esta, profesor —gime el enfermo.

Alonso reconoce a Marius y este frunce la frente y se lleva los dedos al mentón.

—Eso esperamos todos... Ánimo, Alberto, ánimo. Pronto estarás en España.

María y Aguirre están juntos a los pies de la cama. Alonso no tiene fuerzas para entablar una sencilla conversación. Tiene la cabeza ladeada y la mirada ausente. Respira con dificultad. Dentro de él un ardor le consume la sangre y no sostiene el hilo de los pensamientos. Una náusea lo recorre y lo avasalla. Quisiera llorar al ver a María, pero no tiene lágrimas. Su cuerpo está sufriendo un proceso de deshidratación, se seca por dentro. Ella se acerca a la mesilla, empapa una gasa en un vaso de agua, se la pone en los labios y le susurra palabras cariñosas al oído.

Aguirre observa la escena, es sensible a los sentimientos de María hacia un hombre que posiblemente está perdiendo la vida. Las cosas nunca suceden como esperamos aun cumpliéndose en sus propósitos y objetivos.

—Estáis muy solos —dice el profesor Iliescu a María—. Las autoridades españolas no van a fletar ningún avión para repatriar a tu esposo, nuestro Gobierno no lo consentiría.

—Lo sé. No tenemos embajada en Rumanía —añade ella—. Pero sí una oficina consular en la Strada París 34. Sacaré al profesor de aquí, enseguida. Solo necesito hacer unas llamadas y saber qué tiene mi marido en el cuerpo.

—Habrá tomado alguna droga —contesta Marius sin convencimiento—. Y no te preocupes por nada, yo ya me he encargado de todo. Está preparada vuestra salida para mañana en un vuelo que parte a las siete en punto con destino a la capital de Francia. Desde allí podréis volar a Madrid.

María y Aguirre se quedan de piedra. Marius se ajusta los pantalones.

—¿Con quién ha hablado en España? ¿Qué gestiones ha hecho, profesor? —quiere saber ella.

Desconfía absolutamente de Marius Iliescu, cuya apariencia de anciano sabio puede ocultar a un ser retorcido y malvado. No ve en él al admirador de los españoles que le ha retratado Aguirre.

—He hablado con mi colega, amigo y tocayo, el catedrático Mario de Miguel, de la Universidad Complutense, quien te propuso como participante en la *Crestomație romanică* y el seminario que ha terminado en tragedia. Era mi obligación moral y mi deber. Tú y tu esposo fuisteis invitados por mí. No puedo desentenderme de lo que le ha sucedido a Alberto. Y aunque es una situación muy extraña y hay fuerzas telúricas que están actuando bajo la superficie de los acontecimientos, me debo a vosotros; qué menos que facilitaros el regreso a vuestra patria, donde el profesor Gausinet podrá recuperarse. Ya habrá tiempo de esclarecer los hechos de este absoluto error de cálculo.

—¿De cálculo, profesor? —apunta ella—. ¡Lo han envenenado! ¿Qué está diciendo?

—No te precipites en realizar una acusación de esa naturaleza. Es posible que saliera del instituto por algún motivo que desconocemos, tomara algo extraño y se perdiera. No hay pruebas de ningún secuestro ni envenenamiento.

María prefiere no ahondar en el tema. Mira para otra parte, enervada por las falsas palabras que escucha del viejo lingüista, que domina el español como domina la perversión del lenguaje y de los hechos. Aguirre se apoya en la pared y piensa con claridad en la excelente maniobra de Marius. Y le dice:

—¿No va a venir la policía a tomar declaración al profesor Gausinet? Estrella Salas denunció la desaparición y ha aparecido. Tendrán que investigar qué ha sucedido para cerrar el caso, imagino.

—No me parece a mí que nadie se vaya a molestar en hacerlo. Con el informe del hospital, tendrán suficiente.

—¿Qué significa el policía que han colocado en la puerta? —añade María.

—Lo importante, Estrella, en este preciso momento, es que has recuperado a tu esposo y os marcharéis mañana por la mañana. Asunto zanjado.

Marius Iliescu ha cambiado de semblante. Parece apremiado a terminar con la situación y ver lo más lejos posible a la pareja española. La puerta se abre y aparece el doctor Theodore Florian.

María avanza hacia él como si el cielo se abriera y entrara la luz del sol. El médico es un hombre bajito, con fuertes rasgos mediterráneos y un rostro cuya comprensión salta a la vista. Ella puede sentir la piedad que emana del médico, acostumbrado a tragedias humanas. La nieve vuelve a caer con insistencia y los copos se posan sobre el alféizar de la ventana.

—¿Qué tiene mi marido, doctor? —Le habla en rumano—. Nos sabemos lo que le ha sucedido. Lleva desaparecido dos días.

—No puedo añadir nada, lo siento —le contesta en rumano. María tiene la impresión de que el doctor está habituado a pacientes desaparecidos y encontrados en situaciones extrañas, a peligros innombrables que suceden con impunidad—. Lo trajo al hospital un guardia de tráfico. Según la declaración de ingreso, su esposo ha sido hallado en el barrio armenio, estaba tendido en una de sus calles, con fuertes convulsiones e incapaz de caminar. Tiene sintomatología de intoxicación.

—¿Qué tipo de intoxicación? ¿Lo han envenenado?

—No puedo contestar a esa pregunta. Podría ser algún agente químico o natural. Salvo el pie derecho, aplastado por algún objeto pesado, un hematoma en la cadera izquierda y laceraciones de la piel en ambas palmas de las manos, que indican que pudieron producirse por una caída, no hemos detectado signos de violencia tras examinarle.

—¿Qué tipo de veneno lleva en la sangre? —pregunta Aguirre.

Al profesor Iliescu le ha molestado la pregunta, da un respingo e intenta acallar al doctor y dice:

—¿Por qué ha de llevar un veneno? Eso es una tontería.

El médico es comedido y parco en las respuestas. No parece dispuesto a realizar hipótesis ni supuestos ni a contarles lo que sabe o lo que cree, y hasta, a lo mejor, ni siquiera va a explicarles los resultados de los análisis del paciente, por lo menos estando presente Marius Iliescu. Las miradas del médico hacia el profesor lo delatan, mira y observa como mira y observa un perseguido, un hombre controlado y vigilado que anda con pies de plomo porque el siguiente en desaparecer y regresar envenenado puede ser él. Si es que deciden que regrese.

—En unas horas tendrá a su disposición el informe médico y el alta para las seis de la mañana.

—¿El alta? Mi marido no puede ni moverse de la cama. ¿Qué tipo de hospital es este?

—Nuestro hospital cuida de los seres más débiles y desprotegidos, y su marido lo está y ha de ser atendido en su país. Saldrá en una silla de ruedas, y con medicación que vamos a preparar para él. Un enfermero los acompañará hasta la escalerilla del avión.

—¿Qué tiene mi marido? ¿Llegará vivo a España? ¡Me lo tiene que decir ahora mismo, por el amor de Dios!

—No hay que perder la fe. El amor de Dios y la ciencia van con ustedes. He preparado un tratamiento y una alimentación para que pueda soportar el viaje. No tenemos los medios necesarios para saber qué agente o agentes han causado el cuadro clínico que presenta su esposo. Es una intoxicación muy grave. Esperemos que el cuerpo del profesor, que es hombre fuerte, pueda eliminar los agentes tóxicos.

—¿Por qué habla tanto de *agente* y no de *sustancia*, doctor Florian? El lenguaje no se puede tomar a la ligera, hay que expresarse correctamente. ¿O es que insinúa otra cosa? —le recrimina Marius Iliescu.

Nadie le contesta y los tres entienden lo que significa el término *agente* en esa habitación. María sabe muy bien que el parte médico no va a diagnosticar un envenenamiento porque eso significaría admitir lo que no conviene.

—Yo iré con ellos —interviene Aguirre, observador de la disputa terminológica.

Marius levanta el rostro hacia él; no le gusta lo que escucha.

—Los acompañaré hasta que aterricen en París, sanos y salvos. No puedo hacer menos por mis compatriotas. En París habrá que conseguirles un vuelo a Madrid cuanto antes.

—España tiene embajada en Francia —afirma el profesor—. El consulado español se va a encargar de la repatriación. Estarán en el aeropuerto esperándolos. Me lo ha confirmado mi colega Mario de Miguel. No tienes por qué abandonar Rumanía, Fernando.

—Me parece una excelente idea —intervine el doctor en un español que sorprende a los tres—. Todavía quedan hombres caritativos en el mundo. La caridad es el emblema de mi hospital, no hay que olvidarlo. El enfermo va a tener un largo y difícil viaje.

Marius Iliescu baja la mirada, le ha turbado la versatilidad del médico y se reconcentra en sus pensamientos. Sus facciones se han envenenado como envenenado está Alonso Fernández de Amuradiel, cuya piel macilenta y semblante agónico destrozan el corazón de María.

—¿Estás seguro de tu decisión? —le pregunta Marius a Aguirre; más que a pregunta, suena a amenaza.

—No hay nada que lo impida legalmente, no soy ciudadano rumano.

María da un paso al frente e interviene:

—Si Fernando Lamadrid no nos acompaña, me niego a sacar a mi marido de Rumanía en el estado en que se encuentra, necesito ayuda —dice dispuesta a plantarle cara a Marius Iliescu, que ostenta un poder qua ahora comprende—. Hablaré con las autoridades españolas, habrá problemas, se lo aseguro profesor Iliescu. Esto será un escándalo que no beneficia a nadie: un ciudadano español que Rumanía ha secuestrado y envenenado. ¡Es una canallada que va a tener consecuencias! ¿Cree que el general Franco se va a quedar con los brazos cruzados?

—Estás muy equivocada, Estrella. Lamento que pienses así y te disculpo porque entiendo por lo que estás pasando. Fernando Lamadrid es libre para viajar donde quiera, él sabrá por qué lo hace. Me encargaré de que sean tres los pasajes hacia París. Esta situación es muy desagradable. Muy desagradable.

—No parece usted un sefardita —le reprocha María mirándole fijamente a la cara.

La actitud del profesor Iliescu es pétrea y no deja nada a la improvisación.

—Y tú eres una mujer enigmática —sentencia el profesor Iliescu.

El doctor Florián escucha atentamente, guarda silencio de velatorio, observador discreto, con el rostro tenso y preocupado, e intenta adoptar una actitud que no le perjudique. Solo desea que su paciente llegue con vida a Madrid y puedan ayudarlo a sobrevivir en un hospital adecuado.

La última noche

Son las cinco y media de la madrugada. La nieve blanquea la oscuridad de la noche y envuelve los antiguos edificios del bello hospital Brâncovenesc. Un furgón oscuro, probablemente de la policía, se detiene ante la salida de la puerta de urgencias, en la parte trasera del edifico principal. Su interior puede acoger personas o carga de cualquier tipo, con asientos plegables a los lados.

El conductor se apea, envuelto en una parca de borrego, coloca una plataforma y abre las puertas de atrás de par en par. Un enfermero sale del edificio empujando la silla de ruedas de Alonso hasta subirlo al vehículo. Lo han abrigado con una manta y le han puesto unas botas de piel de cordero. Está consciente. Tiene los ojos abiertos, su tez amarillenta parece un faro en la oscuridad. El enfermero bloquea las ruedas de la silla, se santigua y abandona el furgón con la cabeza agachada.

María está detrás, agazapada en la oscuridad de la noche, y entra al vehículo cuando sale el enfermero. Desliza hacia abajo un asiento lateral y se acomoda. Un empleado del Hotel Intercontinental ha recogido las pertenencias de ambos y deposita dos maletas junto a ella, se da la vuelta y desaparece. El motor se pone en marcha. El delgado policía que vigila a Alonso entra rápido y se sienta junto al conductor. Dará fe de la salida del país del matrimonio Gausinet en el informe que redacte.

El profesor Iliescu, el doctor Florian y Aguirre están bajo la marquesina de urgencias, abrigados y en silencio en los últimos momentos de la despedida. María ha rechazado al enfermero ofrecido por el hospital para acompañarlos hasta el aeropuerto y Marius tampoco irá con ellos. Aguirre le ha ahorrado al viejo profesor el desplazamiento, tras la noche en vela, y este agradece perderlos de vista.

El ambiente huele a tormenta que no llega y el viento levanta nubecillas de nieve tierna, que ha caído durante la noche con lentitud y constancia, en el momento en que Aguirre le estrecha la mano al director del hospital y a Marius Iliescu, abrigado con una bufanda que le cubre la boca y las orejas.

—No entiendo por qué haces esto —son las palabras de despedida de Marius.

—Ya lo entenderás —le contesta Aguirre, baja la mirada y se da la vuelta.

Nadie recuerda un mes de marzo tan frío desde hace décadas.

Aguirre entra en la parte de atrás del vehículo con el mismo abrigo que sacó por la mañana de su armario. No lleva más equipaje que una bolsa de viaje.

De madrugada salió del hospital hacia su domicilio. Guardó en la bolsa unos libros, carpetas con escritos, un par de mudas, algo de ropa y el neceser de aseo. Escribió una nota para su empleada del hogar y una carta muy escueta de despedida para la emisora y sus camaradas del Partido. Antes de cerrar la puerta de su piso, lo miró por última vez. Desconoce si alguna vez volverá al que ha sido su hogar durante los últimos años. Un piso del Gobierno rumano con derecho a ocuparlo de por vida él y sus descendientes directos, según el ventajoso contrato de un piso al que no tiene apego. Realmente es difícil tener apegos en la historia de su vida.

Luego condujo su vehículo alemán hasta la emisora en medio de una madrugada nebulosa, un antiguo edificio de ladrillo rojizo de tres plantas y puntiagudos tejados con ventanas enmarcadas en piedra, junto al Museo de Arte Popular de la República Socialista de Rumanía. Una frondosa arboleda esconde con la discreción adecuada las instalaciones de Radio España Independiente.

Abrió la verja que da paso al recinto arbolado, tan extenso como un parque, y abandonó su coche bajo un árbol en un espacio habilitado de aparcamiento. El edificio estaba cerrado y oscuro. Con la bolsa de viaje colgada del hombro, rodeó el edificio, subió por última vez las escalinatas de piedra, abrió la puerta de entrada y dejó sobre la mesa del despacho del director, en la primera planta, un sobre con una carta de despedida para sus colegas y camaradas que ha leído varias veces y varias veces ha reescrito el mensaje adecuado y preciso. Metió dentro del sobre las llaves de su coche alemán azul cielo. El vehículo pertenece a la emisora y a ella regresa.

No le echarán de menos sus compañeros. Siempre fue un hombre reservado que nunca destacó por su alegría.

Después entró en su despacho y se despidió de él sin ningún sentimiento de derrota. Echó el último vistazo a su mesa atestada de notas, artículos, cartas de oyentes, escaletas, sacos de revistas y periódicos españoles atrasados y los partes de las agencias de noticias de toda la semana sobre un estante. Lo vio como estaba la última vez que se levantó de su mesa para salir con sus compañeros hacia el Instituto de Lingüística sin saber que jamás volvería a sentarse en su escritorio para redactar una noticia ni emitir su lucha por la revolución. Tampoco se llevó ningún objeto personal del despacho, salvo un libro de Maiakovski, en concreto, *Poesía y revolución*, como si todo lo que hubiera en sus estanterías no le perteneciera a él, sino a un periodista que no conoce de nada, un camarada en el exilio recién llegado de cualquier ciudad, siéndole ajena la extensión que abarcaba su mirada: un despacho con las paredes de madera pintada en el que ha pasado los últimos diecinueve años de su vida empeñado en derrocar a Franco desde su micrófono.

Antes de salir se despidió para siempre de su póster de Malévich, cuya mujer sin rostro le ha acompañado desde que empezó como periodista en Moscú.

Escuchó el sonido de los teletipos que llegaban de la TASS. En tres horas comenzaría la actividad con la emisión matinal. Sus compañeros no tardarían en llegar para reunirse y discutir los temas que se incluirán en la programación con las noticias de actualidad, antes de grabar las emisiones del día. Verán su carta de despedida y tendrán que reajustar y solventar su ausencia a todo correr con las instrucciones que les ha dejado escritas.

Es la última decisión importante que va a tomar en su vida. Sin sentimentalismo, como «una bofetada al gusto del público»*.

Regresó al hospital caminando. Cruzó la plaza de la Victoria a las cuatro de la mañana, pisando la nieve con sus botas de cuero limpias y relucientes, como a él le gusta llevarlas, marcando sus pisadas en la virgen superficie, bajo un conato de tormenta blanca hasta llegar al Hospital Brâncovenesc. Levantó la cara hacia el cielo encapotado para sentir por última vez el aire de Bucarest que desciende de los Cárpatos.

---

* Alusión al libro del mismo título de V. Maiakovski.

María estaba fuera cuando llegó, sobre las cuatro y cuarenta y cinco de la madrugada, resguardándose bajo la marquesina y fumando un cigarrillo que le había ofrecido una enfermera. En cuanto vio a Aguirre tiró el cigarro, se dio la vuelta y se bajó el gorro para que no la viera llorar. Él no supo qué hacer en ese momento. La vio helada, encogida dentro del abrigo, con los mocasines Castellano empapados, de nuevo. Quiso que el tiempo retrocediese para que todo lo malo que había sucedido en su vida no hubiera acontecido jamás, y siguió de largo. Abrió la puerta y entró en el hospital, dejándola a la intemperie.

El furgón los traslada al aeropuerto. Se desliza por las calles esparciendo la nieve hacia los lados, recorriendo la misma ruta por la que entraron a la ciudad en un taxi. Cruzan la rotonda gigantesca del Arco del Triunfo abrumador mientras Aguirre, encogido en un estrecho asiento plegable frente a María, sujeta con las manos el vaivén de la silla de ruedas de Alonso, que, sedado con altas dosis de benzodiacepinas, se ha quedado dormido.

María abre el bolso, rebusca en él y saca la pistola. Él mira el arma y a continuación la mira a ella con sus iris desiguales y despiertos ante cualquier imprevisto.

—Tengo que deshacerme de esto —dice ella—. No sería prudente que la descubrieran en el aeropuerto. —Y piensa en el veneno que lleva en el neceser de su bolso, capaz de matar a Aguirre en cuestión de minutos.

Él no ve un arma tan de cerca desde hace muchos años. Y ninguna como esa, desmontable y tan pequeña, como de espías de la Guerra Fría. Le hace gracia la situación y la pistola, con cinco balas muy pequeñas en una recámara enana, pero capaz de matar a un hombre a poca distancia.

—Haces bien —dice él—. Entraremos en la pista con el coche y subiremos directamente al avión, luego lo harán los pocos pasajeros que vuelen hoy a París. No habrá controles de pasaportes para nosotros, pero sí en Francia, y allí es posible que nos registren. Espero que los servicios diplomáticos españoles sean rápidos y no nos dejen abandonados en el aeropuerto. ¿Has hablado con España y con tus jefes de todo esto?

—Claro que sí.

—¿Crees que se puede hablar por teléfono con Madrid sin que te escuchen la conversación ni intercepten la llamada?

—No soy una incauta.

Él sigue sujetando la silla de Alonso. Espera que no los detengan antes de abandonar el país. Sobre todo por ella. En el fondo, a él no le importaría demasiado ser detenido antes de subir a las escalerillas del avión, si no fuera porque tiene una hija, llegados a este punto de su vida. El mundo no se perdería nada sin él y le tiene sin cuidado abandonarlo, pero no le gustaría hacerlo como lo va a hacer, con toda seguridad, Alonso Fernández de Amuradiel.

El vehículo acelera, podría patinar en la carretera. María desmonta el arma y no desea mirar a Aguirre a la cara ni a sus ojos portadores de todas las catástrofes que han ocurrido en su vida. Él baja la ventanilla. Ella se levanta de su pequeño asiento y arroja las dos partes del arma hacia el arcén blanco y helado. Vuelan por el aire y se clavan en la nieve.

—¿Crees que sobreviviremos a Bucarest? —pregunta ella, de pie y encorvada, sujetándose a una abrazadera que cuelga de un lateral del furgón.

«Estate tranquila», piensa él, mientras gira la manivela para subir la ventanilla y el sonido de la carretera se diluye. La silla de ruedas de Alonso se balancea en una curva, crujen sus partes, y él le responde en ruso:

—*Ty vyzhivesh', ty vyzhivshiy**.

---

*   Sobrevivirás, eres una superviviente.

427

No puede explicarse lo que ha sucedido en solo cuatro días. El loco escenario que ha vivido desde que aterrizaron en Bucarest. Cuatro días han sido una eternidad, loca y absurda, irreal, de la que todavía no ha despertado ni conoce su verdadera dimensión.

¿Por qué la Securitate ha secuestrado y envenenado a Alonso y ella ha salido indemne? ¿Por qué Alonso no contesta las preguntas que le hace, vuelve la cara y pierde la mirada? De haberlos descubierto los servicios secretos, la habrían detenido para interrogarla, por lo menos. Si él muere, no lo sabrá nunca.

Quizá sea el precio que ambos han de pagar por tener a Aguirre. Un trueque siniestro. Alonso está al borde de la muerte por capturar la presa. Aunque no se engaña a sí misma y sabe que es el propio Aguirre quien desea regresar a España. Ella le ha puesto en bandeja la excusa perfecta para rendirse y poner fin a su odisea en el exilio. Les suele ocurrir a los exiliados, es difícil regresar y afrontar la derrota de los ideales, ver a los camaradas en la cárcel o en el ostracismo social, marginados de la vida política y pública, sin derecho a levantar la voz y obligados a seguir la corriente al pensamiento dominante. Aun así, él prefiere volver porque sabe que las cosas están cambiando en España a ritmo vertiginoso. Se espera que el régimen expire cuando expire su creador, y cada vez está más cerca.

Ella necesita una pizca de satisfacción. El valor de la transacción es insoportablemente alto: Aguirre a costa de Alonso. Su victoria será la gran derrota de su vida si su primo no sobrevive.

En medio de la pista de despegue del aeropuerto de Bucarest se le ha parado la respiración al ver a Aguirre levantar en vilo el cuerpo desfallecido de Alonso cuando el conductor del vehículo ha plegado la silla de ruedas al pie de la escalerilla del pequeño avión. Lo ha cogido en brazos como si fuera un amasijo de huesos y lo ha subido bajo la ventisca por la escalerilla hasta colocarlo en el asiento asignado, tras una cortinilla, en las primeras plazas del aeroplano, reservadas para ellos tres, alejados y ocultos del resto del pasaje.

Antes de cerrarse las puertas del avión ha subido el escuálido policía. Está en una de las plazas al final del pasillo y los va a acompañar hasta certificar que salen del espacio aéreo rumano y descienden del avión en Francia. Apenas viajan con ellos seis pasajeros. El avión hace el trayecto casi vacío.

Han despegado hace diez minutos. El Tupolev ha tomado altura y apenas se mueve. La atmósfera es estable y tranquila allí arriba tras cruzar las nubes.

—¿Cómo se encuentra? —pregunta Aguirre.

Él está en la misma fila que María, a su derecha, al otro lado del pasillito, con una revista abierta sobre las rodillas que no lee ni mira, organizándose los pensamientos, enfocando la situación y lo que va a suceder a partir de ahora.

—Está ardiendo, empapado en sudor.

Ella le limpia a Alonso la frente y los labios con una gasa de algodón, se le cae la cabeza a los lados constantemente, su respiración es agitada.

María abre la bolsa que le ha preparado el doctor con medicamentos, y sueros para darle de beber cada media hora. Rebusca dentro a ver qué puede administrarle para calmar su temblor. Alonso suda de tal manera que ha empapado la camisa que le han puesto. El pantalón de algodón de color blanco, como de enfermero, lo tiene orinado. Ella le ha colocado la manta sobre las piernas para no verle las rodillas tiritar.

Si creyese en Dios rezaría para que el avión se saltase las leyes físicas y aterrizase inmediatamente en París. Quedan dos horas y media de viaje y van a ser una eternidad.

En la bolsa de los medicamentos está el parte de alta con la prescripción y las dosis que hay que suministrarle de benzodiacepinas, inhaladores, anticonvulsivos y sueros, que ella lee atentamente. Le sorprende ver una nota pegada con esparadrapo a la vuelta de la penúltima hoja en la que alguien ha escrito con bolígrafo negro: «ORGANOFÓSFORO TC DE ACCIÓN NERVIOSA PARALIZANTE, POSIBLE VX».

Despega la nota, se levanta con ella en la mano y le pide a Aguirre que le permita sentarse a su lado. Él se aparta y ella se sitúa junto a la ventanilla.

—Estaba pegada al informe médico.

Aguirre la lee varias veces. Reflexiona. Apostaría cualquier cosa a que la ha escrito el doctor Florian.

—Es un agente nervioso. Un veneno para eliminar a los opositores. Lo usa el KGB y ahora por lo visto la Securitate.

—¿Quieres decir que no hay cura posible? ¿Qué no hay nada qué hacer?

—No, algo debe de haber. Un antídoto. Ahora sabemos lo que tiene en el cuerpo. Es el «agente» del que hablaba el doctor sin nombrarlo. Lo siento, María, esto no tenía que haber sucedido nunca.

—¿Por qué crees que lo han hecho?

—No lo sé. Nadie entiende la lógica de la Securitate, está enloquecida. ¿Él no te dice nada de lo que le ha pasado? ¿Dónde lo han llevado? ¿Qué le han hecho? ¿Qué les ha contado? ¿Qué sospechan de él o de vosotros?

Ella se lleva las manos a la cara. Le arde.

—Solo dice tonterías de cuando éramos jóvenes, parece que no se acuerda de nada o no quiere decir nada. Nunca quiere disgustarme, incluso muriéndose.

Ella siente cada vez más calor, se abanica con la revista y piensa: «Nadie sabe lo que él me ama. Estamos dentro de un pájaro mecánico que va a explotar. Estamos muertos».

Aguirre está convencido de que los han descubierto y le gustaría saber qué han descubierto, pero sabe que será imposible. Analizando los hechos desde el principio, es una acción consecuente con el retorcimiento y sofisticación de las policías políticas de los países del Telón de Acero y de la Unión Soviética. Nadie podrá acusar a Rumanía de nada, tal y cómo han trabajado con el infiltrado extranjero, dejando ilesa a su pareja, pero destrozada de por vida, sin poder explicarse jamás qué le hicieron y por qué al hombre que amaba.

—¿Te sientes mal? —le pregunta él.

Ella apenas oye la voz de Aguirre, con un único pensamiento en la cabeza.

—No. Tengo que ayudarlo, tengo que hacer algo. ¡Cabrones! ¡Malditos!

—En cuanto aterricemos en París, hay que ingresarlo en un hospital inmediatamente. No puede esperar a Madrid —dice Aguirre.

—En Francia nos ayudarán. Hay grandes hospitales. Deben de saber cómo tratarlo. —Intenta ella convencerse de que todo saldrá bien.

El aire ahora huele a queroseno y hace demasiado calor en el estrecho habitáculo del avión. La azafata abre la cortinilla y les pregunta si quieren tomar algo; lleva un pañuelito rojo anudado al cuello y evita mirar al enfermo, como si el asiento estuviese vacío y nada sucediera. Ellos niegan con la cabeza y la azafata cierra las cortinas. María dice aturdida, con cientos de pensamientos mezclados:

—Tienes la edad de Alberto y una hija, podrás disfrutar de una vida cuando salgas de la cárcel.

—Sé quién es el hombre que se muere en este avión, y no se llama Alberto —dice Mitxel—. No le deseo la muerte, créeme; ni lo que le han hecho; nadie lo merece. Así no.

—Él no ordenó la muerte de Evelia, ¡te lo juro por mi hermano! Nadie quiso que pasara, te lo he dicho, te lo repito, jamás me cansaré de decirlo. Tengo el *Romancero* que tradujiste para ella y una fotografía en la que estás en un parque. Te he llevado encima como una maldición durante toda la vida. Matasteis a mi familia y ahora matáis a lo único que me queda.

Él cree que no es justo lo que dice.

A María se le caen las lágrimas. Está desesperada. No puede pensar con claridad.

Se levanta y se vuelve a sentar junto a Alonso. Se ha despertado, tiene los ojos abiertos y completamente blancos. No parece reconocer a María cuando ella le dedica palabras cariñosas. Sigue tiritando sin poder respirar con fluidez. Ha de ponerle un inhalador y darle un suero como sea. Le es imposible hacerlo. Alonso arroja de la boca un líquido extraño y babea en exceso. Empieza a tener convulsiones.

Aguirre se levanta a intenta calmarlo por detrás, lo sujeta por el pecho y por la frente mientras ella le pone el inhalador para que deje de asfixiarse. Debería darle un anticonvulsivo. Tendría que suministrarle tantos medicamentos que se siente perdida y mareada. Le tiemblan las manos.

Ella sabe que él se muere. Conoce muy bien la cara de la muerte y Alonso no conseguirá llegar a París. Ella le susurra al oído:

—Esta noche tenemos que ir a bailar un tango, cariño, no te puedes morir todavía, por favor. No me abandones. —Y lo abraza tan fuerte como abrazaba a Lorencito cuando murió en su cama la noche en que la arrojaron a una mina de la que aún no ha podido salir.

Aguirre está paralizado detrás del asiento de Alonso presenciando ese abrazo de María que lleva en él el drama sus vidas.

Alonso ya no se mueve. Ha dejado de respirar, pero ella sigue abrazada a su primo durante todo el viaje hasta llegar a París mientras Aguirre, sentado en su asiento, con la cabeza apoyada en el respaldo y los ojos cerrados, intenta vaciarse por dentro y reconstruir lo que queda del derrumbe de su vida y ayudarle a ella a soportar lo que se le viene encima, porque Alonso ya está muerto.

Piensa él que la cárcel, al fin y al cabo, es un comienzo del que partir junto a Victoria.

Sala de autoridades

Aguirre ha sido esposado por un capitán de la Guardia Civil vestido de paisano. María le dice al agregado militar de la Embajada española en París que le quiten las esposas, no se escapará. Él mismo se ha entregado y les ha mostrado su auténtica identificación, va colaborar con la justicia española.

Aguirre escucha la voz de María en medio de la sala de autoridades del aeropuerto de París como un eco sin sentido. Ella se ha sobrepuesto a su desgracia y ahora charla con el cónsul y el primer secretario de la Embajada.

A ella no le gusta verlo esposado, aunque lo haya deseado siempre. Es curioso cómo pueden cambiar los sentimientos de toda una vida en cinco días. Debería odiarlo más que nunca: de no haber existido Aguirre, Alonso tendría una vida junto a ella y habrían sido felices, o eso necesita creer. No está segura de que la felicidad viva en alguna parte, pero, de existir, podría haberla conseguido con Alonso.

—No podemos quitarle las esposas, lo siento, doña María —dice el cónsul—. Es un fugitivo.

—Me gustaría decirle que han hecho un buen trabajo —añade el agregado militar—, pero hemos tenido una baja importantísima. Cuánto lo lamento. Conocí personalmente a su señor tío, padre del fallecido, el ilustrísimo teniente general Manuel Fernández de Amuradiel, exministro de Gobernación, que tanta gloria ha dado a España. Es una auténtica tragedia lo que le ha ocurrido a su hijo.

El día en París ha amanecido claro y luminoso y huele a primavera. La ventana de la sala, reservada para la legación española, está abierta y se escuchan los sonidos de los aviones en las plataformas de estacionamiento y de los vehículos que circulan por ellas.

—Nos vamos a encargar de la repatriación —añade el cónsul, un hombre bajito con gafas redondas de metal, que parece tener debilidad por las mujeres por como mira a María desde que la saludó, a pie de avión—. He reservado personalmente en un hotel de la ciudad un buen alojamiento para usted hasta que tengamos los tramites listos y pueda viajar a Madrid con nuestro querido Alonso Fernández de Amuradiel, al que rendiremos los tributos que merece.

Aguirre está sentado en una cómoda butaca, con las esposas en las muñecas y su bolsa de viaje a los pies, que ya le han registrado. Le han quitado *Poesía y revolución* y el libro está destrozado en la papelera de la sala, como fúnebres escombros, aun sin conocer sus captores ni siquiera el título ni el autor porque están en ruso. Duda de que esos analfabetos sepan otro idioma que el francés.

Observa el ambiente a su alrededor en silencio: al cónsul, junto María, con gestos cariñosos hacia ella, quizá algo voluptuosos; al agregado militar, que lo mira con desprecio; al secretario de la Embajada, que no deja de escribir en sus papeles, sentado en otro sofá en un extremo de la sala; a otro individuo que no habla y debe de ser un policía secreto, que tampoco deja de observarlo; y al capitán de la Guardia Civil que lo ha esposado y está fumando un cigarrillo con deleite junto a la ventana, matando el tiempo en espera de viajar a Madrid con la presa comunista que van a encarcelar en cuanto pise suelo español.

El vuelo sale en una hora. Piensa en la transformación que se ha producido en María en cuanto ha bajado del avión de la TAROM, tras el cuerpo de su primo cubierto con una manta sobre una camilla portada por dos enfermeros franceses. Se lo han llevado al dispensario médico del aeropuerto en espera de trasladarlo a una morgue hasta ser repatriado.

Está perplejo ante la excesiva frialdad y dureza de los gestos de María y en su rígida postura, de pie, con el abrigo sobre los hombros y sus zapatos Castellano sin brillo y con la piel cuarteada, fabricados a medida para el clima occidental. ¿Dónde está la mujer enamorada que sufría por su primo y amante, al que abrazaba y besaba como si le fuera la vida en ello? ¿Cuántas capas se ha fabricado María para envolverse en ese manto de armiño que está viendo Aguirre? ¿Dónde ha quedado la debilidad que veía en ella, perdida en un Bucarest amenazante y parasitario que ha asesinado a su primo?

Ella se excusa ante el cónsul y se acerca a Aguirre. Da unos pasos hacia delante.

—Aquí termina nuestro viaje —dice ella fríamente.

Él no se levanta de la butaca, si lo hiciera, lo podrían golpear. Ella no se sienta en el sillón que hay junto a él. El secreta que no habla avanza hacia ellos vigilante y se mantiene a unos metros, por si acaso.

—Así es, aquí termina. Has conseguido tu misión, enhorabuena.

Aguirre tiene los ojos enrojecidos. Los dos colores que hay en ellos se funden como en un calidoscopio según los mira María, asombrada de que ya no los teme. Se ha acostumbrado a su cara, desarraigada de la vida.

—Cuando era niña, tenía pesadillas con tus ojos.

Aguirre tuerce la boca sin saber qué contestar a eso.

—¿Y ahora? —se le ocurre preguntar.

—Ya no. Me he liberado de ti.

—Cuánto me alegro, no me gusta ser una pesadilla para nadie y menos para una mujer a la que he dañado.

La frase de Aguirre es una bofetada.

—No necesito tu piedad.

—Ya lo sé. Pero necesitas que te quieran.

—Cállate, eres ridículo. Iré a buscar a mi hermano.

—Adiós, María. Te están esperando.

Ella gira la cabeza para mirar a los otros. El cónsul está a pocos metros, escuchando la conversación con un gesto agrio y la cara muy seria. Espera impaciente a que termine de hablar María para salir de allí inmediatamente. Ella se da la vuelta, le da la espalda a Aguirre, se agarra del brazo del cónsul y se dirigen hacia la puerta, despacio.

—¡Ya sabes dónde está! ¡Y el crucifijo! —grita Aguirre, antes de verla abandonar la sala de autoridades del aeropuerto de París, apoyada en otro hombre, y de que él tome el vuelo de Iberia que lo conducirá a la prisión.

Exhumación en Las Canónigas

Ella reconquista sus recuerdos desfigurados por años de olvido. Ha logrado colgar en la pared de la cabecera de su cama de la residencia Santa Teresa el crucifijo que había en su dormitorio de Las Canónigas. Una finca cerrada y sin uso, cuyas férreas paredes se mantienen en pie tras quedar deshabitadas al terminar la guerra y cuyas tierras están abandonadas. Ella no las mantiene ni explota ni trata de arrendarlas. Dos mil hectáreas de campos fértiles de vides, cereales y olivos. Los agricultores de los pueblos colindantes sacan algún provecho eventualmente y de forma irregular sin que jamás ella se interese ni por sus beneficios.

El abandono en el que se encuentran sus propiedades lo ve por sí misma la mañana en que va a desenterrar a Lorencito con dos jóvenes aprendices de albañil, curtidos por el esfuerzo, de diecisiete y veinte años, sobrinos del dueño de un almacén de materiales de construcción que contrata en Mora para el trabajo, y a los que abona un encargo tan poco corriente. Les recompensa a ellos y a su jefe con gene-

rosidad para procurarse la discreción necesaria sobre la delicada faena que han de hacer en sus tierras.

Mora de Toledo, condenado a muerte en su memoria, está irreconocible. Conduce por el pueblo
como una extranjera que está de paso, entre sus calles estrechas, que ya no son de tierra sino de asfalto y empedradas, una moderna combinación algo
extraña. Las casas manchegas están encaladas de
un blanco resplandor y a sus puertas, protegidas
por pesadas cortinas de rayas, dormitan bajo el sol
perrillos bien gordos, tumbados en las aceras. La
tahona en la que vivió de niña durante veintiún
meses no existe. Es una vivienda reformada, junto
a un comercio de alpargatas, navajas, cuchillos y
damasquinados para turistas y viajeros que paran
a tomar un refresco en su camino a la ciudad de
Toledo.

Llegan al pozo de una de sus parcelas pasado
mediodía. Ella en su Dodge destartalado y antiguo.
Los dos albañiles van detrás en una pequeña furgoneta blanca. Unas horas antes ella ha estado en el lugar reconociendo el terreno, conduciendo por rodales desaparecidos e invadidos de malezas para ir
sobre seguro con la ayuda necesaria y comprobar el
estado de la tierra, pedregosa, seca y compacta, ocupada por rastrojos y matas crecidas a su libre albe-
drío bajo la solanera del mes de abril, excepcional-
mente cálido y seco, en que no ha llovido ni un solo
día. Las lindes han sido borradas de sus territorios

por los efectos que el tiempo y el desamparo han causado en ellas.

La caseta del pozo se mantiene en pie. Se ve su esqueleto de ladrillo bajo capas de cal descascarillada y amarillenta. Su techumbre socavada tiene un gran agujero por el que entran los pájaros y hacen sus nidos.

Los dos albañiles cavan y sudan sobre la tierra acompañados por el sonido de las chicharras. Ella espera con los brazos cruzados y la vista clavada en las piedras que ellos retiran. Los fuertes brazos de los jóvenes se mueven con el tesón necesario sobre una extensión de unos treinta metros cuadrados que ella les señala tras el pozo. Sobre la una y media de la tarde un trozo de saco emerge a la luz del día. En cuanto lo ve, aparta a los albañiles, su respiración se acelera. Ella misma lo extrae de la tierra con las manos, arrodillada hasta palpar los huesecillos de su infeliz hermano.

Aguirre no le ha mentido. ¿Por qué iba a hacerlo? Al confesar ha liberado su conciencia de un peso innecesario con el que ya no tiene que cargar.

Un escarabajo le sube por el brazo.

Estridulan las chicharras con mayor ahínco, flexionan sus timbales entre la maleza y otras salen de entre las raíces de los árboles:

Tzrss.

Tzrss.

Tzrss.

El saco ha mantenido su integridad. Apenas se ha degradado después de treinta y siete años enterrado, la edad que ahora tendría Lorencito. En todo ese tiempo nunca lo dio por desaparecido, con aliento tenaz por encontrarlo algún día, y lo tiene delante. Le parece irreal. La mañana adquiere un resplandor incesante.

Los dos chicos miran el saco con los ojos brillantes, sorprendidos y contentos por no tener que seguir cavando a pleno sol.

Ella les dice:

—Es la mortaja de mi hermano. Lo enterraron aquí en la guerra. Ya podéis iros.

—¿No quiere que arreglemos el terreno? —dice el mayor.

—No, está bien así.

—¿Avisamos al párroco? —añade el pequeño, limpiándose el sudor de la frente con el dorso de una mano, apoyado en la pala, sin quitarle el ojo al saquito de estopa que María acapara entre las rodillas, clavadas en el pedregal.

—¿Por qué he de querer algo así?

Y los mira fijamente, con una clara invitación a que se larguen porque ya están estorbando.

El pequeño está algo confundido. El mayor le dice que se calle y María los ve guardar las palas y los picos en la furgoneta, montarse en ella y desaparecer de su vista entre los rastrojos del campo.

Allí mismo, bajo el radiante sol, dos alondras surcan el cielo y abre el saco y ve a su hermano por primera vez desde que Aguirre se lo arrebatara de los brazos. Los huesecillos están pelados y forman el esqueleto de un bebé de dos meses, vestido con su ropita de hilo deshecha, envuelto en la mantilla de Ricarda, descompuesta y polvorienta. Al tocarla se convierte en cenizas. La cruz de su cama aparece bajo los huesos entre el loco trisar de las alondras de un árbol cercano.

Si alguna vez hubo una esperanza de que hubiera sobrevivido y estuviera en alguna parte con otra identidad, se ha desvanecido como el tejido que cubre sus restos bajo el cielo infinito y azul. Se niega a agradecerle a Aguirre que enterrara a su hermano con la cruz que guardaba su sueño cuando era niña. O a la hora de la verdad necesitó consolarse con un símbolo. Quién sabe. Aun así, es un gesto piadoso.

Camina hacia su coche, saca una sencilla cajita de madera para bebés comprada en una funeraria junto al cementerio de San Isidro. Abre la tapa. Coloca y ordena paciente y meticulosa los huesos de su hermano formando la figura de un niño. Le dice algo: palabras bonitas de hermana mayor. Cierra la caja, la lleva a su coche y la ata con el cinturón de seguridad al asiento del copiloto.

Circula por la carretera de los Viñedos en dirección sureste. La brillantez del cielo es un espejo tan azul que deslumbra. Lleva la mente clara como el día. No hay sentimientos negativos, su paz interior es tan plana como el campo manchego que se ensancha por la carretera. Las vides son un tapiz sobre los campos tras cruzar Consuegra.

En Madridejos toma la carretera nacional en dirección a Andalucía. A pocos kilómetros, antes de llegar a Puerto Lápice, se detiene en un desvío sin señalizar, pasando un hotel de carretera llamado Dulcinea. Un camino de tierra, marcado en su plano, sale a la izquierda. Lo lleva en la memoria desde hace semanas. Se adentra en un mar de olivos plantados en simetría perfecta. Al fondo hay unos montes lejanos de serranía.

Se deja llevar por los rodales del campo entre los olivos. A pocos minutos cruza un arroyo seco. Aparecen a la derecha unos antiguos yacimientos mineros, en cuyo letrero, medio borrado por el tiempo y la intemperie, pone: CANTERA MONTE DE LAS CABEZUELAS.

Sale del camino, conduce despacio adentrándose en un claro invadido por viñedos sobre una loma. El sol se desplaza hacia su ocaso lentamente y caen las primeras sombras. Aparece sobre el terreno una plataforma de granito con una cruz sobre ella. Abandona el coche con la caja de su hermano y camina a su encuentro. El campo está en absoluto silencio. Ni una brizna se mueve en la quietud de la tarde.

Es la primera vez que va a visitar a sus padres desde que los mataron, o a lo que queda de ellos en el fondo de una galería, bajo treinta metros de tierra, cal y escombros. Deja el pequeño féretro sobre la plataforma y se sienta en ella, jadeante y adormecida por el calor en un páramo que fue una mina de plata. Hay plomo y barita en el subsuelo. A unos metros, clavada en la tierra ve una cruz de piedra renegrida y desgastada, con nombres de personas que yacen junto a los Fernández de Amuradiel en el fondo del pozo que no es otra cosa que una fosa común de gente asesinada durante la contienda. Nadie los ha rescatado todavía. Quizá nunca salgan de ahí y permanezcan siempre cubiertos por un manto de cal viva. «¿Por qué no hemos rescatado los cuerpos?», le gustaría preguntarle a su tío, que no movió una brizna de su poder para desenterrar a su familia y a todos a los que despeñaron allí abajo.

Delante de ella está el pequeño ataúd de su hermano, y es lo más cerca que han estado de sus padres desde que los separaron. Es una reunión familiar, juntos por primera vez, a una distancia de más de veinte metros de mina. Extiende las manos y acaricia la cálida losa templada por el sol. Necesita sentir el final de tantos años desesperados y sale de sus labios un diálogo intermitente con Lorenzo y sus padres, estén en la dimensión del tiempo que estén.

Escucha sus propias palabras:

—Ya he recuperado a mi hermano. Y decidme: ¿qué he de hacer con vosotros y con la monja Ricarda?

Pone la mejilla sobre en la losa. Intenta sentir la voluntad de sus padres.

La voz de su madre resuena todavía en su memoria, pero no la oye, solo mantiene viva la última frase que pronunció: «¡Volveremos enseguida, María! ¡Todo esto es un disparate!». Tampoco escucha a su padre, preocupado por ser detenido y acabar tiroteado donde está ahora. Solo existe en el aire el piar de los pájaros y el reptar de una culebrilla por la tierra, cerca de sus pies.

Se incorpora, abre la caja de madera y le dice a su hermano, contemplando sus huesos e intentando recomponer en la memoria su carne desparecida para verlo como era:

—Estás con tu familia. Todo ha terminado, Lorenzo. Ya ves dónde están nuestros padres. Puedes hablar con ellos todo lo que tengas que decirles. Y cuando decidas, nos vamos al cementerio. Te quedarás con los tíos y con Alonso en nuestro panteón y esperarás a que yo os acompañe. Nadie te volverá a separar de nosotros ni vendrá a molestarte. No sé lo que tardaré, pero ten en cuenta que la vida es muy corta y pasa volando.

Besa la losa y se despide de sus padres con murmullos de dulzura.

Monta en el vehículo y parte en dirección al cementerio de Toledo para enterrar a su hermano. Volverá a la mina con flores o con una orden de exhumación de un juez. Quién sabe lo que sus padres decidirán. Podrá regresar a Madrid con la paz y la serenidad suficientes por haber completado sus anhelos y cobrado al pasado las deudas pendientes que contrajo con ella, la única superviviente de la familia Fernández de Amuradiel, con todas las condecoraciones, que promovió un levantamiento militar y lo ganó, consciente de que con ella se extingue su apellido, sus victorias y derrotas porque sabe que no tendrá descendencia.

VIII

1975

Hoy ha salido en la prensa la condena de Mitxel Aguirre y Victoria habrá leído la noticia. Ha aparecido en la primera página en los diarios de Madrid que cada mañana se encuentran colocados en la mesa de entrada a la biblioteca.

Nada de lo que sucedió en Bucarest ha salido a la luz. Permanece como secreto de Estado hasta que alguien lo filtre o comience una nueva era de transparencia y tolerancia que termine con el mundo tal y como ella lo conoce. Un mundo que la ha amparado y protegido hasta ahora. Incluso Aguirre ha mantenido la versión de María cuando fue interrogado en la DGS por los colegas de Alonso y después por el juez, ajustándose al relato adecuado: «Alonso Fernández de Amuradiel falleció de un ataque cardiaco en la ciudad de París. Iba acompañado de su prima hermana, con la que viajó a la ciudad francesa para tomarse unos días de descanso».

Así apareció en la escueta nota oficial de prensa que emitió la Dirección General de Seguridad. El funeral se celebró en la ciudad de Toledo, en la más estricta intimidad, sin ningún protocolo institucional a petición de la familia, representada por su único miembro.

La detención de Aguirre ha sido algo más compleja de explicar. La prensa oficial lo hizo de la siguiente manera:

Mitxel Aguirre Goicoechea se entregó voluntariamente a las autoridades en la Embajada española en Francia. El exiliado vasco, que presuntamente participó en incautaciones y detenciones ilegales durante la contienda, estaba en busca y captura por las autoridades españolas desde 1939, año en que terminó la Guerra Civil y huyó hacia el exilio para evadir sus responsabilidades. También se le acusa de estar involucrado en el atentado al presidente Carrero Blanco. Ante los nuevos tiempos y cambio de era en la política española, muchos exiliados intentan el retorno. Nuestras embajadas por el mundo reciben continuas solicitudes de repatriación. Desconocemos el tiempo que nuestro Caudillo estará entre nosotros, pero la restauración monárquica ha sido aceptada por todas las fuerzas políticas, incluidos los comunistas, que tienen aspiraciones a ser legalizados y formar parte de la «nueva reconciliación».

Hay quienes han desvelado información confidencial, y cierta prensa de hoy especula con la coincidencia de la muerte repentina del comisario de la

Brigada de Investigación Social, Fernández de Amuradiel y la detención de Mitxel Aguirre en París, y en compañía de su prima, María Fernández de Amuradiel, agente de los Servicios Secretos del Estado.

Todas las versiones sobre la vida de Aguirre están incompletas o son interesadas. Nada se conoce de su actividad en el exilio, como, si tras escapar de España en el buque Stanbrook, su biografía se hubiera disuelto en un éter para volver a solidificarse a su llegada a Madrid, treinta y cinco años después.

¿Qué ha estado haciendo el prófugo vasco durante todos estos años y en qué lugar o lugares?, se preguntan los periodistas y la opinión pública en cartas al director en los diferentes diarios españoles.

Aguirre no ha desvelado ninguna información sobre su exilio y se especulan numerosas posibilidades. Hay quienes dicen que ha estado escondido en una república báltica de la Unión Soviética; o viajando por los países socialistas del Telón de Acero como asesor soviético para el Comité Centrar del PCUS; o que es la mano derecha de un cuadro importante del PCE; o un cabeza de turco, un enviado que el Partido entrega al Estado como demostración de buena voluntad para allanar el camino hacia el nuevo periodo que se abrirá a la muerte del Caudillo, que está en ciernes.

La sentencia ha sido menor de la esperada para algunos y demasiado dura para otros, tras meses de especulaciones.

María ignora si ha habido algún acercamiento entre padre e hija desde que Aguirre se entregó. Si él ha dado la orden desde Carabanchel para que alguien de su partido contacte con ella en su nombre. Victoria en ningún momento ha dado señales de verse alterada por la llegada de Aguirre. María no está segura de que no sepa quién es ese hombre. Ha debido de reconocerlo cuando él la asaltó en una calle de Madrid, eso no lo ha podido olvidar Victoria por años que pasen, pero los labios de María están sellados con un lacre encarnado y se abandona, como su ahijada, al silencio y a las estrellas portadoras de la paz del universo que ambas necesitan.

Y no puede creer que Victoria en ningún momento le haya comentado nada. Tampoco al ver la fotografía de él en los periódicos. Ni tan solo ha dicho: «Cuando tenía once años ese hombre me abordó en la calle». Hubiera sido más sencillo decirlo así cuando entró Aguirre por Barajas escoltado por la Guardia Civil y la noticia saltó y se convocaron manifestaciones de estudiantes en Madrid para su liberación. Su figura, exaltada por la prensa, provoca adhesiones fanáticas y rechazo severo. Se publicaron libelos a su favor y cientos de octavillas con su cara volaron por las facultades ente la mirada atónita de Victoria. Y el disfraz con el que se ha ocultado la joven para no afrontar las lagunas de su vida se ha sumado a otro disfraz sobre otro disfraz y ahora a lo mejor no sabe cómo deshacerse de todos ellos ante su madrina.

Y esto puede ocurrir en cualquier momento.

María ha de enfrentarse a las preguntas de Victoria, escucharla con docilidad y cariño, porque lo primero que hizo a su regreso de París fue evitar todo lo posible a la hija de Aguirre, como si se hubiera cortado el cordón que la unía a la joven, para no hablar ni explicar ni enfrentarse ni remover el pasado. Pero explicaciones son lo que necesita Victoria porque él va a pasar mucho tiempo en la cárcel y el silencio entre ellas es demoledor y la falta de sinceridad insostenible.

CALLE DE FORTUNY

Está escribiendo a máquina a las once de la noche, concentrada en cada palabra y en las imágenes y situaciones que desgrana e intenta recordar, necesita verlas tal y como eran.

Brillantes reflejos se imprimen en su cara bajo la luz del flexo, sentada a su mesa frente a la ventana. Pequeñas arrugas se le marcan suavemente en el arco de Cupido. Ha terminado la página 229 del manuscrito que está sobre la mesa. Un proyecto de reconstrucción que comenzó la misma noche en que enterró a Alonso en Toledo.

La presencia de la máquina de escribir en su escritorio tiene la facultad de hacerle volar la memoria de hito en hito, y tiene muy presente la última vez que pisó el cementerio de Nuestra Señora del Sagrario, situado en un alto de Toledo. Desde el panteón de los Fernández de Amuradiel se divisa toda la ciudad si uno se coloca en el centro de la lápida bajo la que yace toda la familia excepto sus padres. Apenas ha de ponerse de puntillas sobre el mármol, tras el ángel de piedra que blande la espada, para ver miles de tejados y el meandro del Tajo abrazando la ciudad. Esa visión la conmovió en el entierro de Alonso. Tras ser sepultado en una caja de cerezo cubierta por la enseña de España, y todo el mundo se hubo marchado, María pudo respirar el aire dulzón de las viñas recién podadas que ascendía desde las planicies, cuya dimensión es infinita.

Tas enterrar a su hermano, volvió a hacer lo mismo: se colocó de puntillas, levantó los brazos y olió las aguas del río y el aroma de los madroños y alcornoques de los montes de su infancia. Caminó despacio entre las lápidas, como en un acto de retorno, bajo la claridad de la tarde, que comenzaba a oscurecerse. Antes de abandonar el cementerio, le llamó la atención una zona abandonada, sin lápidas, mármoles, cruces ni adornos, solo sencillas protuberancias desiguales de tierra baldía sobre cientos de cuerpos enterrados por caridad en fosas comunes, la mayoría de rebeldes ajusticiados inmediatamente después de terminar la guerra. Aguirre bien podría estar bajo esa tierra, acompañando a la familia Amuradiel a escasos metros, de no haber abandonado Toledo en el último momento para huir de España. Y ella se santiguó por primera vez en su vida, sin saber por qué lo hacía, y salió del camposanto con desgarro y piedad, desarmada de toda la metralla que había acumulado desde la noche de Las Canónigas.

Tiene la agradable sensación de sentirse acompañada por Alonso cuando escribe en la Olivetti, y una promesa de reencuentro sale de sus teclas según escribe la historia de su vida, cuando tenía vida, o creía tenerla, si alguna vez la tuvo. Con ello soporta el tedio de los días y la amargura de las noches. Tiene la sensación de que la muerte de Alonso no fue tan absurda como en un principio pensó. Y es posible que él nunca creyera del todo que podría hacerse realidad un matrimonio con ella, un dulce espejismo que se rompió en el momento en que lo envenenaron.

Escribir la alivia de la asfixia y el desorden del mundo, incluso cuando realizaba extenuantes documentos de carácter político y estratégico, con una información sensible y reservada, señalando a quienes había que investigar para cortar de raíz la mala hierba, la aligeraba de una carga invisible y pesada.

Le gusta el sonido eléctrico y el movimiento del carro del último modelo de Olivetti. Se la ha regalado Frieda en cuanto la vio abducida por su inesperada obra, escribiendo en su antigua y ortopédica Regia noche y día. La residencia Santa Teresa sigue su ejemplo hacia la modernización y se han reemplazado las máquinas antiguas por nuevas y veloces, conectadas a la corriente eléctrica.

Rara vez sale de la residencia. En sus jardines encuentra la naturaleza y el aire necesarios para seguir existiendo. Tiene la baja médica desde que regresó de París acompañando el féretro de Alonso con una mantilla de encaje negro sobre el cabello que compró en las Galerías Lafayette. Solo escribir la salva del hundimiento de haberlo perdido todo. Con Aguirre en la cárcel, se ha desactivado su energía y la vida en Madrid transcurre desganada y deprimida, también serena, en el escondite perfecto del barrio de Almagro, al que nadie va a molestarla, salvo la monja Frieda von Schneider, a quien María sigue utilizando para enviarla a la cárcel de vez en cuando.

Por navidades María le regaló a Victoria un telescopio refractor Solaris que aceptó su ahijada con lágrimas en los ojos, y luego se echó a llorar como jamás la había visto. Luego colocó el telescopio sobre un trípode en la ventana de su dormitorio, orientado al norte, y en compañía de ese artefacto y la observación del firmamento transcurren sus noches de la joven al regreso de la universidad.

Entre las dos se ha creado una distancia de años luz que María no desea recorrer para no enfrentarse a la verdad, porque su apatía es devastadora y vive recluida. Apenas ve a su ahijada, salvo cuando coinciden en el comedor o en el jardín, cruzan cuatro palabras y se despiden enseguida, como quien barre y esconde la porquería bajo la alfombra. Anoche Victoria ha vuelto a llorar en presencia de María en el comedor y no probó el flan que le dejó con cariño encima de la mesa para calmarle el sollozo. Se negó a explicarle por qué lloraba con tanta pena. Es muy posible que, al leer la sentencia en la prensa, Victoria necesite hablar sobre ello y sobre el hombre que la paró en la calle de Goya haciéndose el enfermo.

Mañana se verá obligada a intimar con ella en la plaza de Oriente. Van a ir juntas a escuchar el discurso del Caudillo en el Palacio Real. Todas las residentes han sido instadas por la dirección a acudir masivamente en apoyo del jefe del Estado. La Embajada de España en Lisboa ha sido incendiada y todo Europa está en pie de guerra contra Franco. Los cimientos del régimen se desmoronan y la ejecución de hace tres días acelera su caída: al alba fueron fusilados en Madrid cinco hombres por las fuerzas del orden público, dos militantes de Euskadi Ta Askatasuna y tres miembros del Frente Revolucionario Antifascista y Patriótico.

María, ante la Olivetti, intenta no pensar y teclea el inicio de un nuevo capítulo de su novela tras leer las últimas hojas escritas. Le parece ver a Alonso deslizarse suavemente por las letras alumbrando los recuerdos del pasado, mientras una tormenta de arena araña la superficie de su rostro y lo incendia de un calor remoto y necesario, hasta que se queda dormida sobre la máquina, agotada de teclear durante horas ideas que se convierten en letras, frases y párrafos que completan las lagunas de su memoria.

Victoria, en su dormitorio, mira por la lente del telescopio las luces de la oscuridad y la muerte de su estrella favorita. Antes era fría y brillante, tenía el corazón de helio, solo ha vivido varios miles de años y era treinta veces más grande que el Sol. Hace mucho tiempo que ha muerto, pero se ve como nunca desde este lado del mundo. Una estrella muerta, como tejida de estrellas, irradia su luz poderosa en el espacio hasta llegar a sus retinas multiplicando sus colores. Por un instante quisiera tocar su luz y ser luz durante miles de años después de estar muerta.

Último discurso

En la gran plaza de Oriente una muchedumbre de cientos de miles de personas con pancartas y alegatos se mueve como una bandera agitada. Una proclama se enarbola frente a la fachada principal del Palacio Real.

Gritos impredecibles, pañuelos blancos al aire, las manos en alto, solo un clamor: «¡Viva Franco!».

Furgones policiales y decenas de policías acordonan el perímetro del inmenso palacio de gigantescas pilastras. Ellas están atrapadas en la plaza, dentro de los soportales del Teatro Real. Un pasodoble suena por un altavoz colocado en una azotea cercana. Alguien grita: «¡Olé! ¡Viva el Salvador de la Patria»! Otros contestan: «¡Viva siempre! ¡Arriba España!».

Lo gritan por el Caudillo, que está a punto de salir al balcón del palacio entre cánticos, alabanzas, aplausos y exaltaciones. La ovación sobrevuela al gentío cuando el jefe del Estado aparece en la balconada vestido de militar. Desde la lejanía es imposible verle la cara y las gafas de sol que lleva puestas, tampoco los saludos con la mano temblorosa de anciano enfermo de Parkinson al que le quedan siete semanas de vida. Pero eso no se sabe todavía.

La brisa juega con el pelo cardado de la esposa del Caudillo al acercarse por detrás de su marido y salir al balcón. El anciano se tambalea, se aferra a su trémulo saludo. Será la última vez que aparezca en público. El balcón se abarrota con los miembros del Gobierno y del régimen. Los nuevos príncipes de España se sitúan a la izquierda del Caudillo y el discurso comienza sobre el inmenso hormiguero, congregado para ensalzar su figura y escucharlo por última vez:

—Españoles: gracias por vuestra adhesión y por la serena y viril manifestación pública que me ofrecéis en desagravio a las agresiones de que han sido objeto varias de nuestras representaciones diplomáticas y establecimientos españoles en Europa... Todo obedece a una conspiración masónica izquierdista de la clase política en contubernio con la subversión comunista-terrorista en lo social, que, si a nosotros nos honra, a ellos les envilece.

—¿Tú oyes bien lo que dice? —pregunta Victoria.

—Claramente. Tengo un altavoz en el oído.

—Me duele la cabeza, hay demasiado jaleo.

—Ahora dice: «¡Arriba España!».

Un gran clamor explota por toda la plaza. Se oyen sirenas de policía y el gentío continúa con la exaltación patriótica. Una voz de cantante lírico destaca entre todos los sonidos. Se hace el silencio. Un barítono canta el *Cara al sol* desde la balconada del Teatro Real para despedir a Franco, que ha desparecido rápidamente tras finalizar su discurso; le costaba tenerse en pie. Suenan trombones y trompetas de una marcha militar. El acto ha terminado. El balcón del palacio se vacía.

Los príncipes salen del gran edificio en un vehículo negro. En el interior, Sofía de Grecia saluda con la mano al estilo del Generalísimo y el automóvil circula con lentitud por la calle Bailén, acordonada por la policía, hacia el paseo del Pintor Rosales.

Nadie quiere irse y todos corean en la plaza de Oriente: «¡Viva el príncipe Juan Carlos, continuador del régimen! ¡Viva!».

Una masa de gente con banderas azotadas por el viento, frío y destemplado de un otoño que anticipa el invierno, baja del oeste y se dirige hacia la Embajada de Portugal en protesta. Algunos intentarán quemarla.

María y Victoria se cogen de la mano para no perderse entre la multitud. Se dirigen hacia los jardines de Sabatini, empujadas por una corriente humana que despeja la plaza lentamente. Un fuerte dispositivo de policía armada enloquece el barrio de los Austrias.

—¿Tú crees que Juan Carlos va a continuar con el Movimiento? —le pregunta Victoria.

—Es posible, pero a rey muerto, rey puesto. Y este es de verdad.

—¿Va a morir el Caudillo?

—Como todos morimos.

—¿Habrá amnistía entonces?

—Lo más seguro.

—Pues que se muera ya.

María se detiene. Es empujada por el gentío y se da la vuelta hacia Victoria, que va detrás, y le tira de la mano hacia ella.

—Tú y yo tenemos que hablar de algo importante. Y es mejor que nadie te oiga decir eso.

A Victoria se le pone la cara del mismo color que su blusa fucsia, bajo la chaqueta azul marino con un ancla dorada en las solapas. Apenas pueden avanzar hacia la calle Ferraz para tomar un taxi. Hay demasiadas personas excitadas, gritando todavía. Ahora contra ETA, el FRAP y todo bicho viviente que desafíe al Caudillo. Se dan la vuelta, regresan a la plaza entre los jardines, más despejada, por la que ya se puede caminar, y entran en el Café de Oriente.

Pasan a las mesas del fondo. Una pareja se levanta. Ellas se apresuran y toman sus asientos, una frente a otra, junto a una ventana. La pareja se ha dejado el periódico enrollado junto a las tazas vacías.

Hay alboroto en el interior del café. La barra se desocupa y María coge el periódico y lo deja en el suelo; no quiere verlo. Victoria no ha reparado en él, mira absorta a través de la ventana hacia el exterior con cara de susto, aterrada por lo que pueda suceder hoy en Madrid. El periódico lleva la edición de la primera hora de la mañana y se puede leer una parte: «Veinte años y un día por rebelión militar y otros delitos contra el Movimiento Nacional para Mitxel Aguirre Goicoechea. Reunido el Consejo de Guerra Ordinario designado para fallar la causa de la Primera Región Militar...».

María lo empuja con el pie debajo de la mesa.

El tráfico se reestablece despacio. Varios policías a caballo cruzan los jardines al trote. Es posible que haya altercados y contramanifestaciones en los alrededores del Teatro Real, calle Mayor, plaza de Isabel II y Puerta del Sol. Una tensa tranquilidad se reestablece frente al palacio y ellas piden dos cafés al camarero que les limpia la mesa.

María apoya la espalda contra la pared tapizada. Cierra los ojos frente a diminutas violetas en un jarroncito sobre el blanco mantel, tiene miedo de lo que pueda decir. La mujer de la mesa de al lado le habla emocionada a su compañera de la carrera de caballos de la semana pasada en el hipódromo de la Zarzuela y de la belleza del nuevo sombrero que llevaba para la ocasión.

El camarero les trae los cafés y unas tejitas de almendra.

Victoria cruza sus piernas inseguras bajo la mesa. Se retira nerviosa la melena hacia la derecha, y apoya los codos en el mantel, como si estuviera desesperada por confesar un crimen. Pero está muda. Le ha comido la lengua el gato, como le decía su madrina cuando era pequeña y se negaba a hablar, aterrada por cualquier motivo.

—Nos hemos separado demasiado —dice María.

—Has cambiado mucho —le reprocha Victoria—. Estás irreconocible. Lo has abandonado todo. Me estás abandonando a mí.

—¿Sabes por qué?

—Deberías ser sincera, dímelo. Sé que la muerte de Alonso ha sido una tragedia para ti. Y yo también lo siento, y mucho; era lo más parecido a un padre que he tenido nunca. Pero... ¿es que yo ya no te importo? Te quiero como a una madre. Existo, María, existo. Y me siento tan mal...

Ella no encuentra qué decir ante la verdad. Y es la hora de la verdad. Una verdad que no sabe si conoce su ahijada. Pero no puede esperar más.

—Sé que tu padre es Mitxel Aguirre y tú también lo sabes o te lo imaginas porque no eres tonta. Por eso te encuentras tan mal. Y aunque no quieras hablar de él, hemos de esforzarnos. Sé que lo conociste a los once años en la calle de Goya. No puedes seguir ocultándolo. También es posible que él haya contactado contigo de nuevo. Ahora eres una mujer y él ha regresado.

A Victoria se le saltan las lágrimas.

—¡Frieda es una traidora! Me dijo que no te lo diría. Y me quitó una nota de la chaqueta. Estoy segura de que era de él.

Victoria tiene los labios ardientes por un ungüento imaginario que le abrasa la boca. Siente una debilidad atroz en las piernas. María no dice nada e inclina ligeramente la cabeza para mirar hacia el fondo del café.

—No es por la muerte de Alonso por lo que me encuentras extraña —quiere confesarle María—, es por cómo murió Alonso y dónde. Tengo que contarte la verdad: lo que hicimos Alonso y yo en el extranjero.

—Entonces, yo también deberé contarte mi encuentro con Aguirre.

—No hace falta, tienes derecho a tu intimidad. Yo no.

María comprende algo nuevo: tiene que dejarla ir; es hora de darle la libertad que le ha negado, Victoria no puede ser su prisionera. Y no necesita saber lo que sucedió entre padre e hija hace tantos años. Es demasiado tarde. Efectivamente, no quiere saber nada, solo pedirle perdón y respetarla. Se lo debe. Y a Evelia también. Pero no puede despegar los labios para contarle el contenido de la nota que le dejó Aguirre.

Entonces María le cuenta el viaje a Bucarest, el Instituto de Lingüística, Radio España Independiente, la desaparición del profesor Gausinet, el envenenamiento, el regreso a París, la detención de Aguirre, el bombardeo de Guernica, la noche de Las Canónigas donde todo comenzó, sus padres y la monja Ricarda, el saco de estopa, la mina de Camuñas, la exhumación de Lorencito... Se lo explica despacio, sin sentimientos, un relato aséptico y real como es la vida, que te abrasa en un segundo y te conviertes en cenizas.

Se detiene.

Vuelve a pensar antes de hablar.

No puede decirle que conoció a su madre. No puede decirle cómo detuvieron a Evelia. No puede decirle que su madre murió cuando María la llevaba en brazos y era una bebé desprotegida, y por qué la ha cuidado durante toda la vida. Sería demasiado cruel. La parte de Evelia la omite, quisiera olvidarla para siempre, enterrarla en La Minilla junto a los ajusticiados de la guerra.

Quizá sean demasiados descubrimientos para Victoria. Está tan blanca como una muñeca de cera. Se ha quedado congelada con la taza en la mano y guarda silencio. Tiene los ojos tan abiertos y disonantes como los de su padre. Pero se parece a Evelia más que nunca. Tan morenas las dos, como mujeres de un lienzo de Romero de Torres.

Se oyen disparos afuera. Se ve por los cristales del café a jóvenes corriendo por la acera seguidos por la policía montada, cuyos caballos golpean el cemento con un sonido metálico. Van hacia los soportales del Teatro Real. Se vuelven a oír disparos al aire.

—¿Cómo has podido hacer algo así? —lamenta Victoria. Tiene los ojos enrojecidos—. Sabía que eras una espía, una mentirosa, una censora, una perseguidora franquista. Pero... nunca, nunca... Nunca me has querido, solo utilizado. ¿Cómo has podido ocultarme quién es mi padre?

Victoria se levanta de la silla. María se lleva las manos a las mejillas y se clava las uñas.

—No quiero verte nunca más —balbucea Victoria.

Se da la vuelta. María intenta sujetarla por el brazo y evitar que se vaya en ese estado. La oscuridad regresa a la mirada de María, como en los viejos tiempos; es imposible sobrevivir. Casi no puede sostenerse en pie cuando sale tras su ahijada.

Victoria corre sin aliento por la plaza, sin rumbo, alocada, solo es una fuga, una liberación de la órbita que la conduce a la oscuridad más tenebrosa, de la que intenta escapar. Todo se mueve a la velocidad de las rocas y del polvo de los de los anillos de Saturno. A la altura del Teatro Real un intenso humo engulle los soportales. Varios jóvenes salen corriendo del interior con pañuelos ocultándoles la cara, llevan piedras en la mano. De repente, un caballo le corta el paso a Victoria, el policía le clava las espuelas al animal, el ágil caballo levanta las patas delanteras y la derriba. Ella cae hacia atrás junto a un parterre de rosas, se levanta enseguida. Es rápida. Corre de nuevo trastabillándose. Avanza hacia los soportales del teatro ocultos tras el humo, los jinetes a su alrededor son la pared de un acantilado por el que quiere tirarse. Corre hacia el humo, suenan alarmas y gritos, alguien tiene una pistola. Se oyen tiros de nuevo. Una bala despistada que alguien dispara desde una ventana se le hunde en el pecho a Victoria, le perfora la chaqueta azul y la blusa fucsia.

La gravedad desaparece. El tiempo y el espacio se deforman, se estiran hacia el infinito y Victoria se mueve en la órbita de su estrella en extinción. Gritos y voces sobrecogidas se congregan alrededor de su cuerpo. María, sin aliento, arrodillada sobre la tierra de la Plaza de Oriente le vuelve la cara hacia ella.

Está tumbado sobre el camastro en las tinieblas de la celda, bocarriba, mirando hacia la nada. Se ha despertado en medio de la noche con la agobiante sensación de estar tumbado sobre la montaña de muertos a los que disparó en la guerra. Tiene el ácido sabor de la sangre entre los dientes; ayer le han sangrado las encías como nunca. Le duele la columna y todos los músculos de la espada. Es más dura la cárcel de lo que pensó para un hombre que se acerca al ocaso de la vida.

En el módulo de preventivos ya le llaman el periodista rojo. Alguien le ha descubierto. Incluso en el prohibido *Mundo Obrero* ha salido un artículo firmado por la estación Pirenaica que siembra pistas sobre la identidad de Aguirre en el exilio. Los presos cuchichean que él es Fernando Lamadrid en persona, el agitador, el revolucionario político de las ondas de radio prohibidas, cuyo mensaje es la lucha sin tregua para derrocar un régimen que se extingue.

Lo peor que ha vivido Aguirre desde que ha vuelto a España es el reencuentro con Carlos Estaún en

Carabanchel. El viejo comisario se pasa la vida entre su celda y una cama del bloque hospital en el que coinciden alguna vez. Aguirre se las ingenia para ser enviado allí. Nunca pensó en una situación tan adversa cuando se vieron por última vez en el restaurante del hotel Moskvá, el 2 de enero de 1955. Pero no ha pasado ni un segundo en el ánimo combativo de Estaún desde que partieron juntos de España en un navío inglés para cruzar el Mediterráneo. Tiene la misma energía y mala leche del comisario de entonces, aunque viva condenado en una silla de ruedas y babee por la comisura izquierda de la boca porque una parálisis le ha inmovilizado medio rostro. Ha cumplido ochenta y un años, es el condenado más viejo de Carabanchel y tiene la mejor memoria que ha conocido Aguirre.

Piensa en lo cerca que se encontraba su cometido en Radio España Independiente de la tarea de un comisario político en el frente de batalla, cuya labor consiste en trabajar por la unidad política de los combatientes, educarlos en la lucha antifascista, levantar la moral, reforzar la autoridad del mando militar y atender las necesidades inmateriales e ideológicas de sus soldados. En una palabra: está pensando en Estaún, nombrado por el Ministerio de la Guerra como alto mando político de la Brigada, y bien se encargaba de anular la autoridad del mayor de Milicias. Estaún, el representante político del Gobierno Republicano en el frente de batalla, bendecido por el propio Largo Caballero, presumía de sus insignias en la bocamanga del uniforme con la cabeza bien alta: tres cordones de torzal de seda roja. Siempre alerta, nunca dormía, con mirada observante buscando la traición o la desidia. Pero también se ocupaba de que todos los combatientes comieran bien, con sus horas de descanso y esparcimiento cuando era posible. Aguirre era su mejor soldado, temerario y servicial, el mejor dispuesto, también el más triste y el más joven, quizá por eso Estaún le salvó la vida y se la ha vuelto a salvar ahora testificando a su favor en la causa abierta contra Aguirre y autoinculpándose de todo lo sucedido durante la guerra.

Ahora, hasta sus pensamientos le parecen absurdos, llevan un desfase de años luz, lejos de la realidad que observa en un país que no reconoce, como si hubiera aterrizado de otro planeta tras vagar por el espacio sideral con el que sueña su hija. La extrañeza y el asombro le asolan los sentimientos y las ideas. Siempre se mantendrá fiel a sus convicciones marxista-leninistas. Para él la guerra no ha terminado todavía, no puede terminar así; pero la realidad a su alrededor y la que lee en los periódicos lo confirman.

España se ha dado la vuelta como un calcetín y está recomenzando. El franquismo se desmorona como un castillo de naipes y ahora casi nadie cree en la revolución, en la lucha de clases, en la abolición de la propiedad privada y el capitalismo ni en la lucha armada, excepto los etarras. La gente solo quiere democracia y vivir como burgueses.

Ha estado demasiado lejos y demasiado aislado de los tiempos modernos, dentro del ataúd de la antigua y desconsolada Rumanía, que añora y hasta echa de menos, aunque a Estaún le asombre. Existe algo íntimo y romántico que le une a esa aldea grande que es Bucarest, anclada en una época en extinción, desolada y cruel con los que la aman. Un mundo lejano, un sueño pasado. Una página de un antiguo libro de viajes.

Aguirre ha tenido varias visitas de la alemana que va a ver a Carlos. Tendrá unos setenta años. Parece albina de lo blanca que es y dice Estaún que es monja y una diligente falangista. Fue la institutriz de Victoria en el Auxilio Social, asignada por María Fernández de Amuradiel para controlar y catequizar en los valores franquistas y nacional-católicos a su hija, como venganza a lo que sus padres representan. Sea lo que sea, Frieda von Schneider es la enviada de María y tiene dos ojos fuera de la cárcel que le muestran las noticias del exterior que no puede leer en la prensa. Sobre todo, le habla de Victoria y de su infancia. Él quiere saberlo todo de su hija. Sus notas de niña. Si había alegría o soledad en sus ojos y cómo la cuidaba y protegía esa extraña pareja de primos. Si era querida por sus amigas y profesores en los hospicios por los que anduvo. Si habló alguna vez de su madre...

Hay tantos síes condicionales e interrogativos en su cabeza que lo abruman... Lo que más le asusta es cómo abordar de nuevo a su hija y su reacción. El miedo lo ha paralizado y lo paraliza cada día al levantarse al pensar en que tarde o temprano tendrá que dar un paso adelante. Ni María ni la alemana van a intervenir para que se produzca un primer contacto. Han pasado de ser sus enemigas a mantenerse neutrales entre padre e hija. De momento, se consuela con las noticias que le trae la alemana. Victoria es buena chica, con inquietudes científicas y sin ideas políticas. Quizá un poco retraída y sin demasiadas ambiciones. Nunca ha destacado por nada en concreto y ha mantenido un perfil bajo, sin causar preocupaciones a su madrina y a sus profesores. Su gusto por las estrellas le viene de niña. Una forma como otra cualquiera de evadirse de la Tierra, de las miserias de sus padres y de su existencia de huérfana.

La alemana se ha convertido en una relatora privilegiada de la vida de Victoria que él no ha podido disfrutar. Y lo acepta. Está casi agradecido por las charlas algo misteriosas que esa mujer le ofrece; no así Carlos Estaún, que odia a Frieda von Schneider con toda su alma y hasta ha planeado asesinarla en una de sus visitas a la cárcel clavándole un piolet en la cabeza, como asesinó Ramón Mercader a Trotski. Fantasías criminales de anciano moribundo que está perdiendo la cabeza para consolarse de la muerte que le acecha, esperando una amnistía a la que no llegará vivo.

Esta mañana Aguirre se ha afeitado a conciencia y se ha aplicado en el rostro un *aftershave* que ha comprado en el economato, huele hasta bien, y no el matarratas que tiene sobre un estante roto y reconstruido con cinta de carrocero junto a su litera. Hoy no se siente el hombre más solo de la tierra; él, que ha sobrevivido en la nada conquistada a base de fracasos.

Viene a visitarle María Fernández de Amuradiel por primera vez. Está sorprendido. Por fin se ha dignado a aparecer. ¿Qué querrá de él? Será para felicitarle por la sentencia y echarle sal a la herida. ¿Estará contenta con los años que le han caído? No la ha visto desde el aeropuerto de París, cuando se marchaba del brazo de un cónsul con aspecto de pervertido y se había transfigurado en la fría mujer que siempre pensó Aguirre que podía ser, con un rostro de cartón piedra y desposeída de alma. Ella ha solicitado una visita urgente, se la han concedido y él está algo nervioso. Es posible que venga con Victoria, pero únicamente está escrito en la comunicación que la acompaña Frieda von Schneider. La solemnidad que sospecha lo intranquiliza de tal manera que se ha cortado en la mejilla al afeitarse.

Disponen de una hora de privacidad y siente que en el cielo se abre una rendija de esperanza, y hace acopio de una energía que lo tenía abandonado, cuya extensión es grotesca, como si el regreso a España le hubiera absorbido la escasa juventud que le queda.

Una nueva trasformación se ha operado en María; se da cuenta enseguida, nada más verla, sentada en una silla de formica, esperándole, cuando ella gira la cabeza para verlo entrar. Parece la mujer de las mil caras, ahora tierna, ahora piedra de basalto. Hoy lleva una cara que no sabría definir Aguirre. Desconcertante. Cree que ha menguado de estatura, se está haciendo más pequeña de cómo la recordaba. Con las piernas cruzadas debajo del asiento, parece la niña que fue. Está muy delgada y su ropa ha sufrido igualmente un cambio. Lleva un vestido negro de viuda de novela. Con sus típicos zapatos Castellano sin adornos, sobrios y negros. Los ojos grandes y almendrados que recuerda están hundidos en sus cuencas. Sus labios obedecen a una voz eclipsada y sin vigor cuando María le saluda y él toma asiento frente a ella, en la sala privada de visitas del módulo de presos preventivos.

—Veo que has venido sola, mejor. Empiezo a estar cansado de tu alemana —dice Aguirre con el pelo rapado al dos y la camisa de presidiario remangada hasta los codos. Ladea los labios algo sorprendido. Ella tiene la mirada muy turbia—. Tu cara me dice que algo malo te ha ocurrido. Porque, de no ser así, estoy seguro de que no habrías venido a este infecto lugar, y menos a verme a mí. O quizá estás aquí para restregarme los veinte años que me han caído de condena.

—Te equivocas. No pienses que me alegran. Y saldrás pronto, lo sabes, la amnistía está en camino.

—Cuánto has cambiado. Pensé que me odiabas.

—¿Por qué he de odiarte si he conseguido mis propósitos?

—Pero te han salido muy caros.

—Enterré a mi hermano como es debido.

—Nuestros mundos se mueven animados por orquestas distintas, María.

—Sus sonidos son atroces.

—Bienvenida al club de los que tienen los oídos abiertos.

—Franco se está muriendo.

—¡Sí, sí, sí! ¡Todo el mundo se da cuenta!

—Habrá una amnistía que nadie se imagina.

—¡Claro, se muere el dictador!, todos morimos y todo sucede en un abrir y cerrar de ojos. Su muerte no me valdrá, solo me vale lo que me ha arrebatado. El color de su ira teñirá de sangre su cuerpo.

—Déjalo ya.... No es el momento de la lírica.

—*Ja proletarskaja puska, streljaju tuda i sjuda.*

—No quiero saber qué significa. Ahórratelo.

—Soy un cañón proletario, disparo aquí y allá*.

---

* Versos de la *Carmañola*, comedia del tipógrafo Grin, publicada en Moscú en 1924. Maiakovski los reproduce en su artículo «¿Cómo hacer versos?».

—Lo que pareces es un niño.

—Será porque tú me llevas al pasado.

—No te pega ser reminiscente.

—A mí no me pega nada y yo no pego con nada.

—Y menos conmigo.

—Ya lo sabemos.

Ella se levanta de la silla y él la sujeta por la muñeca.

«Qué narices quieres de mí», se pregunta Aguirre, mirándola fijamente. Él sabe lo que le asustaban sus ojos a María, su mirada bicolor, y ha reconocido ese miedo durante unas décimas de segundo en su cara. Y el miedo se ha apagado, se muere. Y, si no hay miedo, ¿qué hay en sus ojos, portadores de tanto dolor?

Ella se libera de sus manos y clava la mirada en la grisácea pared de cemento.

—Yo también tuve un hermano —le reprocha a María. Ella no responde. Pero él escucha un gemido.

—Lo sepultaron las bombas de la aviación alemana, en Guernica, junto a mi madre.

Aguirre recuerda a Jon como si el tiempo retrocediese treinta y ocho años y su hermano estuviera con la *ama* en el establo, esperándole para ir a jugar a la pelota al frontón del Ferial, y el bombardeo no hubiera ocurrido nunca. Necesita cambiar de pensamiento y le pregunta:

—¿Esta habitación se parece en algo al calabozo donde torturasteis a Eve? Me imagino que no. Sé muy bien cómo son los calabozos que tenéis en la DGS. Esto es solo una cárcel de mierda.

Desconoce por qué le ha hecho esa pregunta a María, dura y sin propósito. Quizá porque la idea de la muerte está en todas partes, es omnipresente, y Eve ha llegado de una forma brutal a sus recuerdos para gritarle algo que no logra adivinar. Se acaba de abrir una puerta hacia el más allá y María tiene la llave. Lo siente en el alma. Toda ella de negro, como una plañidera. ¿Qué cadáver viene a llorarle?

—¿Qué narices quieres, María? Si lo has conseguido todo de mí —le susurra con los codos apoyados en la mesa, apretándose las sienes con tal fuerza que le van a estallar. Ve su cerebro desparramado por la sucia madera de la mesa, extendiéndose hacia el abismo de sus vértices para caer al terrazo y llegar al sumidero.

Observa en ella demasiada tensión: ha de relajarse, ha de relajarla.

—He venido a hablarte de Victoria —susurra María con una voz portadora de todos los temores.

—No te esfuerces, mi hija me ignora, lo sé; no hay que ser un lince. Es una señorita bien educada en vuestros valores, con un padre ateo y marxista..., por Dios, es de manual. No quiere a alguien como yo en su vida, tal cómo tú la has educado. Te vuelvo a dar la enhorabuena, María. Eres la mujer más lista e inteligente que he conocido en mi absurda vida. Superas con creces toda expectativa de venganza.

—Aquí hemos perdido todos.

—Lo sé. Pero tú ganaste la guerra. Y no os ha bastado con derrotarnos; nos habéis perseguido y acribillado.

—No hables de crímenes, Aguirre..., no hables de crímenes...

Él se levanta de la silla, aplaude esas palabras como si estuviera en un teatro de variedades.

—¡Dime a qué has venido y te largas!

Él no quiere mirarla, su rostro le produce estupor y comienza a dar vueltas en la estrecha salita con sus alpargatas raídas. Luego se apoya en los barrotes de la ventana. Los cristales están tan sucios que apenas entra luz de la galería. Siente una puñalada en el vientre: algo terrible le va a contar la niña del infortunio que siempre lo ha perseguido.

Ella invariablemente trae desgracias; hoy solo le falta el velo negro. Es una mujer con mala estrella desde que nació. Él no cree en la irracionalidad, en el pensamiento mágico, pero debe rendirse a lo que ella representa. Está rodeada por la muerte y cada movimiento que hace alumbra la agonía de alguien. Todas las personas que han sido importantes para ella, para bien o para mal, están muertas o encerradas. Esta reflexión le preocupa más que cualquier batalla a la que tuviera que enfrentarse. Percibe tanto dolor alrededor de la figura de ella que lo asusta. Ahora siente conmiseración hasta del hijoputa de Alonso; su forma de morir fue terrible, pero le estuvo bien empleado. Es posible que María naciera con algo especial: un estigma, un sortilegio. Pero qué absurdo, él es un materialista dialéctico, no puede pensar en términos de superstición. Aunque recuerda muy bien que la noche en que el camión se llevó a los padres de María y a la monja de Las Canónigas, al poco tiempo hubo un eclipse lunar, y se produjo mientras los Fernández de Amuradiel eran ejecutados en la mina de Las Cabezuelas.

Uno de los camaradas que ajusticiaron al matrimonio y a la monja de compañía con un tiro en la nuca le dijo a Aguirre, al día siguiente, que era una noche de luna llena. El campo se veía muy claro, pero de repente el cielo se vino abajo, la oscuridad se hizo aterradora y hasta las estrellas dejaron de brillar. El viento se quedó sin soplo. Todo sonido cesó. Los seis milicianos y el sargento que ejercía de teniente creyeron que se quedaban ciegos. La oscuridad era tan perfecta que no acertaban a arrastrar los cuerpos tiroteados hacia el abismo del pozo; el orificio parecía moverse por el terreno. La madre no estaba muerta del todo, emitía estertores ahogados, como si la sangre le saliese a borbotones de la boca, y no se la pudo rematar porque no acertaban a darle el tiro de gracia, pero al final consiguieron entre todos, a tientas y a empujones, arrojarlos a la mina. Luego tuvieron que alumbrar la entrada con los faros del camión para lanzar unas granadas y vaciar por la vertical los sacos de cal viva que descargaron a toda prisa.

Aguirre deja de escuchar sus pensamientos para escuchar el triste lamento de María cuando la oye decir:

—Victoria ha muerto, está en el depósito de cadáveres del Hospital Francisco Franco. Has de saber cómo ha sucedido.

Le cuenta el último discurso de Franco en el Palacio Real, la bala que no iba dirigida a su hija, disparada desde una ventana de un edificio de la Plaza de Oriente. Daños colaterales de una manifestación por la defensa de la patria que acabó en disturbios, detenciones y un desgraciado y a destiempo crimen no premeditado.

Él no quiere escuchar la historia. Le falta aire en los pulmones. Se tapa los oídos. Un acceso de tos le impide respirar. Ella se levanta. Él quisiera morir allí mismo, ante su víctima, convertida en un verdugo sin alma. Puede verle a María, a través de su vestido negro, el negro corazón que posee. La imagen del bombear de la sangre de María por todo su cuerpo, negro como toda ella, inunda el espacio a su alrededor, lo ahoga y lo ensucia.

Grita a María: «¡Eres una bruja!».

Grita al carcelero: «¡Sáqueme de aquí!».

Y grita poseído, aterrorizado, lívido como un muerto.

Araña la pintura de la pared. Se rompe las uñas. Le sangran.

Dos funcionarios lo tiran al suelo, le ponen las rodillas contra la espalda, lo esposan. Aguirre levanta la cabeza y ve a María salir del cuarto de la prisión como un espíritu maligno poseedor de toda la negrura del universo.

Jueves, 4.58. Teletipo de la agencia de noticias Europa Press: «FRANCO HA MUERTO. FRANCO HA MUERTO. FRANCO HA MUERTO».

Jueves, 4.59. A Carlos Estaún se le para el corazón. Tenía la radio debajo de la almohada y el volumen a medio gas con la noticia machacona durante toda la madrugada. Quiso levantarse para celebrarlo, pero una súbita presión de alegría en el pecho le impedía incorporarse, un latigazo de junco ardiente le quemaba el corazón. Extendía los brazos, deseaba alcanzar su silla de ruedas y hacer cabriolas con ella por la celda como si tuviese quince años y le dieran la libertad; más que libertad, una vida por estrenar; una libertad que nunca será porque ya está muerto y es un anciano. No habrá para él otro Stanbrook que lo saque de la cárcel y lo lleve hacia la libertad sobre las olas del mar.

Un estruendo inmenso se levanta en las galerías radiales y en todo el complejo carcelario como si se abriesen las puertas del cielo y las puertas del infierno y salieran todos hacia un aquelarre. Se oyen

aplausos, gritos, proclamas, llantos, golpes, zapateos; un rugido estremece hasta la estructura de la
sexta galería de los presos políticos y disidentes.

Aguirre no puede saber que Estaún ha muerto en
su celda. Nadie lo sabe todavía, hasta que las luces se
enciendan y se haga recuento. Él está llorando en su
camastro. Las lágrimas le rebanan la cara como si
fueran cuchillas escuchando las noticias y esperando
un traslado que no llega, con la radio encendida y el
ánimo arruinado. La muerte del viejo dictador viene
a destiempo. No significa lo que significaría en otro
tiempo, en otro espacio, en otro cuerpo y otra mente.
Necesitaría otra vida que no tiene para poder asimi-
larlo. Ha buscado acomodo en un nido mental construido de vacío y desmemoria.

Él ya es el hijo del relato «Paso del norte», de Juan
Rulfo, cuando le dice a su padre: «Padre, nos mataron». «A quiénes», contesta el padre. «A nosotros. Al
pasar el río. Nos zumbaron las balas hasta que nos
mataron a todos».

Jueves, 5.30. Frieda von Schneider tiene un ataque de llanto. Entra en el apartamento de María, en
la residencia Santa Teresa, con su hábito religioso,
que no usaba desde que salió de Alemania. Sus ojos
cansados, hinchados y espectrales parecen globos
de agua de lo que ha llorado desde las cuatro y cincuenta y ocho de la madrugada. Todos lo esperaban.
Ella no se resigna.

María ha preparado café para las dos. Tampoco ha dormido en toda la noche. Ha estado escribiendo en la Olivetti y las horas pasaban sin dejar rastro hasta que ha llegado la noticia desde el Hospital de la Paz, donde el Caudillo ha muerto.

Cuando ha escuchado la noticia, estaba sentada a su máquina y no se ha detenido, las teclas seguían su camino marcando de tinta el papel, escribiendo una escena que pertenece al mundo de los muertos. Cuando abra las páginas del manuscrito, Lorencito, Victoria, Alonso, sus padres, su tío y la monja Ricarda tendrán una vida fabricada de tinta y papel. Podrá conversar con ellos y estarán a su lado en el momento de la muerte, acontezca como acontezca.

—Tienes que irte a Alemania —le dice a Frieda. A la monja le tiemblan las manos con la taza de café humeante—. Deberías vivir la vejez en tu país. En Múnich tienes una hermana.

Frieda no levanta los ojos lacrimosos y abotargados sobre su piel más pálida que nunca. La decrepitud ha caído sobre ella sin disimulo. Se limpia las manos, ficticiamente sucias y con grandes manchas de anciana, sobre la falda del hábito y solo responde:

—Tienes razón, *meine Kleine**. Aquí ya estorbo. Estorbaré en todas partes.

—Creí que nunca te pondrías el hábito.

---

* Mi pequeña.

—Hoy lo necesito. Me siento desnuda y sin vida. El Señor me llamaba desde hace tiempo y no quería escucharle.

Las dos saben que esta mañana desolada será la última vez que se vean en sus vidas porque así lo está escribiendo María en su novela, Frieda lo sabe y ha tomado sus decisiones.

—Estoy reviviendo la muerte atroz de mi führer. Sabes como ocurrió..., *stimmt doch, meine Kleine?*...*

—Espero que tu vida no termine así —responde María.

—El veneno que llevasteis a Rumanía se lo di yo a tu primo. En la Secreta no entienden de esas cosas, son bastante brutos y nada refinados. Era cianuro de potasio. Una variante del veneno que tomaron mi führer y su esposa para terminar sus días con honor. Es una lástima que no tuvierais oportunidad de usarlo con Aguirre.

María recobra la claridad y el asombro y escucha a la mujer que la ha educado con cariño y dedicación desde que era una niña sin padres, con un tío y un primo que nunca estaban en casa. Ha pasado con ella la vida y todavía la asombra.

—*Ja, meine Kleine?* Alonso iba a matar a Aguirre. Nunca pensó regresar a España con él. Fue una pena que muriera envenenado sin buscarlo. ¡Un agente

---

* ¿Verdad que sí, mi pequeña?

nervioso!, qué retorcidos son los comunistas... Cuidé de tu primo como si fuera mi hijo. Pero la vida nunca transcurre como pensamos, queremos, deseamos o procuramos que ocurra, por mucho empeño que pongamos. Hay que estar siempre preparados para el escenario más adverso, como se preparó mi führer.

—¿Tenía Alonso otra misión en Bucarest, Frieda?

—*Nein*! ¿Te parece poca misión acabar con el único hombre que le quedaba para consumar su plan de aniquilación? Y tu plan, *meine Kleine*, no lo olvides, tu plan; lo que siempre ambicionaste: dar al enemigo su medicina; *Auge um Auge und Zahn um Zahn**. Sabe el Señor que la desgracia de nuestro amado Alonso no estaba prevista, tampoco la de la pobrecita Victoria. Dios se ha empeñado en que nadie os sobreviva al comunista y a ti. Es lo que tiene la guerra, se sabe cómo empieza, pero no cómo termina ni cuándo termina ni lo que se lleva por delante, porque nadie conoce el plan establecido por el Altísimo.

Frieda se levanta de la silla, le da un beso en la mejilla a María y, arrastrando el hábito cansadamente por las baldosas, se dirige hacia la puerta.

María la ve cojear como nunca; antes no se le notabas, y siente una piedad desconsolada por ella. Le dice antes de que desaparezca de su vida:

---

* Ojo por ojo, diente por diente.

—No hagas tonterías y cuídate. Gracias por todo, Frieda. En tu cuenta he ingresado el dinero suficiente para que no te falte de nada.

La monja no se detiene, cierra la puerta tras ella en el tétrico silencio que asola la residencia universitaria Santa Teresa, que guarda luto penitente por el Caudillo.

Amanece. El cielo se cierra sobre sí mismo antes de que las luces del alba alumbren la ciudad. Se pregunta por qué Frieda le ha contado lo del cianuro de potasio. Es una mujer que nunca habla sin intención. ¿Quería enviarle un mensaje? María entra al aseo y saca el botecito de maquillaje que llevaron a Bucarest. Lo guarda desde entonces en un armarito sobre el lavabo. Lo abre. Lo observa. La muerte está escondida en sus gránulos. Parece sal, huele a almendras amargas, lo cierra y lo deposita donde estaba. Se sienta a su mesa de estudio para seguir escribiendo durante todo el día, hasta el agotamiento, con la radio apagada y el ritmo de la respiración contenido. No asistirá al funeral del jefe del Estado. Tampoco acudirá a la capilla ardiente en la Sala de Columnas del Palacio Real. Ni a las manifestaciones de respeto y dolor por él. Tiene que terminar la novela y el tiempo apremia.

IX
1977

Sábado Santo Rojo

El Partido Comunista de España ha sido legalizado. A Aguirre lo han trasladado de prisión y está en el penal de Burgos. Han empezado a caer los granos de un simbólico reloj que lleva arena para veinte años y un día. Durante toda la jornada, la desazón de un éxito a destiempo le arde en el estómago. Antes, el Partido era un símbolo sagrado; hoy es como pecar por alegrarse de que la lucha por fin haya terminado.

¿Ha terminado?

Piensa que así no, no de esta manera. ¿Con quién va a compartirlo? No debería haber sobrevivido a las personas que ama y tener buenas noticias. Tampoco un padre ha de sobrevivir a sus hijos, y él murmura a todas horas cómo es posible que su vida haya terminado de esta manera.

Se corre la voz con la noticia de la legalización del partido por toda la galería mientras se viste despacio, bajo la luz de una bombilla parpadeante, junto a su cama, la mañana del 9 de abril de 1977. Las voces resuenan como metales ardientes, como lingotes de oro licuándose por un intenso calor, el mismo calor que lleva encima desde que ha oído que la legalización es verdadera, sin levantar la mirada ni hablar con nadie en una cárcel que hiela los huesos, donde el invierno no abandona nunca sus muros.

Ha hecho voto de silencio desde la muerte de su hija. No habla con nadie, ni con los camaradas más antiguos que se reúnen en comité a espaldas de los funcionarios. Tiene la sensación de estar cubierto de harapos. Se comunica con ellos a través de la libreta que lleva en el bolsillo de la camisa. Sobresalen el cordón azul y un lapicero, y en ella escribe la información básica de comunicación necesaria. Para un locutor de radio, cuya voz es la herramienta de su lucha política, es un castigo severo. Aunque a él le parece liviano y es un refugio hasta que su mente se dé por vencida.

Todavía ningún camarada ha querido descubrirlo abiertamente en el penal de Burgos. Hay un silencio sepulcral alrededor de su figura. Escuchan la estación Pirenaica a escondidas, ninguno habla de Fernando Lamadrid y nadie lo echa en falta. Como si no hubiera existido. Él ponía la voz de los presos del penal y los hacía héroes del pueblo por unas horas, lo que duraban sus programas por las ondas desde Rumanía a España. Quizá no importe a nadie quién hace correr las noticias. Cuando las trasmisiones desaparezcan y la emisora sea cerrada, toda una época volará en un avión de papel a ninguna parte.

Pero hasta entonces, mientras unos vigilan, otros escriben con caligrafía en miniatura los sucesos que ocurren entre esos muros y las decisiones que se toman en asamblea. Alguien las sacará del penal y en Bucarest, a tres mil quinientos kilómetros, un redactor, que quizá Mitxel no conoce, lo transcribirá en la escaleta y lo radiará una voz que nunca será la suya.

Del comedor los llevan al patio. Allí no habla con nadie porque no habla. Oye la algarabía a su alrededor. A sus camaradas parece haberles tocado la lotería.

Aguirre ha apuntado en su cuaderno ciertos datos interesantes copiados del calendario meteoro-fenológico del Servicio Meteorológico Nacional en la biblioteca, con los brazos helados bajo su camisa parduzca desgastada, a la que ha arrancado el cuello. Durante el año 1977 habrá cuatro eclipses. Dos de sol y dos de luna.

El 26 de abril, anular de sol. Visible desde España desde las 7.22.

El 13 de mayo, parcial de luna. Visible desde España desde las 17.48.

El 23 de octubre, total de sol. Invisible desde España.

El 6 y 7 de noviembre, de luna por la penumbra. Visible desde España. Primer contacto con la penumbra el día 6 a las 20.47. Será medio eclipse el día 6 a las 23.03.

Tiene que estar atento a estos días, marcados en su calendario, para ver los sucesos estelares. Es sábado y no se espera ningún fenómeno astral remarcable, tampoco encuentra el pozo por el que tirarse.

Hará unos meses, no sabría decir a ciencia cierta el día ni la semana porque el tiempo en la cárcel carece de la importancia religiosa que todo el mundo le concede, recibió un paquete con objetos personales de su hija, entre los que había interesantes cuadernos astrales. Desde ese día se ha aficionado a la astronomía y también al zodiaco.

El remitente del paquete era María Fernández de Amuradiel. Ella lo ha llamado varias veces a la cárcel y él ha declinado la amable invitación de ella a escuchar su voz y sus problemas. Desconoce la forma de quitársela de encima definitivamente. Quizá sea imposible, quizá en los cuadernillos astrales de Victoria encuentre la solución de cómo erradicar la mala estrella que le ha tocado con esa mujer. Estuvo tentado de devolverle el paquete, abierto antes por la inspección carcelaria. Se alegra de no haberlo hecho. Ahora tiene abundante material de estudio y el firmamento es una fuente inagotable de conocimiento que complementa las aspiraciones metafísicas de cualquiera. Solo con los eclipses tiene para ocupar su tiempo durante meses de análisis. Ahora se ríe de la filosofía de Karl Marx y Friedrich Engels.

Bajo la lámpara de su mesita de cincuenta centímetros y su zumbido constante por la mala tensión eléctrica, examina cada día, antes de acostarse, el contenido del paquete, y siempre se asombra de la naturaleza de los pensamientos, observaciones y apuntes de su hija, a la que siente más viva que cuando vivía.

Hoy llaman al día «Sábado Santo Rojo», lo llevan de boca en boca sus camaradas bajo la luz anaranjada del sol. El cemento del patio brilla demasiado, un preso se resbala y parece que patina. Sus camaradas bendicen el día golpeando los barrotes de las celdas. Se aprietan las manos unos a otros en los patios y en los lugares comunes, y dicen: «La paz sea contigo».

Aunque la mayoría son ateos, hoy creen en los milagros.

A Aguirre, Sábado Santo Rojo le suena a Domingo Sangriento, la masacre en Irlanda del Norte. Piensa que algo terrible puede suceder. En el fondo no se lo cree. Es posible que el régimen los esté engañando a todos, al país entero y a la oposición, que se aviene a entrar en un nuevo juego político que llaman «Transición». Es posible que el presidente Suárez esté conspirando para darles un golpe de gracia cuando los exiliados que quedan en el extranjero retornen. Puede estar preparándose la redada del siglo. Es imposible que el Movimiento se haga el haraquiri, eso nunca pasa en los sistemas totalitarios; no se autoinmolan, hay que exterminarlos. Y menos un régimen nacional-católico. Alfonso Suárez es el pupilo atractivo del franquismo. Deberá estar atento a lo que dice Suárez. No quiere más desgracias, con las de su vida hay suficiente para otra vida.

Tras la cena, Aguirre se acerca a la sala de la televisión, donde todos los presos guardan un silencio emocionado. Santiago Carrillo está en la pantalla, en el telediario de la noche. A Aguirre le parece un auténtico desconocido el secretario general de su partido. Carrillo ha luchado hombro con hombro con Estaún en un pasado remoto y lo ve llorar de alegría en el reportaje. Se va a presentar a las próximas elecciones y ha tenido que renunciar públicamente a luchar por la restauración de la República, acepta la democracia, la monarquía y la bandera rojigualda. Si resucitase Estaún, con su uniforme de tres cordones de torzal de seda roja en la bocamanga y su estrella de cinco puntas, sería capaz de encerrar a Carrillo en una celda y luego darle matarile, como él decía, contra el muro de un cementerio. Por traidor.

Puede que sus pensamientos estén yendo demasiado fuera de sí mismo y de lo que era antes de ser nada. Y como es nada, puede pensar lo que le dé la gana.

Las piernas le sostienen lo suficiente para llegar a su celda mientras todo el mundo está ante la televisión, ahora en estado de posesión demoniaca. Hacen demasiado ruido y sus voces lo aturden. El comité del Partido en el penal ha convocado una reunión urgente. Él no va a acudir, nunca lo hace y hoy menos, prefiere el sonido del viento colándose por los resquicios de la sucia ventana de su celda. Colinda con el patio central, un cuadrilátero compuesto por 6.587 baldosas que se ha tomado la molestia de contar, con soportales y arcos a los lados tan grandes como los de una plaza mayor.

El cuerpo de Aguirre ha perdido el peso innecesario, bajo nubes de polvo cósmico que bailan a su alrededor. Abre un cuaderno y luego otro y observa la letra redondita y limpia de su hija y los dibujos que hacía para representar sus ilusiones que anidaban en el allá. La sabiduría de Victoria le asombra y siente la presión de los dedos de su niña al realizar los dibujos astrales y un diagrama de dispersión de estrellas.

Debajo escribió: «Diagrama de Hertzsprung-Russell. Relaciones entre la luminosidad de las estrellas y sus temperaturas».

Cierra el cuaderno N2, como ella escribió en la portada, y se tumba en la cama con la ropa de presidiario puesta.

Antes de quedarse dormido mirando el techo, se vuelve a sentir un hombre-nada. Ser un hombre-nada es difícil. Hay que luchar más de lo que nadie imagina para ser nada.

¿Se está volviendo loco?

No reniega de nada. Ni de la locura. Es la nada. Un observante inútil. La inutilidad es lo que le mantiene la cordura.

María Fernández de Amuradiel intenta poner voluntad con sus nuevas alumnas de la residencia en su etapa más vacía y encuentra en ellas la ternura y la inocencia de la ahijada que ha perdido.

A principios de septiembre, la directora la llamó a su despacho. No estaba de acuerdo con la persistente ociosidad de María y su reclusión le preocupaba. Le encomendó la organización de un curso que sería de provecho para la formación de las residentes y María comenzó a enseñar filosofía del romanticismo alemán y poesía germánica en un cuarto deshabitado de la parte de atrás del pabellón Arniches, en una esquina del jardín. Se entra por una puertecita de madera y se accede por unas estrechas escaleras hasta el primer piso.

Antes de ser acondicionado, encontraron arrinconadas cien cajas polvorientas de documentos y archivos que pertenecieron a la primera etapa de la residencia, desde la inauguración en 1915 hasta la clausura al terminar la guerra. En su principio estuvo dirigida por María de Maeztu y se llamaba Residencia de Señoritas. Las cajas contienen cientos de cartas de alumnas de antaño, expedientes, documentos personales, administrativos y académicos. También hubo un laboratorio de química. En algún momento alguien tendrá que hacerse cargo de esa historia que no es la suya ni la de los tiempos modernos, que le resultan cada vez más incómodos: se siente fuera de lugar, según pasan los meses, y las estaciones le caen encima como aguaceros.

Tampoco está hecha para la nueva moda ni le gusta la arriesgada indumentaria de sus alumnas cuando llegan de las universidades. Y se ha acostumbrado a llevar la misma vestimenta, clásica y a tono con el espíritu conservador, para dar ejemplo: zapatos Castellano sin adornos, pantalones anchos de colores discretos y blusas de color miel con chaquetas de punto por debajo de la cintura. Ha dejado sus ropajes negros y oscuros de mujer enlutada y ha cambiado de imagen desde que estuvo en la cárcel de Carabanchel visitando al padre de Victoria para darle la peor noticia que se puede dar a un hombre. Aguirre la llamó *bruja* y eso no lo ha podido olvidar. No debió ir de luto, portando una noticia tan trágica.

Ahora piensa en él en clave de paternidad. Han desaparecido las negras sensaciones que desde niña le producía Aguirre y con ellas se han marchado también antiguos miedos y ansiedades. Escribir una novela y dar clases a desinhibidas universitarias le han rejuvenecido el carácter y los pensamientos.

Abandonar su actividad en el Movimiento Nacional y dejar al teniente coronel San Román y a su grupo de espías universitarios, que pronto desaparecerán, cuya lejanía en el tiempo es escasa, pero en su mente una eternidad, ha producido la magia de resucitar lo mejor de su vida con Alonso, sin interferencias.

Hoy la clase de poesía se ha suspendido. Es un día frío. Las nubes de las últimas semanas han desparecido y brilla el sol espléndido del mes de junio. El tráfico es infernal al otro lado de los muros de la residencia, donde el silencio y la tranquilidad de hoy han dado paso a una alegría contenida y desconcertante. Las residentes han salido esta mañana en tromba de sus facultades al terminar las clases para dirigirse ruidosamente a los colegios electorales, tirando sus chaquetas al aire. El personal de la residencia está muy alterado. Nadie se quedará sin depositar su papeleta en una urna. Todo el mundo irá a votar a la salida de los trabajos.

Todos los ciudadanos mayores de veintiún años votarán la Ley de Reforma Política que se ha aprobado en las Cortes Generales. Ella no estará entre los votantes. Prefiere mantenerse al margen y no participar de un futuro que no significa nada para ella, mientras todo Madrid inunda las calles para celebrar la democracia que ha llegado al atardecer.

Alguien llama a la puerta del apartamento. Por el sonido, sabe quién es. Abre y tiene delante a Pilar, la directora. Le ve las mejillas encendidas y el rostro agitado. Ha aumentado de peso últimamente y le cuesta subir las escaleras.

—Vengo a preguntarte si has ido a votar. O piensas hacerlo.

Pilar está molesta por la corriente de aire del pasillo, se sube el cuello de la chaqueta.

—No. No pienso ir a votar.

—Yo sí. Es un tiempo tan extraño... Hay que luchar contra el cambio. Votaré en contra, por supuesto. Las personas de bien no pueden votar *sí* a una aberración semejante. ¡Ganamos la guerra, cómo vamos a arrodillarnos ahora! Pondrán a todos los presos en la calle: etarras, comunistas y revolucionarios, ya lo verás. ¿Quién podrá entonces vivir en España? Es una locura, María. Esa ley es una locura. La democracia es una locura, ya sabes cómo terminó España con la democracia de la República.

—Pues vota tranquila.

—Soy mayor para vivir otra democracia. Pronto nos echarán de aquí, ya verás. Desmantelarán la residencia.

—Te preocupas demasiado.

—¿Te pasa algo? Yo que tú solicitaría ayuda al sacerdote.

La directora se da la vuelta con su mal humor, tiene prisa por salir de la corriente de aire y llevar su disgusto a un lugar más templado.

Comienza a anochecer. El dormitorio se ha quedado en penumbra. Se sienta en el borde de la cama.

Las sombras del atardecer la rodean. De pronto piensa que ojalá no hubieran intervenido para boicotear los planes de Aguirre, y Victoria se hubiese escapado del Hogar de la calle Conde de Peñalver para fugarse en un tren rumbo a Bucarest cuando él fue a buscarla. No habría muerto. Viviría con su padre en un pisito-colmena socialista en una planta tan alta que solo se ve cielo. Aguirre seguiría siendo Fernando Lamadrid en una ciudad segura para ellos. Alonso viviría. A lo mejor se habrían casado.

Siente quemazón en la garganta, se la sujeta con las manos e intenta olvidar. Abre la ventana del dormitorio y saca la cabeza. Gritos de gente retumban en los edificios de enfrente. Los coches circulan enloquecidos, los cláxones ensordecen el barrio. Un alarido atronador sale de una ventana al otro lado de la calle Fortuny: «¡Amnistía! ¡Democracia!».

Vuelve otra vez el alarido: «¡Amnistía! ¡Democracia!».

Cierra la ventana. Se siente confusa y triste. Le rechinan los dientes. Abre el segundo cajón de su mesilla y saca el *Romancero gitano* traducido al ruso para Evelia, la mujer que olía a perfume moscovita y tenía un lunar en medio de la frente. Siempre quiso saber María cómo olía el perfume que añoraba Evelia, la fragancia del *Krásnaya Moskvá**.

---

* Moscú Rojo.

Ha leído un artículo sobre el perfume secreto de la Unión Soviética en la revista *Telva*. «La esencia de Krásnaia Moskvá es nostálgica y produce melancolía. Exalta la imaginación. Glorifica la sexualidad con su mezcla de iris, violeta y clavel. Un sueño cuyo final es de ámbar gris y pachuli en un viaje aterciopelado de jazmín, rosa e ylang-ylang». Es el olor de la mujer roja que habita en la nostalgia de María por Evelia Rosales y su niña Victoria, a la que no supo proteger como le juró a su madre.

Vuelve a sentarse en el borde de su cama con el *Romancero* en la mano y evoca una cadena de recuerdos. Imagina el perfume de la clase estalinista en la piel de Evelia mientras Aguirre la acaricia, la besa y le hace el amor hasta enloquecerla, quizá bajo las cúpulas del Kremlin en un frío verano. Puede oler el pasado en sus especulaciones.

Guarda la traducción en una caja de zapatos, junto a la nota que le escribió Aguirre a su hija de once años, rescatada de entre las páginas de un libro que guarda en un estante. Recuerda parte de nota:

> *Sé valiente, tu madre lo era y yo la amaba. No hay que temer a la verdad, solo lo que no sabemos. La verdad nos hace libres, Victoria.*
>
> *Cafetería Juan Bravo. Mañana, a la salida del instituto, estaré esperándote. Solo serán unos minutos. Si no quieres acudir, no pasa nada, no me volverás a ver ni te molestaré jamás.*

Envuelve la caja con papel de estraza, la sella con cinta adhesiva y escribe la dirección del penal de Burgos y el nombre de Mitxel Aguirre Goicoechea con letra cursiva bien hecha. Antes de que cierre la oficina de Correos de la calle Miguel Ángel le mandará por correo postal el penúltimo envío, antes de dejarlo en paz para siempre.

Aguirre ha de liberarse de María.

Ella tiene que dejarlo marchar definitivamente y deshacerse de todo vínculo con él. El último lazo que los unía está enterrado en el cementerio de la Almudena, junto a su madre. Siempre hay flores a su lado y una gran estrella dorada grabada en la lápida de mármol oscura y brillante, como la noche a la que Victoria se asomaba para buscar lo que jamás encontró.

Alonso siempre se sintió responsable de la muerte de Evelia Rosales. Se vio obligado a hacerse cargo del entierro para que no la sepultaran en una fosa de caridad, porque nadie reclamó su cuerpo tras su suicidio en el calabozo. Ni la pareja de primos pudo imaginarse en 1956 que la niña se reuniría con su madre diecinueve años después.

HACIA GUERNICA

El día 27 de octubre, una hora después de mediodía,
Aguirre prepara su petate, como cuando estaba en
la guerra, en el que lleva lo poco que posee en la celda: un par de bolígrafos y lapiceros, unos libros y
los cuadernos en los que ha escrito el paso del tiempo y de los astros desde que entró en España. Ha
guardado también, envuelto en hojas de periódico,
su *Romancero* en ruso, los cuadernos astrales de Victoria y la maldita nota robada que le escribió a su
hija. Solo posee lo que le ha ido enviando María desde que volvió a España. Se da cuenta de que esa mujer y lo que significa le han desposeído de todo bien
que pueda tener una persona, para luego devolverle
la arqueología de una vida hecha trizas. Un recordatorio que le ayuda a mantener el rumbo y a ahondar
en la nada que ha afincado en su mente para poder
sobrevivir a tres años de encierro.

Desde hace unos días, por las tardes, en el patio
de la cárcel se celebra un acto multitudinario de despedida. Bajo los arcos laterales los presos se fuman
los últimos cigarrillos y leen y discuten con frenesís

los artículos de la Ley de Amnistía que ha promulgado el nuevo Gobierno salido de las urnas tras cuarenta años. El fracaso del Partido en las elecciones no lo entiende nadie. Unos gritan, otros se enfadan con Carrillo y la Pasionaria, pero casi todos los defienden. Los presos que salen amnistiados al día siguiente se funden en abrazos de despedida y lágrimas en los ojos con los presos que esperan del juzgado la orden de libertad.

El penal se vacía.

Los funcionarios abren las pesadas puertas metálicas y el olor del otoño y de los sembrados, de la leche agria y de los establos entra en la prisión como un vendaval, arrastrando la fetidez del ambiente. Los pájaros persiguen a los presos cuando salen del penal vestidos con ropas de otro tiempo. Una nube de estorninos pintos envuelve los caminos y los tractores circulan levantando tolvaneras.

Aguirre no deja de mirar el horizonte como si fuera un océano que avanza hacia su sombra para devorarlo. Él también tiene puesta la misma ropa que llevaba el día que salió de Bucarest. El pantalón gris de hechura rumana, la camisa blanca amarillenta por el tiempo y el abrigo de paño confeccionado en Rusia. Las polillas lo han agujereado y huele a humedad y a destierro.

Él grita emocionado hacia el viento y machaca con las botas el sembrado:

—¡Esto no es real!

Dos camaradas lo alcanzan corriendo y le contestan:

—¡Tan real como que somos libres, Aguirre!

Y los ve en la lejanía con sus bultos a la espalda entrar con júbilo al autobús de línea que los lleva a la estación de tren de la ciudad de Burgos.

Se tumba con las piernas abiertas sobre un manto de hierba fresca a la salida del sembrado. Abre el petate y da un sorbo de agua de su cantimplora de aluminio forrada de tela verde. El agua le sabe a metal. Un Seat 127 blanco se detiene en una estrecha carretera, a cien metros de distancia, recoge a dos exconvictos que esperan en el cruce. Una ikurriña ondea por fuera de la ventanilla trasera. Del interior salen gritos y emociones, el vehículo arranca y desaparece. Él descubre un agujero en un bolsillo del pantalón cuando mete la mano buscando la cartera. Palpa la cartera y las ochocientas pesetas que hay dentro. Piensa caminar hasta Guernica entre pastos, sembrados, granjas y ovejas, montes y prados.

Hay treinta y ocho horas de camino sin descanso. Ciento ochenta kilómetros lo separan del bombardeo de su infancia y de su villa. Solo ha de cruzar la submeseta castellana y los Montes Vascos. Del establo y la casa de sus padres queda el terreno que ha heredado, ahora baldío y sin uso, y una cuenta en el Banco de Vizcaya con los ahorros de Begoña, que era una hormiguita y pensaba en el futuro de sus hijos.

Cruza Tierra de Campos y la frontera de Castilla. Entra en el macizo del Gorbea. Begoña le contaba a Jon para hacerlo dormir cuando había tormenta que esos montes estaban habitados por lobitos, oseznos y tigres que amaban a los niños.

Sube mil cuatrocientos metros de monte hasta la cima y divisa la frontera de Álava y Vizcaya. Las tierras verdes y montañosas de su Euskadi. Enciende un pequeño fuego sobre un lecho de hojas secas y se calienta. Devora una manzana y toma nueces y uvas pasas y descansa cobijado por el cielo de su tierra con el abrigo por encima. Huele a mantillo y a humus y se duerme pensando en las rodillas huesudas de Jon y en las manos grandes de Begoña.

Al caer la mañana siguiente, llega a una poza de agua cristalina. Rellena la cantimplora, se refresca la nuca y se lava las manos. Continúa la travesía. Alcanza el río Oiardo y lo persigue saltando de piedra en piedra hasta su cascada, por donde cae formando una poza. El tiempo desaparece y hace de él un hombre nuevo. La caída del agua resuena por la pared del barranco y escucha a las cicatrices de su alma despedirse de él sobre la espuma del agua. Abandona la cascada de Goiuri entre la frondosidad del bosque.

El cálido día de otoño se hace frío y destemplado.

La noche avanza entre los árboles y emite sonidos metálicos. Recuerda los túneles del Cinturón del Hierro chorreantes de humedad, los cuerpos explotando en el aire; en el exterior el monte se derrumbaba. Los alemanes abrían fuego contra la línea de defensa. Era un adolescente y apretaba los dientes. Disparaba apoyando los brazos en la pared de cemento del búnker para sujetar bien la ametralladora. Duerme al abrigo de una cueva y se levanta con el alba.

¿Qué representa volver a Guernica?

¿Dónde encontrará la respuesta?

No la necesita para regresar a los inicios, como regresa el hijo a su padre tan desnudo como se fue, para sentarse ante su fuego y comer de la tierra que sustenta a la familia a la que pertenece. Quizá todo movimiento lleva un regreso en su origen.

A media mañana de otro día un pastor saca del morral un trozo de queso y media hogaza de pan y se lo ofrece. Aguirre escucha por primera vez, desde hace cuatro décadas, cómo suena su lengua materna, los sonidos y significados. Se asombra de todo lo que le entiende al pastor. Ambos se dan la mano y Aguirre continua su camino con las botas desgastadas en los tacones, delgado como el *gudari* que era cuando llevaba el fusil al hombro, más pesado que él. Estaba tan seco como ahora.

A la mañana siguiente cruza sotobosques y pinares, caseríos dispersos entre la niebla temprana y chozas desparramadas por los prados. Ve por primera vez los viñedos en espalderas sobre las faldas del monte Cosnoaga. Se cruza en la carretera con varios camiones cargados de espuertas de uvas. El viento huele a vendimia y a la brisa salina del golfo de Vizcaya que atraviesa las suaves laderas montañosas. En Ajangiz llega a la vega del río Oca y cruza el puente hasta los grandes alcornoques. Todavía siguen en pie.

Hay cosas que no han cambiado en Guernica.

La luz de la tarde cae oblicua como una explosión anaranjada en el paseo de los Tilos. La villa ya no es la de sus recuerdos. Siente una gran extrañeza. Está reconstruida, apenas se ha modificado el antiguo trazado de las calles, ahora más anchas; algunas, escalonadas, terminan en plazoletas.

Baja por una calzada empinada que siempre ha existido, a espaldas del río, y halla el solar de su casa entre parcelas abandonadas. Esta invadido por maleza como pasto para ovejas. De la vivienda perduran los cimientos enterrados. Un muro mohoso de la fachada norte es lo único que permanece en pie. Por la calle Irún se entraba a la vaquería, al despacho y a la cocina. Subiendo por una estrecha escalera se llegaba a los dormitorios y al salón. Bajo la cubierta, Begoña guardaba viejos enseres y los aperos de labranza del *aita*.

Ha vagado hasta allí por tierras planas y escarpadas. Durante el recorrido se dio cuenta de que hay una señal y una presencia que le sopla el aliento necesario para levantar el derrumbado edificio de su vida sobre los escombros enterrados de su casa. Ha estado demasiado alejado de su lugar en el mundo. Reconstruirá la casa de Begoña y con ello curará las heridas de otro tiempo, esperando que la muerte venga a visitarlo con la dulzura que no tuvo con Begoña ni con Jon.

Se da la vuelta. Las hojas revolotean en la base del muro solitario, les da una patada y vuelan por el aire. La luz del día se apaga y se enciende una farola al otro lado de la calle. Oye un sonido. Se pone rígido. Cree oír a Begoña en la oscuridad. Es una vocecita ronca, está seguro. ¿Le están traicionando los sentidos? No, es Begoña, es la voz de su *ama* que le habla a través del muro desconchado bajo la luz artificial. Se aproxima, se abraza al muro y escucha:

«Ya es hora, hijo mío, ya es hora. Tu hermano no hace otra cosa que preguntarme por ti. Le diré que ya puede dormir tranquilo, que al Mitxel las bombas no lo mataron».

Dies natalis solis invicti

Una pequeña bola del mundo se desliza entre las blancas manos de María y cae sobre la última hoja de su manuscrito, apilado en la mesa del estudio.

El eje de la Tierra está inclinado veintitrés grados y medio en su giro de traslación. Hoy es la noche más larga del año de 1977. El Sol en el hemisferio norte aparece sobre el trópico de Capricornio y la Tierra se acerca al Sol. En dos semanas se llegará al momento más cercano: *Sol invictus*. Pura energía. Átomos de hidrógeno. Plasma en continua ebullición. Dios pagano, desde Heliogábalo hasta Teodosio. Del 22 al 25 de diciembre se celebraba en la antigua Roma el sol inconquistado, *Dies natalis solis invicti**.

¿Qué tipo de joven habría sido Victoria si su madre no se hubiera matado?

Piensa en su ahijada en múltiples claves y en supuestos escenarios de haberse podido producir. ¿Qué

---

* Nacimiento del sol invencible. Festividad que los romanos celebraban a partir del solsticio de invierno.

buscaba con tanta dedicación en el firmamento? Trillones de figuras planetarias nacen, se transforman y mueren a semejanza del ser humano en una tormenta que no cesa, en un espacio que no vemos.

Victoria ya no está para llamar a su puerta y hacerle sentir la madre que ha de velar por una hija que no es suya. Cree ver su rostro en todos los renglones que ha escrito, y el de su hermano y el de todos los personajes a los que ha dado vida en cientos de páginas, mientras escuchaba un mandato superior. Es lo que percibe.

María ha terminado su historia. Repasa con la mirada los folios mecanografiados durante tres años con la satisfacción de la labor bien hecha. Ha cumplido un deber imperativo y toda presión desaparece. Podría encender una vela en esa noche tan larga y entregar su luz a todos los muertos que ama y morir por ellos.

El amor por su primo se desvela implacable en la noche y en su absoluta desnudez, en su egoísmo, mezquindad y desamparo. La soledad se ha instaurado en ella a perpetuidad. También sabe que no le pertenece lo que ha escrito. Esa certeza se iba revelando según avanzaba la narración. Creyó equivocadamente que la escribía para ella. Por ellos. Por todos. Por los muertos. Para no darles nunca una sepultura definitiva. No debían desaparecer. Pero ahora sabe que ha de dejarlos marchar. Lo siente cuando las manillas de su reloj de muñeca dan las doce de la noche y los días comienzan a ser más largos y su vida más corta. Y antes de que sea demasiado tarde, saca su maleta del altillo del armario. La deja sobre la cama y la abre. Deposita el manuscrito en el fondo y la rellena con blusas, pantalones y chaquetas. Luego la ropa interior, su crucifijo y los libros más queridos. En una bolsa guarda los zapatos.

Tiene desmontado el telescopio de Victoria en un armario, es lo único que le queda de su ahijada, todo lo demás se lo ha enviado a Aguirre a la cárcel.

Amontona la caja con las piezas del telescopio en medio del saloncito, junto a los libros que se llevará y el receptor Siemens que le regaló Alonso para escuchar Radio España Independiente. Abre cajones y puertas de armarios. Se detiene, piensa, selecciona los recuerdos que quiere conservar y los lleva hacia el montón. Todo lo demás no lo necesita donde va.

«¿Qué estás haciendo María?», se pregunta.

«Me marcho de aquí, vuelvo a Las Canónigas», se contesta.

«Te juraste que nunca volverías, ¿te acuerdas?, no hace mucho; sacabas los huesos de tu hermano de un pedregal».

«¡Claro que me acuerdo! Eso no se olvida nunca».

¿Entonces, qué te propones abandonado tu vida?»

«No es mi vida lo que abandono. Salgo en busca de ella, se quedó en Las Canónigas una noche de eclipse».

Al amanecer, María ya no está en su apartamento.

Es un lugar abandonado.

La residencia se despierta con el cielo cubierto. El ambiente huele a ozono y la lluvia no termina de caer. Se levanta la barrera de acceso al recinto y entra la furgoneta del pan con la prensa del día. Las cocinas huelen a café recién hecho y a bizcochos de mantequilla. Las jóvenes universitarias se duchan en sus aseos, se visten y bajan a desayunar. El personal acude a su puesto de trabajo. El jardinero recoge las hojas caídas de los árboles que cubren los parterres y los senderos de tierra. La directora entra en su despacho y halla en su mesa una carta de despedida de María Fernández de Amuradiel en un sobre de color vainilla que contiene unas llaves. Doña Pilar podrá disponer para su lista de espera del único apartamento del ático que ha sido el hogar de la sobrina de un ministro franquista y héroe del golpe de Estado, durante veintiocho años. Ya no está bien vista una situación semejante en una institución pública universitaria, y la directora tiene que dirigir la Residencia Santa Teresa de Jesús con la transparencia que exigen los nuevos tiempos si quiere conservar su puesto. No le queda más remedio que someterse a las trasformaciones sociales y lo hará con actitud profesional, mientras espera que el nuevo ministro de Educación desmantele las instalaciones de la residencia en los antiguos chalets de la calle de Fortuny, en el barrio de Almagro, elegante y céntrico, y las trasladen a un funcional edificio en la Ciudad Universitaria. Quedarán diluidas en la amalgama estudiantil de la clase obrera en ascenso que ahora se hace llamar «clase media».

Hay una aguililla posada en la mocheta de piedra de la verja de acceso a Las Canónigas. Es parduzca y tiene el pecho blanquecino. Gira la cabeza y avizora con su ojo nervioso el vehículo de María detenerse ante ella. Se sacude las plumas, extiende sus poderosas alas y emprende el vuelo en cuanto ella sale del vehículo y se acerca al portón, cerrado desde hace décadas. Introduce la enorme llave. Se abre la cancela. Chirría en su recorrido para dar paso al viejo Dodge, cargado con las pertenecías de toda una vida. La aguililla regresa y emprende en el aire un círculo extenso alrededor del camino hacia la casa, cuya inscripción de hierro en el pórtico de entrada hace años que desapareció.

El vehículo circula despacio por la senda empedrada, con numerosos baches y boquetes, escoltada por álamos negros y un reguero junto al arcén por el que discurre agua clara que desciende de los Montes de Toledo. Observa emocionada la línea de árboles perderse en las lomas de sus tierras y se adentra en la finca entre un mar de olivos descuidados.

Lleva una tenue esperanza dibujada en los labios y una ilusión nace por reconstruir lo que una vez fue destruido. El corazón le da un vuelco al ver en pie el conjunto de edificios y sus curvadas tejas árabes en mejor estado de lo nunca imaginó.

Contratará en Mora el personal que necesite: albañiles, fontaneros, jardineros, un capataz para poner en marcha la explotación de las tierras y un administrador que ordene las cuentas y organice los gastos y la ayude en la transformación que ha de emprender para que todo funcione como funcionaba antes de la guerra. Y pueda reunir a todos los suyos, aunque estén muertos, mientras el sol alumbre, la luna salga cada noche y parpadeen las estrellas sobre su ventana.

X

Dos años después

El viaje de un libro

Piensa en el libro que contiene todas las vidas que conoce, en continua expansión, en el que se hallan el pasado, el presente y el futuro en un espacio sin tiempo, cuya luz se extiende infinitamente dentro de sus páginas.

Ese libro viaja en una saca de Correos desde Toledo a Bilbao, dentro de un paquete marrón, protegido por dentro con virutas de papel. En Bilbao, el servicio provincial lo trasfiere a su destino final en la expedición de las seis de la mañana.

Llegado a Guernica, uno de los dos carteros de reparto de la oficina del servicio postal lo lleva en la moto a la dirección de una vieja vaquería, desaparecida en el bombardeo del 37. Pero él sabe que en su lugar ha sido reconstruida la vivienda de la antigua propietaria por el hijo mayor, aparecido tras cuarenta años, único superviviente de los Aguirre Goicoechea. Está escrito en el certificado del envío que, de no ser recogido y firmado el acuse de recibo por el destinatario, el paquete sea devuelto al remitente a una dirección de Toledo.

María lo llevó ella misma a la oficina de Correos de la plaza de la Judería; corría apurada por las callejuelas intrincadas de la ciudad cinco minutos antes de que cerrara la oficina. Se sentía frágil y cansada. La humedad del río Tajo y los vapores helados que trepan de la orilla en el invierno le agrava la tos de una afección pulmonar, aparecida de repente, que la consume por dentro.

Esa mañana se había levantado a las doce del mediodía. Estuvo tosiendo durante la noche; a las cuatro de la madrugada se puso un inhalador para conseguir respirar, se quedó dormida y tuvo pesadillas. Al despertar solo anhelaba enviar ei libro antes de que fuera demasiado tarde. A veces no entiende por qué últimamente no puede recordar lo que ha sucedió en el pasado inmediato, si las cosechas del año pasado y la recogida de melones y aceitunas han reportado el beneficio suficiente para pagar a los jornaleros y los gastos corrientes de las tierras para su funcionamiento. El campo se queda vacío. Hay que contratar trabajadores extranjeros y ella tiene cada vez menos fuerzas y se siente cansada. Delega lo importante en Pedro, aunque ella y los empleados de la hacienda que ha contratado en Mora lo llaman «Periquito». Él se ha convertido en poco tiempo en un fiel y juicioso administrador. Es un buen contable y a María le gusta que sea pelirrojo y verle los cabellos anaranjados bajo la luz del sol.

Ellos dos hacen buen equipo, se entienden y se aprecian, y los resultados del primer año no han podido ser mejores para los intereses de María. Él está recién casado con una enfermera del centro de salud de Mora y esperan una niña en primavera. Y aunque Periquito va a cumplir cuarenta años, tiene cara de niño, cuerpo de jovencito y un carácter tranquilo y sensible. Ser padre mayor le ha rejuvenecido aún más el carácter.

Todas las tardes, de lunes a viernes, ella se sienta en su butaca junto al fuego de la chimenea del despacho y conversa con Periquito sobre la marcha de la finca y las cosechas, él sentado a la mesa de roble del padre de María, tras cerrar los libros de cuentas y los documentos bancarios. Luego comienza la charla de temas personales: lo que a él le preocupa, lo que le gusta, su pasión por los caballos y la nueva reforma de las cuadras. Hablan de movimientos de ajedrez y del tiempo que va a hacer y, sobre todo, del futuro de la niña cuando nazca y los planes de sus padres para ella. Todavía están buscando un nombre para la bebé. El otro día le dijo María a Periquito que, en cuanto la bebé cumpla la edad adecuada, le gustaría enseñarle a conocer los astros sobre el cielo tan limpio de la finca. Es una bonita afición. A él le gustó la idea.

No existe un cielo con tantas estrellas como en Las Canónigas.

Periquito Fernández es el único nieto que tuvo Perico el tahonero, estudió Contabilidad y Finanzas en la Escuela Profesional de Toledo y trabaja para María desde el primer día que llegó a Las Canónigas. A él le gusta que le llamen Periquito, como a su padre, que fue detenido en Olivenza y fusilado tras consejo de guerra en Badajoz, junto a su hermano. Parece ser que al terminar la guerra los dos hermanos regresaron de Francia, donde estaban refugiados. Se escondieron en un pueblo de la frontera con Portugal, pero allí fueron detenidos y acusados ambos de matar al párroco de Mora, de adhesión a la rebelión y de pertenecer al movimiento anarquista revolucionario. Así es como terminaron los Periquitos, los hijos del tahonero, acribillados a balazos con toda la legalidad.

Periquito Fernández desconoce que Manuel Fernández de Amuradiel, el tío militar de María ahorcó a su abuelo, el tahonero, al terminar la guerra, en la rama de la higuera del patio de la antigua tahona que él ha heredado y trasformado en una vivienda moderna y cómoda. Tampoco sabe que María, de niña, vivió secuestrada durante la guerra en el horno de pan de su abuelo, que ahora es la cocina de su casa, hasta que ganaron los nacionales y la sacaron de allí.

La gente de hoy en día sabe muy poco de lo que pasó antaño. Pero María lo tiene tan vívido como si hubiera acontecido ayer. La memoria lejana se acerca cada vez más, mientras la memoria cercana se aleja y desaparece. Y antes de que ocurra algo irremediable en su cerebro o en sus pulmones, lo presiente, y deje de ser para siempre la niña que era, su novela ha de cumplir su misión. Es todo lo que tiene y lo más importante. Es la vida que transcurre, la que fue y no será.

El libro alcanza su destino la mañana del 21 de diciembre de 1979.

Las gaviotas vuelan rasantes sobre la *txapela* de Aguirre mientras termina de instalar la antena de la televisión subido al tejado, bajo amenaza de lluvia. Un arnés le sujeta por la cintura y en la mano lleva unos alicates con los que dobla un cable. Le gusta la sensación del viento entrando por el cuello de la chaqueta de lana que le ha tejido Amaya con colores chillones, y observar el vuelo de las gaviotas que llegan desde la costa.

Escucha el timbre de la puerta al otro lado de la casa. Desde lo alto del tejado le grita al cartero que dé la vuelta. Ha visto la moto amarilla de Correos parar en su puerta. La parcela no está cercada todavía. La hierba crece salvaje por toda la finca hasta la acera de la calle, y por detrás se confunde con los prados que descienden hasta el río Oca.

El cartero lleva un paquete en la mano. Ha de firmarle el recibo si lo quiere admitir, le grita desde abajo. Aguirre se descuelga con agilidad para los cincuenta y ocho años que tiene y aterriza de un salto sobre el césped como si fuera un crío, frente al pórtico de baldosas de barro que él mismo ha solado el verano pasado. Con una cuadrilla de tres hombres, ha construido un pequeño y rústico caserío, techado a dos aguas, con muros de mampostería enfoscada de blanco y ventanas de oscura madera al estilo del norte. Huele a nuevo y a pintura fresca.

Aguirre mira el paquete, lo palpa. Es un sobre. Firma el resguardo y el cartero desaparece por el lateral de la casa. La moto arranca y Aguirre lleva el paquete al interior de su agradable vivienda.

El día es desapacible. Una borrasca atlántica se ha afincado sobre Guernica desde hace siete días. Le late con fuerza el corazón. Ha leído bien el remite. Desde que salió del penal de Burgos, no tiene noticias de María. Pero piensa en ella a menudo. Piensa en el pasado. Piensa en demasiadas cosas que han sucedido y no justifica ningún acto que haya cometido en el pasado. Ha salvado la vida en las circunstancias más adversas sin haber trabajado por ello. Y si tiene que estarle agradecido a alguien es a Carlos Estaún.

María debe de disfrutar de esa manía suya de mandarle paquetitos envenenados con recuerdos del pasado: de Victoria; de Estaún, a su muerte; hasta de Evelia, con el *Romancero* que tradujo para ella. Quizá su sino es no poder deshacerse de María Fernández de Amuradiel nunca jamás. Como si los dos se hubieran quedado encerrados en el país de Peter Pan, dentro de la estrella en la que habita Victoria, cuyos niños no se hacen mayores: él quedó atrapado a los diecisiete años en Guernica y María a los seis en Las Canónigas, y ella sigue actuando como la cría que era, como si el día en que incautaron su finca un maleficio hubiera caído sobre él y todos los milicianos de su brigada. Ninguno ha sobrevivido indemne al asalto de Toledo, que ha dejado un reguero de víctimas. La guerra es así, cruel; todo el mundo la paga muy cara y, además, él la perdió.

Duda de si abrir el paquete. Lo da la vuelta, lo toca por sus vértices. Es grueso. Tiene la forma de un libro. Otro veneno que María quiere que beba. Pensó que se le había agotado el repertorio de recuerdos que enviarle. Nunca se deshará de ella. La lleva presente en todo lo trágico que le ha sucedido. Su instinto le dicta no abrirlo y devolvérselo a Toledo. Ha sentido una puñalada en el corazón cuando ha leído «Las Canónigas». No quiere leer ese nombre y mucho menos oírlo. Ni saber si ella está viviendo allí y ha abandonado Madrid. Ese nombre le rompe el corazón de igual manera que el bombardeo de Guernica.

No, no piensa abrirlo. Irá a devolverlo inmediatamente.

Va en busca del chubasquero y de la bicicleta, lloverá enseguida. La oficina de Correos cierra en cuarenta minutos. Antes de salir, escucha la puerta abrirse y ve a Amaya cargada con la compra y las llaves en la mano.

Amaya le ayuda con la limpieza de la casa y le plancha la ropa. Le lleva morcillas de puerros y queso de Idiazábal. Es propietaria de un puesto de quesos en el mercado de Guernica. Tiene dos hijos que trabajan con ella en el mercado y un marido en silla de ruedas al que quiere con locura.

La madre de Amaya era dueña de la antigua quesería de Luno, tan amiga de Begoña como si fueran hermanas, y murieron ambas el mismo día y por el mismo método: aplastadas por bombas alemanas. Hasta el 26 de abril de 1937, Amayita entraba risueña en la vaquería, sobre las siete de la mañana, fuese de día o de noche, lloviera o nevara, y Mitxel le entregaba la leche del pedido que él despachaba por entonces a los clientes de Begoña.

En el bombardeo, la quesería de Luno y la madre de Amaya también desaparecieron y nada volvió a ser como antes.

En Guernica abundan los huérfanos mayores de cuarenta y dos años y Amaya es la única amiga que tiene Aguirre desde que volvió como vuelven los emigrantes sin fortuna. Ella nunca le ha preguntado lo que ha estado haciendo durante tanto tiempo para haber regresado tan solo como se fue. Él le relata a pequeñas dosis, según su estado de ánimo, lo más importante que le ha sucedido. A veces le habla de la estación Pirenaica, extinguida con la llegada de la democracia; de un periodista llamado Fernando Lamadrid que ya no existe; de Moscú y

Bucarest; de la mujer que perdió; de la hija que le robaron y de la niña a la que arruinaron la vida. Lo que pasó en Guernica con Begoña y con Jon Amaya lo conoce muy bien.

Ella le dice que no puede devolver el paquete a Toledo en cuanto palpa lo que hay dentro, y observa la cara de pánico de Aguirre. Amaya tiene los parpados gorditos y ojos grandes y verdes, ingenuos y sabios, que siempre dicen la verdad. Él tiene la obligación de saber lo que ella le envía. Amaya piensa que Mitxel siempre estará en deuda con María porque a una familia no se la puede asesinar, aunque sea golpista. Y que el destino no se ha portado bien con ninguno de los dos, pero él debe portarse bien hasta el final.

A las cinco y media de la tarde ya es de noche. La luz ha durado muy poco y la espesa bruma, al otro lado de la ventana, empapa el ánimo de Aguirre como un aguacero. Amaya no está para hacerle compañía, se ha ido hace un par de horas a su casa. Le gustaría que estuviese a su lado mientras abre el envío para que le infunda el valor necesario. Pero hay cosas que se deben hacer en soledad. Siempre ha creído que María solo le trae desgracias. Y se dice a sí mismo que es un auténtico idiota por caer siempre en sus trampas.

Con las tijeras corta el compacto paquete por arriba y desliza un libro que no es un libro todavía. Es un manuscrito mecanografiado a dos caras, encolado y cosido por un maestro encuadernador. La portada es de piel labrada, como de artesanos toledanos. El título está grabado en letras envejecidas y le hace temblar porque imagina lo que va a leer *Bajo la luz del eclipse*.

Está dos días enteros leyendo, sentado en una butaca de orejas alumbrado por una lamparita, de día y de noche, junto a la ventana del salón, por la que ve pasar el mal tiempo, las nubes y la lluvia, las sombras y la luz. Cuando termina el manuscrito, tiene los ojos hinchados, la garganta reseca y el alma encogida. Cierra el libro y pone las manos sobre las letras envejecidas, apoya la cabeza en el respaldo y toma la difícil decisión de viajar a Toledo.

Inmediatamente.

No puede María terminar el relato así. Ha de impedir el final que ha escrito, llegar a tiempo, sentarse a su lado en la cocina de Las Canónigas, como si fuera el 21 de junio de 1937, y cambiar el final de la historia.

Comprende que es él quien ha de escribir la última página que ambos necesitan leer para vivir tranquilos. No le importa que sea una artimaña de María Fernández de Amuradiel para hacerlo regresar donde todo empezó. Se lo debe.

Él se ha impuesto la obligación de cambiar el final de la novela de María: un desenlace que estaba destinado para él, diseñado por Frieda von Schneider para ser ejecutado por Alonso Fernández de Amuradiel.

Desconoce cómo puede terminar una historia como la de ellos, pero no de esta manera. Ha de impedir a María que cometa otro acto irreparable, como el que cometió en el pasado al ir a por él a Bucarest. ¿Qué va a decirle a la niña de Las Canónigas para que cambie el final? Aunque esa niña ya no existe. En su lugar ha crecido una mujer que solo añora desaparecer del mundo. El consejo de Amaya es poderoso, ella siempre tiene razón, como la tenía Begoña, las mujeres más sabias que ha conocido, y su instinto le dicta seguir los consejos que su *ama* le daría, como si fuera el niño que sale de nuevo a combatir hacia el Cinturón de Hierro.

A medida que avanza por la carretera hacia Toledo, pisa el acelerador tras cruzar la ciudad de Madrid, a las cuatro de la madrugada, en una furgoneta de tercera mano que le ha comprado al hijo mayor de Amaya, y vuelve a reencontrase con viejas sensaciones que ahora le hacen temblar las manos y le revuelven el estómago. Él no posee la fortaleza mental y física de Estaún ni la tendrá jamás, ha de conformarse con el carácter que se ha forjado y con el que ha sobrevivido cincuenta y nueve años.

Piensa que, de regreso a Guernica, deberá entrar en el cementerio de la Almudena y visitar las tumbas de Eve y de Victoria, tan lejos de su tierra, y se le parte el corazón con esos pensamientos. La vida también le ha separado de ellas hasta después de muertas y cree que no es justo. Estaún, al fin y al cabo, se ha reunido con los suyos bajo su tierra de Madrid.

¿Qué tipo de pensamientos son estos? Los propios de un hombre que está deprimido. Toledo no ha llevado nada bueno a su vida, solo desgracias, y Madrid tampoco. Regresar a Las Canónigas le produce escalofríos y le lleva a un pasado que nunca debió suceder. Pero, como de cobardes no hay nada escrito, parafraseando a Estaún, se arma del valor suficiente para no darse la vuelta y seguir conduciendo hasta entrar en el luminoso paisaje de La Mancha. Su vieja furgoneta renquea por los caminos entre viñas y olivos y llega a una verja de hierro en medio del campo toledano que recuerda muy bien.

Está entornada la cancela que da paso a la finca y al conjunto de edificaciones que conoce de memo-

ria, palmo a palmo, él realizó el inventario de las po-
sesiones de los Amuradiel y valoró sus riquezas, y
ahora está regresando a 1937 conduciendo una motocicleta del Ejército Popular de la República y tiene
diecisiete años.

¿Es posible que las almas viajen a través de la oscuridad de los eclipses y aniden en el fulgor del brillo
de la luna para observar la tierra y cuidar desde lo
alto la vida pequeñita de los hombres a los que todavía les bombea el corazón y pueden sentir las pa-
siones del mundo, el frío de la noche, el calor del
día, un chaparrón sobre la piel o un beso en los labios? En un mundo de paz la tragedia de la guerra,
con sus muertes desordenadas y fuera de lugar porque a nadie le toca morir en una guerra que no deja
de ser una invención y no es natural, vuela invisible
por encima de la gente que compra en centros comerciales y grandes almacenes, ve concursos televi-
sivos que reparten millones y escucha en la radio a
Donna Summer, Queen y Supertramp.

El alma de Victoria está en Las Canónigas, junto
a su telescopio, que María instaló en el porche nada
más desempacar, orientado hacia la Osa Menor y la
Estrella Polar. Se prevé un eclipse total de luna el 23
de diciembre. Será bonito morir en su oscuridad y
renacer al otro lado de la luna. O no renacer en ninguna parte. Da igual. Se está haciendo una románti-

ca y eso le gusta. Le hace compañía. También el barón Münchhausen regresa de su infancia con fuerza y fantasea con la idea de que Victoria la acompaña, cuando el día se apaga, y desciende en la noche a contemplar el firmamento junto a ella. Es entonces cuando el polvo estelar toca la tierra y las envuelve en una nube brillante y las hace danzar entre los mochuelos hasta que amanece y los sueños se deshilachan, y la realidad se impone a fuerza de voluntad y obstinación.

Está segura de que Aguirre aparecerá tarde o temprano por allí, si es capaz de leer el libro que le ha enviado a Guernica. Otra flecha envenenada para herirlo de muerte. Ojalá él la encuentre con vida cuando llegue y puedan sentarse a hablar sin animadversión, reproches o enfrentamientos, y tener una última conversación. Ahora comprende que el libro lo ha escrito para él, no para sus fantasmas. Pero el veneno de la flecha es para ella. No estaba en las intenciones de Alonso ni de Frieda el uso que María piensa darle al plan que tenían para Aguirre.

Hace demasiado frío y es muy pronto todavía. Las alondras se han despertado y bailan en la copa del olmo pelado una danza invernal y subversiva frente a la ventana de la cocina. Hay un caldero sobre el fogón con tres gallinas y dos gansos desde hace más de una semana y ya huelen mal. El viento silva entre las encinas y los viejos olivos se mueven a la entrada del camino. Oye sonar el timbre del por-

tero automático de entrada al recinto sobre la pared
de la cocina. Se acerca y escucha la voz de Aguirre
por primera vez desde que se despidieran en la cárcel. Ha llegado antes de lo esperado. Buen chico. Se
ha dado prisa. Mientras él conduce por el camino
hacia la casa, ella se prepara un café fuerte para levantar el ánimo cuando salga a recibirlo.

Y bajo el porche y al amanecer, se encuentra María envuelta en un abrigo hasta los pies que le cubre
las pantuflas orientales que le ha regalado Periquito
Fernández, el nieto del tahonero. A Aguirre, cuando
ve a María, se le aparece Evelia Rosales en la última
noche del lago Sganov, sentada en la escalinata del
pabellón con una belleza que daba miedo. Cree que
no puede ser, que la brujería de Toledo ha llegado a
ensombrecerle el entendimiento. Qué allí nadie es
cristiano, todos judíos o árabes, conversos concha-
bados en un aquelarre. La Mancha es un lugar mis-
terioso. Su luz trastorna los pensamientos.

Y la ve hermosa. Bajita. Con ojos serenos y la piel
clara. Nunca vio guapa a María Fernández de Amuradiel. Nunca pensó en ella en clave de mujer, sino
de niña sufriente, parecida a las Virgencitas desamparadas que crecen y dejan de estar desamparadas
para convertirse en heroínas vengadoras y crueles.
La imagen que tiene delante es la de una mujer, simplemente. Desposeída de pasado, envuelta en un
abrigo, muerta de frío, esperándole como se espera
a quien te ha de salvar la vida. Sentada sobre las lo-

sas de terracota del porche, parece una efigie inco-
rruptible por el tiempo, y con la mirada y los labios
ella le da la bienvenida a su hogar y le abre de par
en par las puertas de su casa.

Él entra tras ella, con la novela bajo el brazo, sin
saber qué hacer ni cómo moverse en un espacio,
que, según avanza por él, en poco se parece a su recuerdo. Pero está en Las Canónigas, bajo la escalera,
en el mismo lugar en el que le arrebató una niña a su
hermano muerto, pero ella parece ajena al suceso
que marcó su vida y le coge de la mano, tira de él y
le hace entrar en el salón con la familiaridad de un
vínculo de sangre.

La chimenea está encendida. Aguirre tiene la sensación de que entra en un escenario conocido. Todos
los detalles están muy cuidados. Encima de una mesita de velador hay un ramito de flores escarlatas
junto a dos perdices disecadas, y los sofás arrullan
la conversación que no se ha iniciado. El lujo y la os-
tentación que creyó ver cuando era joven se han tornado añejos y arcaicos. Parece que ella ha conserva-
do el pasado para morir en él.

—No te equivocas, miliciano —le dice ella, porque le está leyendo el pensamiento.

—Ya no soy un miliciano. Solo un hombre. Un
hombre destruido por ti, pero un hombre.

—Que ha venido a enterrarme.

Y ella se siente como una anciana que intenta capturar la estrella perdida de su infancia.

—No soy ningún enterrador. He venido a salvarte... ¿No te das cuenta?

Ella da un paso al frente. Coge una pequeña cajita de marquetería toledana de encima de una mesa y la abre.

—¿No puedes dejar la tragedia en el pasado y tirar la llave donde no la puedas encontrar? ¿Por qué todas las mujeres de mi vida sufren por lo que no pueden cambiar? Déjalo ya, María. He venido. He venido porque tú me has llamado.

—Has leído la novela.

—¿Crees que escribiendo el final que has escrito para la historia de nuestras vidas podría quedarme impasible? Me conoces muy bien y sabes que vendría. Me estabas esperando. Y si no pude salvarte entonces, lo haré ahora. Cierra esa cajita. No vas a hacer eso.

María da un paso al frente y se la pone delante. Aguirre le da un fuerte manotazo y una nube de sales de cianuro vuelan por el aire hasta alcanzar la alfombra y esparcirse por ella. María se arrodilla, rebusca entre las fibras de la lana para llevarse las sales a la boca, como si fuera una hambrienta. Pero no lo hace. Llora gateando como un perrillo por toda la alfombra, con sus dibujos floreados y coloridos, y él se agacha y la sujeta por las muñecas y la zarandea. La lleva al sofá, frente a la chimenea, la tumba y la abraza, como abrazaba a Eve, ahora se da cuenta. ¿Es que María ha visto en una bola de cristal todo lo que él amaba a Eve? La abraza tan fuerte que condensa todos los abrazos que no ha dado a Jon, a Begoña, a Eve y a Victoria, y se los ofrece a María tan desnudo como vino al mundo. Y María sueña con otro mundo. Con otro hombre que no está. Y siente en Aguirre por primera vez el sosiego que buscaba, que no estaba, que había desaparecido desde el principio, y se aferra a ese abrazo y a esos besos que ondean por su piel con un rumor del que ya no se acordaba. Si había alguien que podía cambiar el final de la historia que ha escrito solo podía ser Mitxel Aguirre. Y lo ha conseguido. Una vez más ese hombre no la defrauda.

El canto aflautado del mirlo los sorprende, está allá, a lo lejos, sobrevolando la hierba escarchada, aproximándose con las alas abiertas a la ventana entre los primeros rayos de sol debilitados del invierno que ayer comenzó.

Ella le susurra al oído con la misma intimidad que le susurraba a su primo, tumbados sobre la colcha de su cama:

—¿Crees que sobreviviremos a esta noche?

—Sobreviviremos, como hemos hecho hasta ahora.

Anexo

COMENTARIOS Y AGRADECIMIENTOS

Esta novela es una obra de ficción. Todos los personajes son inventados y nunca existieron. No así las épocas en que trascurre la narración y los hechos históricos en que se desenvuelven las vicisitudes de sus protagonistas.

He intentado ser lo más fiel posible a los acontecimientos históricos que narro, como el bombardeo de Guernica; los combates en el frente de Toledo; el episodio final de la Guerra Civil en el puerto de Alicante, el 28 de marzo de 1939; el asesinato del presidente Carrero Blanco en Madrid; el último discurso de Francisco Franco en la plaza de Oriente, el 1 de octubre de 1975, o el de la institución del Auxilio Social durante el franquismo. Respecto al pozomina de Las Cabezuelas, en la localidad de Camuñas, he recopilado y contrastado de todas las fuentes de información que he encontrado la realidad histórica de lo sucedido en ese lugar durante la guerra.

Respecto a la residencia universitaria femenina Santa Teresa de Jesús, es la institución sucesora de la Residencia de Señoritas que operó en los mismos chalets de la calle de Fortuny de Madrid desde su fundación en 1915 hasta el final de la Guerra Civil, dirigida por María de Maeztu y fundada por la Junta de Ampliación de Estudios e Investigaciones Científicas. Tras la guerra, se desmanteló la Residencia de Señoritas y se refundó como Residencia Teresa de Cepeda, adscrita a la Universidad de Madrid, llamándose unos años más tarde Colegio Mayor Santa Teresa de Jesús, dirigido hasta 1952 por Matilde Marquina García, miembro de la Sección Femenina de Falange Española de las JONS. En 1975, la residencia fue trasladada a la Ciudad Universitaria de la Complutense de Madrid. Actualmente es la sede de la Fundación José Ortega y Gasset-Gregorio Marañón, establecida en parte de las instalaciones, y conserva los archivos de la Residencia de Señoritas.

Quisiera mencionar mi deuda con las numerosas publicaciones que me han orientado para documentar la novela. Me han servido con especial valor los libros sobre la emisora clandestina, Radio España Independiente: *La Pirenaica*, de Ramón Mendezona; *Después de todo*, de Luis Galán, y *Radio Pirenaica*, de Luis Zaragoza Fernández; así como los miles de cartas de oyentes y la documentación de la emisora que conserva el Archivo Histórico del PCE.

Me gustaría destacar, de entre todas las fuentes consultadas: *El siglo soviético*, de Karl Schlögel;

Las redes del terror, de José María Faraldo; *Los servicios secretos de Carrero Blanco*, de Juan María de Peñalara; *La guerra aérea*, de Jesús Salas Larrazabal; *Payasos: el dictador y el artista*, de Norman Manea; *Bucarest, polvo y sangre*, de Margo Rejmer; diversas obras de Emile Cioran y, sobre todo, los diarios de las épocas en que se desarrolla la narración y a las decenas de familiares y supervivientes de la guerra que me hicieron partícipe de sus experiencias personales. Con todos ellos me siento en deuda. También con mi querido amigo Jorge Castro Ruiz, que me ayudó con la parte alemana de la novela y al que le debo los nombres de varios personajes.

Esta novela la dedico a todos los que cayeron y también a los que sobrevivieron a la Guerra Civil antes, durante y después de ella. Y para mis hijas, Laura y Mercedes, todo el amor que lleva este libro.

Les agradezco a mis agentes editoriales, Antonia Kerrigan y Claudia Calva, sus empeños y cariño con esta novela. Y en especial a Antonia que tristemente no la ha podido ver editada; va por ella.

A mis editores de Espasa, Rosa Pérez Alcalde y David Cebrián, su excelente labor de edición y el entusiasmo con la historia.

Y a mi marido, Ángel Luis Arias, quien ha alimentado algunas de estas páginas. A su familia y a la mía brindo esta obra que contiene las tragedias de tantas familias que, como las nuestras, sufrieron la crueldad de una guerra.

Mercedes de Vega
Montreal, 28 de septiembre de 2023